长恨书

The Last Letter From Your Lover

[英]乔乔·莫伊斯（Jojo Moyes）著
高源 译

四川人民出版社

四叶草

WITTY WIND
惠风文化

致查尔斯，他用一则写在纸上的留言开启了全部

目录 contents

第二部

第三部

生日快乐！随信附上你的生日礼物，希望你会喜欢……

我一直都在想着你，尤其今天……因为我决定，尽管我爱你，我却不能跟你相爱。我没觉得你是我的真命天子。无论如何，我真的希望你会喜欢你的礼物，愿你有个妙不可言的生日。

女性致男性，经由信件

序 章

回头见。吻你。

艾丽·霍华兹发现了人群那头的朋友们，于是费力地挤了过去。她把包丢在脚下，将手机放置在他们身前的桌面上。朋友们此前已经聚了有一阵，此刻兴致正浓。他们七嘴八舌，夸张地挥舞着胳膊，不时发出一阵响亮的大笑。一堆堆空瓶子错落地摆放在他们中间。

“迟到了哦。”尼基举起表，朝她晃着一根手指，“别告诉我们‘我有个不得不完成的故事’。”

“有一篇对一名被不公正对待的议员妻子的访谈。抱歉，那是为明天的专刊准备的。”她说，一边坐入一张空座，一边给自己倒了一杯酒，那打开了的瓶子里已经没剩多少酒了。她把手机推过桌子：“好吧，今晚咱们讨论的恼人字眼儿就是：回头见。”

“回头见？”

“对，作为一个结束信号。那意味着明天或是今天晚些时候吗？或许它仅仅是一种可怕的青少年的装腔作势，不代表任何意义？”

尼基盯着发光的屏幕看：“是‘回头见’加上一个‘吻你’。这好像是‘晚安’的意思。我看那说的是明天。”

“当然是明天。”科琳说，“‘回头见’中的‘回头’一直都表示明天。”她停了停，“或许，甚至可以说是后天。”

“那是个很随意的表达。”

“随意？”

“就好像是你会对邮递员说的话。”

“你会给你的邮递员送上一个吻吗？”

尼基咧嘴一笑：“我还真可能会。他是个帅哥。”

科琳玩味着那条短信：“我不认为那是某种措辞。它可能仅仅意味着他正忙着要做其他什么事。”

“是啊，比如正在应付他妻子。”

艾丽朝道格拉斯警告地瞪了一眼。

“什么？”他说，“我不过是说说而已，难道你认为你可以略过破译短信语言的关键点吗？”

艾丽吞了一口红酒，接着往桌前靠过来。

“好吧，我得再喝一点儿，才会接受你的演说。”

“如果你跟某人亲密到可以跟他在办公室里亲热，那么要是在咖啡馆里遇上了，倒是可以当场让他解释清楚。”

“短信的其余部分说了什么？请告诉我，那无关于他的办公室性爱。”

艾丽盯着她的手机瞧，往下翻着那条短信：“从家里来的恶作剧电话。下周都柏林，但至今为止不清楚日程安排是什么。回头见。吻你。”

“他保留着灵活的选择权。”道格拉斯说。

“除非他……你知道的……不确定他的日程安排是什么。”

“那么他可能会说‘我会从都柏林打电话过来’，甚至是‘我会带你飞去都柏林’。”

“他会带他妻子去吗？”

“他从不。那是出公差。”

“也许他会带上其他什么人。”道格拉斯埋首于啤酒中，一边嘟哝道。

尼基若有所思地摇了摇头：“他们若是直接电话跟你说，人生岂不是会简单些？那样你起码可以从他们的声音中揣摩出拒绝的意味。”

“是啊！”科琳哼了哼，“而且你可以在家里好几个小时地守着电话，等他们打过来。”

“哦，有好几个晚上我都——”

“——检查拨号音是否正常——”

“——然后摔了电话，免得他们刚好在那个时刻打过来。”

艾丽听见朋友们笑了，她承认他们的玩笑说的是事实，她心里仍然有些期待那个小屏幕会突然间因为来电而亮起。但要说到对方正好在“家里出了点事”的当时就打来，那样的情况是不可能发生的。

道格拉斯陪她走回家。他是他们四个人之中唯一跟固定的伴侣同居的，但是勒娜，他的女朋友，是位科技达人，经常在办公室里待到晚上十点或十一点。勒娜并不介意道格拉斯跟他的老朋友们出去——她也陪他一起去跟他们玩过几次，但她很难听懂那些老笑话中的暗语，也实在无法插进那些人持续了十年的友情中。因此大多数时间里，她都让他自己去跟他们相会。

“那么，你怎么了，大人物？”他们在绕开人行道上一辆被人遗落的购物车时，艾丽推了推他，“在那儿你没说自己的事，除非是我听漏了。”

“没什么大不了的。”他犹豫着，把手插进口袋，“实际上，听上去都不太像真的。嗯……勒娜想要一个孩子。”

艾丽抬头看着他：“哇哦！”

“而且我也想。”他连忙补充道，“我们讨论这事有好几年了，但我们都认为既然时机一直都不对，就不要刻意为之，顺其自然吧。”

“你们可真老土。”

“我……我不知道……我对此还是挺高兴的。勒娜可以保留她的工作，我可以在家里看孩子。你知道，假设该发生的都发生了而且……”

艾丽试图保持中立立场：“那么，这就是你想要的吗？”

“是的。反正我不喜欢自己的工作，我也多年没工作过了。勒娜却有大好前途，她会养家的。我想成天围绕孩子来打发时间也很不错。”

“养育可不只是打发时间——”

“我知道。看着点路。”他轻轻带着她绕开脚下的障碍物，“但我已经准备好了。我不需要每天晚上出去混酒吧了。我想要进入下一个阶段。这不是说我不喜欢跟你们出去，但有时我真的想知道我们是否都应该……你知道的……成熟一些。”

“哦，不！”艾丽捏了一把他的胳膊，“你已经跨到人生黑暗的一边去了。”

“嗯，我对自己工作的感觉并非像你对你的工作那样。对你来说，工作就是一切，对吧？”

“差不多是一切。”她承认。

他们沉默着走过几条街，听着远处的警笛声，汽车的关门声，以及城市里沉闷的争吵声。艾丽喜欢傍晚的这些内容，喜欢被朋友们支持鼓励着，暂时从包围她余生的各种不确定中逃离出来。她已经在酒吧里度过了一个精彩之夜，正在走回她舒适的公寓。她身体健康。她有一张借贷额度很大的信用卡，她对周末有计划，而且她还是朋友中唯一一个到现在为止都没有出现过白头发的人。生活不错。

“你有没有顾虑到她？”道格拉斯问。

“谁？”

“约翰的妻子。你认为她知道吗？”

对另外一个女人的提及冲淡了艾丽的幸福感：“我搞不清楚。”还不等道格拉斯插话，她立刻接下来道：“但我可以肯定的是如果我是她，我就会知情。约翰说她对孩子的兴趣大过对他的。有时我告诉自己，可能甚至她会因为不用担心他而有一点点高兴。你知道的，为不用再力图让他开心。”

“这倒是一种一厢情愿的想法啊。”

“可能吧。但如果让我说实话，答案是不。我不会顾虑她，我也不觉得内疚。因为我不认为如果他们在一起幸福开心，或是联系紧密，他和我的事就不会发生。”

“你们女人对男人还真是有误解啊。”

“你认为他跟她在一起很开心？”她琢磨着他的脸。

“我压根儿就不知道他是不是开心。我只是不觉得他之所以跟你上床，就是因为跟妻子在一起不开心。”

气氛有一丝转变，也许是因为意识到这一点，她松开了他的胳膊，调整了一下脖子上的丝巾：“你认为我是个坏人，要么就认为他是个坏人。”

说出来了。道格拉斯传达出的事实，她朋友的基本评判，刺痛了她。

“我没想过谁是坏人。我只是考虑着勒娜，以及对她来说，怀上我的孩子意味着什么，以及这样一直跟她在一起，只不过是因为她把关注给了我的孩子，而我觉得关心孩子本应该是我来做的。”

“那么你**的确**认为他是一个坏人喽。”

道格拉斯摇摇头，“我只不过……”他停下，抬头往夜空里看去，似乎在想该怎么表述，然后说，“我认为你应该小心，艾丽。所有关于他的意思是什么、他想要什么的解读都是狗屎。你在浪费自己的时间。对我来说，事情通常都非常简单。有人喜欢你，你喜欢他们。你们结婚。不过如此。”

“你生活在一个多么美妙的世界啊，道格拉斯。可悲的是，那跟现实一点都不符。”

“好吧，我们不谈这个了。喝上几杯之后我成坏人了。”

“不。”她提高了声音，“酒醉才吐真言。挺好。起码我知道了你是怎么想的。离开这里我会没事的。代我跟勒娜问个好。”她独自往两条街外的住处跑去，再没有回头看看身后的老朋友。

国民报社正在打包，箱子摞箱子，等着被搬运到它位于城市东部，在一个被翻建的码头那里的新家。新大楼是玻璃幕墙的，闪闪发光。一周周地，办公室变得越发稀疏空落：曾经被新闻稿、文档和存档剪报堆成山的一张张桌子现在空荡荡的，暴露在日光灯惨白的强光下。关于过去报道的纪念品被发掘出来，比如某次考古挖掘的金币，皇家周年纪念的旗帜，来自远方战事的瘪掉的头盔以及裱起来的一张张获奖证书，而那些奖项已经被人们长久地遗忘了。一团团电缆没人理睬地堆放着，小方地毯胡乱铺着，天花板堂皇地敞着大洞，这些都引发了忸怩作态的一次次参观——参观者有健康和安全专家，更多则是带着写字板的无止境的访客们。广告部、分类资讯部和体育部已经搬去了指南针码头。《星期六》杂志、商业部和个人理财部正准备下周搬迁。专题部，艾丽的部门，将会跟着新闻部一起搬迁。报社对搬迁进行了精心设计和巧妙安排，因此星期六的报纸还可以由特纳街的老办公室出版，而星期一的报纸将会像施了魔法般，出版自新地址。

这座大楼，《国民报》已经使用了快一百年的家，用一个不可爱的说法来表达，就是已经不再适用了。在管理层看来，它没法反映出现代新闻采访有活力的、高效的天性。听话的写手们凭各自的座位安排而被人评估，他们气恼地注意到，这里面有太多地方可以躲藏，就像贝类固执地黏附在一个满是破洞的船体上。

“我们应该庆祝。”玛丽萨站在几乎被清空了的编辑办公室里说。她是专题部的头儿。她穿着一件酒红色的丝裙。这裙子如果穿在艾丽身上，就会显得像是她祖母的睡袍；穿在玛丽萨身上，看起来就很正点—— 一种大胆的高级时尚。

“庆祝搬家？”艾丽正在盯着她的手机看。手机放在她身边，调成了静音。她周围，其他专题作者们都沉默不语，记事本放在膝盖上。

“是的。有一天傍晚我跟一名图书馆馆员聊天，他说有许多旧资料多年来从没人翻看。我想要让女性版面来点儿五十年前的东西。人们的态度是怎样转变的，时尚，对女性的偏见。弄些个案分析，将彼时与此时相互对照。”玛丽萨打开一份文档，抽出几张复印了的A3纸。她以一种轻松的自信说着，仿佛已经习惯了别人的倾听，“举例说来，放在我们的答疑解惑版面上，‘我到底该怎样让我妻子更会穿衣，看起来更有吸引力？’‘我的收入是一年一千五百镑，我正开始供职于一家销售机构。我经常收到客户的请柬，但最近的几个星期里我不得不躲避他们，因为我妻子，说老实话，实在上不了台面。’”

房间里有一阵低笑。“‘我试图以一种委婉的方式提醒她，她说她不在乎时尚或是珠宝或是化妆。实话说，她看上去根本不像是一位成功人士的妻子，但我希望她是。’”

约翰曾经告诉过艾丽，在生完孩子后，他妻子已经失去了打扮的兴趣。他一提到这个就立刻转换了话题，而且之后也不再提起，好像他觉得这么说自己的太太比跟另一个女人睡觉还要来得不忠。艾丽憎恨那种绅士般的忠诚，即使事实上她内心里因此还有一点敬佩他。

可它扎根在了她的想象里。她已经在脑海中描绘出他妻子的形象：懒散地穿着脏兮兮的睡衣，紧紧抱着一个婴儿，因为一些臆想出的收入赤字就对他喋喋不休。她想告诉他，她永远不会在他面前那样。

“可以把这些问题留给当代的回信专家。”鲁伯特，“星期六”版的编辑，身体前倾过去凝视着另几张复印纸。

“我不确定你会需要这么做。听这则回答：‘你妻子永远不会认为她就是你的商店橱窗。她可能会理所当然地告诉她自己，她已婚，安全，幸福，那么她为什么要困扰呢？’”

“啊。”鲁伯特说，“双人床上深深、深深的太平啊。”

“‘我总是见到姑娘们从坠入情网迅速转变为悠然满足于旧式婚姻的温馨包围中。前一刻她们还如新画一样妙不可言，英勇地与自己的腰围战斗，看起来苗条利落，紧张地往自己身上喷香水。一有男人说“我爱你”，到下一刻那个闪闪发光的姑娘就几乎成了一个懒婆娘，一个幸福的懒婆娘。’”

房间里立刻充满了客气而欣赏的笑声。“你们的选择是什么，姑娘们？英勇地跟自己的腰围战斗，还是成为一位幸福的懒婆娘？”

“我想很久以前我看过一部那个题材的电影。”鲁伯特说。当他意识到房间里的笑声止息了之后，他本来微笑着的脸也渐渐发僵了。

“我们对这种题材有许多可做的。”玛丽萨指向文件夹，“艾丽，今天下午你能搜寻到更多的资料吗？让我们看看你还能找到些其他什么。我们正在看向四五十年前。当然，一百年的话就太遥远了。对我们来说，编辑的忽悠本事就体现在能有效地引领读者跟随我们。”

“你要我去档案室找？”

“这很困难吗？”

如果你喜欢坐在充满发霉纸张的阴暗的地下室里，被机能失调、有斯大林主义观念模式的男人（他肯定有三十年没见到日光了）监督，就当然不存在什么困难。

"当然不。"她欢快地说，"我肯定会找到一些东西的。"

"带上几个同事去帮你，如果你喜欢的话。我听说还是有那么几个成天痴迷于时尚的。"

艾丽并没有注意到她的上司一想到将最近一批安娜·温特[1]的崇拜者送往报社深处时脸上就出现的那种幸灾乐祸的自满。她正忙于惦记：**糟糕。地下可没有手机信号。**

"顺便问一句，艾丽，你今天早上在哪里？"

"什么？"

"今天早上。我想让你重写那则关于孩子们和丧亲之痛的文章。但似乎没人知道你去了哪里。"

"我在外面跑采访。"

"采访谁？"

一位身体语言专家，艾丽想，会确切地证明这个"玛丽萨空间"里的微笑其实更算是一种抓狂。"律师，告密者。我希望挖点议事厅里的性别歧视事件出来。"她脱口而出，压根儿就没意识到自己在说什么。

"西提区[2]里的性别歧视。没什么创意啊。要保证明天你在合适的时间待在合适的位置上。临时起意的采访请留到下班的时间里去。明白吗？"

"好的。"

---

① 安娜·温特女爵士（Anna Wintour，1949年11月13日～ ），美籍英国裔时尚编辑，她从1988年起便开始担任美国版《时尚》杂志的主编。其标志性造型便是内卷的波波头发型和墨镜。

② The City，指大伦敦地区内一个地理上较小的城市。它是伦敦历史上的中心区域，与在它旁边的西敏市形成一个现代的英国组合城市。伦敦的边界自中世纪起就一直没有改变，及至今日，它成为大伦敦都会区极微小的一部分。今日的西提区是一个主要的商业与金融中心，它与纽约市在全球金融具有相等的领导地位。西提区的居住人口在10000人以下，不过这区的受雇专业人口达到340000人，主要都受雇于金融业，造成运输系统每日的通勤量在某些特定的尖峰时间极度繁忙。

“很好。我要第一期指南针码头版的一个对开页。标题为《更多改变》。”她在皮革封皮的笔记本上匆匆写下。“偏见，广告，问题……今天下午晚些时候给我几个版，我们来看看你能找到些什么。”

“我会的。”艾丽的微笑是整个房间里最灿烂也最娴熟的。她随着其他人一起走出了办公室。

在如炼狱一般的当今时代，她敲下这样一行字，之后停顿了一会儿，喝了一口红酒。**在报纸档案室里度过今天，你会因为你只需要东拼西凑而想要感激**。他从他的hotmail账号发信息给她。他管自己叫耍笔杆的—— 一个他俩之间的笑话。她在椅子上跪坐，等待着，希望电脑显示出他的回答。**你是个可怕的异教徒。我喜欢档案**。屏幕如此回应。**提醒我带你去大英报纸图书馆，进行我们下一次热辣约会**。她咧嘴笑了。**你知道怎样让女孩度过愉快的一天**。

我尽力。

唯一的人类图书馆馆员给了我一大捧松散的报纸，而不是那种最激动人心的睡前读物。唯恐这看上去太挖苦，她随即加上了一个笑脸标志。但她马上又想起他曾经为《文学评论》写过一篇文章，批评笑脸标志在当代人际交流中用得多么不恰当，于是又自责了一下。**那是一个讽刺的笑脸**。她补充道。接着将拳头含进嘴里。**稍等。电话**。屏幕在继续。电话。他妻子？他在都柏林的一个旅馆房间里。他跟她说过，那里可以俯瞰河水。**你会喜欢它的**。她该怎么说呢？**那么下次带我去吧**。可以这么说吗？太迫不及待了。**我当然乐意**。他能这么说？听起来似乎是讽刺。**好的**。最终，她回应道，发出一声长长的、无声的叹息。都是她自己的错。她的朋友们这样告诉她。而难得的是，她并没有不认同。

她是在萨福克的一个图书节上遇见他的，当时她被派去采访这位自放弃了许多文学奖项后反倒发了大财的惊悚小说作家。他名叫约翰·阿莫尔。他的主人公，丹·郝伯逊，几乎可以说是一个集中了各种老派硬汉特点的漫画式人物。整个午餐期间她都在采访他，期待他对类型小说作一番咄咄逼人的辩护，没准还有几通对于出版产业的呻吟——她发现作家们总是非常讨厌采访。她原本以为，经过年复一年的伏案写作，对方会是一个大腹便便的中年肥男。而跟她握手的那个男人却高大而黑瘦，脸上长满雀斑，像是一个经年被风吹日晒的南非农场主。他很有趣，令人着迷，谦虚而专注。对于那场采访，他掌握了主动权，反倒是问起她关于她个人的问题，然后跟她说起他对于语言起源的理论，以及他相信交流正如何变得更加失去活力和丑陋，有一种危险的趋势。

当咖啡被送来的时候，她意识到四十分钟里她根本就没往记事本上记下一个字。

"可是，你难道不喜欢它们的发音吗？"当他们离开饭店朝图书节会场走的时候，她说。这是一年的年尾了，冬天的太阳低低地挂在本来就低矮的建筑后面，给静谧的街道投下不多的一些光亮。她喝了太多，说话口不择言。她其实不想离开那间饭店。

"哪些？"

"西班牙语，以及大部分的意大利语。我确信这就是为什么我喜爱意大利歌剧了，而且我受不了德语。所有那些生硬的、刺耳的聒噪。"他仔细考虑过这个，他的沉默令她焦躁。她开始结巴："我知道这非常不入时。可是我喜欢普契尼。我喜欢那种高昂的情绪。我喜欢那绕着舌头说的'r'，那些断断续续说出的单词……"她的声音低了下去，因为她听出了自己的话有多么荒谬，假模假式。

他在一个门道那里停下，快速地看了一眼他们身后的路，然后转过身面对着她。"我不喜欢歌剧。"他这么说的时候，直直地看着她。**好像这是一个挑衅。她发现自己内心深处有什么东西在让步。**哦，上帝啊，她想。

"艾丽。"他说。他们已经站在那儿快有一分钟了。这是他第一次直接叫她的名字。"艾丽，在我回到图书节会场之前，我必须去我住的酒店拿点东西。你愿意跟我一起去吗？"

还没等他关上房间的门，他们就纠缠在一起了。体相缠，唇相吸，手仿佛练草书一样在对方背上快速地游走着，为其宽衣解带。他们就好像是被锁在了一起。

后来她会回望她的行为，惊奇于似乎从远处看才能看到的某种偏差。她让这样的场景重演了好几百次，她抹去了意义和压倒一切的情绪，只留下细节。她的内衣，每一次都随意扔放，搭在熨裤器上；他们后来傻兮兮地笑，躺在多层纤维织就的旅馆床褥之下的地板上；他是怎样的兴高采烈，在那天下午的晚些时候，带着不恰当的魅力，将他的钥匙交回前台。

随着这种让人欣悦的巨大惊奇渐渐滑向更加失望的某种境地，两天后，他打来电话。“你知道我结婚了。”他说，“你看过对我的报道。”

“我谷歌了关于你的每一则信息。”她无声地告诉他。

“我从来没有……不忠过，以前。我始终不能对别人启齿我们的事。”

“我只怪那个乳蛋饼。”她托词道。她畏缩了。

“你对我做了些什么，艾丽·霍华兹。我有四十八小时，一个字都没有写出来。”他停顿了一会儿，继续道，“你让我忘记了我想说什么。”

然后我就在劫难逃了，她想，因为她一感觉到他身体的热度贴合着她，他的嘴唇触碰着她的嘴唇，她就已经知道——抛开她曾经对朋友们说的所有关于已婚男人的事，所有她曾经相信的事——她已经不再需要他去承认她发生了怎样的转变，哪怕是他些微的默认。

一年了，她依然没有开始琢磨如何处理这段关系。

差不多四十五分钟后他才回到线上。在这段时间里她离开了电脑，给自己又做了杯饮料，无目的地在公寓里徘徊，盯着浴室镜子中她自己的皮肤，然后收集散放的袜子，把它们扔进洗衣篮。她听见有新消息的一声“叮”，然后飞速跑回自己的椅子。

对不起，我没打算拖这么久。希望我们明天再聊。

不打手机，他曾经说过。手机欠费了。**你现在是在酒店里吗？**她快速地敲着，**我可以给你房间打座机电话**。用嗓音说出来的话简直是奢侈，是一种极为珍贵的机会。上帝啊，她只不过是需要听见他的声音。**我得去个餐会，美人儿。抱歉——已经晚了。回头见。吻你**。于是他离开了。

她盯着空空的屏幕。他现在可能正在迈步经过酒店大堂，对前台的工作人员迷人微笑，然后钻入宴请方为他安排的座驾。今晚他会在餐会上举行一场即席演讲，将他一贯的逗趣和小智慧展示给餐桌旁的那些幸运者。他会在那里，过得有声有色，全力享受生活。而她的生活却要长久地暂停。

她究竟在活见鬼地做些什么？“我究竟在活见鬼地做些什么？”她大声说，猛敲关机键。她朝卧室的天花板吼出自己的挫败，然后重重地躺在她宽大的、空荡荡的床上。她不能打电话给她的朋友们：他们已经太多次地鼓励她找他们倾诉，她能猜出他们的反应会是什么——只会是什么。道格对她说的话令她痛苦。可是她也会对他们中的任何一位说出同样的话。

她坐在沙发上，用遥控器打开电视。最终，她盯着旁边的报纸堆，将它们拖到自己的膝盖上，一边咒骂着玛丽萨。一堆五花八门的内容，那位图书馆馆员说，那都是些没有标明日期，也没有明显分类的剪报——“我没时间整理它们。我们这里像这样的东西随便找都能找到一大堆。”他是那儿唯一的五十岁以下的馆员。她立刻产生了好奇心，为什么以前她从没注意过他。

“看看有什么东西是对你有用的。”他别有用心地倾身过来，“你不想要的就扔掉，但是不要告诉老板。现阶段我们还没空检查每一块纸片。”

很快就清楚为什么了：几篇戏剧评论，一份游轮的乘客名单，报社庆祝宴会的几份菜单。她翻阅着这些，偶尔看几眼电视。这里的东西没什么是能让玛丽萨激动的。

现在她正在翻看一份看起来像是医疗记录的破旧文档。全都是肺病，她心不在焉地留意到。跟采矿有关的东西。她正要把这一团东西扔进垃圾箱，突然，浅蓝色的一角攫住了她的视线。她用食指和拇指捏住它，扯出一个手写地址的信封。信封是打开了的，里边的信标记的日期是1960年10月4日。

我最亲爱的唯一的爱：

我是说真的。我已经得出结论，向前走的唯一方式就是我们之中得有一个人去大胆决定。

我不像你那么强大。当我最初遇见你，我以为你是一个脆弱的小东西，是我不得不保护的人。现在我意识到我让大家都搞错了。你才是强大的那一个，你才是用像这样的爱的可能性来忍受生活的那个人，而事实上，这样的爱于我们是不允许的。

我请求你不要因为我的脆弱就评判我。我能忍受的唯一方式就是去一个看不到你的地方，永远不用因为害怕看到你和他在一起而惊惶不安。我需要去一个地方，在那里，纯粹的必要性可以每分每秒、每时每刻都把你从我的思想中攫取出来。而在这儿，那是不可能发生的。

我要去接受这份工作。我会于星期五傍晚七点一刻站在帕丁顿站的第四站台，如果你有勇气与我随行，对我来说便会是世界上最大的欢乐。

如果你不来，我就会知道我们对彼此的感觉究竟是怎样的，而那还不够。我不会责备你，我亲爱的。我知道过去的几周已经给你施加了难以忍受的压力，我也深切地感觉到了那份沉重。我憎恶自己可能引起你任何不愉快的想法。

我会从七点差一刻起就开始在站台等待。你要知道，我的心，我的希望，都在你的手中。

你的B

艾丽把这封信又看了一遍，发现自己的眼睛不知不觉竟然湿了。她无法把视线从这些大大的圆体字迹上移开。这些被掩藏了四十多年的字句突然间跳出来直击她的心灵，令她猝不及防。她把信封翻来覆去，想找出什么线索。它是寄往伦敦十三号邮箱的。收信人可能是个男人，也可能是个女人。你怎样了，**十三号邮箱？**她默默地问。

接着她站起身，仔细地将那封信塞入信封里，走到她的电脑前。她打开电子邮箱，点击“刷新”。自从七点四十五她收到的那条信息以来，再无任何新邮件、新信息。

我得去个餐会，美人儿。抱歉——已经晚了。回头见。吻你。

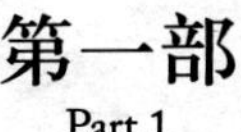

第一部
Part 1

我能忍受的唯一方式就是去一个看不到你的地方，永远不用因为害怕看到你和他在一起而惊惶不安。我需要去一个地方，在那里，纯粹的必要性可以每分每秒、每时每刻都把你从我的思想中攫取出来。而在这儿，那是不可能发生的。

我要去接受这份工作。我会于星期五傍晚七点一刻站在帕丁顿站的第四站台，如果你有勇气与我随行，对我来说便会是世界上最大的欢乐。

男性致女性，经由信件

第一章　醒来之后

1960·冬

“她醒了。”

随着吱嘎一声，一张椅子被拖动着，然后是拉帘子的脆响，标志着会见的开始。两个声音在喃喃低语。

“我去找哈格里夫斯先生来。”

之后是一阵短暂的沉默。她终于能缓缓意识到声音中的另一层——各种人声，因为距离而嗡嗡不清，一辆车经过——古怪的是，似乎它就在她身下的什么地方。她躺着吸收这些声音，让它们渐渐变得具体，让她的思绪玩起你追我赶的游戏。她终于认清了这些声音是什么。

正在此时，她开始意识到了疼痛。它以精准的步骤循迹前行——起初是手臂，从肘部到肩膀，一阵尖锐的、灼烧般的感觉；然后是头：钝重，冷硬。她身体余下的部分全在疼痛，似乎从那个时刻就开始疼了，当她……当她……

“他马上就会过来。他说关上百叶窗。”

她的嘴太干。她阖上嘴唇，痛苦地吞咽着。她想要一些水，可是说不出话来。她的眼睛稍微睁开了些。两个模糊的影子在她周围移动。每当她以为她已经辨认出了他们是谁时，他们就再次移动。蓝色的。**他们是蓝色的**。

“你知道谁刚才下楼来了，对吗？”

一个声音低了下去。“埃迪·科奇兰的女朋友，车祸中幸存的那一个。她一直在为他写歌。当然，在他的记忆里。”

“她不会像他那么好，我敢打赌。”

“她整个早上都在应对记者。护士长都无计可施了。”

她没能明白他们在说什么。她脑中的疼痛已经成为一种扑通扑通的叫嚣，纠结成密集的一团，直到她不得不再次闭上眼睛，等待那疼痛或者她自己走开。然后一抹白色进来了，像是一道潮水，席卷了她。她带着某种程度的感激默默呼出一口气，让自己陷入了它的包围中。

“你醒了吗，亲爱的？你有客人。”

她的上方有一道忽隐忽现的反光，一个轻快移动的魅影，起初从一个方向，接着从另一个方向。她突然回忆起了她的第一块腕表，忆起她通过它的玻璃表面反射阳光，在游戏室的天花板追逐那光斑，来回摇动它的方式。她这样做的时候，她的小狗就在一旁吠叫。那抹蓝色又在那儿了。她看见它移动，伴着刷刷的响动。接下来，有一只手放在了她的手腕上，带来一阵短暂的锐痛。她叫出了声。

“小心一点那里，护士。”有人责骂道，“她能感觉到。”

“我非常抱歉，哈格里夫斯先生。”

“手臂需要做进一步的手术。我们已经在好几处地方缝了针，可是还没有处理受伤最严重的部位。”一个黑暗的形状在她双脚附近盘踞。她努力想要将视线聚焦，可是，就像那抹蓝色的影子，它就是拒绝被聚焦，而她闭上了眼睛。

“你可以跟她坐在一起，如果你愿意。跟她说话。她会听见你说的。”

“她的其他伤势怎么样了？”

“恐怕会有一些疤痕，尤其是在那条手臂上。她的头撞得很厉害，可能要花上好一阵她才能恢复意识。可是，考虑到这次事故的严重性，我认为我们可以说她已经算是非常幸运地脱险了。”

又是一阵短暂的沉默。

“是的。”有人已经放了一碗水果在她旁边。她再次睁开了眼睛，她的视线停留在水果碗上，让那形状、那颜色固定，直到她开始喘息，带着一种满足，满足于她终于能辨认出那里有什么。葡萄，她说。再一次，她让那个无声的单词在脑海中旋转：葡萄。这单词渐渐显得如此重要，仿佛它正在将她从恍惚之海锚定于这新的现实里。

接着，像它们来时那样快，它们又走了，被定格在她身边的那个蓝色的团块除去了。当它移近，她能辨认出烟草的微弱气味。那个声音，当它来临，是试探的，兴许，甚至还有一点窘迫。

“珍妮弗？珍妮弗？你能听见我说话吗？”那些语句那么大声，却奇特地令人反感，“珍妮，亲爱的，是我。”

她想知道他们是否会让她再次看见那些葡萄。似乎很有必要，她真的想再看见：新鲜的，紫色的，固体的。熟悉的。

“你确定她能听见我？”

“非常确定，可是她也许会发现，开始跟人交谈会非常费力气。”

有一些低声的喃喃之语，她听不清，又或许只是她不想听。似乎什么都不清晰。“你……能……”她低语道。

“可是她的脑子没有受损吗？在车祸中？你知道不会再有……持续……？”

“如我所说，她的头撞得很厉害，但还没出现需要警醒的症状。”掀动纸张的声音，“没有骨折，没有脑部的肿胀。可这些事从来都不太能预料，病人的情况又各不相同。所以，你只需要一点——”

“请……”她声如细蚊，几不可闻。

“哈格里夫斯先生！我真的相信她在试图说话。”

“……我想看见……”

一张脸贴到她面前，“是吗？”

“……我想看见……”葡萄，她在请求。她只不过想再次看见那些葡萄。

“她想看见她丈夫！”护士腾地站起，成功地宣布，“我认为她是想见她的丈夫了。”

一阵停顿，然后有人朝她弯下腰：“我在这儿，亲爱的。一切都……一切都很好。”

那个身体后退了，她听见一只手拍击一个人的背。“哦，你明白了吗？她已经恢复意识了。多么及时啊，哈？”一个男人的声音再次响起，“护士？去请修女为今晚准备一些吃的。别太实在了，要弄一些好消化的……既然你在这里，也许你可以给我们大家来杯茶。”她听见脚步声，他们继续在她旁边低低地说话。当灯光再次关闭，她的最后一丝想法是：**丈夫？**

稍后，当他们告诉她她已经在医院躺了多久时，她几乎不能相信。时间已经变得支离破碎，难以掌控，在无数个喧嚣的小时里来来去去。先是星期二早餐时刻，现在又是星期三午餐时刻。她显然已经睡了十八个小时——这个信息以某种不赞成的态度被告知，似乎缺席这么久意味着野蛮无礼。然后就是星期五了，再一度地。

有时当她醒来，天已经黑了。她会将头从浆洗过的白色枕头上抬起来一点，注视着夜晚医护人员轻柔的移动；护士们穿着软底鞋在走廊里走来走去，护士与病人偶尔低声地交谈。护士跟她说过，如果她愿意，她可以看晚间电视节目。她丈夫为所有私人看护付费——她几乎可以拥有自己想要的一切。她总是说不，谢谢。即使没有角落里那个盒子的喋喋不休，她都已经被这些不确定的信息流搞得足够困惑了。

当醒着时阶段渐渐延伸、增长，她开始对小病房里其他女人的面庞熟悉起来。她右边隔间的老女人，黑油油的头发被精准地别在头顶上，形成一个高耸、喷射状的雕塑；她的脸色凝成一种温和的、惊讶而失望的表情。她显然是年轻的时候出演过一部电影，并且乐于屈尊向每一个新来的护士提及此事。她有一副命令式的嗓音，以及为数很少的来访者。对面隔间是一个年轻的胖女人，她会在清晨时分静静地哭泣。一个精干利落的老妇人——也许是一位保姆——每天早上带两个小孩进来看望她一个小时。那两个男孩会爬到她床上，紧挨着她，直到保姆吩咐他们下来，免得伤到他们的妈妈。

护士们已经告诉过她其他女人的名字，偶尔，也包括护士们自己的，可是她记不住。她们肯定对她很失望，她怀疑。**“你丈夫”**，每个人都这么提及那个人。他大多数傍晚都来。他穿着一件剪裁合体的暗蓝或灰色的哔呢材质的西装，在她脸颊上来一个蜻蜓点水般的吻，之后通常会坐在她的床边。他会关切地稍稍问候一番，问她吃饭好不好，是否想让他带点什么过来。有时，他只在一旁读报纸。

他是一个英俊的男人，可能比她大十岁，有高高的、沟壑明显的前额，和严肃的、眯缝着的眼睛。从内心深处，她知道他一定是他自己形容的那种人，知道自己嫁给了他，可是她困惑于自己的反应怎么总是跟大家期待的明显不同。有时，当他没在看她的时候，她会盯着他，等待某种熟悉感，再等着踢掉它。有时，当她醒着，会发现他已经坐在那里，报纸放低，凝视着她，似乎他感觉到了一些相似的东西。

哈格里夫斯先生是会诊医师，他每天都来，检查她恢复的进展，问她是否可以告诉他当天的日期、当下的时间以及她的名字。她总能正确回答。她甚至想告诉他现任首相是麦克米伦先生，还有她的年龄是二十七岁。但是她挣扎于报纸新闻，挣扎于她来到这儿之前发生的事件。“会好起来的，”他总说，拍拍她的手，“不要勉强，好姑娘。”

然后还有她母亲，带来小礼物，肥皂，好的香波、杂志，仿佛这些东西可以强行将她推回以往的那个她。“我们都非常担心，珍妮亲爱的。”她说，并将一只冰凉的手放在她额头上。这让她觉得不错，谈不上熟悉，但是不错。偶尔她母亲会开始说点什么，然后就是嘟哝：“我不应该用各种问题让你累着。你会恢复的。医生是这么说的。所以你不必担心。”

她不担心，珍妮希望这样告诉她。待在她的小泡泡里非常平静。她只不过觉得有一点模糊的伤心，因为她不能成为所有人都显然期待的那个人。就在这样的时刻，当所有的思绪都变得令她困惑不安，她就会毫无例外地再次陷入沉睡。

他们最终告诉她，她在一个明朗的早晨回家。这样的早晨，烟的痕迹穿越了艳蓝色的冬日天空，在首都的上空形成一片细长的森林。在那时她已经可以偶尔在病房里走动，跟其他病人交换杂志看。那些病人会跟护士聊天，有时还能听听收音机，如果她们乐意。她的手臂又动了一次手术，他们告诉她治愈效果不错，尽管那道长长的红色疤痕让她畏缩，而且她试图将它掩盖在长袖之下。她的视力被测试过了，听力也被检查过；她的皮肤经历过碎玻璃造成的各式各样的刮伤之后，终于愈合了。擦伤消退了。她的肋骨和锁骨也连接得足够好，以至于可以毫无痛苦地以任何姿势躺着。

仿佛她迎合了所有人的意图和目的，他们宣称，她看上去就像"**以前的她**"，似乎这样说的次数足够多了，就能让她记起那是谁。同时她母亲花了好多个小时翻寻成堆的黑白照片，好将珍妮弗的人生反射回她的记忆。

她得知自己已经结婚四年了。没有孩子——她母亲压低了声音说。她猜这一点对所有人来说都稍有些失望。她住在伦敦一块好地段的一座漂亮房子里，有一个管家、一名司机，而且，显然有许多年轻女子们都乐意付出巨大代价来拥有哪怕一半她所拥有的。她丈夫是采矿业的巨头，经常不在家，当然在事故发生后他也表现得足够奉献和牺牲，以至于推掉了好几个**非常重要**的出差。从医护人员对他说话的区别态度来看，她猜他其实非常重要，甚至她可能也期待一定程度的尊重，即使那让她觉得并没什么意义。

没有人对她详细解释她是怎样到那里的，可是她有一次偷偷看了一眼大夫的笔记，知道她遭遇过车祸。在某个场合下，她逼着自己的母亲讲到底发生过什么，母亲却憋红了脸，将自己胖胖的手放在女儿的手上，激励她"**不要再想着那事了，亲爱的**。那……太令人难受了。"她的眼睛盈满泪水，珍妮弗便不想再让她不安，只好忽略过问，做别的事了。

一个有着一头明亮的橘色头发、喜欢聊天的女孩从医院的其他区域来给珍妮弗做头发。那个年轻女孩告诉她，这会让她觉得好很多。珍妮弗在头部后方失去了一些头发——在给伤口缝针的时候被剪掉了——那个女孩宣称她有生花妙手，可以把这样的伤口掩藏得完全不露痕迹。

一个多小时后女孩大张旗鼓地举起一面镜子。珍妮弗看着那个女孩，而女孩正盯着她的背后看。非常漂亮，她想，带着一种远离的满意。擦伤了，有些暗淡，但仍然是一张说得过去的脸。我的脸，她纠正自己。

“你手边有化妆品吗？”理发师说，“我可以给你化妆，如果你的胳膊还疼的话。一点口红可以提亮脸色，女士。口红和一些粉饼。”

珍妮弗依然盯着镜子看：“你认为我应该？”

“哦，是的。像你这样漂亮的姑娘，我会化得很仔细的……可是你的脸颊需要有点光泽。等等，我马上去楼下拿我的装备来。我有一些来自巴黎的可爱颜色，以及一支对你来说极其适合的里兹查尔斯（Charles of the Ritz）口红。”

“嘿，难道你看起来不迷人吗？看到一位化了妆的女士真好啊。给我们瞧瞧，你现在自信又优雅，可以掌控全局了。”片刻之后，哈格里夫斯先生在巡视的时候说，“期待回家了，是吧？”

“是的，谢谢您。”她礼貌地说。她不知道该如何对他说，其实她并不知道那个家算什么。

他研究着她的脸，也许是在评估她的犹疑。接着他坐在她的病床一侧，将一只手搭在她肩上：“我明白，你可能到现在为止还觉得不踏实，找不到自我，这一定会有一些不安。可是如果许多事都还不清楚的话，不要太介意。头部受伤之后的记忆缺失是很普遍的。你有一个非常支持你的家庭，我很确定一旦你被熟悉的事物包围——你以前的生活轨迹，朋友，购物之旅，等等，你就会发现一切都会恰如其分地回归原位的。”

她顺从地点点头。她已经很快地知道了如果她这样做，所有人看上去都会很高兴。

“现在，我希望你在一周之内复诊，我可以检查那条手臂的康复进展。你需要一些理疗来恢复它的功能。但对你来说最主要也是最容易做的事就是休息，对任何事都别太担心。你明白吗？”

他已经在准备离开了。她还能说什么？

她丈夫在下午茶时间的前一刻来接她。护士们已经穿着洁净的亮色围裙，在楼下的接待处列队等着对她说再见了。她依然觉得莫名的虚弱，脚发软，对他搀着她的胳膊而心存感激。

“谢谢你们对我妻子的照顾。如果可以，把账单送到我办公室吧。”他对护士长说。

“那是我们的荣幸。”她说，一边跟他握手，一边对珍妮弗微笑着，“看见她能重新下床活动真不错啊。你看起来棒极了，司特灵太太。”

“我觉得……好多了。谢谢您。”她穿着一件开司米的长大衣，戴着相称的礼帽。此前她丈夫已经叫人送来了三套行头给她。她选了最低调的。她不想引起她自己的注意。

当哈格里夫斯先生从一间办公室里探出头来时，他们正往上看。“我的秘书说外面有一些记者——从这儿能看见那个科奇兰女郎。如果你们不想惹上什么麻烦，可以从后门走。”哈格里夫斯先生说。

“那再好不过。您介意给我的司机指一下路吗？”

在病房里浸润了好几周的温暖后，外头的空气冷冽得叫人吃惊。她努力地跟紧他，呼吸急促。不一会儿她就坐在了一辆大黑车的后部，陷入巨大的皮革座椅中，车门随着一声钝重而沉闷的金属相阖声而关上。车子发出低沉的声响离开医院，驶入伦敦的车流中。

她窥望窗外，注视着记者们，他们都挤在前门的台阶上，被包围在摄影镜头的丛林里。远处，在伦敦城中心的大街上，是川流不息的人群。人们的衣领竖起，迎着风。男人们的软毡帽拉低至眉下。

“科奇兰女郎是谁？”她问，将脸转过来对着他。

他正在对司机吩咐着什么：“谁？”

“那位科奇兰女郎，哈格里夫斯先生刚刚提到过的。”

“我想她是一位流行歌手的女朋友吧。他们被卷入一场车祸，就在不久于……”

“他们都在谈论她。护士们，在医院里的时候。”

他看起来像是失去了兴趣：“我得先把司特灵太太送回家。把她安顿好后，我就回办公室。”他在对司机说话。

"他怎么了？"她问。

"谁？"

"科奇兰，那个歌手。"

她的丈夫看着她，似乎在掂量什么。"他死了。"他说。然后对司机回转身。

她慢慢走上通往灰泥房屋的台阶。当她走到最上一级台阶时，像是有魔力般，门开了。司机将她的旅行袋小心翼翼地放在门廊处，然后退下。她丈夫在她身后，对一个站在门道里的女人点头。她明显是在欢迎他们。她五十岁左右，黑色的头发往后梳成一个紧实的髻，穿着一身海军蓝的套裙。"欢迎回家，夫人。"她一边说，一边伸出一只手。她的笑容是真诚的，她说话带着兴奋，有口音，"我们非常高兴您能恢复健康。"

"谢谢。"她说。她想说出那个女人的名字，可又怕一旦问对方的话，会让大家都尴尬。

女人等着拿他们的外衣，然后和外衣一起消失在走廊里。

"你觉得累吗？"他用头去碰她的脸。

"不，不。我很好。"她环顾这所房子，希望能掩饰她的沮丧——她可能以前从没见过它。

"我现在必须回办公室去了。你和柯多扎太太在一起没问题吧？"

柯多扎。这个名字完全不熟悉。她感觉到一阵感激的热潮。**柯多扎太太**。"我会很好的。谢谢。请别担心我。"

"我会在七点回来……如果你保证你没事……"他显然急于离开。他弯下腰，亲了亲她的脸颊，然后，经过片刻的迟疑，离开了。

她站在门道里，听见他的脚步声在门外渐行渐远，他的豪车在引擎发出轻柔的嗡嗡声后开走。房屋突然间显得像个空荡荡的岩洞。

她摸着丝绸内衬的壁纸，感受着抛光的镶木地板和令人头晕的天花板。她脱去手套，动作精致而仔细。然后她前倾身体，仔细看大厅桌子上的照片。最大的一张是一幅婚礼照片，被高度打磨过的银框框着。照片里的她穿着一袭合身的白色礼服，她的脸被一个白色的蕾丝面罩半遮着，她的丈夫在她一侧灿烂地笑着。我真的嫁给了他，她想。而且，我看起来那么幸福。

她跳了起来，柯多扎太太已经到达了她身后，就站在那儿，双手在身前相扣："我想知道您是否愿意让我为您上点茶，我想您可能喜欢在起居室里享用。我已经在那儿为您生好了火。""那真是……"珍妮弗沿着门道窥向一扇扇不同的门，然后她又看回照片。过了一会儿，她再次说："柯多扎太太……你介意我扶着你的胳膊吗？只需要等我坐下去就好。我觉得有点站不稳。"

后来她并不确定为什么她不想让那个女人知道她是真的想不起来自己家的布局。似乎对她来说，只要她能装，而且其他人都信，某种表演最后总会成为事实。

管家已经准备好了晚饭：一盆砂锅菜，里头有土豆和上好的四季豆。她告诉珍妮弗，她已经将它留在烤箱底部了。珍妮弗得等她的丈夫回来，才能把东西放到餐桌上——她的手臂依然虚弱，她也害怕打落沉沉的铸铁罐。

她已经花了好几个小时独自一人在宽大的屋子里逡巡，让自己熟悉它。她拉开抽屉，玩味照片。**我的家**，她一遍遍告诉自己，**我的东西**。**我的丈夫**。有一两次，她任由思绪空白，让双腿带着她去到她以为是或经过研究后觉得可能是浴室的地方，而且因为发现自己依然大概知道这地方而心存感激。她凝视着起居室里的书，记着笔记，带着一种温和的满意，满意于虽然这么多书都是陌生的，她却能在脑海中复述其中许多的情节。

她在自己的卧室逗留的时间最长。柯多扎太太已经打开了她的手提箱，把里面的东西都收拾好了。两个壁橱敞开着，露出里头大量洁净无瑕的存衣。所有衣物都完美地适合她，即使是穿得最旧的鞋。她的梳子、香水和脂粉在一张梳妆台上摆成一线。那些气味以一种愉悦的熟悉包裹她的皮肤。化妆品的颜色也很衬她：科蒂、香奈儿、伊丽莎白雅顿、多萝西·格雷（Dorothy Gray）——她的镜子被一小队昂贵的面霜和油膏包围着。

她拉开一个抽屉，拿起层层的雪纺绸、文胸和其他由丝绸和蕾丝制成的打底衣。我是一个在乎外表的女人，她观察到。她坐着凝视三棱镜中的自己，然后开始挥舞手臂，稳健且用力地梳理自己的头发。这就是我的所为，她对自己说，说了有好几遍。在那些为数不多的当她觉得要被陌生感压倒的时刻，她让自己忙于一些小事：重新整理楼下衣帽间的毛巾，或是拿出盘子和玻璃杯。

他在临近七点的时候回来。她已经在大厅里等着他了，化着新妆，一阵轻盈的香味萦绕在她的脖颈和肩膀。她可以看出这能让他高兴，因为这是种正常的表象。她接过他的大衣，把它挂在橱柜里，问他是否想喝点什么。

“那可真好。谢谢。”他说。

她迟疑了，一只手抓着一只玻璃瓶。他转身的时候看见了她的犹豫不决：“是的，就是那个，亲爱的，威士忌。倒两指，加冰。谢谢。”

晚餐的时候，他坐在她右边，在一张打磨过的大红木桌旁。宽大的桌面上空空的，没有过多的装饰。她用长勺将热气腾腾的食物舀到盘子里，他把它们摆好。这是我的生活，她发现自己一边看着他的手移动，一边思考着。这就是我们在傍晚的往常。

“我想我们可能要请芒克里夫斯夫妇星期五来吃晚餐。你应付得来吗？”

她咬了一小口叉子上的食物：“当然。”

“好。”他点头，“我们的朋友一直都在问你的事。他们会很高兴看到你……回归自我。”

她扬起一个微笑：“那还真是……不错。”

“我想我们在一两周的时间里也不可能费多大工夫去准备，只要等到你能胜任的时候就行。”

“是的。”

“这个味道很不错啊，是你做的？”

“不。柯多扎太太做的。”

“啊。”

他们沉默地吃着。她喝水——哈格里夫斯先生已经再次建议要避免任何烈性的东西——可她真的非常妒忌她丈夫以及他面前的玻璃杯。她多想让这令人不安的陌生感模糊掉，让它减弱啊。

“那么，你办公室里的事情都怎么样了？”

他的头低了一些：“都还不错——下两周我不得不去参观一些矿，但我想保证在我走之前你能处理好。当然，你可以让柯多扎太太帮忙。”

她一想到可以单独待着，就觉出一丝微弱的释然，“我保证我会好好的。”

“我想我们可以再往后推些日子，去李维欧拉①过两个星期。我在那里有一些生意，那边的太阳可能对你的身体有好处。哈格里夫斯先生说它会有助于你的……疤痕……”他的声音小了下去。

“李维欧拉。”她回应道。一处突然而生的景观，月光海滨，笑声，碰杯声。她闭上眼，期望那浮动着的影像变得清晰。

“我想我们可以开车去那里，这一次，就我们两人。”

它消失了。她可以听见自己耳中的血管涌动。保持镇静，她告诉自己。都会来的。哈格里夫斯先生说了会的。

“你在那儿看起来总是很快乐，可能比在伦敦还要快乐一些。”他抬头看了她一眼，又看向别处。

又来了，那种她被测验着的感觉。她强迫自己咀嚼和吞咽，“你来安排吧。”她静静地说。房间里陷入了沉静，只有他的刀叉在盘子上的刮擦声，一种令人压抑的声音。他的食物突然间显得难以下咽，“实际上，我比我自己以为的还要累。你不是太介意我上楼去吧？”

她站起身来的时候，他也站起，“我应该对柯多扎太太说在厨房里吃就行了。你想让我帮你起身吗？”

“请别紧张。”她拒绝了他伸过来的手臂，“我不过是有一点累。我保证明天早上我就会好多了。”

在十点差一刻的时候她听见他进入房间。她已经躺在床上了，清醒地意识到裹挟着她的床单、成缕穿透窗帘的月光、远处广场上的车流声、一辆出租车卸下

① 南欧地中海沿岸一处旅游景点。

它的乘客、一个遛狗人发出的有礼貌的招呼。她一直在静静地等着什么东西突然明了，渗入自己的心灵，伴随着那种她已经恢复适应她的物理环境的轻松。

然后，门开了。他没有开灯。她听见当他挂外套时木质衣架轻微的碰击声，他从脚上脱下鞋子“咻”的摩擦声。突然间她凛然起来。她的丈夫——这个男人，这个陌生人——要爬到她的床上去了。她曾经将注意力集中于适应和度过每一个时刻，却独独忽略了这件事。她原本侥幸地以为他可能会睡到客房去。

她咬住嘴唇，眼睛紧紧闭着，强迫呼吸缓住，装作睡觉。她听见他消失在浴室中，水龙头下的冲水声，有活力的刷牙声以及随后简短的漱口声。他的脚步轻轻穿过铺了地毯的地面走回来，然后他滑入了被褥之间，引起床垫一沉，床架也仿佛抗议般地吱呀响了一下。有一分钟，他躺在那儿，她竭力要维持住让自己不动，甚至屏住呼吸。**哦，天哪，别在现在**。她希望他别。**我还几乎不认识你**。

“珍妮？”他说。她感觉到他的手放上了她的大腿，她强迫自己不要退缩。他小心翼翼地移动着手，“珍妮？”她让自己呼出长长的一口气，表明她已处在令人无法责备的深眠中。她觉察到他停顿住，他的手不动了，接着，随着他自己的一声叹息，他重重躺回他的枕头上。

我希望我是那个拯救你的人，可那不会发生……你收到这封信后，我不会打电话给你，因为那样可能会让你难过。如果我听见你哭，我觉得那不会是个公平的反应。因为我已经一年半没有见你哭过了。以前我从没有过这样一个女朋友。

男性致女性，经由信件

第二章 旧生活

1960·冬

莫伊拉·帕克注视着她老板下颌线条分明的严厉，他从她办公室迈向他自己办公室时那种决断的方式，她认为他两点半约见的阿布斯诺特先生迟到是件好事。显然上一次会议开得并不怎么顺利。

她站起身，整了整裙子，接过他的大衣，大衣在他从轿车到办公室的短暂步行中已经沾上了雨水的斑点。她把他的雨伞放好，然后花了比平常多一些的时间，仔细地将他的大衣挂在钩子上。到目前为止，她已经为他工作了足够长的时间，完全可以判断什么时候他需要自己待上一阵。

她给他倒了一杯茶——他总是要在下午喝上一杯茶，上午则是两杯咖啡——她凭着多年实践形成的高效率，收集好她的文件，然后敲响他的门，走了进去。“我恐怕阿布斯诺特先生堵在路上了。显然，玛丽勒波恩路上有一场大拥堵。”

他正在读先前她留在他桌上等他签名的信件。显然是非常满意，他从胸前的口袋里掏出钢笔，在纸上简单利落地划了几下，便签下了名字。她把他的茶放在办公桌上，将那些信件夹进她抱着的文件里：“我已经取回了您去南非的机票，并安排好了接机。”

“那是十五号。”

“是的。如果您想检查文书，我可以让他们带过来。这儿是上星期的销售数据。最近的工资总额在这个文件夹里。因为我不确定您可以在参加完汽车厂商们的会议后还有时间吃午餐，我已经自行决定为您订了几个三明治。我希望这样做是合适的。”

“做得很好，莫伊拉。谢谢。”

“您愿意现在就享用吗？配上您的茶？”

他点了点头，简单地对她笑了笑。她尽力保持面色的镇定。她知道其他秘书都在嘲笑她对她老板过分关注的态度和做法，更别提她一本正经的服装以及做事稍许顽固的方式。可他是一个喜欢将事情做得恰如其分的人，她一直都明白这一点。那些笨姑娘，她们的头总是埋在杂志里，她们在女更衣室里总是没完没了地八卦，她们压根儿就不明白将一份工作做好而产生的长久愉悦。她们根本不懂得**被人绝对需要**的满足感。她稍稍迟疑了一下，然后从她的文件夹里抽出了最后一封信，“第二封来信已经到了，我认为您应该看看这个。这是那些信里头的又一封关于罗奇代尔那些人的。”

他的眉毛垂下来了，这表情绞杀了先前点亮他面庞的小小笑容。他把那封信读了两遍，“还有其他人看见了这个吗？”

“没有。先生。”

“把它和其他的一起存档。”他把信推给她，“都是会惹麻烦的东西。工会在后面盯着呢，我可不想跟他们打交道。”

她不发一言地接过信。她做出要离开的样子，接着回转身来，“我可以问一下……您的妻子怎样了？我应该说，很高兴她回到家。”

“她很好，谢谢。差不多——已经完全恢复了，”他说，“在家对她来说大有帮助。”

她咽了一下口水，说：“非常高兴听到这个。”

他的注意力已经在别的地方了——他正在翻阅她留给他的销售数据。她的笑容依然挂在脸上，莫伊拉·帕克阖上她的文书，将它们抱在胸前，如行军般迈出去，回到她自己的办公桌。

都是些老朋友，他说。没什么难应对的。那些朋友中的两位现在已经熟悉了，他们在珍妮弗住院的时候就总是去看她，她回到家也是。伊冯娜·芒克里夫斯，一位三十出头、身材细长的黑发女子，自从他们搬到梅德韦广场做邻居开始就是她的朋友了。她有着一副冷冰冰的、讥讽的态度，与另外一位朋友薇欧丽特截然相反。在学校时伊冯娜就认识薇欧丽特了，后者似乎将前者尖刻的幽默和有趣的刻薄话当作自己应得的了。

珍妮弗起初努力想抓住这些共享的参考信息，去估测从她们之间随意交换的这些名字中的每一丝重要性。她正在学习相信自己对人们的本能反应：**记忆可以躲进某个场景里，而不是脑海中**。

“我希望我能失去自己的记忆。”伊冯娜曾经说。当时珍妮弗正困惑于她在医院里醒来感觉是多么奇怪。“我将走入夕阳中。首先要忘记的就是我曾经嫁给过弗朗西斯。”她跟珍妮弗保证说一切都会井井有条。这将会是个“安静的”餐会，而随着下午将近结束，珍妮弗却越来越紧张不安。

“我不知道你为什么要心烦意乱，亲爱的。你们的派对向来都是不可逾越的传奇啊。”她倚在床上，一边看着珍妮弗在一件件衣裙中进进出出。

“是的。可是为了什么？”她正在调整自己的胸部，好让它适应一件长裙。在医院的时候她好像瘦了些，以至于衣服的前部显得松垮垮的。

伊冯娜笑了，“哦，放松。你不用做什么，珍妮。了不起的柯太太会让你骄傲的，这房子看上去美极了，你漂亮得令人吃惊。或许，起码等你穿上了某些该死的服饰之后。”她踢掉了自己的鞋子，将她修长、优雅的双腿抬到床上。“我从来就不明白你对娱乐的热情。别让我误会，我是喜欢去派对，可那些是**组织工作！**”她在检查她的脚趾，“派对是用来玩的，不是用来办的。是我妈妈说的，老实说，这话依然在理。我要给我自己买一两条裙子，可是开胃菜和座位安排呢？啊！”

珍妮弗把领口摆弄好，看着镜子中的自己，左顾右盼。她伸出手臂，疤痕显现出来，而且已经因感染而发红：“你觉得我是不是应该套上长袖套？”伊冯娜坐起身凝视着她：“疼吗？”

“我的整条手臂都疼着，大夫给了我一些药丸。我不过是想知道这个伤疤是不是会有点……”

“分散人们的注意力？”伊凡娜皱了皱鼻子，“可能你套上袖套之后会好得多，亲爱的。等它消退些你再摘掉袖套吧。而且天气也很冷啊。”珍妮弗被她朋友直爽的判断吃了一惊，但并没有觉得被冒犯。这是自从她回家以后别人对她说的第一句实在话。

她脱下长裙，走到衣柜跟前，在里头翻找，直到找到一件生丝做的礼服裙子。她把它从横杆上取下，盯着它。它是如此华丽而俗气。自从她回到家后，她就想只穿由灰色和褐色组成的图案精致的粗花呢，而这条珠光宝气的裙子却与她格格不入。“这就是那种东西吗？”她问。

“哪种东西？”

珍妮弗深吸一口气，“我过去穿的？这就是我过去看上去的样子？”她把裙子朝自己身上比。伊冯娜从自己的手袋里抽出一支烟，点燃了它，研究着珍妮弗的脸庞，“你是在告诉我你真的不记得任何事了？”

珍妮弗坐在她梳妆台前的椅子上。“差不多。”她承认道，“我知道我认识你，就像我认识他。我这里能感觉到。”她拍拍胸，“可是……还是有巨大的空隙。我记不起我对自己的生活是什么样的感觉。我不知道我应该怎样在人前表现。我不……”她咬住嘴唇的一侧。“我不知道自己是谁。”不期然地，她的眼中盈满泪水。她拉开一个抽屉，然后是另一个，她翻寻着手绢。

伊冯娜等了一会儿，然后站了起来，走过去坐在本来就狭窄的椅子上，坐在珍妮弗身边，“没事的，亲爱的。我会帮你想起来的。你可爱又有趣，充分懂得生活之乐。你有完美的人生，有富有而英俊并且爱你的丈夫，有任何女人都艳羡不已的衣柜。你的头发总是完美无瑕。你的腰细到盈盈一握。你一直都是任何社交聚会的中心，我们所有人的丈夫都在秘密地爱慕着你。”

“哦，别扯了。”

“我没有。弗朗西斯就很爱慕你。他一见到你轻轻一笑，你金色的衣裙，我就能看出他在寻思为什么他却娶了我这样一位竹竿似的古里古怪的犹太老女人。至于比尔……”

“比尔？”

“薇欧丽特的丈夫。在你结婚之前，他几乎就像哈巴狗一样整天围着你打转。他在你丈夫手下供事，而那又是份不错的工作，他也对你丈夫心怀畏惧，否则多年前他就已经将你拐走、占为己有了。”

珍妮弗用一块手绢擦了擦眼泪，“你真好。”

“才不呢。如果你没那么善良，我早就派人把你给杀了。可是你很走运。我喜欢你。”

她们一起坐着有好几分钟。珍妮弗用脚尖摩挲着地毯上的一个圆点，“为什么我没有孩子？”伊冯娜长长地吸了一口烟。她看了一眼珍妮弗，抬起了眉毛，“上一次我们谈起这事，你说对于经常待在一块的夫妇，才能建议他们孕育孩子。他出去得也太勤了，你丈夫。”她讪笑着，呼出一个完美的烟圈，“这是我一直以来都极其妒忌你的许多原因中的一个。”

珍妮弗勉强地笑了一下，伊冯娜继续说道：“哦，你会很好的。亲爱的，你应该照那个荒唐又贵得要死的大夫说的做，停止烦恼。你很有可能会在几周之后就拥有惊喜时光，并且记起一切——恶心得令人鄙夷的丈夫，经济状况，你在哈维·尼克斯[①]尴尬的账户及其余额。同时，趁你的纯真还在延续，好好享受它吧。”

“我想你是对的。”

“我说过了，我觉得你应该穿那件玫红色的。你有一条石英项链，配上它会很好看。祖母绿不会给你增光添彩。它会让你干瘪的胸部看起来像两个泄了气的皮球。”

“哦，你可真是我的朋友啊！”珍妮弗说。两人都笑了。

门砰地关上了，他把公文包放在了大厅的地板上，外面冷冽的空气还停留在他的外衣和皮肤上。他摘下围巾，吻了吻伊冯娜，对他的迟到表示了歉意。“会计师会议。你知道这些成天跟钱打交道的男人是怎样开会的。”

---

① 哈维·尼克斯（Harvey Nichols），起源于伦敦的顶级时尚消费场所。

“哦，拉瑞，他们都聚集在一起了，你总该见见他们吧。我都无聊到要哭了。我们都结婚五年了，我还搞不清楚借方和贷方的区别。”伊冯娜看了一眼她的手表，“他应该很快就到了。无疑一些不能搞错的数据对他施了魔法。”

他面对着妻子，“你看起来非常引人注目，珍妮。”

“难道不是吗？你太太总会把自己收拾得非常妥帖。”

“是的，是的，没错，的确是。”他用一只手捧着下巴，“如果你们二位都不介意，那么我要失陪一会儿，在我们其他的客人到来之前去收拾一下自己。又要下雪了——我从收音机的天气预报里听到的。”

“我们会喝点东西等着你。”伊冯娜喊道。

等门第二次被打开的时候，珍妮弗的神经已经被一股后劲很足的鸡尾酒给搅得晕沉沉的了。会**好的**。她不断对自己说。伊冯娜会不等她出丑就准时地介入。这些都是她的朋友。她们不会等着她绊倒，她们能帮助她回到原来的自己。

“珍妮，非常感谢你邀请我们。”薇欧丽特·非尔克罗夫给了她一个拥抱。她胖胖的脸几乎被包头巾给盖住了。她把它从头上解下，跟她的大衣一起交给管家。她穿着一件圆领的丝绸礼服，那效果就像绕着她丰满的轮廓再裹上一张降落伞。薇欧丽特的腰身，如伊冯娜稍后评论的，可能需要一小队士兵的手才能量得过来。

“珍妮弗，一直都如同一幅可爱的画啊。”一位高个儿的红发男子俯身吻她。珍妮弗为这对夫妇的不般配感到吃惊。她一点都不记得这个男人了，而且觉得滑稽，他居然是薇欧丽特的丈夫。“我真的挺过来了。”她说，使劲将目光从他身上挪开，恢复自己的镇定，“我丈夫几分钟后就会下来。我们一边等他，您一边喝点什么吧。”

“‘我丈夫’？嗳？我们今天晚上要这么正式吗？”比尔大笑。

“好吧……”珍妮弗动摇了，“……因为已经过了这么长时间，自从我见到你们大家……”

“畜生，你应该对珍妮弗好点儿。”伊冯娜吻他，“她还非常虚弱。她应该在楼上躺着，休养。我们一次派一个人去给她剥葡萄，但她可能会坚持要马提尼。”

“所以，那才是我们认识和爱着的珍妮啊。”比尔欣赏地微笑着，他笑得如此之久，以至于珍妮弗看了薇欧丽特两次，看她是不是会觉得被冒犯。她看起来并不介意——她正在自己的手袋里翻找。“我要给你新保姆的电话。”她抬起头来看着珍妮弗说，“我希望你不要介意。她的确是最没用的女人。我非常希望无论什么时候被叫过来，她都会说她没有把费雷德里克的睡衣挂反或是做错类似的事。”

珍妮弗发现比尔在转动他的眼球，而且，随着一丝稍纵即逝的沮丧，她认识到那个动作对她来说居然是熟悉的。

坐在桌旁的有八个人。她丈夫和弗朗西斯分坐在两端。伊冯娜、在骑兵队中位居高阶的多米尼克和珍妮弗坐在靠窗一侧。薇欧丽特、比尔和安妮——多米尼克的妻子，坐在他们对面。安妮是一个兴致高昂的人，眼里含着温和的闪光，为男人们的玩笑而大笑不已。那玩笑说的是一个女人的肌肤如何像一个温柔乡。

珍妮弗发现自己注视着他们吃喝，注视着他们用分析和论辩检查彼此间说的话，寻找他们过去生活的痕迹。比尔，她注意到，几乎不看他的妻子，更别说跟她打招呼了。薇欧丽特似乎对此并没有特别在意，珍妮弗好奇她是否意识不到他的冷漠，或只不过是娴熟地隐藏好了自己的尴尬。

伊冯娜一直在开弗朗西斯的玩笑，抱怨着他，而且在不停地看他。她的笑话都是针对他的，也总是对他挑衅似的微笑着。他们在一起时就是这样的，调侃而亲密，珍妮弗想。伊冯娜并没有给弗朗西斯传递出他对她来说有多重要。

“我希望我把钱投资在了冰箱上。”弗朗西斯说，“今天早上的报纸说今年应该有一百万台冰箱在英国被卖掉。一百万！五年前，那个数字是……十七万！”

“在美国，数字肯定是这里的十倍。我听说人们每两年就要更换它们。”薇欧丽特叉起一块鱼，“而且它们非常大个儿——是我们的尺寸的两倍。你们能想象吗？”

“美国的任何东西都更大。或者说，他们喜欢这么告诉我们。”

“包括自我，从我遇见的那些人里头可以判断。”多米尼克的声音提高了，“世界上任何让人难以忍受的自称无所不能者都比不上一个北佬将军。”

安妮大笑："可怜的老多姆，当有人告诉他该怎样开他自己的车时，他可真是动怒了。"

"'看，你们的地盘非常小，这些交通工具也非常小。你们的理智也非常小……'"多米尼克模仿道，"他们应该看看理智是什么样的。当然，他们完全不知道……"

"多姆以为他会和他玩得很开心，他还借了我母亲的迷你莫里斯·麦纳。他载上了他。你应该看看他那张脸。"

"'标准配置在这儿，朋友，'我告诉他，'拜访高官显贵我们开Vauxhall Velox。可以多给你三英寸空间用来放腿。'他实际上在里头只能利用上两英寸。"

"我都快笑死了。"安妮说，"我不知道多姆怎么没有落到最尴尬的麻烦里去。"

"生意怎样了，拉瑞？我听说你再过差不多一个星期就要再次去南非出差？"

珍妮弗注意到她丈夫往椅子深处挪了挪。

"不错，可以说是非常好。我刚跟一家可靠的发动机公司签了份制造刹车板的合约。"他把他的刀叉一并放到盘子上。

"你到底是做什么的？我从来搞不清楚你正在使用的这种新奇矿物是什么。"

"不要假装感兴趣，薇欧丽特。"比尔从桌子的那一边说，"薇欧丽特只对粉色或蓝色的东西感兴趣，她说话总喜欢以'妈妈'开头。"

"可能吧，比尔亲爱的，那仅仅意味着对她来说，家里没什么足够刺激的东西。"伊冯娜打圆场。男人们于是兴高采烈地吹口哨。

劳伦斯·司特灵已经对薇欧丽特转过身来。"那根本就不是一种新矿物。"他说，"从罗马时代开始，它就在被使用了。你在学校的时候学习过罗马时代吗？"

"当然学过。不过，我现在已经什么都不记得了。"她大笑着说，听来颇为刺耳。

劳伦斯的声音低了下去，桌边的客人都安静下来，为更好地听他说。"普利尼长老写过，他见到过一块布，被扔进一堆宴会厅之火中，好几分钟后再拿出来，丝毫无损。一些人认为这是巫术，可是他知道这是一种非常特别的东西。”他从口袋里掏出一支钢笔，往前倾身，在他的锦缎餐巾上草草写了些什么。他给她展开餐巾，让她看清楚。“所谓温石棉（chrysotile），这个词原本来自希腊单词‘chrysos’，意味着金子——以及‘tilos’，纤维。即使那时，他们就知道它有着非凡的价值了。我所做的全部——我的公司，我意思是——就是开掘它，将其锻铸成各种工具，供人们使用。”

“你灭火。”

“是的。”他深深看向自己的手，“或者说，我保证不会起火。”随后是一阵短暂的沉默，一团莫可名状的空气笼罩在大家上方。他看了一眼珍妮弗，然后把视线别开。

“那么，大的商机在哪里，老弟？耐火桌布不算。”

“汽车配件。”他坐回椅子，整个房间里的人似乎也跟着他放松下来，“他们说，不出十年，英国的所有有房者都会有车，那样便会有不计其数的刹车板。我们正在和铁路与航运方面谈。不过他们对于白石棉的使用有很大的限制。我们已经将石棉的用途扩充到排水、农业建筑以及金属板材和隔热。很快这种东西就会无所不在了。”

“真可谓神奇的矿物啊。”

他轻松地跟朋友们讨论他的生意，这种方式是当他们两个人在一起的时候他从没有用到过的，珍妮弗想。她受了严重的伤，而且即使现在也没有完全恢复健康，这对他来说一定也很奇怪。她思考着伊冯娜在那天下午对她的形容：**美丽，沉着，轻佻**。他在想念那样的她吗？可能感觉到了她正在看他，他转过头，对上了她的目光。她微笑，过了一会儿，他也对她微笑。

“我看见了。来吧，拉瑞，你可不许一直傻盯着你太太。”比尔开始为他们斟满。

“他当然可以一直盯着他太太。”弗朗西斯抗议道，“在经过发生在她身上的所有事之后。你现在觉得怎样，珍妮？你看起来气色不错。”

“我很好。谢谢。”

“我必须认为她把这个派对办得实在太棒太棒了。从出院后还没——什么？还没到一个星期呢。”

“如果珍妮没弄一个餐会，我会以为出了什么可怕的大差错——不只是她本人，而是这该死的世界。”比尔将他的红酒痛快地吞了一大口。

“糟糕的生意。见你看起来还跟以前一样，真让人喜悦啊。”

“我们担心得要命。我希望你收到了我送的花。”安妮加入说。

多米尼克把他的餐巾铺在桌上：“你还记得那场事故吗？珍妮？”

“她可能更情愿不去执着于那件事，如果你不介意的话。”劳伦斯站起身，去餐柜里拿另一瓶红酒。

“当然不。”多米尼克抬起一只手表示歉意，“是我考虑不周。”

珍妮弗开始收盘子，“我挺好，真的。只不过我没什么可以告诉你的。我真的不太记得了。”

“那也挺好。”多米尼克意味深长地说。

伊冯娜点起一根烟：“拉瑞亲爱的，你越快对所有人的刹车板负责，我们大家就会越安全。”

“他也会更有钱。”弗朗西斯大笑。

“哦，弗朗西斯亲爱的，我们真的一定要把所有简单的谈话归结到金钱上吗？”

“是的。”他和比尔不约而同地回答。

珍妮弗听着他们的笑声，一边收拾好成摞的脏碗碟，朝厨房走去。

“很好，进行得很好，不是吗？”

她坐在梳妆台前，仔细地摘除耳环。他走进卧室，解开领带的时候，她从镜子里看见了他的身影。他踢掉鞋子，走入浴室，任凭浴室门开着。“是的，”她说，“我想的确是。”

“食物很美味。”

“哦，对此我可不敢居功。”她说，“都是柯多扎太太筹备的。”

“但却是你安排的菜单啊。”

别去反对他。这很容易做到。她把耳环小心地放入首饰盒。她能听见洗脸池正被水填满。“我很高兴你喜欢。”她站起身，脱下长裙，将它挂好，接着褪去她的长袜。她刚好脱下一只，却看见他正在门道里。他正在凝视她的腿，“今晚你看上去非常美丽。”他静静地说。

她使劲地眨眼，开始脱第二只袜子。她把手背过身去解开她的紧身搭扣，此刻自我意识尤其敏锐。她的左胳膊依然无用——虚弱到无法绕到背后去。她低着头，听见他朝她走来。他现在裸着上身，但还穿着西装裤。他站在她身后，把她的手移开，帮她解衣。他和她离得如此之近，她能感觉到当他把搭扣一个个从扣眼中解开时，喷到她脖子上的呼吸。“非常美丽。”他重复道。

她闭上双眼。这是我丈夫，她告诉自己。他爱慕我。所有人都这么说。我们很幸福。她任凭手指在自己右侧的肩膀上轻轻摩挲，摸到他停留在她背上的嘴唇。“你累吗？”他喃喃道。

她知道这是她的机会。**他是一个绅士**。如果她说她累，他会退下，让她独自待着。可是他们已经结婚了。结婚了。她总得面对此事。可是谁知道呢？也许如果他看上去不那么矜持客气，她反而会更加迅速地回归旧时的自己。

她拒绝了他的手臂。她无法直视他的脸，无法亲吻他。“不。如果……如果你不累，我就不累。”她埋首于他的胸前，悄声说。

她感觉到他胸膛上的皮肤，于是紧闭上眼，等着体会一种熟悉的感觉，甚至是渴望。四年了，他们已经结婚四年了。他们本应该做这种事多少次了？而自从她回家来，他却表现得如此有耐心。她感觉到他的手抚摩着她，此刻更大胆了，正在帮她解文胸。她保持着双眼的闭紧，意识到了自己的外观。“我们需要关灯吗？”她说，“我不想……让你考虑我的手臂，考虑它的样子。”

“当然。我本应该想到的。”她听见了卧室灯关上的咔啦声。但并不是她的手臂让她困扰，她只是不想看着他。不想暴露在他的凝视下，脆弱难当。接下来他们就在床上了。他吻着她的脖子，他手的动作，他的呼吸，都是急促的。他俯在她身上，压着她。她用手臂环绕着他的脖子，不确定在她原本期待的感觉并没有到来的情形下，应该做什么。我会怎样呢？她想。我过去是怎么做的？

“你还好吗？”他对着她的耳朵喃喃道，“我没有弄疼你吧？”

"没有。"她说，"没有，一点都没有。"

他吻着她的乳房，不由发出一声愉悦而低沉的呻吟。"脱掉它。"他说，一边撕扯她的底裤。他爬下她的身子，好让她把底裤拉至膝盖，接着将它踢掉。于是她暴露着。也许如果我们……她想说，可是他已经将她的腿分开，笨拙地想要试着让自己进入她。**我还没有准备好**——可是不能说。现在说不合适。他已经在别的什么地方迷失了，绝望而又渴望。

她做了个鬼脸，曲起膝盖，试图不要紧张。随后他便已经进入她了，她在黑暗中咬住口腔内的肌肉，竭力忽略疼痛，她没有任何愉悦，只是极度渴望快点结束掉，他能赶紧从她体内出来。他的动作越发快而用力了，他的重量施加在她身上，他在她肩上的脸滚烫而汗水涔涔。再然后，随着一声小小的喊叫，一种他从没在他生命的其他时刻展示过的脆弱的暗示，结束了。那个东西退出来了，代之以她大腿间一片黏稠的潮湿。她把自己的口腔咬得如此之紧，以至于她能尝到血的味道。他翻下她的身，依然呼吸粗重。"谢谢。"他说，然后走进黑暗中。她很高兴他没看见她躺在那里，目光空洞，被子被拉到下巴上。"好极了。"她轻轻地说。

她已经发现，那些记忆真的可以躲入某个场景里，而不是脑海中。

幸福快乐的日子不会……真的不是你，是我。

男性致女性，经由明信片

第三章　被宠坏的小太太

1960・夏

“一份小传，关于一位实业家的。”唐・富兰克林的肚子几乎要让他的裤子顶部胀裂开了。绷紧的纽扣更加凸显出他腰带上方一块三角形的苍白又毛乎乎的皮肤。他靠到椅背上坐着，把眼镜挪到头顶。“这是编辑的‘必须’，奥哈尔。他想要就那种神奇的矿物做一个四页对开的广告宣传。”

“可是我怎么了解矿藏和工厂呢？上帝啊，我只是一个驻外记者。”

“你曾经是。”唐纠正道，“我们不会再派你出去了，安东尼，你知道的，而且我需要能把工作做好的人。你不能只是坐在这里，让这儿看起来乱糟糟的。”

安东尼颓然坐在桌子另一侧的椅子上，掏出一支烟。透过新闻编辑的办公室的玻璃墙可以看见那位编辑，在其身后，菲普斯，高级记者，脸因为挫败而扭曲着，从打字机上撕下三张纸，在里头夹入了两张复写纸。

“我曾经见你处理过这种题材。你可以施展你的魅力。”

“那么，不仅仅是一份小传。还是一篇吹捧文章，是光彩熠熠的广告。”

“他的事业基础在刚果。你知道那个国家。”

“我知道那种在刚果拥有矿藏的男人。”

唐伸出一只手，要烟。安东尼给了他一支，并帮他点上了火：“不会那么糟糕的。”

“不会？”

“你一开始在这个家伙位于南法的宅邸那里采访他，就在李维欧拉。阳光中的好几天，一两只昂贵的龙虾，没准还能瞧上一眼碧姬·芭铎[1]……你应该感谢我。”

“派皮特森去。他喜欢那样的事。”

“皮特森在报道诺里奇的杀童者。”

“墨菲特。他是个马屁精。”

“墨菲特被派往加纳报道阿善堤的矛盾了。”

“他？”安东尼难以置信，“他连两个在学校上学的小男孩在电话亭里打架的事都报道不来。活见鬼了，他怎么去报道加纳的事？”他压低声音，“把他换成我吧，唐。”

“不。”

“我可能会不那么清醒，爱喝酒，被收进精神病院。可是我还是能把工作做得比墨菲特好，你知道的。”

“你的问题，奥哈尔，是你不知道你什么时候能交好运。”唐身体前倾，声音放低，“听着——给我停止牢骚，听就是了。你从非洲回来的时候，楼上有许多谈论，”他示意编辑们的办公单元区——“关于你是否应该被解雇。整个事件……他们担心你，小子。不管怎样，只有上帝知道到底怎么回事，可是你确实在这里交到了不少朋友，有些人还非常重要。他们考虑了你经历的所有事，保留了你的职位。即使当你在……”他尴尬地指指他身后，“……你知道的。”

安东尼依然冷静地凝视着他。

“总之，他们不想你做任何太……有压力的事，所以，控制好自己的情绪，抖擞地出发去法国，要对你能得到这样一份工作而心存感激，你还可以偶尔在红色的蒙特卡洛的山脚下吃饭。谁知道呢？没准你在那儿还能捕获某位小明星的芳心呢。”

之后是一阵长长的沉默。安东尼实在不知道该以怎样的表情来面对唐，唐捻灭了他的烟，“你真的不想做？”

---

① Brigitte Bardot（1934年9月28日~ ），法国著名模特、影星。昵称“BB”，又称“性感小猫”。

“不想，唐。你知道我不愿意。写一个人的出生、婚姻、死亡实在没什么意思。”

“天哪。你真是一个爱唱反调的家伙，奥哈尔。”他伸出手去够一张打字纸，那张纸是先前他从他桌上的长钉上撕下来的，“好吧，那么，拿着这个。薇薇安·利正在赶往亚特兰大。她将在奥利弗演戏的那个剧院外面安营。显然他不会跟她说话，她跟八卦专栏作者们说她不知道那是为什么。你去发掘发掘他们为什么要离婚，如何？没准等你到那儿，可以对她的穿着来一番精彩的描述。”

又是一阵长长的沉默。房间外面，菲普斯又撕下三张纸，一边骂骂咧咧地拍打自己的前额。安东尼捻灭自己的烟，犀利地朝他的老板看了一眼。“**那么我去吧**。”他说。

安东尼在为晚宴整装的时候想，那些显贵们的某些特质总是让他想要对他们挖苦一番。也许是因为这些极少被反对的男人们内心里固有的自信，也许是因为即使他们扔出最乏味的观点，大家也会对之活见鬼地认真，因此他们就越发浮夸自负。

起初他发现劳伦斯·司特灵比他原本期待的更谦和；那个人很礼貌，他的回答都经过了仔细考虑，他关于自己工人的观点也很开明。但是随着那一天渐渐接近结束，安东尼看出他是那种控制欲极强的人。他对人们说话，而不是从人们那里要求信息。他对自己小圈子之外的东西几乎没有兴趣。他是一个让人讨厌的人，足够富有和成功，以至于不会再尝试任何别的事物了。

安东尼往下拉了拉他的外套，自己也奇怪为什么会同意去参加晚宴。司特灵在采访结束的时候邀请了他，而且在不经意间，他也承认了他在安提比斯①不认识任何人，除了在酒店里匆匆吃点饭，也没有什么其他的计划。事后他怀疑司特灵邀请他的目的是以为他会因此在报道中多加一些褒美。他刚刚勉强接受了邀请，司特灵就嘱咐司机七点半来“帽子酒店”接他。“你找不到我家的。”他说，“它隐藏得

---

① 法国东南部一城市，位于尼斯和坎纳之间的李维欧拉。这里是海港和旅游胜地，也是欧洲一个最大的花卉种植区的中心。

很好，公路上很难发现。”

我确信，安东尼想。司特灵看上去不是那种喜欢跟人随意交流的人。看门人见到外面的接送客车时明显精神一振。突然间，他赶忙跑出去拉开了门，他整张脸上洋溢着暌违已久的微笑。安东尼无视他。他朝司机致意之后便钻入了前乘客座——这时候他意识到，这样让司机有一点不舒服，可是如果坐在后面，他就会像个冒名顶替者。他摇下车窗，让地中海温暖的和风拂过他的面颊。长而低的轿车奔驰在海滨路上，路边充盈着迷迭香和百里香的香气。他的视线循迹远处紫色的小山。此前他早已熟悉了更加异域的非洲景色，都快忘了欧洲的某些地方是多么美丽。

他有一搭没一搭地谈天——向司机询问这个地域，他还为其他哪些人开过车，此地的普通人的生活是怎样的。他忍不住，因为知识就是一切。他的一些最好的线索就来自要人们的司机和其他仆从。

“司特灵先生是一位好老板吗？”他问。司机瞪了他一眼，他的举止收敛了些，没有刚才那么放松了。“他当然是。”司机说，语气中暗示着这场谈话结束了。

“很高兴听到你这么说。”安东尼回答道，等他们到达那座白色的大宅邸时，他给了这个人丰厚的小费。当他注视着汽车消失在后方那明显是车库的地方时，他感觉到一丝淡淡的渴望。不善谈如他，情愿与这位司机分享一个三明治或是跟他玩纸牌，也不愿意与李维欧拉的乏味富人们做客套的谈话。

那座18世纪的房屋就像是属于有钱人的，规模过大，整洁无瑕，它的正面由几个工作人员无止境地看守着。石头铸成的车道宽敞平坦，车道一边是抬升的石板路，没有杂草胆敢从那里冒出。雅致的窗户在漆过的遮板之间闪闪发光。一段雄伟的石台阶领着来客们进入巨大的门厅，那里已经回荡着其他用餐者的谈话声，装点着修筑了大型花坛的基座。他缓缓地走上台阶，感到石头依然冒着白天的阳光留下的热气。

有七名其他的客人在用餐：芒克里夫斯夫妇——司特灵夫妇从伦敦来的朋

友，那位妻子的视线赤裸裸地在评估他；本地市长，拉法耶特先生，和他的太太及女儿，后者是一个小巧玲珑的黑发暗肤色女孩，画着浓重的眼妆，调皮伶俐；还有一位年纪大一些的先生和蒂玛瑟女士，她明显是住在旁边的别墅里的。司特灵的妻子是一位身材苗条的金发女郎，装束是格蕾丝·凯利[①]式样的。这样的女人常常谈不上有什么个人兴趣，终其一生都陶醉在别人对她们的恭维赞美中。他希望被安排在芒克里夫斯夫人身边坐下。他不介意她审判式的目光，她会是一个挑战。

“那么，你为一家报纸工作，奥哈尔先生？”上了年纪的法国女子抬起头打量着他。

“是的，在英格兰。”一位男仆端着放了酒的托盘出现在他的手肘旁。“你们有什么软饮料吗？比如，汤力水？”那人点点头，离开了。

“什么报纸呢？”她问。

“《国民报》。”

“《国民报》。”她重复道，带着明显的惊愕，“我从没听说过它。我听说过《泰晤士报》。那是最好的报纸，对吗？”

“据说人们是这么认为的。”哦，天哪，他想。请让食物好吃一点吧。

银色的托盘出现在他肘边，上面是装着加了冰的汤力水的高脚玻璃杯。安东尼将视线从其他人正在饮用的亮晶晶的干白葡萄酒上避开。他开始尝试用一点他的“学童式法语”与市长的女儿聊天，后者却以完美的英语回应他，当然这英语里头带有一些迷人的法式轻扬语调。太年轻，他想。他注意到了市长在皱眉。

他很满意地发现自己最终落座时，坐在了伊冯娜·芒克里夫斯旁边。她很礼貌，懂得享受生活——而且完全不在乎他说的。**该死的幸福已婚者**。珍妮弗·司特灵坐在他左边，正转过脸去和别人聊天。

---

① Grace Patricia Kelly（1929年11月12日~1982年9月14日），好莱坞知名女影星，奥斯卡影后。嫁给摩洛哥王子。

“您会在这里待很长时间吗，奥哈尔先生？”弗朗西斯·芒克里夫斯是一个高瘦男子，与他太太在外形上很匹配。

“不。”

“您通常都待在伦敦吧？”

“不。我压根儿就不报道伦敦的事。”

“您不是一名财经记者吧？”

“我是一名驻外记者。我报道……海外的纷争。”

“既然拉瑞挑起，”芒克里夫斯大笑，“你都写些什么样的事啊？”

“哦，战争，饥荒，疾病。令人激动的事情。”

“我不认为那些事有什么让人激动的。”上了年纪的法国女人小啜了一口她的红酒。

“去年一整年我一直在报道刚果危机。”

“卢蒙巴[①]是一个骚乱制造者。”司特灵插嘴道，“比利时人如果认为这个地方的人可以为所欲为，只要不至于因为没有他们就沉沦，那么他们就是胆小如鼠的傻瓜。”

“您觉得非洲人不可信，没法处理好他们自己的事务吗？”

“卢蒙巴前不久还是一个打赤脚的丛林邮递员。整个刚果，没有一个有色人种是受过职业教育的。”他点亮一根雪茄，喷出一团烟，“一旦比利时人走了，他们如何能让银行或是医院正常运转呢？那个地方会成为一个战场。我的矿在津巴布韦—刚果边界，我已经起草了寻求特别庇护的申请。津巴布韦庇护——刚果人再也信不过了。”

---

① 帕特里斯·卢蒙巴（Patrice É mery Lumumba，1925年~1961年），非洲政治家，刚果民主共和国的缔造者之一。1960年7月，比利时派军入侵刚果加丹加省（今沙巴区）、开赛省时宣布独立，新生的共和国面临危机，卢蒙巴寄希望于联合国。但美国控制的联合国军抵达后，拒绝与合法政府合作以恢复刚果统一。9月14日，刚果国民军参谋长蒙博托·塞塞·塞科发动政变，联合国军以保护为名软禁了卢蒙巴。11月27日，卢蒙巴潜离利奥波德维尔，前往东方省，想和政变后迁往斯坦利维尔的合法政府会合，但途中被绑架。后被冲伯集团杀害。

一阵短暂的沉默，安东尼的下巴在轻轻抽动。司特灵弹了弹他的雪茄："那么，奥哈尔先生，你在刚果的时候都待在哪里呢？"

"主要是在李奥比德维尔[①]，布拉扎维[②]。"

"那么你应该知道，刚果军队是没法控制的。"

"我知道独立对于任何国家来说都需要花费一段考验的时日。而且，杰森中将如果能有外交策略一些，可能会拯救更多人的生命。"

司特灵在吸烟期间一直盯着安东尼。安东尼觉得自己正在被他揣摩。"那么，你也陷入了卢蒙巴的祭仪。又一位天真的自由主义者。"他的笑冷冰冰的。

"非常难以相信，许多非洲人的生活条件真是差到不能再差了。"

"那么你跟我一定是不同了。"司特灵反驳道，"我相信总有这样的民族：对他们来说，自由可能是一种危险的礼物。"

房间里一片寂静。远处，一辆摩托车轰鸣着爬上一座小山。拉法耶特女士焦虑地伸出手整了整头发。

"好吧，我不能说我对此了解什么。"珍妮弗·司特灵谨慎地说。她把餐巾整齐地铺在大腿上。

"太令人沮丧了。"伊冯娜·芒克里夫斯赞同地说，"好多个早晨，我都不看报纸了。弗朗西斯看运动和都市版，而我热衷于我的杂志。我们经常是根本就不碰新闻。"

"我太太认为没在《时尚》里报道的东西就不能称之为新闻。"芒克里夫斯说。

紧张的气氛松弛下来了。谈话在延续，侍者不断斟满他们的杯子。男人们讨论着股票市场和李维欧拉的发展——露营者的源源涌入（导致那对上了年纪的夫妇抱怨起"健康走下坡路"），无止境的修建以及糟糕的新来者加入了英国桥牌俱乐部。

"我不应该担忧太多。"芒克里夫斯说，"蒙特卡罗的海边小屋在今年，每周得

---

① 刚果民主共和国首都的旧称，现在叫金沙萨。

② 刚果共和国首都和最大城市。

值五十镑。我不应该以为太多布特林类型[①]的人会付那个钱。”

“我听说艾尔莎·麦尔斯维尔[②]建议用泡沫塑料铺在那些鹅卵石上面，那么海滩对某人的脚来说就不会那么不舒服了。”

“某人要在这个地方面对可怕的艰难险阻啊。”安东尼静静评论道。他想要离开，可在用餐的这个阶段，那是不可能的。他觉得离他来的地方已经太远了——似乎他被抛到了一个平行宇宙里。他们的生活建筑在乱糟糟的、非洲的恐怖之上，到底他们是怎样习惯这一切的？他犹豫了片刻，然后示意一位侍者要一些红酒。桌上的客人没人注意到。

“那么……你会给我丈夫写一些了不起的东西，是吗？”司特灵夫人正盯着他的袖口看。第二道主菜，一大盘新鲜海鲜已经放在了他面前，她也把脸转过来对着他。他整了整自己的餐巾：“我不知道。我应该吗？他了不起吗？”

“照我们亲爱的朋友芒克里夫斯先生的话来说，他是良好的商业实践的一个标杆。他的工厂是依照最高标准建造的。他的营业额每年都在增加。”

“那不是我问你的。”

“不是？”

“我问你，他是不是了不起。”他知道他显得尖刻了，可是酒精已经唤醒了他，使得他全身刺痛。

“我不认为你应该问我，奥哈尔先生。一个妻子在这种事情中无法不偏不倚。”

“哦，在我的经验中，没有什么人能比一个妻子更不偏不倚了。”

“你继续。”

“还有谁能在结婚几个星期里就知道她丈夫所有的缺点，还带着法庭审讯般的精确度，从记忆中有条不紊地指出它们？”

---

① Butlin 's，是英国的一个连锁大型度假营。布特林营由比利·布特林（Billy Butlin）1936年创建，为普通英国家庭提供可负担得起的度假。

② Elsa Maxwell，生于1883年，20世纪20年代到50年代，从纽约到洛杉矶，从巴黎到蒙特卡洛，她一直不停地举办豪华盛大的派对，而且花样新奇，被戏称为“20世纪最具创意的派对女主人”。

“您妻子像是残忍得可怕啊，我情愿听到她的声音。”

“实际上，她是一个非常聪明的女人。”他看着珍妮弗将一只小虾扔进自己的嘴里。

“真的？”

“是的，聪明到几年前就离开了我。”

她把蛋黄酱递给他。见他没有动，她舀了一勺到他盘子的一边，“这意味着你并非很了不起吗，奥哈尔先生？”

“在婚姻这件事上吗？不。我当然没什么了不起的。可是在其他任何方面，我是，当然，无与伦比。而且，请叫我安东尼。”似乎他被传染上了他们的矫揉造作、他们讲话时不加掩饰的傲慢。

“那么，安东尼，我确信你和我丈夫会相当合得来的。我相信他对他自己有同样的观点。”她的视线停留在司特灵身上，然后又回头看他，等待着。于是他觉得她也许不像他以为的那么令人生厌。

在享用主菜期间——牛肉卷，配有奶油和野蘑菇——他发现珍妮弗·司特灵，沃玲德家的小姐，已经结婚四年了。她大多数时候都住在伦敦，她的丈夫每年要为自己的矿藏出国无数趟。他们到李维欧拉来过冬、消夏，以及当感觉到伦敦生活乏味之后，到这里来度个小小的假。“这里的人口密度太大。”她说，眼睛示意对面的市长夫人，**“你不会想要一直在这里住着的，在金鱼缸里。”**

这些都是她告诉他的事，这些事本应该将她划为又一位被宠坏的富人妻子。可是他也观察到了其他事：珍妮弗·司特灵可能有一点被忽略，她更聪明，至少超过她的身份所需要的程度。眼下，只有她眼中悲伤的小苗头暗示着这样一种自我意识。她陷入了一个永不结束又无意义的社交旋涡中。

没有孩子。

“我听说，两个人必须在同一个国家里待上很长一阵子，才可能有机会有孩子。”她这么说，他好奇她是不是在跟他发送什么信息。可是她显得老实诚恳，还被她自己的具体情况逗乐，却不失望。“你有孩子吗，安东尼？”她询问道。

“我——我似乎一不留神弄出了个孩子。他跟我前妻住在一起，她尽其所能地确保我不会使他腐化堕落。”当他脱口而出时，他便知道自己喝醉了。清醒时，他永远不会提到菲利普。这一次，他看见她的微笑背后有什么严肃的东西，似乎她在考虑要不要给予同情。**别**。他期待的是她的沉默。为了掩饰自己的尴尬，他给自己又倒了一杯红酒，“很好。他——”

“她为什么会认为你能造成腐化堕落的影响，奥哈尔先生？”玛丽埃塔，那位市长的女儿，从桌对面问道。

“我怀疑，小姐，是我自己更倾向于腐化堕落。”他说，“如果不是我已经决定要给司特灵先生写一篇极具溢美之词的小传，恐怕我要大书特书的便是此番美食和他桌边的作陪成员了。”他停顿了一下，“什么会让您腐化堕落呢，芒克里夫斯夫人？”他问道——她似乎是最安全的人，在这种问题上。

“哦，我最廉价了。任何人不费吹灰之力就可以让我腐化堕落。”她说。

“好一个腐败分子！”她丈夫爱怜地说，“花了我好几个月才让你腐化堕落。”

“很好，你必须收买我，亲爱的。不像这儿的奥哈尔先生，你太缺乏好的外表和魅力了。”她朝他脸上亲了一口，“而珍妮可是完完全全不会腐化的。你想象得到她居然是彻彻底底的大善人一枚吗？”

“如果价格合适，这个地球上没有人是不会腐化的。”芒克里夫斯说，“即使是甜蜜的珍妮。”

“不，弗朗西斯。拉法耶特先生是我们真正的正直标杆。”珍妮弗说，她的嘴唇淘气地朝着角落处抽动。她开始看起来有一点忘形了。“毕竟，没有什么能比法国政治更腐化堕落的了。”

“亲爱的，我不认为你具备谈论法国政治的条件。”劳伦斯·司特灵插嘴道。

安东尼看见了她脸颊上飞起的红云。

“我只是说——”

“嗯，别。”他轻轻地说。她眨了眨眼，凝视着自己的盘子。

一阵短促的嘘声。

“我相信您是对的，女士。”拉法耶特先生殷勤地对珍妮弗说，同时放下眼镜，“然而，我可以告诉您我在市政厅的对手是多么卑鄙的一个无赖……以合适的价格，当然。”

一阵笑声如涟漪般回荡在桌旁。玛丽埃特的脚在桌下挨着安东尼的。在安东尼的对面，珍妮弗·司特灵悄声指导佣人们收拾盘碟。芒克里夫斯夫妇忙于和蒂玛瑟先生左右两边的客人谈话。天啊，他想。我在跟这些人做什么啊？**这不是我的世界**。劳伦斯·司特灵正在跟他旁边的客人在强调什么。一个傻瓜，安东尼想。他心里说着，同时也意识到他自己，有着失去的家庭、正在消失的职业前景、不富有，可能比别人更准确地符合这种形容。对他儿子的提及、珍妮弗·司特灵的羞辱和酒劲儿一起，使他的心情一团暗灰。治疗不如意的心情只有一招：他不得不示意侍者再给他来点酒。

蒂玛瑟夫妇十一点一过就离开了，拉法耶特一家也在几分钟后离开——早上还有市政委员会的事务，市长解释道：“我们比你们英国人开始得更早。”他们没有再享用接下来的咖啡和白兰地。他与安东尼握手道：“我会非常有兴趣阅读您的文章，奥哈尔先生。今晚很愉快。”

“我也很高兴，相信我。”安东尼站着挥手，“我一直对议会政治非常着迷。”他现在已经很醉了。话语于他几乎就是不假思索地脱口而出，他使劲地眨眼，意识到他无法控制这些话被别人接受的程度。他也几乎记不得过去一小时里他都跟别人讨论了些什么。市长与安东尼对视了有一会儿，然后他松开了手，转过身。

“爸爸，我想留下来，如果你不介意的话。我确信这些好心的绅士中总有谁不久后会送我回家的。”玛丽埃特意味深长地看着安东尼，后者夸张地点点头。“我可能需要您的帮助，小姐。我一点都弄不清楚自己是谁。”他说。

珍妮弗·司特灵正在挨个亲吻拉法耶特夫妇。“我保证她会安全地回去的。”她说，“多谢光临。”接着她用法语说了些什么，他没听清。

夜变得凉起来，可是安东尼几乎感觉不到。他意识到远处的海浪拍打着海滨，一边痛饮什么人塞到他手里的上好的干邑白兰地，偶尔也听到芒克里夫斯和司特灵讨论股票市场以及海外的投资机遇，但他并不专注。他已经习惯于在一片陌生的土地上茕茕孑立，与自己兴趣相投的人舒适自如地在一起。可是今晚他感觉到平衡在撤退，自己变得易怒而脆弱。

他看了一眼那三个女人，两位黑发的和一位金发的。珍妮弗·司特灵正在伸出一只手，也许是在炫耀什么新配的珠宝。其他两位在喃喃低语，不时在谈话间爆发出一阵大笑。玛丽埃特不时看着他，满眼微笑。里头有什么阴谋的暗示吗？十七岁，他警告他自己。太年轻了。

他听见蟋蟀的鸣叫、女人的笑声、从房屋深处传来的几丝爵士乐。他闭上眼睛，然后睁开，看看手表。不知怎的，已经过去一个小时了。他有一种恼人的感觉，刚才他似乎在打盹。算了，是时候离开了。“我认为，”当他从椅子上勉强站起来的时候，对男人们说，“我也许应该回我的酒店去了。”劳伦斯·司特灵站起来。他正在吸一支大号雪茄。“让我叫我的司机来。”他转身向屋子走去。

“不，不用。”安东尼抗拒道，“新鲜空气对我很好。非常感谢您给了我这样一个……一个有趣的晚上。”

“如果你需要更多信息，明早给我的办公室打电话。直到午餐时间我都会待在那里。之后我就要去非洲了。除非你愿意跟我一起去，看看第一手的矿藏？”

“其他时间吧。”安东尼说。

司特灵摇动着他的手，一次简单而坚定的握手。芒克里夫斯照着做，然后对着他的头斜出一只手指，给予无声的致敬。安东尼转过身朝花园大门走去。花坛中安放的小灯笼照亮了路径。在前方，他可以看见黑沉沉的海上，只只船舶上的灯光。微风将露台上被压低了的声音携带给他。

“有趣的家伙。”芒克里夫斯说，声音里却暗示着他内心的想法正相反。

“比一个自我满足的道学先生要好一些吧。”安东尼用只有他自己才能听得到的声音喃喃道。

“奥哈尔先生？你介意我跟你谈谈吗？”

他惊得一转头。玛丽埃特站在他身后，抓着一个小手袋，肩上搭着一件开衫。“我知道去城里的路——我们可以走一条捷径。我怀疑你自己走的话会迷路。”他在砂石的路径上摔了一跤。那女孩用自己小巧的褐色的手搀了他一把。“有月光还挺幸运的。起码我们可以看见自己的脚。”她说。

他们沉默地走了一小段路。安东尼听见他的鞋子踩在地上的沙沙声，当他绊到一簇野薰衣草时，他居然发出了一声奇怪的喘息。尽管有温暖而潮湿的夜晚和挽着他胳膊的可人女孩，他还是因为某些无法言说的事物觉得特别想家。

“你很安静啊，奥哈尔先生。你确定你没有再度睡着吗？”他俩想起刚才在那所房子里的事，都爆发出一阵大笑。

“告诉我，”他说，“你喜欢那样的晚上吗？”

她耸耸肩，“那是**一座不错的房子**。”

“一座不错的房子。这是你对一个愉悦之夜最主要的评判，是吗，小姐？”她扬起一边眉毛，显然并没有因为他话语中的尖锐而困扰。“玛丽埃特，哦，我能否理解为你并不开心？人们喜欢那样。”他宣布，同时意识到自己听起来醉醺醺的，而且充满火药味儿，“搞得我都想插一把手枪到自己嘴里，然后扣动扳机。”

她轻笑。他因她的顺从而有一丝小小的满足，他继续就自己的主题趁热打铁，“男人们只会谈论每个人的财富，女人们只看得见自己戴的该死的珠宝。他们有钱，有机会，可以做任何事，看见任何东西，可是没有人能对他们狭小的世界之外的事物有任何观点。”他再一次跌倒，玛丽埃特的手抓紧了他的胳膊。

“我情愿将这一晚花在跟帽子酒店外面的穷人们聊天上。除非，无疑，像司特灵那样的人会让他们收拾干净，将他们安置在不让他们觉得太被冒犯的地方。”

“我本来以为你喜欢上了司特灵女士。”她责怪道，“显然，李维欧拉有一半的男人都爱着她。”

“**被宠坏的小太太**。玛丽埃特小姐，**你可以在任何城市找到她们，她们艳若桃花，可是脑子里没有任何原创的思想**。”

他将自己的激烈演说持续了好长一段时间，终于意识到那女孩早就停下来了。他感觉到气氛不对，便向身后看了一眼，当视线定格后，他看见珍妮弗·司特灵站在离他们只有一米的地方。她抓着他的亚麻布外套，金发在月光下泛着银光。

“你把这个落下了。”她说，将手伸过来。他的下巴收紧了，她的眼睛在蓝色的月光下灼灼发亮。

他走上前去接过它。她的声音穿过静止的空气。“我很遗憾，我们让您如此失望，奥哈尔先生。我们的生活方式对您造成了冒犯。也许如果我们是黑皮肤的或是一贫如洗的，才能获得您的认同。”

“天哪，”他说，接着喉头吞咽了一下，“我很抱歉——我喝得太醉了。”

“显而易见。也许我可以请求您，无论您对我和我被宠坏的生活的个人观点如何，请您不要在报纸上攻击劳伦斯。”她开始朝山上往回走。

他畏缩了，沉默着，心里在懊悔。她离去的话语飘散在微风里：“也许下一次您面对要忍受这样乏味的一群人的情形时，您会发现说一声**‘不，谢谢你’**要更容易。”

你不会让我握住你的手，哪怕就是你的小拇指。我的小桃树。

男性致女性，经由信件

第四章　信

1960·冬

“我要开始吸尘了，太太。希望不会打扰到您。”她听见脚步声穿过楼梯间的平台走来，于是又蹲了回去。柯多扎太太手里拿着真空吸尘器，在门口停下，“哦！您所有的物件……我不知道您在整理这个房间。您想让我搭把手吗？”

珍妮弗擦了擦前额，俯瞰了一遍她衣橱里的内容。里面的东西已经铺满了她卧室的地板，将她包围其中，“不了，谢谢，柯多扎太太。你忙你的，我不过是重新规整一下我的东西，方便日后找到。”

管家盘桓着不走：“只要您确定就行。我打扫完之后会去商店。我已经放了一些冷切食品在冰箱里。您说过您午餐时不想吃太肥厚的东西。”

“那样就足够了。谢谢。”接下来她便又是一个人了，吸尘器沉闷的吼叫声沿着走廊弱下去。珍妮弗伸直了她的背，揭开又一个鞋盒的盖子。她做这些事已经有好几天了，在隆冬季节进行着春天才有的大扫除，而在其他房间，有柯多扎太太帮忙。她已经把架子上和橱柜里的东西都倒腾了出来，检查，重新排列，以一种可怕的高效率使之洁净，将她自己埋首于她的所有物中，将她做事的方式铭刻在一座她始终觉得不属于自己的房子里。

这种行为一开始是被当作分散注意力的举动来做的，一种让她不要太多思考她是如何感觉的方法：彼时她觉得她正在履行其他所有人都委派给她的一种角色。现在它已经成为一种将她自己拴在这个家的方法，一种发现她是谁、她曾经是谁的方式。她找出了信件、照片、童年时候的剪贴簿——她坐在一匹胖胖的小白马上，梳着小辫，怒气冲冲。她辨认着她上学时候小心书写的笔迹，她的往来信件中那些无礼的玩笑，欣慰地认识到她可以回忆起从前的全部。她开始估算曾经的她是多么不同：一个活泼、被人爱怜的，甚至是被宠坏了的生物，而现在她就栖于这样一个女人的体内。

她知道可以用来了解自己的几乎一切事，但那并没有改善她经常存在的错置感。她总是觉得，**她被扔进了错误的人生**。

“哦，亲爱的，每个人都会那么觉得。”在头一天晚上，当珍妮弗饮完两杯马提尼，诉说完这种感觉后，伊冯娜同情地拍着她的肩膀这么说。“我都没法告诉你，有多少次，当我醒来，凝视着我正在打鼾的讨厌的宿醉丈夫，他身上那种不属于成人的可爱时，我都会想，究竟为什么我会终结于此？”

珍妮弗当时试着笑。没有人想听她继续唠叨。她无从改变，只有顺应。那次晚宴的第二天，她感到焦虑和难过，于是独自来到医院，请求跟哈格里夫斯先生谈谈。他立刻把她带入他的办公室——她怀疑，他更多是出于对超级有钱的客人的妻子的一种职业礼貌，而不是发自内心地对病人谨慎关切。他的回答虽然没有伊冯娜的那么轻率，却还是老生常谈：“脑中的肿块可以以各种方式影响到你。”他说，掏出自己的烟，“有些人发现难以集中，其他人在不恰当的时刻流眼泪，或是发现自己会长时间地愤怒。我曾有个男病人，他变得脾气反常，暴力。情绪低落是你对自己经历过的事的一种反应，这并不罕见。”

“可是，还不止那样，哈格里夫斯先生。我真的想我应该觉得更加……好些了，到目前为止。”

“而你并不觉得好些了？”

“一切似乎都错了，被放错了地方。”她生硬地笑了，笑得很短暂，“有时我都想我要疯了。”

他点点头，似乎他以前听她这样说过许多次：“时间真的是一个伟大的疗愈者，珍妮弗。我知道这非常陈词滥调，但却是真的。不要因为要遵循感觉的某些正确方式而烦恼。在头部伤害范畴中，还真的没有先例。有一段时期，你可能会觉得很怪异——被错置，像你自己提到的。同时我会给你一些药，会有点帮助。

试着不要对事情太纠结。”

他已经在开处方了。她等了一会儿，拿到了处方，起身离开前，告诉自己试着不要对事情太纠结。

一个小时以后她回到了家，此前她本来已经开始要整理房屋的。她有一间满是衣服的更衣室。她有一个核桃木的珠宝盒，装着四枚品质精良的宝石戒指，一个次等一些的盒子里装着许多服装饰物。她摞起最后一个盒子的时候注意到，她有十二顶帽子、九双手套和十八双鞋。她在每个盒子的尾部写下了一个简单描述——低等法院、深红色，以及晚上、绿丝。她把每双鞋都抓握了一次，试图从中分离出从前一个场合的某些记忆。好几次，一个稍纵即逝的影像经过她的思绪：她的脚，被绿色丝绸覆盖，从一辆出租车上下来——**去一个剧院？**——但那些记忆却令人沮丧地短命，在她来得及梳理它们之前就闪退了。

试着不要对事情太纠结。

正当她把最后一双鞋放回盒子里，突然间，她发现一本平装书。那是一本廉价的历史爱情小说，塞在纸巾和盒子的边侧之间。她凝视着封面，好奇为什么她不能像对书架上的许多书那样回忆起这本书的情节。可能我买了它，又不喜欢它了，她想，一边轻轻翻阅前面的几页。那本书看上去相当夸张。她打算今晚稍稍翻阅一下，如果不对她的口味，她就交给柯多扎太太。她把它放在床头桌上，掸了掸她裙子上的灰尘。现在她有了更多紧急的事情要做，比如将这团乱麻收拾齐整，想好今天晚上她究竟该穿什么。

第二封信有两张纸。它们几乎互为副本，莫伊拉想。她读着它们，同样的症状，同样的抱怨。它们从同一家工厂而来，每个员工都在那里工作了二十年。也许这件事有关于工会，像她老板此前说的，但有一点让人紧张不安的就是几年前这种通信好似微弱的涓滴，如今已经成为一种有规律的奔流，奔流，奔流。

她抬起头看，看见他正从午餐地点回来，期待着她要告诉他的东西。他在跟威尔佛德先生握手，他们的脸庞洋溢着满意的笑容，意味着刚才开了一场成功的会议。经过最短暂的迟疑，她把两封信收起来，放入了她最上一层的抽屉。她会把它们和其他的信放在一起。无须替他担心。她知道，毕竟，他就是这么说的。

她让自己的视线停留在他身上有一会儿，而他正目送威尔佛德先生从会议室出来，朝电梯走去。她想起了那天早上他们的谈话。当时办公室里只有他们两人。其他秘书九点之前鲜少现身，可是她固定地会早到一小时，打开咖啡机，放好他的文件，检查隔夜的电报，确保他来的时候，在办公室里可以立刻开始顺畅地工作。那就是她的职责。除此之外，她喜欢在她自己的桌前吃早餐：比起在家里吃，在这里起码不会那么孤独，自从妈妈去世后。

他示意她进他的房间。他站立着，手半抬着。他知道她会注意到他的姿势：她总是保持警醒，以备他有需要。她理平了裙子，利落地走了进来，期待某项指示、一种对数据的需求，可他却越过她，在她身后静静地关上门。她试图压制住一阵激动的内心深处的颤抖。他以前从没在她身后关上过门，**五年来都没有**。她的手不自觉地碰到了她的头发。

他向她迈出一步，声音沉下来："莫伊拉，我们几个星期前讨论的那件事。"她一直盯着他，被他如此接近以及未预料的回到正题吓坏了。她摇了摇头——有一点愚蠢，事后她怀疑。"我们讨论的那件事——"他的声音携带了一种不耐烦的暗示，"在我妻子的事故之后，我想我应该检查。从来没有什么……"

她恢复了常态，翻动着自己的领子，"哦。哦，不，先生。我去了两回，应您的要求。不，什么事都没有。"她等了好一会儿，然后补充道："完全没有，我非常肯定。"

他点点头，似乎在确认。接着他朝她微笑，一个他很少展露的、绅士般的微笑："谢谢你，莫伊拉。你知道我有多么欣赏你，对吧？"

她觉得自己因欢愉而刺痛。他走向门，再次打开了它："你的审慎一直是你最让人尊敬的特质之一。"

她不得不用力吞咽了一下，才得以开口："我……您可以一直信赖我。您知道的。"

"你怎么了，莫伊拉？"那天稍后在女化妆间，一位打字员问道。她意识到了她在哼歌。她仔细地给嘴唇补妆，又洒了点味道轻微的香水，“你看起来像是得到了奶油的猫啊。”

“也许收发室里的玛丽奥终于寄走了她的长筒袜。”一阵令人不愉快的咯咯笑从格子间传来。

“如果你把用在闲聊上的精力放一半在工作上，菲利斯，你可能获得的职位远比高级打字员要好。”她离开的时候说。当她走进办公室时，即使那些交头接耳和窃窃私语也减退不了她的欢乐。

广场上到处都是圣诞灯，白郁金香形状的大灯泡。它们垂在维多利亚式灯柱上，或是参差不齐地盘绕着，被绑在标记着社区花园边界的树上。

“一年比一年提前。”当珍妮弗走进起居室时，柯多扎太太从八角窗边转身评论道。她正打算放下窗帘，“都还没到十二月呢。”

“可是非常漂亮。”珍妮弗正在戴一只耳环，“柯多扎太太，你是否介意帮我把脖子上的这颗纽扣系紧？我好像够不着。”她的手臂在好转，但还是缺乏灵活性，她依然不能自主穿衣，总得依靠帮助。年长的女人把领子拉起，系紧暗蓝色的包丝纽扣，站了回去，等待珍妮弗转身。“您穿那条裙子总是这么可爱。”她观察道。珍妮弗已经习惯了这样的时刻，当她脱口而问“是吗？什么时候？”时因为觉得不妥而突然住嘴。她已经熟练于隐藏它们，熟练于让她周围的世界确信她的确知道她自己的位置。

“我好像记不起来我上一回穿它了。”过了一会儿，她怔怔地说。

“是在你的生日宴会上，你穿着它去切尔西的一家饭店。”

珍妮弗希望这会从脑海中挤出一段记忆来，但没有。“对啊。”她说，一边迅速地笑开，“那是一个可爱的晚上。”

“今晚你们会去特殊的场合吗，夫人？”

她检查了一下壁炉架上方镜子里自己的倒影。她的头发梳成了柔和的金色波浪卷，她的眼圈被眼影粉仔细地涂抹过，“不，我不这么认为。是芒克里夫斯夫妇邀请我们出去，吃饭，跳舞。还是平常的那群人。”

“我会多待一个小时，如果你不介意的话。有一些床单需要上浆。”

“我们真的会给你所有额外的工作都付钱吗？”她想也不想地问。

“哦，是的。”柯多扎太太说，“您和您丈夫总是很慷慨。”

劳伦斯——她依然不能将他想成拉瑞，无论别人怎样叫他——他已经说过他不能提前下班，因此她说过她可以坐出租车去他的办公室，他们可以从那里走。他当时看起来有一点勉强，可是她坚持。在过去的几周里她一直在试图强迫自己更多地走出家门，以宣告自己的独立。她一直在购物，一次是跟柯多扎太太一起，一次她自己，慢慢地沿着肯辛顿步行街来来回回，试着不要让拥挤的人群、无止境的喧嚣和推推搡搡让她疯狂。两天前她从一个百货商店里买了一大包东西，并非因为她特别渴望或是需要它们，只因为这样她就可以带着一个被实现的目标而回家了。

“我能帮您穿上这个吗，夫人？”管家握着一件蓝宝石的锦缎披风。她把它举到肩膀的位置，让珍妮弗往袖子里一次滑入一只手臂。

衬里是丝绸的，她欣悦地感受着锦缎围绕着脖子的重量。她穿上之后转过身，拉了拉领子，问：“你离开这里之后，通常都做什么呢？”

管家眨了眨眼，有一点发怔：“我都做什么？”

“我的意思是，你去哪里？”

“我回家。”她说。

“去……你家人那里？”我同这个女人在一起有太多时间，她想，可我却对她一无所知。

“我的家人在南非。我的女儿们都成年了。我有两个孙辈。”

“当然。请原谅我，可是我还是记不起我本应该记得的事。我不记得你是否提起过你丈夫。”

那女人看着她的脚。“他差不多八年前去世的，夫人。”见珍妮弗不说话，她继续道，“他是德兰士瓦[①]的矿藏那里的一名经理。您的丈夫给了我这份工作，

---

① 南非的一个省。

因此我可以继续供养我的家人。”

珍妮弗觉得自己好像在窥探的时候被抓住了一样：“我太抱歉了。正像我说的，此刻我的记忆有点不可靠。请别以为那反映了……”柯多扎太太摇摇头。珍妮弗的脸唰地红了，“我保证，在正常情形下我会——”

“哦，夫人。我能明白……”管家仔细地说，“……您现在的状态还不太好。”她们站在那儿，脸对着脸，年长的女人显然不太习惯珍妮弗对她的过分熟稔。可是珍妮弗的心思并不和她一样。“柯多扎太太，”她说，“你是否发现我出事后改变了很多？”她见那女人的眼睛在愣愣地查看着她的脸，却没准备好回答，“柯多扎太太？”

“可能有一点。”

“你能告诉我在哪些方面？”管家看起来挺尴尬，珍妮弗看出她害怕给出真正的答案。可是她现在停不下来，“求求你。答案无所谓对错，我向你保证。我只是……事情有一点奇怪，自从……我想要了解一下到底是怎么了。”那女人的双手在她面前紧紧相扣，“可能您更安静了。有点不那么……好交际。”

“你本来是要说从前的我更快乐些吗？”

“夫人，求您……”年长的女人摆弄着她的项链，“我不——我真的应该走了。如果您不介意，我明天再来浆那些床单。”珍妮弗还来不及再度开口说话，管家已经不见影踪了。

“海滨流浪者”饭店是梅菲尔酒店炙手可热的用餐地之一。当珍妮弗走进时，她的丈夫紧随她身后，她明白为什么：在距伦敦街道只有几码的地方，她发现自己置身于一个海滩天堂。圆形吧台上包覆着竹子，天花板也一样。地面是海草，而渔网和浮标正从椽子上垂下来。草裙舞音乐在人工石壁中嵌着的一个个扬声器中回荡，即使星期五之夜，人们的喧闹也盖不住它。一幅绘有蓝天和无尽的白沙的壁画占据了一面墙的大部分面积。一个女人，她来自一艘船的船头，挺着过于丰满的胸脯，在酒吧里显得格外引人注目。就是那儿了，正当比尔跃跃欲试要将他的帽子挂在那个女人雕刻般的乳房上时，人们发现了他。

“啊，珍妮弗……伊冯娜……你们在这儿见到了埃瑟儿·莫曼吗？”他把帽子抬起，朝她们挥手招呼。

“当心。”伊冯娜咕哝道，她正停步欢迎他们，“薇欧丽特陷在家里，而比尔已经醉得不成样子了。”看见他们自己的座位后，劳伦斯放开了珍妮弗的手臂。伊冯娜坐在珍妮弗对面，然后优雅地一挥手，招呼刚刚到达的安妮和多米尼克。比尔在桌子的另一端，当珍妮弗经过他时，他抓住了珍妮弗的手，亲了一下。

“哦，你真是一个讨厌的家伙，比尔，真的。”弗朗西斯摇摇头，“如果你不介意，我派车去接薇欧丽特吧。”

“为什么薇欧丽特会在家里？”珍妮弗任由侍者为她拉开座椅。

“一个孩子病了，她觉得不能让保姆一个人照顾孩子。”伊冯娜扬着她美丽的眉毛，将这话传达给了每个人。

“因为孩子至上嘛。”比尔插嘴道。他对珍妮弗眨眼，“最好安分守己，女士们。我们男人要照看的事可多得惊人呢。”

“我们可以来一壶什么吗？他们这里值得推荐的有什么？”

“我要来杯‘美态’。”安妮说。

“我要来杯‘皇家凤梨’。”伊冯娜说。她盯着菜单，上面有一个跳草裙舞的女人的照片，标记有“掺水烈酒清单”。

“你要什么，拉瑞？让我猜猜。一份‘巴厘海蝎’，尾巴上有一根钉子的那种东西？”比尔已经抓过酒品菜单。

“听上去挺恶心。我就来杯威士忌。”

“那么让我为可爱的珍妮弗选择吧。珍妮亲爱的，一杯‘躲藏的珍珠’如何？或是‘草裙女孩的堕落’？后者不是很新奇吗？”

珍妮弗笑了：“随便你点吧，比尔。”

“我要来一杯‘痛苦的混蛋’，因为我就是那样的人。”他兴高采烈地说，“对了，我们什么时候开始跳舞？”

几杯酒下肚后，吃的东西上桌了：波利西尼亚猪肉、虾杏仁和胡椒牛排。珍妮弗被鸡尾酒的酒劲儿弄得有点微醉，她发现自己几乎吃不下她的那一份食物。她周围，房间里已经开始比较吵了。一支乐队在角落处吵嚷，男女舞伴们都去了舞厅，一张张桌子旁的人比赛似的说话，非让人家听见不可。灯光昏暗，道道旋转的红光和金光从彩玻璃罩着的桌灯上散发出。她让自己的视线围绕着她的朋友们。比尔一直在回应她的打量，似乎希望得到她的认同。伊冯娜的手臂搭在弗朗西斯的肩上，她在说什么故事。安妮被她多彩的鸡尾酒呛了一下，从吸管上抬起头来大声笑。那种感觉又开始蠢蠢欲动了，像潮水一般永不间断：她应该在别的什么地方。她觉得好像她在一个玻璃泡泡里，远离她周围的东西——而且想家，她从一开始就意识到。我喝得太多了，她责备自己。笨丫头。她遇上了她丈夫的目光，对他微笑，希望自己看上去不像内心感觉的那么不适。他没有对她笑。我太透明了，她悲哀地想。

“那么，这是什么？”劳伦斯说，转向弗朗西斯，“我们到底在庆祝什么？”

“我们需要一个理由来取悦自己吗？”比尔说。他现在正用一根长的麦秆吸管喝伊冯娜的凤梨汁。她似乎都没注意到。

“我们有消息要宣布，对吗，亲爱的？”弗朗西斯说。

伊冯娜靠回自己的椅子，从手袋里掏出一根烟：“当然。”

“我们想要聚集你们——我们最好的朋友们——今晚在这里，在其他人知道之前，首先让你们……”弗朗西斯看了一眼他的妻子，“……差不多从现在起六个月后，我们就要有一个小芒克里夫斯了。”

一阵短暂的沉默后，安妮的眼睛瞪大了，“你们要有孩子了？”

“是的，我们当然不是去买孩子。”伊冯娜抹上了厚厚唇膏的嘴唇揶揄地抽动着。安妮已经离开了座位，绕着桌子转圈，去拥抱她的朋友，“哦，真是太棒了。你这聪明的家伙。”

弗朗西斯笑了，“其实也没什么大惊小怪的。”

“当然，想来是没什么可大惊小怪的。”伊冯娜说。他用肘部轻推了她一下。

珍妮弗觉得自己站起来了，绕着桌子走，似乎是被某种自发的冲动而推动着。她停下来亲吻伊冯娜。“这个消息真是太棒了。”她说，但奇怪为什么她会突然间觉得更难以平衡了，“恭喜。”

“我以前就想告诉你。”伊冯娜将手放在她手上，“可是我觉得我应该等到你觉得更加……”

“好一些。是的。”珍妮弗直起身，“可它真是太不可思议了，我太为你高兴了。”

“下一回就轮到你了。”比尔以夸张的严肃，用手指着劳伦斯和她。他的领子皱巴巴的，领结松了，“你俩是唯一还没有孩子的。快点，拉瑞，赶快赶快。不要让大家失望啊。”正回自己座位的珍妮弗感觉到脸上泛起了红晕。

“以后还有时间，比尔。”弗朗西斯来打圆场，“我们过了许多年才去着手要孩子。最好是先收起你们所有的乐子。”

“什么？那意味着会是一种乐子？”伊冯娜好奇地问。大家爆发出一阵大笑。

“的确是的。不用着急。”珍妮弗注视着她丈夫从内口袋里掏出一根雪茄，深思熟虑地削去末端。“完全不用着急。”她回应道。

他们进了出租车，朝家里驶去。伊冯娜在结冰的人行道上朝他们挥手，弗朗西斯的胳膊保护性地环绕着她的肩。多米尼克和安妮几分钟前就离开了，比尔看来是在向几个行人唱小夜曲。

“伊冯娜的消息的确是太棒了，对吗？”她说。

“你这么认为吗？”

“为什么这么问？当然。难道你不认为？”他凝视着窗外。城市的街道几乎一片暗黑，唯有偶尔的几盏街灯洒下可怜的一点光。“是啊，”他说，“一个孩子，的确是一个好消息。”

“比尔醉得太厉害了，是不是？”她从手袋里掏出粉饼，补了补妆。

“比尔，”她丈夫说，依然凝视着外面的街道，“是个傻瓜。”远处的几许警铃声在响。她关上包，将手叠放在大腿上，努力地想着她还可能说些别的什么，“你……当你听说那个消息时，你当时怎么想的？”他转身面对她。他的脸颊一侧被钠灯照亮了，而另一侧处在黑暗中。

“关于伊冯娜的，我的意思是。你当时没多说。在饭店里。”

“我想，”他说，而她从他的声音里发现了无止境的悲伤，“弗朗西斯·芒克里夫斯是一个多么幸运的混蛋啊。”在短短的归途中，他们再没说别的。他们到家后，他给出租车司机付钱，而她小心翼翼地在细石子铺就的台阶上拾级而上。灯是亮的，给被雪覆盖的行道洒下一片惨淡的黄光。这是安静的广场上唯一还在亮灯的房子。他醉了，她意识到，注视着他沉重而不稳的脚步砸在台阶上。她飞快地试着回忆起他喝了多少威士忌，但想不起来。一直以来她都拘囿在自己的思绪里，好奇别人眼中的她会是什么样。她似乎整天想的都是如何看起来正常，并沉浸在自己的努力中，而无暇他顾。

“你想让我去帮你拿一杯喝的吗？”他们进屋后，她说。大厅里回荡着他们的脚步声，“如果你喜欢，我可以去泡点茶。”

“不用。”他说，一边将外套扔到大厅椅子上，“我想去睡觉。”

“嗯，我觉得我要——”

“而且我希望你跟我一起去。”

就是那样了。她把她的外套整齐地挂在大厅的衣帽间里，跟着他走到楼上他们的房间。突然间，她希望她喝多了。她希望他们可以无忧无虑，像多米尼克和安妮那样，在大街上咯咯笑着，相互撞来撞去。可是她丈夫，她现在知道，不是那种会咯咯笑的人。

闹钟显示着两点差一刻。他扯下衣服，让它们堆在地板上。突然间，他看起来极度疲惫，她想，他可能会快速入睡的微弱希望跳入了她的脑海。她踢掉了自己的鞋子，意识到她无法解开她裙子上的领扣。

“劳伦斯？”

“什么？”

“你是否介意解开……”她对他背转过身。他的手指笨拙地撕扯布料时，她试图不要因此而畏缩。他的气息有着刺鼻的威士忌味和苦兮兮的雪茄味。他拉拽着，好几次抓住了她散在领上的头发，疼得她咬牙。“真费事，”终于，他说，“被我扯坏了。”他将丝绸包裹的纽扣放到她掌中。“没关系。”她说，试图不要介意，“我相信柯多扎太太会缝好它的。”

她正要去挂她的裙子，他突然捉住她的手臂。“放着。”他说。他凝视着她，他的头轻点，他的眼睛半闭着。他低下头，用手捧起她的脸，开始亲吻她。他的手循迹她的脖子、她的肩膀时，她闭上了眼睛。当他失去了平衡时，他们两人都跌倒了。接着他把她拉到床上，他的大手盖住她的胸，他的身体已经移到了她上面。她矜持地迎着他的吻，试图不要承认她对于他呼吸的厌恶。“珍妮，”他喃喃道，此刻呼吸得更急促了，“珍妮……”起码这不会太久。

她开始意识到他停下了。她睁开眼睛，发现他在看着她。“怎么了？”他粗重地说。

“没什么。”

“你的样子看起来像是我在对你做什么灾难性的事。你是这么感觉的吗？”他喝醉了，可是他的表情里还有别的东西，某种她无法估算的苦涩。

“对不起，亲爱的。我没有想要让你有那种印象。”她用手肘撑起身子。“我只是累了，我猜。”她对他伸出一只手。

“啊，累了。”他们坐起来，挨着。他挠了挠头发，泄露出失望。她满身心的罪恶感，却又因为觉得安慰而羞耻。当沉寂变得难以忍受，她抓过他的手，“劳伦斯……你认为我好了吗？”

“好了？那应该是什么意思？”

她感到如鲠在喉。他是她丈夫，她当然应该可以信任他。她飞快地想了想伊冯娜亲昵地将整个身子挂在弗朗西斯身上的样子，他们之间数不清的对视，以及别人插不上嘴、只有他们才有的谈话。她想起多米尼克和安妮，他们大笑着走进出租车：“劳伦斯……”

“拉瑞！”他爆发了，“你叫我拉瑞。我不明白为什么你想不起来这一点。”

她用手飞快地捂住脸：“拉瑞，对不起。只是……我依然感觉很奇怪。”

“奇怪？”

她畏缩了：“似乎什么东西丢失了。我觉得有一幅我拼不好的拼图。这话听上去是不是非常非常傻？”请让我安心，她抱住他。用你的胳膊抱住我。告诉我我的确很傻，失去的东西会回来的。告诉我哈格里夫斯是对的，这种糟糕的感觉会消失的。多爱我一点。跟我保持亲近，直到我能感觉到这是你才能做的事。**请理解我**。可是当她抬起头来，他的视线却盯着地毯上离他一两米远处自己的鞋。她逐渐地领悟，他的沉默没有什么可怀疑的。他的沉默并非在说他想要把事情理顺。他可怕的安静说明的是某种黑暗的东西：**公然被压抑住的愤怒**。当他开口，他的声音安静而带有冰冷的深思熟虑："你认为是什么在从你的生活里消失，珍妮弗？"

"没什么。"她飞快地说，"什么也没有。我非常幸福。我——"她起身，走去浴室，"没什么。就像哈格里夫斯先生说的，这种感觉很快就会过去的。我很快就会再次好起来，完全好起来。"

她醒来时，他已经离开了，柯多扎太太正在轻轻敲她的门。她睁开眼睛，抬头的时候感到一种不祥的疼痛。

"夫人？你想要来杯咖啡吗？"

"那太好了。谢谢。"她低沉而沙哑地说。

她慢慢伸了个懒腰，斜向凝视着明亮的光线。现在是十点差一刻。在外面，她可以听见汽车的引擎声，有人在人行道上清理积雪发出的沉重的刮擦声，以及麻雀在树上的叽叽喳喳。前一晚回来后散落在地上的衣服已经被收拾好了。她静静地躺在枕头上，任由昨晚的那些事刺穿她的意识。

当她从浴室回到床上来时，他对她背过身去。他宽广强壮的背是一个不可逾越的屏障。过去她会觉得安心，但还有一些更困惑的东西。现在一种忧郁的脆弱攫住了她的心。我必须好起来，她想。我要停止谈论我的感觉。我要对他更好些。我要慷慨。昨晚我伤害了他，我需要弥补。**试着不要对事情太纠结**。

柯多扎太太敲门了。她用托盘端来了咖啡和两片切得薄薄的吐司，"我想您可能饿了。"

"哦，你真好。对不起。我应该几个小时以前就起来的。"

"我放在这里了。"她仔细地把托盘放在床罩上，然后端起咖啡杯，放在珍妮弗床边的小桌上。

"从现在起我会留在楼下，免得打扰到您。"她迅速地瞥了一眼珍妮弗裸露的手臂，浅色的伤疤鲜明，转移了她的视线。正当柯多扎太太离开房间时，珍妮弗看见了那本书，那本她曾经打算看或是放弃的爱情小说。她会先享用她的咖啡，她想，之后再把书带到楼下去。在经过前一个晚上后，读书有助于重建她跟柯多扎太太之间的互动。

珍妮弗小口地喝着她的咖啡，拾起那本平装书，翻阅着书页。这个早上她还不能看得太清楚，读起来比较费劲。一张纸从书里掉出来。珍妮弗把书放在床头桌上，拾起纸。她缓缓地展平它，开始看：

最爱：

我无法让你听我说，当你那么匆忙就离开后，可是我没有抛弃你。你离真相太远，而真相让我几乎无法承受。

事实是这样的：你不是我爱上的第一个已婚女子。你知道我的个人情况，实话说，像这样的一些交往关系，是适合我的。我不想对任何人封闭自己。当我们初遇，我宁愿认为你会是不同的。

可是当你星期六到我房间时，你穿着那条裙子的样子实在太妙不可言了。然后你请我解开你脖子上那颗纽扣。而当我的手指遇上你的肌肤，那一刻，我意识到，向你求爱对我们两人来说都是一场灾难。你，最亲爱的姑娘，不了解口是心非的感觉是怎样的。你是一个正直、欢快的小东西。做一个体面而优雅的人是令人愉快的，即使你现在还感觉不到。我不想成为让你哪怕稍微有一点玷污的人。

而我呢？当你抬起头来看着我的那一刻，我就知道如果我们这样做了，我会很失落。我不能将你放在一边，如同我对其他人做的那样。当我在饭店里和劳伦斯相互经过，我不能赞同地跟他点头。我永远不会只满足于你的一部分。我曾经愚弄自己，让我朝相反的方向想。是因为那个理由，亲爱的姑娘，我再一次解开了你脖子上那颗纠缠的纽扣。因为那个理由，过去两个晚上我都睡不着，因为我曾做过的一件体面的事而憎恨我自己。

原谅我。

B

珍妮弗坐在床上，盯着令她过目不忘的一个词：劳伦斯。

劳伦斯。它只意味着一件事。那封信是给她的。

我不想让你感觉很糟，可是我对我们之间发生的事觉得非常耻辱。它不应该发生。为了对当事的所有人公平，我不认为我们应该再互相见面。

（已婚）男性致女性，经由电子邮件

第五章　“你会划船吗？”

1960·夏

安东尼·奥哈尔在布拉柴维尔醒来。他盯着头上懒洋洋旋转的风扇，依稀感知到阳光穿透了百叶窗，并短暂地纳闷了一下，是否这一次他要死了。他的脑袋就像用钳子夹住了一样，太阳穴里有一千根针在扎。他的肝似乎被人在此前的多个晚上每一夜都用重锤砸过。他口干，口臭，有些恶心。一丝模糊的恐慌感席卷了他。他中枪了？在暴乱中被袭击了？他闭上眼，等待着外面街道上的喧哗、小吃贩子的吆喝声、经常存在的无线电收音机的嗡嗡声——那是人们聚集在一起，蹲坐着，试图听见下一次动乱的爆发会在哪里时会有的情形。不是子弹，是黄热病。这一次它肯定是找上他了。尽管这么想，他仍意识到没有听到刚果人的声音：没有从打开的窗户里传出的喊叫，没有酒吧音乐，没有用香蕉叶子烹制刚果食物的味道。没有枪击。没有林加拉语或是斯瓦里语的大喊。一片静默。海鸥在远方鸣叫。

不是在刚果。法国。他在法国。

他感到一阵稍纵即逝的感激，直到疼痛变得明显。会诊医生警告过他，如果他再喝酒，疼痛会更厉害。他酌情遵守着，依然用他头脑中爱分析的那部分。罗伯森先生知道他的预言有多么准确后一定会很得意。当他确信他可以做到这样，而无须辱没自己的脸面时，他坐起了身。他把腿晃晃悠悠地抬到床的一侧，小心地走到窗边，感受到了陈旧的汗味和身后桌子上的空酒瓶，瓶子诉说着慢慢长夜。他把窗帘拉回一英寸，可以看见下面闪光的海湾沐浴在一片苍茫的金光中。

山腰上红色的屋顶是赤陶瓦的，不像刚果人的平房屋顶那样锈了之后又漆一遍。这里的居住者们是健康的，幸福快乐的人们在海岸线一带闲逛、聊天、散步、奔跑。白人。富有的人们。

他斜着眼看。这幅场景非常理想，无可责备。他让窗帘落下，跌跌撞撞地走向浴室，呕吐。马桶在摇晃，他吐完之后又啐了一口，悲伤难安。一等到能再度站起来时，他便踉跄着走进淋浴水柱里，却又撞到了墙上，于是任由热水冲刷着身体，有二十分钟，希望能洗净那些席卷过自己的东西。

拜托，冷静。他穿好衣，按铃，要咖啡。在感觉稳定一些后，他坐到了书桌旁。现在差不多是十一点差一刻了。他需要发回他的稿件，前天下午他写的材料。他凝视着自己潦草的笔记，回忆着那个晚上的结束。记忆摇摇晃晃地回来：玛丽埃特，她的脸在这间酒店外面对他扬起，要求他的一个吻。他决定拒绝，即使他依然在念叨自己是怎样一个傻瓜：那个女孩充满渴望，他唾手可得。可是他期待的却是某种最微小的快乐，来自那个晚上他所做的某件事。

哦，天哪，珍妮弗·司特灵，易碎而受伤，拿着他的外套走向他。她已经听到了他没脑子的夸夸其谈，听到他对他们全体毫无感激的指责。他对她说过什么？**被宠坏的小太太……她的脑袋里没有一丝原创的思想**。他闭上眼。待在战区，他想，要容易些，安全些。在战区你总能分辨出敌人是谁。

咖啡到了。他深吸了一口气，然后一饮而尽。他拿起电话听筒，请求接线员帮他转接到伦敦。

司特灵夫人：

我是一头不懂感激的猪。我其实可以归咎于疲惫，或不符合我个人风格的仿如贝类生物般的反应，可我恐怕那是一种酒精的混合反应。我不该喝酒的，更不该表现出拙于社交的易怒脾气。在我清醒的时候，我是不会表现得如此不得当的。

请允许我道歉。如果在我回伦敦前能请您和司特灵先生吃午餐，我会非常高兴。请允许我做一些弥补吧。

您羞愧的安东尼·奥哈尔

又及：随信附上我发去伦敦的报道的一份副本，以让您放心，我起码是诚实报道的。

安东尼将信折叠好，塞入信封，封上它，又将其翻转过来。可能他还有一点醉：**他记不起他还在哪封信里如此诚实过**。就在那个时刻，他想起他没有地址可寄送。他轻轻咒骂自己的愚蠢。前一晚司特灵家的司机已经来接过他，他几乎记不得去司特灵家的旅途了，印象最深的只是自己各种各样的丢脸行径。酒店前台提供不了什么帮助。**司特灵？**门房摇头。

“你认识他吗？有钱人，显贵。”他说。他的嘴依然黏腻。

“先生，”门房不耐烦地说，“这里每个人都是既富且贵。”

这个下午温暖而潮湿，空气是白蒙蒙的，如同磷霜一般。他走出酒店，重新循迹头天晚上车子驶过的路。开车用了不到十分钟：为什么再次找到那个宅子会如此困难？他会将这封信放在门边然后离开。他拒绝思考等他回城后他会做什么：那天早上因为跟酒精长期打交道而被警告过的身体，又开始了一种不正当的愉悦的渴望。啤酒，它激励着。红酒。威士忌。他的肝在疼痛，他依然在微微地发抖。他一边向两位戴着太阳帽微笑着的女子问好，一边告诉自己说，行走对他有好处。

安提比斯上方的天空一片枯蓝，海滩上的度假者们躺在白沙上，往自己身上抹防晒油。他记起在这个迂回处要向左转，看见了那条指引他向一座座小山去的路，路两边还不时有陶土瓦顶的小别墅。这就是他曾经来过的路。太阳火辣辣的，照在他的后颈上，又直射入他的帽子。他脱去了外套，走的时候就将它搭在肩上。

就是在城后的那一座座小山间事情开始错乱的。他在一间看起来有点熟悉的教堂那里往左转，开始沿着一座小山的一侧向上走。松树和棕榈树越发稀疏了，然后一齐消失，让他无遮蔽地曝晒在阳光下，而此时的热度可以熔化柏油，让石块弹起跳舞。他觉得自己暴露的肌肤变紧了，知道到了晚上，他会受伤而且疼痛。

偶尔，一辆车会经过，给抬升的崖壁带去一片烟雾和火花。看来像昨晚那样一场简单的旅程，之所以觉得快，是因为野生草本植物，以及黄昏时候的凉风。现在里程碑在他前面延伸，他不得不仔细估量他会迷路的可能性，他的自信如潮水般在退去。唐·富兰克林会喜欢这个，他想，一边停下来用手绢擦去额上的汗水。安东尼可以从非洲的一头走到另一头，穿越一道又一道边界，可是在这里，他却迷失在通往一个百万富翁的游戏场的旅程中，而这旅程本应该只有十分钟。他往回退一点，让另一辆车通过，然后斜看向车灯。那辆车随着一声低沉的刹车声，停下了。然后又是一阵轰鸣，它掉头开向了他。

伊冯娜·芒克里夫斯，头上挂着太阳镜，从一辆Daimler SP250中探出身来。“你疯啦？”她欢快地说，“你在这里会被烤干的。”他往车里看去，见珍妮弗·司特灵坐在驾驶座上。她从大号太阳镜片后凝视着他，她的头发扎在脑后，表情不可捉摸。

“下午好。”他说，摘下自己的帽子。他突然意识到汗水沿着他皱巴巴的衬衫往下流，他的脸也因为汗水而闪闪发亮。“你究竟在离城这么远的地方干吗，奥哈尔先生？”珍妮弗问道，“追随什么热门的故事吗？”他从肩上拿下他的亚麻夹克，从夹克口袋里掏出那封信给她：“我——我想要给你这个。”

“这是什么？”

“一个道歉。”

“一个道歉？”

“为我昨晚的无礼。”她岿然不动。

“珍妮弗，要我接过来吗？”伊冯娜·芒克里夫斯看着她，显然不安而失措。

“不用。奥哈尔先生，你能念出来吗？”她说。

“珍妮弗！”

“如果奥哈尔先生写了它，我敢保证他就能完美地将它说出来。”她在镜片后的脸没有任何表情。

他站在那儿有一阵儿，看着身后空空的道路，以及下方阳光炙烤着的村庄，说：“我情愿——”

“那么它就算不上什么道歉，对吗，奥哈尔先生？”她甜美地说，“任何人都能涂写一些词句。”伊冯娜·芒克里夫斯看着她的手摇着头。珍妮弗的太阳镜依然对着他，他的侧影在黑色的镜片上清晰可见。

他打开信封，拉出信纸，过了一会儿，把内容念给她听，他的声音在山里显得不自然地响亮。他读完了，把它塞回了口袋。在一片沉寂中，他感到了奇异的窘迫。只有引擎的发动声才能稍稍打破一下寂静。

“我丈夫，”珍妮弗终于说，“已经去非洲了，他今天早上离开的。”

“那么，如果您让我请您和芒克里夫斯太太吃午餐，我会非常高兴的。”他看着他的表，“当然，现在要吃的话就是一顿很迟的午餐了。”

“别算上我，亲爱的。弗朗西斯想要我今天下午去看一艘游艇。我已经告诉他一个男人可别只梦想不行动。”

“我们会载你回城，奥哈尔先生。”珍妮弗说，朝狭窄的后座点头示意，“我可不想对《国民报》最光荣的记者被晒伤以及酒精中毒而负责。”她等待着，而伊冯娜下车把座椅朝前掰了掰，方便安东尼进去，然后翻寻了一下仪表板下的小柜。“给你。”她说，朝他扔过去一条手帕。“你知道你走错方向了吗？我们住在那儿。”她指着远方一座被树勾出轮廓的小山。他的嘴角在抽动，他是在考虑没准他会被原谅，两个女人看见他这样子爆发出一阵大笑。安东尼·奥哈尔怀里的重石终于落地，他把帽子扣在头上，他们启动了，沿着狭窄道路朝城里迅速返回。

一等他们把伊冯娜放在圣乔治酒店，车子就陷在了交通拥堵中。“现在开始规矩点啊。”伊冯娜冲他们挥手道别说。他注意到，她说这话的时候显得兴高采烈，仿佛知道接下来会发生什么，却又满不在乎。

一旦只剩他们两个人，气氛就变了。珍妮弗·司特灵沉默着，看起来全部注意力都在前方的路上，跟她二十分钟前表现的可不一样。在她凝视着前方一列列长长的尾灯时，他偷偷打量着她稍带古铜色的手臂、她的侧影。他迅速地好奇起来：她知道了他写的这封信后是不是会对他更生气？没准之前她并没有挂怀呢。

“那么，您丈夫要在非洲待多久呢？”为打破沉默，他问。

“可能一周左右。他从不待比这更长的时间。”她简单地朝车门外看了一眼，显然是在琢磨究竟是什么让交通堵住了。

“对这么短时间的停留来说，那真是一场磨人的旅途啊。”

“你知道的啊，奥哈尔先生。”

“我？”

她扬起一条眉毛，“你对非洲的一切无所不知。昨晚你这么说的。”

“一切？”

“你知道在那里做生意的大部分人都是骗子。”

“我那么说了？”

“对拉法耶特先生。”

安东尼往座位里陷深了些。“司特灵夫人——”他开口了。

“哦，别担心。劳伦斯没听见。弗朗西斯听见了，但他只在那里有一点不太重要的生意，因此他没把这话太跟自己对上号。”车子开始移动了。

“让我请您吃午餐吧。”他说，“请求您。即使只有半个小时，我也希望能用这个机会向您证明我不是一个彻头彻尾的混蛋。”

“你以为你这么轻易地就能改变我的想法？”她又是那种微笑。

“您就把我当作一个可笑之人好了。您带我们去我们应该去的地方吧。”

侍者给她端来一杯柠檬水。她吸了一口，然后坐回椅子上，俯瞰海滨。

“可爱的景色。”他说。

“是啊。”她同意。她的头发从脑后垂下几缕，像是陶罐上的画，金色的头发丝绸般亮泽，卷如涟漪，正好停留在她肩膀上。不是他欣赏的型。他喜欢不太符合传统美的女性，那些带有一些黑暗的暗示，其魅力是用眼睛无法立刻观测到的女性，“你不喝点什么吗？”

他看着他的杯子，“我并不想喝。”

“太太的命令？”

“前妻。”他纠正道，“不。医生的。”

“因此你真的觉得昨晚难以忍受？”

他耸耸肩，“我不会花很多时间在社交上。”

“一个偶然的观光客。”

“我承认。我发现真刀真枪的对阵没那么吓人[①]。”

她笑了，这一次的笑既舒缓又调皮。“那么你就是威廉·布特[②]。”她说，“在李维欧拉社会这样一个战争地带，从你的深度来说。”

“布特……”一想到沃[③]那不幸的小说人物，他发现那一天他第一次笑得如此恰到好处，“我猜想您本可以合法地把我说得更糟糕。”

一个女人走进了饭店，把一条圆眼睛的狗抱紧在丰满的胸前。她走过一张张桌子，带着一种脆弱的决心，似乎她只能允许自己注意她正在赶往的东西，而不得他顾。当她坐在一张旁边放了几把椅子的空桌子旁后，来了一声欣慰的叹息。她把狗放在地板上，狗站立着，尾巴夹在两腿间，发着抖。

“那么，司特灵夫人——”

“珍妮弗。”

“珍妮弗。跟我讲讲你自己的事。”他说，朝桌子靠近了些。

“你是打算告诉我吧，实际上，是给我展示。”

“什么？”

“就是——你不是一个彻头彻尾的混蛋。我的确相信，你给了自己半个小时来

---

① 安东尼这句话的意思是社交活动对他来说，比武装冲突还吓人。

② 伊夫林·沃的小说《独家新闻》中的人物。小说家约翰·布特想以记者身份去即将发生战争的伊士马利看看，请斯蒂奇夫人帮忙找报界大亨考珀子爵谈妥此事。但考珀手下的人却张冠李戴，找了位住在乡下的业余作者威廉·布特。于是这位不情愿的乡巴佬就同其他记者一起来到伊士马利，经过一番曲折，了解到“内战”的内幕，揭穿同行的谎言，发回轰动一时的独家新闻。已经解聘他的报社立即对他另眼相待，他回到伦敦就如同英雄凯旋一般，并且受封贵族爵位。但威廉宁可回乡间过平静的生活，于是他叔叔带他出席了欢迎酒宴，爵位则由约翰·布特获得。

③ 伊夫林·沃（Evelyn Waugh，1903年~1966年），英国讽刺小说家。代表作有《一抔土》《旧地重游》《荣誉之剑》等。沃曾于40年代后期为《旧地重游》搬上银幕一事访问好莱坞，并根据此间搜集的素材创作了《受爱戴的》，这是他最畅销的长篇小说之一。

证明。”

“啊。我还剩下多久时间？”

她看了看表，“大概九分钟。”

“那么到目前为止，我做得怎么样？”

“你不可能指望我这么快就让步。”

接下来他们沉默了，对他来说，很反常地，他不知道该说什么，她可能也对自己的措辞感到后悔。安东尼·奥哈尔想起上一次他惹上关系的那个女人，他的牙医的妻子，红发女人，皮肤非常透明，以至于他都尽量不要看得太用心，以免看到她的皮下都有什么。她因为自己丈夫长期的冷落而郁郁寡欢。安东尼一直很怀疑他主动进攻，而她欣然接受，更像是对自己丈夫所作所为的报复。

“你平时都做些什么，珍妮弗？”

“我怕告诉你。”他扬起一条眉毛。

“我做的事都没什么价值，我怕你会非常不认同。”她说这话的方式其实在告诉他，她压根儿就不怕。

“你打理两栋房子。”

“我没有。有一名兼职的雇工。在伦敦，柯多扎太太在家政事务上要比我有能耐得多。”

“那么你都做什么？”

“我主持鸡尾酒派对、餐会。我让事物光鲜亮丽，也让自己精致齐整。”

“你很擅长那个。”

“哦，一位专家。这是一项特殊技能，你知道的。”他本可以盯着她看一整天的。是因为她讲话的方式，上嘴唇噘起来一点，仿佛要跟鼻子下面那柔软的肌肤连成一体。脸部的那个区域有一个特殊的名称，他确信，如果他能看着她足够久，他可以想起那个名称。

“我做我被教养需要做的。我猎获了一个富有的丈夫，让他一直幸福。”那微笑动摇了，一个缺乏经验的男人可能会错过它。从眼睛周围散发出来的一丝轻蔑，对某种比其表面暗示的更复杂的事情的怀疑。“实际上，我想要喝点酒。”她说，“你会介意吗？”

“你绝对应该喝点酒。我会沾光享受的。”

“沾光。”她重复道，一边抬起一只手招呼侍者。她要了一杯马提尼，加许多冰。怡情之饮，他想，她毫不掩藏自己对酒精的迷恋。他有一点失望。“如果下面的话会让你觉得好点儿，”他轻快地说，“那么——我除了工作，什么都不会。”

“哦，我认为你的确是这样。”她回应道，“男人们发现工作比处理别的事要容易。”

“别的事？”

“日常生活的杂乱无章。人们表现得不像你想的那样，他们对事情的感觉也跟你期待的相左。在工作上，你可以通过努力取得结果，做你自己王国的主人。人们照你的吩咐做事。”

“在我的世界可不这样。”他大笑道。

“可是你可以写下一个故事，第二天在报摊上看见它，原封不动，没有修改。那难道不会让你觉得非常自豪吗？”

“以前会。过了一段时间，那种自豪感就消失了。有好一阵，我不认为我做了太多可以让自己骄傲的事。我写的一切都是短命的，人们第二天都会用它们来包裹炸鱼薯条。”

“不会？那么为什么工作得这么努力呢？”

他咽了一口唾沫，将他儿子的一张照片推了过去。突然间，他非常想要一杯酒。他强作笑容，说：“所有你能想到的理由。工作要比处理其他事要容易得多。”他们的视线相遇了，在这不设防的时刻，她的笑容淡下来了。她有一点脸红，于是用一根鸡尾酒棒慢慢搅动她的酒。“沾光，”她缓缓地说，“你必须告诉我那是什么意思，安东尼。”她说他名字的方式带着某种亲密感。它承诺着什么，在未来某段时间内的一种重复。

“意味着……”安东尼的嘴巴已经干了，“……意味着可以通过他人的愉快而获得愉快。”

她用车把他放在他的酒店后，他躺在床上，盯着天花板将近一个小时。然后他下楼去前台，要了一张明信片，给他儿子写了一些话，心里好奇克莱丽莎是否愿意把它转交给儿子。他回到自己房间后，一张字条已经被塞到了门下。

亲爱的布特：

虽然我还没有相信你不是一个混蛋，我仍愿意再给你一个机会来让我相信。我今晚的晚餐计划破产了。我会在卡里普索酒店用餐，欢迎你在八点跟我会合。

他把它读了两遍，然后跑到楼下，拍了一封电报给唐：

忽略上一封电报

继续留下就李维欧拉高级社会做系列报道

将包括时尚秘籍

他咧嘴笑了，将它折起来，交过去，一边想象着他的编辑读到此电报时的脸。然后他试图想出在傍晚之前如何将西服清洗好的办法。

那天晚上安东尼·奥哈尔充分展现了自己的魅力。他应该在前一天晚上就这样的。也许他在刚结婚时就应该这样。他机智、有礼、殷勤。她从没去过刚果——她丈夫说那里“不是你这种人去的地方”——而且，也许是因为他内心里觉得有必要去反对司特灵，安东尼决定要让她爱上那里。他跟她说起大象、斯坦利维尔两旁植满树的街道，谈起比利时殖民者将他们所有的食物以罐装或冷冻的方式进口，再以比在世界上最尊荣的饭店吃饭还贵的可耻价格卖出。他告诉她斯坦利维尔的欧洲人震惊于当利奥比德维尔驻军发生骚乱后，是以向斯坦利维尔求助，甚至飞过去寻求相对的安全而结束的。

他尽其所能地希望她看着他，用钦慕而不是怜悯和恼怒来看着他。奇怪的事发生了：当他扮演着迷人、乐观的陌生人，他发现他很快就成了那样的人。他想起了妈妈："微笑。"当他还是个小男孩时，她会告诉他，那会让他高兴一点。而他过去并不相信她。

珍妮弗，反过来，心情愉快。她更多的是听而不是说，像擅于社交的聪明女子喜欢做的那样；而当她因为他说的什么事而大笑时，他发现自己得意扬扬，渴望她再度那么做。他满足地意识到，他们吸引了周围人们钦佩的目光——比如来自十六号桌那对可怕的同性恋情侣的。她被一位不是她丈夫的男子看着却一点也不害臊，真奇妙。也许这就是李维欧拉的社会功能，他想，人们普遍可以跟不是自己妻子或丈夫的其他异性结成社交伴侣。他不喜欢考虑其他可能性：一个有着他的外貌，他的地位和阶级的男人，不会被视作一种威胁。

主菜上来之后不一会儿，一个男人出现在他们桌旁，穿着剪裁完美的西服。他先吻了珍妮弗的两侧脸颊，在与她做了几句轻松的交谈后，等待着介绍。"理查德，亲爱的，这是布特先生。"她一本正经地说，"他正在为一份伦敦的报纸写一篇拉瑞的小传。我在补充一些细节，而且试图向他显示实业家和他们的妻子并非完全沉闷无趣。"

"我不认为有谁可以指责你沉闷无趣，珍妮。"他对安东尼伸出手去，"理查德·凯斯。"

"安东尼……啊……布特。就我所见，李维欧拉的社会没有任何沉闷无趣的地方。司特灵夫妇俩是非常了不起的待客主人。"他说。他必须堂皇其词，"没准布特先生也会为你写点什么。理查德拥有山顶的那间酒店，那里可以看见美不胜收的景色。他绝对是李维欧拉的中心人物。"

"也许在你下一次来这里时，我们可以招待你，布特先生。"那个男人说。

"我深感荣幸，可是在我猜测我是否能被允许回去之前，要等着看司特灵先生会不会对我写的东西满意。"他说。他们都非常仔细不要反复提到劳伦斯，事后他想，只为不要让他无形地横亘在他们之间。

那天晚上她光彩夺目。她散发出一种他怀疑只有他才能发现的能量的律动。是我让你这样的吗？当他注视着她吃东西的时候，他好奇地想。要么那只是从你丈夫禁止的目光中逃离出来的欣慰？他想起前一晚司特灵是如何羞辱她的，于是问起她对于市场的观点，关于麦克米伦先生、皇家婚礼。他拒绝让她附和他的判断。她对于自己之外的世界并没有太多的概念和认知，可是对人性却天生机敏，对他说的东西也表现出足够的兴趣，并且恰到好处地夸赞和附应。他短暂地想起了克莱丽莎，想起她对于她周围的人们的尖酸的声明，她以最不在乎的姿态准备好看到他附和出来的轻蔑。他已经多年没有享受过这样的晚上了。

“我马上就得走了。”她看了一眼表，说道。咖啡已经上来了，伴随着一个银色的托盘，上面完美地摆放着几枚花色小蛋糕。他把餐巾放在桌上，感觉着失望在拉拽着自己。“你不能。”他说，然后匆匆又补充道，“我还是不能确定我是否已经颠覆了你对我先前的看法。”

“是吗？哦，哦，我猜有一点吧。”她转过头，看见理查德·凯斯和几个朋友坐在吧台旁。他很快也看过去，似乎他一直就在注视着他们。她玩味着安东尼的表情。如果说之前她是在测试他，那么他似乎已经及格了。她前倾过去，压低声音说：“你会划船吗？”

“我会划船吗？”

他们走向码头。在那儿，她往下窥视着水面，似乎如果不多次检测船的名字，她就认不出要乘坐的船。最终她给他指出一条小舢板。他下到船里，然后伸出手给她，好让她能够坐到他对面的位置上。微风和暖，龙虾船的灯光在浓墨的黑暗中平静地闪耀着。

“我们去哪儿？”他脱去外套，把它放在旁边的座位上，拿起桨。

“哦，就那么划着吧。等我们到了地方我会告诉你的。”他缓缓地划拉着，听着水波拍击小船边缘的声音。她坐在对面，披肩松松地绕在肩上。她自顾自坐着，看着，好随时给他以指引。

安东尼已经停止了思考。在正常的情况下，他会有策略地去想他该什么时候移动，适时地因前方的夜景而激动。然而即使他与这个女人独处，即使她邀请他乘坐黑暗海面中的一艘小船，他也不确信自己是否知道这个夜晚将何去何从。

“那儿。”她说，一边指着，“那个。”

“一条船，你说过。”他盯着那艘庞大的、线条流畅的游艇。

“一条相当大的船。”她承认，“我不算是一个游艇人。我一年也就坐几次船而已。”

他们系好舢板，登上了游艇。她叮嘱他坐在有垫子的椅子上，几分钟后，她从船舱中出现。她已经脱掉了鞋子，他注意到，并试图不要盯着她小得不能再小的脚看。“我给你做了一份无酒精的鸡尾酒。”她把它端给他，“我不能确定你是否可以面对更多的汤力水[①]。”

此刻温暖宁谧，即使离码头已经这么远。波浪如此温柔，以至于他们脚下的游艇几乎纹丝不动。在她的身后，他可以看见码头的灯光、海滨公路上偶尔过往的车辆。他想起刚果，觉得自己是被人从地狱空运到了天堂，一个只存在于他想象中的天堂。她已经给自己倒了另一杯马提尼酒，跪坐在对面的椅子上。

“那么，”他说，“你和你丈夫是如何相遇的？”

“我丈夫？我们还在工作中吗？”

“不。我只是被挑起话头了。”

“被什么？”

“被他是如何……”他掂量了一下自己，“我感兴趣人们是如何终于能在一起的。”

“我们在一个舞会上遇见。他给受伤的军人们捐赠。他跟我坐一张桌子，请我出去吃饭。就这样。”

“就这样？”

“很直接。几个月后他请求我嫁给他，我同意了。”

“你很年轻啊。”

“我那时二十二岁。我父母可高兴了。”

“因为他有钱？”

“因为他们觉得他是一个佳配。他很沉稳，而且有一个好名声。”

---

① tonic water，有开胃作用，经常被用来与各种酒类混合饮用。

“那些东西对你来说很重要吗？”

“对每个人来说不都很重要吗？”她拉扯着自己的裙褶，抻来抻去，“现在我来问问题了。你结婚了多久，布特？”

“三年。”

“不是很长嘛。”

“我很快就知道了，我们犯了一个错误。”

“她不介意你跟她离婚？”

“是她提出离婚的。”她看着他，他可以看见她在以各种各样的方式评估他，而那都是他该得的。“我不是一个忠诚的丈夫。”他补充道，在说的时候并不确定，为什么他要告诉她这个。

“你一定想念你儿子吧？”

“是的。”他说，“有时我好奇如果我知道自己有多想他，还会不会做下曾经做过的那些事。”

“所以你就喝酒？”

他强作笑容，“不要给我定性了，司特灵夫人。我都成了太多好心女人的业余爱好了。”

她看向她的酒，说：“谁说我要给你定性了？”

“你带着那种……仁慈的态度。它让我紧张。”

“你不能掩饰悲哀。”

“而你会知道？”

“我不是一个傻瓜。没有人可以得到一切。你我都知道这一点。”

“你丈夫就能。”

“你能这么说可真善良。”

“我可不是善意地说的。”

他们的目光凝滞了，随后她看向别处，朝着海滨。气氛变得带有火药味了，似乎他们在安静地对着彼此生气。远离海滨上现实生活的限制，他们中有什么东西已经松散开了。**我想要她**，他想，而且几乎再次确定了他可以感到某种特别正常的东西。

“你跟几个结过婚的女人上过床？”她的声音刺穿了静止的空气。

他差点呛了一口：“问我跟几个没结婚的女人睡过可能更简单。”

她琢磨着这句话：“我俩在一起，比你和其他女人在一起要更安全些吧？”

“是的。”

“那么为什么这些女人要跟你上床？”

“我不知道。可能是因为她们不快乐吧。”

“你让她们快乐？”

“快乐一阵子，我猜。”

“那样没有让你成为一个吃软饭的？”又是那种笑容，从她嘴角浮现。

“不，我只是一个喜欢跟已婚女子做爱的人。”这一次，沉默似乎已深入他的骨髓。他多希望能有一丁点知道该说些什么，好消散这磨人的尴尬啊。

“我不会跟你做爱的，奥哈尔先生。”

他把这番话在脑中玩味了两次，才能确认她说了什么。他又喝了一口，感觉好了一些，“很好。”

“真的？”

“不，”他强作笑容，“不是的。可是必须是。”

“我不至于不快乐到要跟你睡觉。”天哪，她看着他的样子，仿佛能洞穿一切。他不喜欢这样。

“自从我结婚后，我甚至都没有亲吻过其他男人。一个也没有。”

“那可真让人尊敬。”

“你不相信？”

“我相信。很少见。”

“现在你真的以为我非常沉闷无趣了。”她站起身，绕着游艇的边缘走，在抵达桥那里时，转身面对着他，“你那些已婚女子们爱上你了吗？”

“有几个。”

“你离开她们时，她们难过吗？”

“你怎么知道不是她们离开的我？”

她等待着。

“至于她们是否爱上我，”他最终继续道，“后来啊，我不经常跟她们说话。”

“你忽略了她们？”

“不。我经常出国。我倾向于不要把太多时间花在一个地方。而且，除此之外，她们也有她们的丈夫，她们的生活……我不相信她们中有谁曾经想要离开她们的丈夫。我不过是一种……消遣。”

“你爱过其中的谁吗？”

“没有。”

“你爱过你的妻子吗？”

“我想是吧。可我现在不确定。”

“你有爱过谁吗？”

“我儿子。”

“他多大？”

“八岁。你真是一个好记者。”

“你真的无法忍受我做不了任何有用的事，对吗？”她爆发出一阵大笑。

“我认为你可能在现有的生活里虚度了光阴。”

“是那样的吗？你想让我做什么以改进？”她往他走近了几步。他可以看见她苍白肌肤上反射的月光，她锁骨中蓝色的暗影。她又走近了一步，她的声音低下了，即使近旁没有任何人，“你对我是怎么说的，安东尼？‘不要对我定性。’”

“我为什么应该？你告诉过我你不是不快乐。”他的呼吸窘迫。她现在离他如此之近，她的目光在找寻他的。他觉得醉了，他的知觉尖锐起来，似乎她的每一个部分都无情地要将自己铭刻在他的意识里。他呼吸着她的香水味，像是东方的某种花。

“我认为，”她缓缓地说，“今晚你对我说的一切，你都可以对任何一位你的已婚女伴说。”

“你错了。”他说。可是他知道，她说的完全正确。他能做的全部就是不要去吻住那对嘴唇，将其埋在自己的唇下。他在此前的人生中从没有被这样唤起过。

“我认为，”她说，“你和我会让彼此极为不快乐。”

她说这话的时候，他内心深处的什么东西倾覆了一些，似乎是被击败了。

“我想，”他缓缓地说，“我会非常喜欢那样的。”

待在希腊，不要回伦敦来。因为你吓到我了，但却是以好的方式。

男性致女性，经由明信片

第六章　“是谁开的车？”

1960·冬

那些女人又再度敲起来了。她从她卧室的窗户就可以看见她们：一个黑发，一个有一头古怪的红发，坐在第二层公寓角落里的窗边。当有男人经过时，她们就会敲起玻璃窗，如果那人足够不明智到要抬头看，她们就会对他挥手，微笑。她们激怒了劳伦斯。那年的早些时候，高级法院有个案子，审理的时候法官警告过这些女人不要再这么做。劳伦斯说过她们的低调拉客行为正在拉低这个地方的格调。他不理解为什么既然她们是在违法，却没人管一管。珍妮弗并不介意她们。对她来说，她们似乎被囚禁在了玻璃窗后。有一次她甚至对她们挥手了，可是她们表情空洞地盯着她，她不得不整衣起床。

除此之外，她的日常生活已经进入了一条新轨迹。当劳伦斯起床的时候她也会起来，给他做咖啡和吐司，当他剃须或是穿衣时，她从大厅里给他拿来报纸。她经常比他起得早，打理头发，化妆，因此她穿着晨衣在厨房忙碌时，看上去气色和精神头儿都不错，在他看报纸的时候，也衬他的景。如果一天的开始没有他气恼的叹息，这一天就会容易过一些。他会离开桌子，让她为他穿上外套，而通常，八点之后的某个时刻，他的司机会小心地敲前门。她会目送他们，朝他们挥手，直至汽车在街角消失不见。大约十分钟后她会迎来柯多扎太太，这位年长的女人会给她们泡上一壶茶，可能还会对寒冷的天气评论几句，她会浏览一下她准备好的当日必办之事的清单。这些日常事务中该最先做的是：吸尘、除灰和洗濯，经常会有一些小小的缝补工作：一粒纽扣可能会从劳伦斯的衬衫袖口上掉下来，或是几双鞋要打理。柯多扎太太也许还需要整理寝褥柜，检查或是重新折叠其中的床单被罩什么的；或是打磨银餐具，一边坐在厨房的桌子上，一边听收音机。桌上还铺着报纸，等她干完活儿再收起来。

同时，珍妮弗会洗澡和穿衣。之后她可能会逛到隔壁去跟伊冯娜喝咖啡，带她母亲去吃个简便午餐，或是叫上一辆出租车，去市中心做一些圣诞采购。她总是保证说她会在下午早些时候回来。提到采购，她通常会发现柯多扎太太需要做的一些额外的任务：一趟购买窗帘及其周边产品的巴士之旅；一场搜寻，为找到劳伦斯说他可能会喜欢的一种特殊的鱼。有一次，她给这位管家放了一个下午的假——柯多扎太太可以去做任何事，只要保证让她独自在家待上一两个小时，来寻找更多的信件。

在过去的两周里，自从她发现了第一封信以来，她又找到了两封。它们都写的是同一个邮箱地址，可显然是写给她的。同样的字迹，同样热情、直接的讲话方式。词句看起来是对写信者内心深处的回应。它们描述着事件，虽然她想不起来那些事，而那些事却让人有深深的共鸣，仿佛一座巨钟撞击之后仍经久不息的颤音。所有这些信的落款签名只有一个“**B**”。她已经读过它们，然后再次读，直到那些词句铭刻在她的灵魂里。

最亲爱的姑娘：

现在是凌晨四点，我睡不着，我知道他今晚会回到你身边。这是通向疯狂的路途，可是我躺在这里，想象他正躺在你身边，他有可以触碰你、拥有你的资格，而我做什么都得不到那一份资格。

当你发现我在阿尔伯特俱乐部饮酒时对我那么生气。你管那叫放纵，而我害怕我的回答会是不可原谅的。男人在情绪激动的时候会伤害自己，正如我的言语可能会有时粗暴和愚笨，我以为你知道你的言语伤害我更深。你离开的时候，费洛浦告诉过我我是一个傻瓜，他是对的。

我告诉你这些，是因为我需要你知道我要成为一个更好的人。哈！我自己都不相信我在写这样一种陈词滥调。可那是真的。你让我想要成为一个更好的我。我在这里坐了已经有好几个小时，盯着威士忌酒瓶。差不多五分钟前，我终于站起来了，将那一整瓶该死的浊物倒进了水池。我要为你成为一个更好的人，亲爱的。我想要活得更好，希望你能为我自豪。如果我们被给予的全部只有小时和分钟，我希望能够将每一个最微小的片段都以精确的清晰度刻入我的记忆，那么我就能在诸如现在这样的时刻——当我的灵魂感觉渐渐沉暗时，而想起它们。

接受他，让他和你在一起吧，如果你必须这样，我的爱。可是不要爱他。求求你，不要爱他。

你自私的B

看着最后的这几行，她的眼里盈满泪水。**不要爱他。求求你，不要爱他**。现在一切对她来说都变得有些清楚了：她过去没有想象过她和劳伦斯之间的距离。结果是她爱上了其他人。这些都是热恋中的信：这个男人对她以劳伦斯永远不可能有的方式敞开自己的心扉。当她读起他的一封封便笺，她的皮肤刺痛，她的心跳加快。她认出了这些词句。可是尽管她认得它们，还是有一个巨大的空洞在它们的中央。

她的脑海里充满各种疑问。这桩外遇持续的时间长吗？是近来发生的吗？她跟这个男人上过床吗？正因为那样，她丈夫的亲热动作才如此生硬不自然吗？而且，最不可理解的是：**这个爱人是谁？**她如法医般查阅着这三封信，搜寻线索。她想不起来她认识的人中谁的名字是以B打头的，除了比尔，或是她丈夫的会计伯纳德。她毫不犹疑地知道她从没爱上过他。当她昏迷，而所有人都围着她打转的那段时光里，B有没有到医院看望过她？他现在在远处注视着她吗？等待她去联系他？他存在于某个地方。他拿着通往一切的钥匙。

日复一日，她试图想象她能回到从前的她：那个有着诸多秘密的女人。旧的珍妮弗在哪里藏匿信件？她的其他秘密的线索都在哪里？她找到的两封信都夹在书里，另一封整齐地折好，夹在一团袜子之间。都在她丈夫从来想不到去看的地方。我很聪明，她想。而接着，又觉得一些不安宁：我口是心非。

“母亲，”一个午餐时间段里，在约翰·路易斯百货[①]顶层，她盯着一块三明治问，“我出事的时候，是谁开的车？”她母亲目光尖锐地抬头看了一眼。餐厅里，她们周围全是拥挤的顾客，拎着购物袋和沉沉的外套。到处都是聊天声和餐具的碰撞声。她环顾了一圈，才把视线回到珍妮弗这里，就好像那个问题多么有颠覆性似的：“亲爱的，我们真的需要重现那个场景吗？”珍妮弗喝了一口茶，说：“我对发生的一切一点都不知道。如果你告诉我，我可以把点点滴滴的信息拼凑起来。”

“你差一点死掉。我真的不愿意再想起那件事。”

“可是发生了什么事呢？是我在开车吗？”

她母亲盯着她的盘子，“我不愿去回想。”

“那么如果不是我，司机发生什么事了？如果我受伤了，他肯定也受伤了。”

“我不知道。我怎么会知道？劳伦斯总是对下属很关心，对不对？我猜他没有受很重的伤。如果他需要治疗，我敢说劳伦斯肯定会付那个钱的。”

珍妮弗想起她出院时来接他们的那个司机：一个六十多岁的、满脸倦容的男人，留着整齐的络腮胡子，秃头。他看起来不像是受过严重创伤的样子，也不太可能会是她的爱人。她母亲把她吃剩的三明治推到一边，“你为什么不问他呢？”

“我会的。”可是她知道她不会的，“劳伦斯不想让我对事情太纠结。”

“好啊，我确定他是对的，亲爱的。也许你应该听从他的建议。”

“你知道当时我要去哪儿吗？”

老妇人现在慌张不安，对这番询问有些恼怒。“我毫无头绪。去买东西，可能吧。看，那事发生在玛丽波恩路附近。我觉得你们是撞上了一辆公交车，或是一辆公交车撞上了你们。太可怕了，珍妮亲爱的，我们还是别谈那事吧，多想想你正在好起来。”她的嘴唇紧闭成一条线，意味着这次谈话该终止了。

在咖啡馆的角落，一个女人，裹着暗绿色的大衣，正在凝视着一个男子的眼

---

① 伦敦知名的百货商店，在牛津街商业区。

睛，后者用手指抚摩着她的脸颊。当珍妮弗注视过去的时候，她用牙齿含住他的指尖。这个随意的亲密姿势对她发散出一丝电流般的激荡。似乎没有其他人注意到这一对。沃琳达太太用餐巾擦了擦嘴：“那有什么要紧的呢，亲爱的？车祸总会发生。车子越多，危险似乎也越多。我认为路上有一半的人都不会开车。不像你父亲那么会开，他现在开车可小心了。”珍妮弗在听。

“无论如何，你现在已经痊愈了，对吗？全好了吗？”

“我很好。”珍妮弗对她母亲露出一个灿烂的笑容，“很不错。”

现在当她和劳伦斯晚上出去，吃饭或是饮酒，她发现自己在以一种新眼光看他们扩大了的朋友和熟人圈子。当一个男人对她的关注停留的时间比其该有的长，她就发现自己的视线无法移开。是**他**吗？在他愉快的寒暄后面有什么特殊意味吗？那是一种了然的微笑吗？如果**B**实际上是一个昵称，那么有三个男人是有可能的。杰克·阿莫里，一个摩托配件公司的老板，未婚，每次他们遇见时，他都要夸张地吻她的手。可是他这么做的时候通常都会冲劳伦斯眨眼，她想不明白这是否是一种虚实并用的欺骗。

还有瑞吉·卡本特，伊冯娜的外甥，有时餐会人数不够时会让他来凑数。黑发，有疲惫、幽默的眼睛。他比她想象中的写信人年轻，迷人而有趣，而且似乎一直都保证说如果劳伦斯不坐她旁边，他就去坐。

还有比尔，当然。比尔，他说那些好像只需要她认同的笑话，笑起来的样子总显得他爱慕她，哪怕在薇欧丽特面前。他肯定对她有感觉，可是她难道对他也有感觉吗？

她开始对自己的外表有了更多关注。她定期去美发师那里；买新衣服；聊天更多。“比以前的你更像你了。”伊冯娜赞同地说。在事故发生后的好几个星期里，她一直藏在女友身后，可是现在她开始问问题，礼貌地质疑，却带着某种决心，寻找可能导致某些答案的盔甲中的裂缝。偶尔，她在谈话中布下线索，询问是否有人想要喝威士忌，然后扫视男人们的脸庞，盼望找到一丝熟悉的火花。可是劳伦斯从不远离，而且她怀疑即使他们对上了她的线索，也不会怎么回应她。

就算她丈夫注意到了她与他们的朋友们的谈话中的某种特殊的密集度，他也不会置以评论。他是个不多臧否的人。自从那天晚上他们争吵后，他就不再跟她亲密了。他彬彬有礼，但是保持距离。他在书房里工作到很晚，经常在她醒来之前就起床出门了。好几次她经过客房，看见揉成一团的床单，就知道他又独自过了一夜——一种无声的斥责。她知道她本应该对此感觉更糟，可是渐渐地，她越发期望更多自由，好回到她私人的平行世界里，在那里她可以重新循迹她神秘、热烈的爱情，从爱慕她的男人的眼里看她自己。

在某处，她告诉自己。**B就在那里，等待着**。

“这些是要签字的。文件柜上的是今天早上送来的几件礼品。有雪铁龙公司的一箱香槟，彼得伯勒的水泥商送来的礼篮，还有来自您会计的一盒巧克力。我知道您不喜欢软馅儿的，所以我想知道您是否允许我把巧克力分给办公室的同事们。我知道艾尔西・马克金斯基对软糖馅儿的点心情有独钟。”

他头都没抬一下，“就那么做吧。”莫伊拉注意到司特灵先生的思绪远不在圣诞礼品上。

“我希望您别见怪，我已经提前安排了圣诞派对的所有点滴事务。您说过在这儿举行比在饭店好，但现在公司的规模已经比原来大多了，因此我已经要求供货商们干脆准备一个小型自助餐会的材料好了。”

“很好。什么时候？”

“23号。在我们结束完当天的工作后。那是我们放假前的星期五。”

“好的。”为什么他应该看起来如此全神贯注，心事重重？如此痛苦？生意好得不能再好了。他们的产品供不应求。即使伴随着报纸预言的信贷紧缩，顶点矿业都有全国最良好的财务报表。从来没有什么惹麻烦的信件，上个月她收到的信始终被她藏在她的最上格的抽屉里，没让她老板看见。

“我还以为您也许会——”他突然间对外面一个声音抬起头来，莫伊拉转过身，见到他所看见的情形后，惊了。是她，走过办公室，她的发型打理成完美的波浪卷，头上戴着一顶小红礼帽，鞋子也很美。她在这里做什么？司特灵夫人看着她的四周，似乎在找什么人，接着来自会计部的史蒂文森先生对她走过去，伸出手。她握住他的手，他们寒暄了一会儿，然后一同看向办公室对面她和司特灵先生站着的地方。司特灵夫人抬起一只手打招呼。

莫伊拉摸了摸头发。有些女人总能让自己看起来像是从时尚杂志里走出来的，珍妮弗就是这样一位。莫伊拉并不介意：她以前一直都宁愿将她的精力都放在工作上，放在更扎实的成就上。可是当那个女人款款走进办公室时，莫伊拉难以坦然了。她的皮肤在外面的冷空气的刺激下闪闪发光，耳朵上夹着两粒火一般的钻石耳钉，落落大方。她就像一个包装完美的圣诞礼物，一件光彩夺目的摆设。

“司特灵夫人。”莫伊拉礼貌地说。

“你好。”她说。

“真是不意之乐啊。”司特灵先生站起身来欢迎她，很尴尬，但也许是在悄悄地高兴。就像一个孤单平凡的中学生，老师不疼同学不爱，却见他的小甜心正朝他走来。

“您需要我离开吗？”莫伊拉站在他们之中，觉得尴尬，“我有一些文件可以——”

“哦，不，不要考虑我。我只待一分钟。”她转过去对着她丈夫，“我路过这里，想来问问你今天晚上是否会晚归。如果是，我会去逛一逛哈里森。他们正在卖热香料酒。”

“我……好的，你去吧。如果我早点结束，我会去那里跟你会合。”

“那太好了。”她说。她散发出一阵浅浅的莲娜·丽姿[①]香水味。莫伊拉早先在D.H.伊文思百货试用过，但还是觉得有点贵。现在她后悔当时没有买。

“我会尽量不要弄到太晚的。”司特灵夫人看上去并不像是匆忙间就要离开的

① 莲娜·丽姿（Nina Ricci），创于1932年，以服饰起家，以香水闻名于世。Nina Ricci的品牌创立者是出生于意大利的Nina Ricci，她是20世纪30年代巴黎最杰出的服装设计师之一。1932年在法国巴黎和她的儿子罗伯特·里奇（Robert Ricci）一起创立Nina Ricci时装公司，现在的Nina Ricci已是法国最大的时装公司之一。经营高级女装、精品时装、香水系列、用品、手表、皮件等。

样子。她站在她丈夫面前，但似乎对办公室以及在办公桌前工作的男人们更有兴趣。她专注地扫视了一遍，仿佛她以前从没来过这个地方。

“你到这儿来已经有一小会儿了。”他说。

“是的，”她说，“我觉得的确是。”

一阵短暂的沉默。“哦，”她突然说，“你的那些司机都叫什么名字？”

他皱起眉头：“我的司机？”

她稍稍耸了耸肩：“我以为你也许想要我给每一位司机都安排一份圣诞礼物呢。”

他似乎困惑了：“一份圣诞礼物？好吧，埃里克跟我的时间最长。我通常会给他买一瓶白兰地。过去二十年都是这么做的，我想。西蒙出现在某些特殊的场合。他是绝对戒酒的，因此我会在他的工资袋里额外放点奖励。我不认为这是你需要担心的事。”

司特灵夫人看起来有种难以名状的失望。“好吧，我愿意帮忙。我去买白兰地吧。”最后，她说，一边将手袋紧紧夹在身前。

“那你还真是……考虑周到啊。”他说。

她任由自己专注的视线在办公室里逡巡，然后又回过来对着他们。“不管怎样，我想象你肯定会非常非常忙碌。如我所说，我只是想顺便来看一下。很高兴看到你……呃……”她笑也不是，不笑也不是。

莫伊拉被这个女人不经意的遗忘而刺痛了。过去五年来，她们遇见过多少次，对方甚至都不曾想起要记住她的名字。“莫伊拉。”司特灵迅速反应过来，此时沉默刚开始变得令人不堪。“对，莫伊拉。当然。很高兴再次见到你。”

“我会回来的。”司特灵先生指引他太太出门。莫伊拉看着他们又谈论了一小会儿，然后，她稍稍挥了挥戴着手套的手，离开了。这位秘书深吸了一口气，试图不要介意。司特灵先生在他太太离开这栋房子的过程中始终站着，一动未动。她终于想起来正在做什么，于是马上走出办公室，回到她自己桌前。她从口袋里掏出一把钥匙，打开了那个上锁的抽屉，在各种各样的通信中搜寻，总算将它找到了。她回到了司特灵先生的办公室，在他回来之前。

他在自己身后关上门，透过玻璃墙往外看了一眼，似乎有些期待他太太会再回来。他看起来温柔了，放松了一些。“那么，”他说，一边坐下，“你提到了办公室派对，你正在安排一些事宜。”他的嘴唇流露出一丝浅笑。她屏住呼吸。她必须镇定一下才能正常说话，“实际上，司特灵先生，还有一些别的事。”他已经抽出一封信，正要签名，“好吧——哦，什么事？”

“这是两天前收到的。”她递给他那个手写的信封。“在你提到过的那个邮箱里。”她见他没说话，又补充道，“承您要求，我一直关注着它。”

他盯着那个信封，然后抬起头看着她，他脸上的血色消散得那么快，以至于她以为他会晕过去，“你确定吗？这不可能啊。”

“可是它——”

“你肯定是弄错邮箱了。”

“我可以向您保证我找到了正确的邮箱。13号。我用的是司特灵夫人的名字，按照您……建议的。”

他撕开了信封，然后倾身向前读信。她站在另一边，意识到屋里的气氛已经绷紧了，因此不想流露出自己的好奇。她已经为自己的所为害怕了。当他抬起头来，他看上去似乎老了好几岁。他清了清喉咙，然后将那张纸用一只手捏成团，用了些力将它扔到他桌下的垃圾篓里。他的表情严峻，“它一定是被遗失在了邮政系统里。不得有人知道它。你明白吗？”

她退后了一步，“是的，司特灵先生。当然。”

“关闭邮箱。”

“现在吗？我还要将审计报告给——”

“今天下午吧。只要有必要，任何事你都得做。关闭它。你明白吗？”

“好的，司特灵先生。”她把文件夹夹在胳膊下，走出了他的办公室。她拿起她的手袋和大衣，准备去邮局。

珍妮弗本来打算回家。她累了，办公室之旅毫无成果，而且天也开始下雨了，行人们都在人行道上奔跑，竖起领子，低着头。可是当她站在她丈夫所在公司的台阶上时，她已经知道她不可能回到那栋沉默的房子去了。她跨出路缘石，叫出租车，她一直招手，直到看到那道黄光忽然转向，对着她。她钻进车里，刷去红色大衣上的雨滴。“你知道一个叫‘阿尔伯特’的地方吗？”她对着背靠着隔离窗的司机问。

“它在伦敦的哪个部位？”他问。

“对不起，我不知道。我以为你也许知道。”

他皱眉，“梅菲尔[1]有个阿尔伯特俱乐部。我可以带你去那里，可我不确定它是不是开门。”

“很好。”她说，然后坐回座位。只花了十五分钟就到了那里。出租车停下，司机指着马路对面。“那是我知道的唯一一家‘阿尔伯特’。”他说，“我不确定那是不是你要到的地方，女士。”

她用袖子擦了擦车窗，往外窥看。金属栏杆围绕着一个地下室的入口，台阶淡出视野。一个不太清楚的标记示意着名字，两棵湿淋淋的紫杉树分别立在门两旁的大陶盆里。她挤出一个微笑，“嗯，我很快就会知道是不是了。”她付了车钱，被留在了细雨中的人行道上。门是半开着的，被一个垃圾箱挡着。她一走进去，就闻见一股扑面而来的酒精味、陈旧的烟草味、汗味和香水味。她让自己的眼睛适应了一下暗淡的灯光。她的左边是一个衣帽间，没有人，也没有挂衣服，一个啤酒瓶和一套钥匙躺在柜台上。她沿着狭窄的走廊深入，推开双开门，发现自己置身于一个巨大的空房间，椅子叠放在一张张圆桌子上，圆桌的背后是一个小舞台。进出于桌子与舞台之间，一个老妇人拉着一台吸尘器在打扫，自言自语嘟哝着看似明显不满的话。一个吧台挨着一面墙立着。在它后面，一个女人在一边吸烟一边对着一个男人说话，那个男人正在将闪闪发光的瓶子整齐地堆放在架子上。“等等。”那女人看见了她，说道，“我能帮忙吗，小妞？”

珍妮弗感觉到了那个女人对她评估的眼神。那不是什么友好的眼神，“你们营业吗？”

---

① 伦敦上流住宅区。

"我们看起来是在营业吗？"

她把包抵在肚子前，突然间清醒过来，"对不起，我下回再来。"

"你要找谁，太太？"那个男人问，一边站直了身体。他黑发，梳了个大背头，苍白而浮肿的皮肤意味着太多的酒精，太少的新鲜空气。她盯着他，试图搞清楚她现在的感觉是否是一种似曾相识的微光，"你曾经……你曾经在这里见过我吗？"她问。

他看起来被逗笑了，"如果你说你没见过我，那我就没见过你。"

那女人竖起脑袋，"我们对这个地方出现的人脸记性很差。"

珍妮弗朝吧台走近了几步，"你认识叫费洛浦的人吗？"

"你是谁？"女人正色问道。

"我——那不重要。"

"你为什么要找费洛浦？"他们的神色都变严肃了。

"我们有一个共同的朋友。"她解释道。

"那你的朋友应该告诉你费洛浦是个难以抓住的家伙。"

她咬着自己的嘴唇，想知道她能合理地解释多少，"我也不是非要联系上他。"

"他死了，太太。"

"什么？"

"费洛浦，死了。这个地方的老板换人了。我们在这里清理他的东西，而且我也可以告诉你，你从我这里什么都拿不到。"

"我不是到这儿来要——"

"除非你能给我出示费洛浦签名了的借条，否则你什么都拿不到。"现在这个女人正在仔细地看着她的衣服，她的珠宝，嘲笑着，似乎她已经定论出珍妮弗为什么会得到那些东西。"他的家人得到了他的财产。'家人'中包括他老婆。"她粗鲁地说。

"我个人跟费洛浦没有任何关系。我对你的损失感到抱歉。"珍妮弗拘谨地说。她尽可能迅速地走出了俱乐部，回到了灰色天光下的石阶上。

莫伊拉在放装饰品的箱子里翻寻着，直到找到她想要的东西，然后再把箱里的东西分类排列好。她给每扇门钉上两片金属箔片。她在自己桌前坐了差不多有半个小时，重新粘好经过一年已经断裂开的纸环链，然后把它们用胶带粘在桌上放着的花环里。她在墙上钉了几条线绳，把商业伙伴们送来的问候卡挂在上面。在灯具上披上了闪闪发光的铂丝，而且确保它们不要离灯泡太近，以免埋下火灾隐患。

外面的天色已经变暗了，整条街都亮起了硅灯。渐渐的，像他们通常一样的井然有序，顶点矿业伦敦办公室的工作人员离开了办公楼。首先是菲利斯和艾尔西，两名打字员，她们总是五点钟准时下班，即使她们在钟响时看起来对准点下班并不那么兴致勃勃。然后是大卫·莫顿，会计部员工，紧接着是史蒂文斯，他会在回家前先到街角的酒吧来几杯提神又怡情的威士忌。其他人三三两两地离开，用围巾和大衣将自己包裹好，男人们在角落的架子上拾起他们的衣帽，有几人经过司特灵先生的办公室时会对她挥手道别。菲丽赛迪·哈尔伍德掌管薪水，跟莫伊拉一样住在斯特里特姆，离她只有一站之隔，但她从没建议过她俩搭乘同一辆公交车。当菲丽赛迪五月份刚来的时候，莫伊拉还曾经想也许以后回家能有个人聊天，真不错，在274路公交车闷热浑浊的车厢里，她可以跟一个女人交换食谱或是对这一天发生的事情做点评价。可是菲丽赛迪每天傍晚离开的时候甚至都不回头看一眼。有一次，莫伊拉跟她真的在同一辆公交车上，她却几乎一路都埋头于一本平装本小说里，即使莫伊拉能肯定她知道莫伊拉就坐在她身后的第二个座位上。

司特灵先生在七点差一刻离开。下午的大部分时间里，他都心神不宁，不耐烦，打电话给工厂经理，就坏件率斥责他，还取消了四点钟的一个会议。当她从邮局回来时，他看了一眼她，似乎在确认她做了他交代她的事，然后又回到他的工作里。莫伊拉拖了两张多余的桌子放在会计部隔壁房间的边缘，她给它们铺上节日桌布，钉了两股箔绳在桌子边沿。还有十天这就会成为自助餐的台子；同时，它还可以用来放供货商们送来的礼品，以及装员工们被命令要送给彼此的问候卡的圣诞信箱。到差不多八点的时候，大功告成了。莫伊拉扫视着原本空空的办公室经过她的努力之后变得光彩熠熠，充满节日气氛，便整了整她的裙子，任自己想象人们早上走进门后脸上露出的愉悦的表情。

她做这些是没有酬劳的，然而就是那些小小的姿态、额外的奖励，让一切显得不同。其他秘书们都不太能理解一个私人助理的工作居然不仅仅只是打出个人通信以及确保文件被有序归档。她的角色远比那伟大。这有关于让办公室不仅是整洁有条理，还应该让其中的人感觉到像是……嗯，一个家庭，一个圣诞信箱和一些欢乐的装饰物最终可以将整个办公室连接在一起，使它成为一个让人想来的地方。

她放置在角落里的圣诞树现在看起来更不错了。把它放在家里没什么意义，而此刻只有她明白这一点。在这里，它可以让许多人开心。如果有人要对树顶上非常漂亮的天使或是覆有霜晶的可爱的小玩意发表些评论，她也许会故作随意地告诉他们，它们以前都是她母亲的至爱，仿佛她是偶然想到的似的。

莫伊拉穿上大衣。她收好自己的东西，系紧围巾，将她的钢笔和铅笔整齐地放在办公桌上，以备明天使用。她走去司特灵先生的办公室，手里拿着钥匙，要去锁门。接着，她看了一眼那门，便轻巧地走进了房间，到他桌下去够那个垃圾篓。

她只花了片刻便找到了那封手写信。她几乎不带一丝犹豫地将它捡了出来，再确认了一遍玻璃外面，以保证此刻只有她一个人，她在桌上摊平这封信，开始看。她非常，非常安静地站着。

然后她又看了一遍。

外面的钟声敲了八下。她被声响吓了一跳，便离开了司特灵先生的办公室，将他的垃圾篓放在外面让清洁工处理，然后锁上了门。她把那封信放在她的桌子抽屉里，锁上，将钥匙扔进了自己的口袋。这一次，开往斯特里特姆的公交车似乎没花什么时间。可莫伊拉·帕克却有太多烦心的事要去考虑。

我赞同你说的。但我希望你读到这封信时，能意识到一种宽宏大量，这种宽宏大量来自我的懊悔，以及我对自己如何对待你以及我所选择的路的遗憾。我跟M的关系是注定的，而且一直都存在。我希望它没有用三年时间让我认识到一场假日恋爱就只能是假日恋爱，不应该有进一步的发展。

男性致女性，经由信件

第七章 “你遇上了一个女人。”

1960·夏

他们每天都见面，坐在户外浸润着阳光的咖啡馆里，或是开车前往她在小戴姆勒阳光炙烤的小山丘，挑选无须安排也无须顾忌的地方野餐。她跟他说她在汉普郡和伊顿广场的成长，小马、寄宿学校，将她的生活包裹起来直至她结婚的狭窄舒适的世界。她跟他说她觉得多么逼仄，哪怕到了十二岁，她早就知道自己需要一方更广阔的天空，她从来没有怀疑过李维欧拉是一个更宽广的延伸，那里可能包含一个充满约束和训诫的社交圈，正如她离开的那个圈子一样。

她跟他说起她十五岁时爱上过的那个乡村男孩，她父亲在发现了他们的恋情后，是怎样将她带到外屋，用他的裤背带抽打她。

“因为恋爱？”她跟他说这个故事的时候很轻松，他却试图掩饰他因它而产生的烦恼不安。

“因为跟门第不相符的男孩子恋爱。哦，我猜我是一个比较难管的人。他们告诉我我让整个家族的名誉受损了。他们说我心中没有道德指针，如果我不注意约束自己，体面的男人们就不会娶我。”她笑了，不带幽默，“当然，我父亲有情人多年的事就另当别论了。”

“然后劳伦斯出现了？”

她有点羞涩地对着他微笑，“是的。我是不是很幸运？”

他以人们在火车车厢里同陌生旅客讲述一生的秘密的方式跟她谈话：一种不可承受的亲密，基于不可言说的对于他们不可能再相遇的理解。他跟她说起他在

《国民报》驻中非记者的三年任期，起初他是多么欢迎这个可逃离他失败婚姻的机会，但接受不了携带个人武器以应对他会遭遇的暴行：刚果独立的步伐意味着成千上万的死亡。他发现自己在列奥博德维勒的外国记者俱乐部里度过了一个又一个晚上，用威士忌或更糟——棕榈酒，来麻醉自己，直到一连串的恐惧——他所见的景象和一次黄热病发作——对他产生了影响。“我可以说是崩溃了。”他说，试图模仿她轻松的调子，“但是没人会不礼貌到说出这种话，当然。他们只说黄热病不好，鼓励我不要再回去。”

“可怜的布特。”

“是的，可怜的我。尤其是它还给了我前妻另一个不让我见我儿子的好理由。”

“还有我呢，认为一连串的不忠诚没什么值得大惊小怪的。”她把手放在他的手上，“抱歉，我不是嘲笑你。我没想要说大道理。”

“我烦到你了吗？”

“相反。我可不经常会花时间同一个想要跟我谈话的男人在一起。”

在和她的相处中，他从未碰过酒精，也不想念。她对他来说是一个挑战，是对于酒精的充实的代替，除此之外，他也乐于在跟她相处时随时掌控自己的外在形象。上个月在非洲，因为惧怕祸从口出和自露其短，他几乎没说过什么话，而现在他发现他非常想倾诉。他喜欢他说话的时候她注视他的方式，似乎无论他说什么，都改变不了她对他的基本意见，而他吐露的任何秘密都不会在以后成为反对他的证据。

“那些前任战地记者们，如果他们开始厌烦纷争和骚乱了，会怎么做？”她问。

“他们就会领上一笔钱，然后被打发到新闻编辑室的角落里，用他们辉煌的过往神话来烦大家。”他说，“或者他们继续留在战地，直到某天被打死。”

“那么你是哪种类型呢？”

“我不知道。”他睁大眼睛望着她，“我到现在为止还没有对纷争和骚乱厌烦呢。”

他轻易地就沉陷在了李维欧拉温柔的调子里：长长的午餐、在户外度过的时光、跟熟识度有限的人无尽地相谈。虽然他一度对世界已经没有感觉了，可现在他在早上进行长长的散步，享受着海边的空气，跟人们友好地相互致意，而那些人并没有因为宿醉和缺乏睡眠而脾气坏。他觉得轻松自在，以一种多年未有的方式。他抵制从唐那里来的电报，后者威胁他说如果他不赶紧提供一些有用的材料，就没有好果子吃。

“你不喜欢那个小传？”他问过这个问题。

“写得挺好，可是它登在上周二的商业版，会计们想知道为什么你写完之后，还要花上宝贵的四天去发送它。”

她带他去蒙特卡洛，将车在盘曲旋绕的山路上开到快得让人晕眩，而他则一直注视着她放在方向盘上修长有力的双手，想象着将她的每一根手指恭敬地含入自己嘴中。她带他去赌场，当他将他寥寥的几个英镑变成轮盘赌上可观的收获时，她让他显得像个神。她在一座海滨咖啡馆吃贻贝，仔细而又无情地从中啜着它们，让他无语评述。她如此彻底地汲取了他的意识，吸收了所有明晰的思想，使他对于所说所想再无顾忌。在他的独处时光里，他的脑海在驰骋，思考一百万个可能的后果，他惊奇于自己的心能被一个女人占据这么久，但到底会是多久呢？

这是因为她是一种稀罕物，真正难以获得的那种。他本应该在几天前就放弃的。可是当又一张字条塞到他门下，询问他是否可以跟她一起在城中广场喝东西，或是开车去蒙顿兜风时，他的心跳又不由自主加快了。那又有什么坏处呢？他三十岁，想不起来上一次他开心地笑是什么时候了。为什么他就不应该简单地享受这种其他人都视为理所当然的开心呢？它离他习惯的生活太远了，以至于看起来都不像是真的。

他是在星期五晚上接到电报的，得知了他几天来一直隐隐预期的事：有人订好了他回国的火车票，就在第二天。他应该在星期一早上出现在《国民报》的办公室。当他读着这封电报时，反倒觉得某种欣慰：跟珍妮弗·司特灵的相处已经奇怪地迷失了方向。通常来说，他从不会花这么多时间和精力在一个女人身上，而那个女人的热情并不可期。不要再去见她的想法让他不安，可是他内心里有些期望回到旧的生活轨迹里，去重新发现他是谁。

他从架子上拖下自己的旅行箱，放到床上。他要打包行李，然后会给她一张字条，对她的陪伴表示感谢，并建议她如果想在伦敦与他见面，共享午餐，就应该给他打电话。如果她选择在伦敦跟他联系，远离这个有魔力般的地方，也许她就跟其他那些女人一样：一个令人愉悦的身体伴侣。

正当他把鞋子放入箱子时，门房打来了电话：一位女士在前台等他。

“金发吗？”

“是的，先生。”

“你可以让她来接电话吗？”

他能听见一阵短暂的法语说话声，然后是她的声音，有一些呼吸急促，一些不确定，“是我，珍妮弗。我只是想知道……我们是否可以简单喝点什么？”

“荣幸之至，可是我没怎么准备好。你愿意上来等我吗？”

他迅速清理了一下房间，踢走床底下零落的物件。他重新码放了打印机里的纸张，装出他一小时前刚发出去一封报道，而此前一直在为其忙碌的样子。他抽出一件干净的衬衫，但是没时间穿上了。当他听见一阵轻柔的敲门声，他打开了门。“一个多么可爱的惊喜啊，”他说，“我正在收拾，不过请进。”她尴尬地站在走廊上。当她瞥见他赤裸的胸脯，她别开了视线，“你是不是更愿意我在楼下等？”

“不。请进，我只要几分钟就好。”

她跨进来，走到了房间的中央。她穿着一件亮金色的无袖长裙，有中式的立领。她的肩膀因为开车时受到日晒而微微泛红。她的头发蓬乱地披散在肩旁，被风吹过，似乎她是匆匆赶过来的。她的视线停留在床上，眼睛因那些便笺簿、差不多塞满了的旅行箱而泛光。他们因为贴近而短暂地沉默着。她首先反应过来，“你难道不想请我喝一杯吗？”

“抱歉，是我考虑不周。”他打电话给楼下，要一杯杜松子酒和一杯汤力水，要很快送来，“我们要去哪儿？”

“要去？”

“我还有时间刮胡子吗？”他走进浴室。

“当然，去吧。”

他是故意这么做的，事后他想，让她的陪伴被迫显得亲昵。他看上去好多了：病人的黄白色已经从他皮肤上退去，眼圈周围是因压力产生的皱纹。他打开热水，一边在胡子上打肥皂，一边从浴室镜子里看着她。她心不在焉，若有所思。当他用剃刀在下颌的皮肤上刮擦的时候，注意到她在房间里大步走来走去，像是一头不安分的小兽。“你还好吗？”他喊道，一边在水里清洗刀片。

“我很好。”她已经喝掉了一半的杜松子酒和汤力水，又给自己倒了一些。

他完成了剃须，用毛巾擦干脸，铺上他从药房买来的须后水。须后水是柑橘和迷迭香味道的，有点刺鼻。他穿上衬衫，对着镜子拉直领子。他喜爱这个时刻，即将迎接他的有美食，还有各种可能性。他带着一种成功的自得，这感觉真奇妙。他走出浴室，发现她站在阳台边。天色暗淡，暮色已至，海岸上的灯也开始点燃。她一只手拿着酒，另一只手臂轻轻地、不设防地放在腰前。他向她走近了一步。

“我忘了说你看起来多么可爱了。”他说，“我喜欢你身上的颜色。它真——”

“拉瑞明天就回来了。”她从阳台上抽回身，面对着他，“今天下午我接到一封电报。我们要在星期二飞往伦敦。”

“我明白。”他说。她的手臂上有些微金色的汗毛。海风将它们吹起，又拂下。他抬起头，正对上她的眼神。

“我不是不快乐。”她说。

“我知道。”

她在研究他，她可爱的嘴很严肃。她咬着自己的嘴唇，然后对他背转过身。她非常安静地站着。“最顶上的纽扣。”她说。

“什么？”

“我自己解不开。”

他内心的什么东西被引动了。他几乎是欣慰地想：这总要发生的，他梦想的这个女人，夜晚躺在床上时觊觎着的女人，最后注定会是他的。她的保持距离，她的抵制，曾经几乎压倒了他。他希望释放，真正的释放，希望这长久不得释怀的疼痛与渴望终究被纾解。

他把她的酒拿开，她的手够到她的头发上，从后颈上把头发往上撩。他循着这无声的指引，将他的手放在她的肌肤上。如此确定，他的手指摸索着，滞重而笨拙，他仿佛从很远处望着它们，将它们停留在那被丝绸包裹的纽扣上。当他释放它，他发现自己的手在颤抖。他停住了，凝视着她的脖子：此刻它是暴露着的，些微地前倾，似乎在祈求。他想放自己的嘴上去，那样就可以尝到这苍白的、略带雀斑的肌肤了。他的大拇指停留在那儿，温柔地，奢侈地，沉溺在接下来的前景中。她感觉到了按压，小小呼了一口气，如此轻微，以至于他是感觉到，而不是听到那声叹息的。他内心的什么东西止息了。

他盯着她脑后发际线边的细小毛发，看着她依然在挽着它们的细长手指。他带着某种恐怖的确定，明白将要发生什么了。安东尼·奥哈尔紧闭双眼，接着，带着精致的深思熟虑，他重新系紧了她的裙子。他往回退了一小步。她犹豫了，似乎在试着搞明白他做了什么，也许是在玩味他为何没有碰到她的肌肤。然后她转过身，她的手放在脖子后面，证实着刚才发生了什么。她凝视着他，她起初充满疑问的脸，此刻红了。

“我很抱歉。”他开始道，“可是我——我不能。”

“哦……”她退缩了。她的手移到了嘴上，她连脖子也红了，“哦，天啊。”

“不。你不明白，珍妮弗。不是那样——”

她推开他走过去，抓起她的手袋。接下来，在他来得及说什么之前，她已经握住了门把，出去沿着走廊跑起来了。

“珍妮弗！”他大喊，“珍妮弗！让我解释！”可是等他跑到门那里，她已经不见踪影了。

法国列车跋涉在通往里昂的炎热乡间，似乎它决定给予他太长的时间，来思考他做下的所有错事和所有他想改变也变不了的事。一个小时内，有好几次，他想过要从餐车给自己订一大杯威士忌；他注视着乘务员在车厢里灵巧地来来去去，捧着放在银托盘上的玻璃杯，如跳芭蕾舞一样弯腰、快步前进，他知道只需抬抬手指，就能让自己得到那份安慰。直到后来，他一直都搞不懂是什么阻止了他那么做。

在晚上，他睡在被乘务员粗鲁又迅捷拉开的简易卧铺上。列车在黑暗中颠簸前行，他打开他的床灯，拿起一本他在酒店里找到的，也许是之前的客人遗留下来的平装本小说。他把同一页读了好几遍，什么也没看进去，最后把书厌恶地扔到一边。他有一份法国报纸，可是眼下的空间太狭窄，他无法展开来阅读，而且昏暗中也不太容易看清报上的字。他小睡了一会，又醒了，随着英国的接近，在他前方的未来就像是一块巨大的乌云。

终于，破晓时分，他找到纸笔。他以前从没给女人写过信，除了给他妈妈的简单的感谢字条，为她送给他的任何礼物；他还写过信给克莱丽莎，讨论财务状况；还有第一夜他写给珍妮弗的致歉信。此刻，承受着痛心的忧郁，挥之不去珍妮弗眼中克制的神情，释怀着他可能永远见不到她了的前景，他不假思索地写着，只希望能解释自己。

最爱：

当你那么匆忙就离开后，我无法让你听我说，可是我没有抛弃你。你离真相太远，而真相让我几乎无法承受。

事实是这样的：你不是我爱上的第一个已婚女子。你知道我的个人情况，实话说，像这样的一些交往关系，是适合我的。我不想对任何人封闭自己。当我们初遇，我宁愿认为你会是不同的。

可是当你星期六到我房间时，你穿着那条裙子的样子实在太妙不可言了。然后你请我解开你脖子上那颗纽扣。而当我的手指遇上你的肌肤，那一刻，我意识到，向你求爱对我们两人来说都是一场灾难。你，最亲爱的姑娘，不了解口是心非的感觉是怎样的。你是一个正直、欢快的小东西。做一个体面而优雅的人是令人愉快的，即使你现在还感觉不到。我不想成为让你哪怕稍微有一点玷污的人。

而我呢？当你抬起头来看着我的那一刻，我就知道如果我们这样做了，我会很失落。我不能将你放在一边，如同我对其他人做的那样。当我在饭店里和劳伦斯相互经过，我不能赞同地跟他点头。我永远不会只满意于你的一部分。我曾经愚弄自己，让我朝相反的方向想。是因为那个理由，亲爱的姑娘，我再一次解开了你脖子上那颗纠缠的纽扣。因为那个理由，过去两个晚上我都睡不着，因为我曾做过的一件体面的事而憎恨我自己。

原谅我。

B

他把它仔细地折好，塞入他的胸前口袋，接下来，终于，他睡着了。

唐掐灭了他的香烟，开始研究这张打印纸，而那位年轻人正尴尬地站在他的办公桌旁边，不时将身体重心从一条腿移到另一条腿。“你连重婚（bigamy）都拼不好，第二个元音是一个‘a’，不是‘o’。”他咄咄逼人地将铅笔在三行字里划擦着，“而且这份引言也太糟糕了。你找来了一个娶了三个女人的男人，那三个女人都叫希尔达，还彼此住得相隔就三千米。真是一个天赐的故事啊。你写作的方式让我情愿去读关于市政排水系统的议会议事录。”

“对不起，富兰克林先生。”

“去你的对不起。好好写！这是给早报用的，而现在已经都四点差二十了。你到底活见鬼的是怎么了？‘从婚（bigomy）’！你想跟这儿的奥哈尔学是吧？他在非洲待了那么多时间，因此我们无论如何都没法说那活见鬼的拼写是错是对。”他把那张纸向年轻人扔过去，后者抓过来，匆匆离开了办公室。

“那么，”唐嘘了一声，“那么，我要的该死的专题呢？《李维欧拉的名利之秘》？”

“快写完了。”安东尼撒谎了。

“你最好快点。我让星期六的报纸留了半版给它。你在那里过得好吗？”

“很不错。”

唐侧过头，“是啊，看上去的确是。那么，不管怎样，我有好消息了。”

他办公室的窗户上布满了尼古丁，任何人只要无意中碰到那里，袖子上都会染上黄色。安东尼从那金色的浑浊往外看向新闻编辑室。已经两天了，他口袋里一直揣着那封信，试图想出怎样把信交给她。他一直都能看到她的脸，当她意识到她所想的会是她的错之后脸上那种恐惧的红晕。

“托尼[1]？”

“在。”

“我有好消息给你。”

“嗯，是的。”

“我一直在跟海外组谈，他们想要人去贝尔格莱德。瞧瞧这个来自波兰大使馆的人，他宣称自己是所谓超级间谍。硬新闻啊，小子。行动起来，准备准备吧。一两个星期之内你就要离开这里了。”

“我现在不能走。”

“你需要请一两天假？”

“我有一些私人事务要处理。”

“我还应该去交代阿尔及利亚人推迟停战吗？就为了万一它会妨碍你的国内计划？你在开我玩笑吗，奥哈尔？”

“好吧，那就派别人去吧。抱歉，唐。”

唐本来在机械地敲着圆珠笔，此刻更加不安了，“我不明白。你一直都在办公室里打转，抱怨说你需要出去跑‘真实的’新闻，所以我给你一个让彼得森砍断胳膊都要去争取的故事，而你突然间又想围着办公桌打转了。”

“我说过了，我很抱歉。”

唐的嘴张得老大。他合上嘴，重重地站起身，走到门边将它关上。然后他回到自己的座位上。“托尼，这是一个好故事。你必须去完成它。不光如此，你需要这个故事。你需要向他们证实他们可以指望你。”他眯起眼看他，“你没兴趣了？你在告诉我你喜欢上了软题材？”

“不。我只是……只要给我一两天。”

唐坐回去，点起一根烟，粗声地吸了一口。“老天爷，”他说，“是女人。”

---

① 安东尼的昵称。

安东尼什么也没说。

“是的。你遇上了一个女人。怎么了？你不能去任何地方，直到你让她屈服？”

“她结婚了。”

“因此那样就阻止你了？”

“她是……是一位人妻，司特灵的妻子。”

“然后呢？”

“她太好了。”

“对他来说？别告诉我啊。”

“对我来说。我不知道该怎么办。”

唐抬眼看着天花板。“对良心的考验，嗯？我很好奇你为什么看起来这么糟糕。”他摇摇头，似乎这个小房间里还有别人。“我不相信。奥哈尔，我不相信任何人。”他用胖胖的手把钢笔放在桌上，“好吧。你该这么做：去见她，做你所有该做的，一了百了。然后明天午餐时间要登上离开的飞机。我会告诉编辑部你今天傍晚离开。这听起来怎么样？给我写一些像样的故事出来。”

“‘一了百了’？瞧你说的。”

“你有更漂亮的表达吗？”

安东尼摸了摸口袋里的信。“我欠你一次。”他说。

“你欠我八十三次。”唐咕哝道。

找到司特灵的地址并不难。他此前浏览过《名人录》的抄本，在他的条目的底端，写着“配偶珍妮弗·路易莎·沃琳达，生于1934年”。那天晚上，下班后，他开车去了菲兹罗维亚，在一处广场停车，停车的地方离那栋灰泥的建筑只有几扇门的距离。

一座纳什风格的摄政时期别墅，前廊两侧都有立柱，它有一种哈里街[①]上昂贵的咨询办公室的味道。他坐在车里，好奇她在那些洁净的窗帘后做些什么。他

① Harley Street，伦敦街道，多名医居住。

想象她拿着一本杂志坐着，也许正在茫然地看着房间，想着在法国的一座酒店里的某一个迷失的时刻。差不多六点半，一位中年女子离开了那座房子，她穿上大衣，抬头查看是否下雨。她头上系着一顶防水女帽，冲大街上匆匆走去。窗帘被一只看不见的手拉下了，潮湿的黄昏让位给了夜晚，而他坐在他的希尔曼车里，盯着三十二号看。

他已经准备要离开了，突然前门开了。他赶紧刹车，她走了出来。现在差不多是九点了。她穿着一件无袖的白色长裙，肩上搭着一件小披肩，仔细地走下台阶，似乎她不信任自己的脚。然后司特灵在她身后跟着出来，说了些什么，安东尼听不见，而她点头。他们钻入了一辆大黑车，车子开入了大路。安东尼发动引擎，他也开入了大路，与他们隔着一辆车，跟着他们。他们并没有开远。司机在梅菲尔的一座赌场的门前停下，让他们出来。她理平裙子，然后走入赌场，一边走一边脱着披肩。安东尼等待着，直到确认司特灵也进去了，然后把希尔曼车开到大黑车后面的停车点。“给我泊车，好吗？”他对那个满脸狐疑的看门人喊，扔给他钥匙，然后将一张十先令的钞票塞到他手里。

“先生？我能看看您的会员卡吗？”他正在急速通过大厅，一个穿着赌场制服的男人阻止了他，“先生？您的会员卡？”

司特灵夫妇正要迈入电梯，他可以通过人群看见她，“我需要跟人说几句话，就两分钟。”

“先生，我恐怕我不能让您进去，如果您没有——”

安东尼摸到口袋里，把里面所有的东西都掏了出来——钱包、家里的钥匙、护照——把它们倒入那个男人摊开的手掌上，“拿着——全部拿着。我保证我只要两分钟。”那个男人张口结舌，他从人群中挤过去，当电梯门快要关上的时候，插了进去。

司特灵夫妇在他右方，因此安东尼拉下了他的帽檐，遮住脸，经过他们，确信男人没有看见他，又侧身向后，直到他自己的背靠在了墙上。每个人都面对着电梯门。他前面的司特灵，正在跟什么人说话，那个人他似乎也认识。安东尼听见他叨叨着市场、信贷危机，另一个人也低声赞同着。他耳朵里的脉搏在跳动，汗珠顺着背滴下。她在他前面用戴着手套的双手抓住她的包，表情镇定沉着，只有一缕从发髻中垂下来的金发证实她是人类，而不是什么天堂幻影。

“三楼到了。”

电梯门开了。两人出去，一人进来。其余的人自觉地变换位置，给新来的人让地方。司特灵还在谈话，他的声音低沉却清晰可闻。这是一个温暖的傍晚，在电梯闭塞的空间里，安东尼敏锐地体察到他周围的一个个身体，浮在空气里的香水、定型水和剃须泡沫的味道，门开时进来的微弱的风。

他稍稍抬头，盯着珍妮弗看。她和他距离不到半米，如此接近，他都可以闻见她的体香，看见她肩上细小的雀斑。他继续凝视，直到她稍转过头——看见了他。她的眼睛睁大了，她的脸红了。她丈夫依然沉醉于谈话中。她看着地面，然后她的眼神滑回到安东尼那里，她胸脯的起伏证明了她有多震惊。他们的目光相遇，在那些极其短暂又沉默的时刻，他告诉了她一切。他告诉她，她是他遇见过的最令人惊异的事物。他告诉她，她让他日思夜想，他生命中的任何一种感觉，任何一种经验与她带给他的相比，都是浮云，都没有意义。

他告诉她，他爱她。

“四楼到了。”

一个站在后面的男人说了声“借过”，她眨了眨眼，他们分开了，那个男人从他们之间走了过去，迈出了电梯。趁身后正好有一点空间，安东尼摸到了他的口袋，拿出了那封信。他往右边迈出一步，然后将信伸出去交给她，这动作掩盖在一个正在咳嗽的男人的晚礼服后面，男人的咳嗽声甚至震得他们一颤。她丈夫正在因为他朋友说的什么事而摇头。两个男人都装腔作势地笑起来。有片刻，安东尼以为她不想从他那里得到信，然而接下来，她戴着手套的手悄无声息地突然伸了出来，正当他还惶然立着的当儿，信封已经消失在了她的提包里。

“五楼到了。”门童说，“餐厅。”

除了安东尼的所有人都往前移动。司特灵看了一眼他的右边，显然是记起了他妻子的存在，然后伸出一只手，并非出于爱意，安东尼观察到，只不过是领着她出去。门在她身后关上了。乘客只有他一个人了，随着门童“往一楼”的喊叫，电梯开始下降了。

安东尼几乎没有期待过回复。他甚至都不烦劳自己去检查邮件，直到稍后他离开自己的住处时，发现地垫上的两封信。他沿着溽热而忙碌的人行道连走带跑，在从巨型的圣巴塞罗缪医院[1]离开的护士和病人间避来让去，他的旅行箱拍打着自己的腿。他想要在两点半的时候到达希斯罗机场，却压根儿无法确定如何才能及时赶到。看见她的字迹让他产生了某种震惊，随之是恐慌，因为他意识到了那时已经是十二点差十分了，他居然离伦敦另一方的目的地仍相距老远。

邮递员公园[2]。正午。

打不到出租已成定局。他在半途中跳上一辆地铁，剩下的路都靠跑步。他熨烫平整的衬衫此时粘在了皮肤上；他的头发在汗津津的前额上翻飞。“借过。”他嘟哝道，一个穿着高跟凉鞋的女人一边发出不满的啧啧声，一边不情愿地给他让道。“对不住了。”一辆公交车停下了，吐出紫色的尾气，他听见司机摇响了铃，让它再次发动。人行道上到处是潮水般的行人，他迟疑了，试着要稳住呼吸，再看看表。现在已经是十二点过一刻了。她完全有可能已经放弃他了。

他到底在做什么？如果他错过这班飞机，唐和他之间就不可能再是上下属关系了，唐只会从个人友情上保证让他下一个十年里出现在他的金婚纪念日或是其他任何纪念日上。他们会把今天的误机看作他不善应对的又一个例子，是将下一个好故事给墨菲特或是菲普斯的一个理由。

他闷头直跑到爱德华国王大街上，气喘吁吁，接着他便置身于城市中央一片小小的宁静的绿洲。邮递员公园是一个小花园，由维多利亚时代的一位慈善家设计建造，为纪念普通英雄们的生平。他呼吸沉重地迈入了公园中央。

① St Bartholomew’s Hospital，伦敦最古老的医院，建于1123年，至今依然在原址上运营。

② 伦敦市中心，圣保罗大教堂稍北，开放于1880年。

是蓝色，一大片优雅移动着的蓝色。当他的视线定格，他看见邮递员们穿着他们的蓝色制服，有的散步，有的躺在草坪上，有一些挨个儿坐在上过釉的道顿碑前的长凳上，道顿碑是用来纪念各种英勇行为的。伦敦的邮递员们，从他们的工作线路和邮包中解脱出来，正在享受正午的阳光。他们戴着袖套，捧着三明治盒，聊天，交换食物，在斑驳树影下的草丛上随意放松。

他的呼吸稳住了。他放下旅行箱，翻出一条手帕，抹了抹额头，然后慢慢环视着，试图往大的蕨类植物、教堂外墙后，以及一座座办公楼围成的小块空间里看。他扫视着公园，寻找一条饰以珠宝的祖母绿裙子、那淡金色头发的闪光，那些都是她的标记。

她不在。

他看了看表，过了二十分钟了。她来过，又走了。或许她改变心意了。或许司特灵已经发现了那封可恶的信。正在那时，他想起了第二个信封，来自克莱丽莎的，他离开家的时候揣在了口袋里。此刻他把它拿出来，快速看。他永远不可能在不听到她绷紧而失望的声音，或是看见她整齐的、总是把扣子系到脖子上的衬衫就看到她的字迹。她在见他的时候从来装束得一丝不苟，仿佛他只要一瞥见她的肌肤就能得到某种好处似的。

亲爱的安东尼：

作为一种礼貌，以下要让你得知：我要结婚了。

他一想到克莱丽莎跟其他人在一起，也许就能收获幸福，便觉得一种仿佛被掠夺般的震惊。他原本以为她跟任何人在一起都不会幸福呢。

我遇见了一位体面人，他有许多布店生意，他也愿意接受我和菲利普。他很友善，而且说他会视菲利普为己出。婚礼定在九月。我很难主动提及，可是你也许会想跟这个男孩维持紧密的联系。我希望他能生活在一个正常的家庭里，而你持续飘忽不定地跟他接触只会让他难以安定。

请考虑考虑，并且让我知道你的想法。

我们不会再需要你更多的经济援助了，今后埃德加会给我们提供。下面附上我们的新地址。

你真诚的，

克莱丽莎

他把它看了两遍，可是不用再看第三遍，他已经为她所建议的而喘息了：菲利普，他的儿子，应该被某个正直的窗帘商抚养，从他父亲持续而飘忽不定的接触中解脱出来。白日已对他关闭。他感到一阵突如其来的对酒精的迫切渴望，并且看见了通过公园大门的那条路对面的小酒馆。

“哦，基督啊。”他大声说，他的手耷拉在膝旁，他的头低垂。他站在那里，弯下腰，有好一阵，试图理清思绪，让自己的心跳恢复正常。然后，随着一声叹息，他又站直了。她就在他跟前。她穿着一条白裙子，上面的图案是大朵的红玫瑰。她还戴着一副尺寸过大的太阳镜。她把墨镜推到头顶。他一见到她，便不由自主发出一声惊叹。“我不能留下。”他先开口，然后意识到了自己的声音，“我要飞去贝尔格莱德。我的飞机即将在——我不知道如何——”

她那么美丽，让花坛里的花黯然失色，让邮递员们晕眩。他们都停下了谈话，一齐看着她。

“我不……”他摇摇头，“我可以写信说明。当我见到你，我——”

“安东尼。”她说，似乎她在对她自己肯定他。

“我一周左右就会回来。”他说，“如果你那时会遇见我，我就能解释。有太多——”

可是她已经迈向前了，用她戴着手套的双手捧起他的脸，将他往她这边拉。极其短暂的犹豫之后，她的嘴唇遇上了他的，她的嘴温暖、柔顺却惊人地渴求着。安东尼忘记了飞机。他忘记了公园和他失去的孩子以及他的前妻。他忘记了他老板以为会使得他全身心投入的故事。他忘记了在他的经验里，情感，比军火更危险。他任由自己做珍妮弗需求的事，将自己给她，自由无羁地给她。

“安东尼。”她说，只用一个词，就已经给了他不仅是她自己，还有一个崭新的、更好规划过的他的未来。

我们结束了。

女性致珍妮特·温特斯，经由短信

第八章 “我见过你，记得吗？”

1960·冬

再一次，他没有对她讲话。虽然劳伦斯·司特灵是一个矜持寡言的男性，他的心情却是任性而易变的。珍妮弗在早餐的过程中沉默地看着他丈夫读报纸。尽管她先于他下楼，照他喜爱的那样摆出了早餐，可是在他看到她之后的三十三分钟里，他未发一言。她往下看了一眼她的晨衣，检查她的头发。没有什么不对劲的。她的伤疤（她知道那东西恶心到了他）被袖子盖着。她做了什么？她应该一直等着他吗？头一天晚上他回家非常晚，她只是被前门的声音小小弄醒了一下。她难道在梦中说了什么吗？

时钟以它沉闷的方式敲响了八点，敲钟期间间歇性地插入了劳伦斯把报纸打开叠起的沙沙声。外面，她听见门前石阶上的脚步声，邮递员把信塞到信箱里简单的唰唰声，然后是一个孩子的声音，在经过窗口时发牢骚般地提高了。

她试图评述一下雪天、报纸的一则关于燃料费上涨的新闻，可是劳伦斯回应寥寥，似乎烦了，因此她也就不再多说。

我的爱人不会这么对我，她无声地告诉他，一边给一片吐司抹黄油。他会微笑，在厨房里经过我时会摸我的腰。实际上，他们可能根本不会在厨房吃早餐；他会拿上一盘可口食物到床上，她一醒来，他们就会交换愉快而柔软的吻，然后他给她一杯咖啡。在那些信中，有一封信他写道：

你吃东西的时候是那么专注。我第一次看见你在用餐时那样迷人，我希

望你给予我同样的专注。

劳伦斯的声音打破了她的白日梦，“今晚在芒克里夫斯家有酒会，是圣诞派对之前的，你记得吗？”

“记得。”她没有抬头。

“我大概六点半到。弗朗西斯希望我那个时候去。”她感到他的视线在她脸上停留，似乎在等待进一步的回应，可是她就是执拗着不回应。然后他走了，把珍妮弗留在一个沉默的房子里，留她梦想着一顿比现实中远为合意的理想的早餐。

你还记得第一次的那场餐会吗？我是那样一个傻瓜，而你知道。你那么的、那么的迷人，亲爱的珍，即使是面对着我无礼的举动。

我那天晚上如此生气。现在我怀疑，可能在那时我就已经爱上你了，可是我们男人都非常不善于预见未来。而将我的不适全都转化成其他东西要更容易些。

此刻她已经从这所房子里的隐秘地方发掘出了七封信。七封信展示着她早就知晓的那种爱，以及因为这些信使她早就成为的那种人。在那些手写的词句里，她看见自己以各种各样的方式回应着：冲动，热情，迅速地生气，迅速地原谅。

他似乎与她正好相反。他挑战，宣称，承诺。他是一个敏锐的观察家——对她，对他周围的事物。他不掩藏任何事。她似乎是他真正爱过的第一个女人。当她再一次看他的词句，她反过来好奇，他是不是她真正爱过的第一个男人。

当你用那种无拘无束的、融化般的眼神看着我时，我过去总想知道你会从我眼里看见什么。现在我知道那是爱的一种愚蠢的视线。除非地球不再围绕太阳转动了，否则我们不会停止相爱。

即使这些信件并不总是签下日期，它们的放置可能也是按照时间顺序的：这一封是紧接着他们第一次遇见之后的，另一封写在某些争吵之后，还有一封在某次热情的复合之后。他希望她离开劳伦斯，好几封信要求她这么做。她显然是一再抵制。为什么？此刻她想起厨房里那个冷漠的男人，想起她家里令人压抑的沉默。我为什么不走？

她着迷地看着这七封信，搜集线索，试图搞清楚那个男人的身份。最后一封的日期是九月，她出事之前几个星期。他为什么不联系她了？他们显然从没相互打过电话，也没有任何特殊的相会地点。当她发现有几封信都来自同一个邮箱后，她去了邮局，去查找是否还有更多的信。可是那个邮箱被重新分配了，没有给她的信了。

她开始确信他想让自己被她所知。能写下这些信的男人，情感如此热烈的男人，怎么能够只是坐等？她不再认为会是比尔了，并不是因为她觉得自己不可能爱上他，是因为欺骗薇欧丽特绝对是她做不来的事，不管他会不会。还漏下了杰克·阿莫里和瑞吉·卡本特。而杰克·阿莫里刚刚宣布了他同苏里郡坎伯利的一位叫作维多利亚·尼尔森的小姐的订婚。

珍妮弗刚梳好头发，柯多扎太太就进来了。“你确定我的午夜蓝丝绸裙今晚是来不及穿了？”她问。她拿着一串钻石项链在苍白的脖颈上比画。他喜欢她的脖颈。

我从不会不去亲吻它而只是盯着它看。

“我已经把它放在床上了。”柯多扎太太经过她，捡起了裙子。“我现在就去弄好，司特灵夫人。”她说。

瑞吉·卡本特在调情。对此没有别的形容了。伊冯娜的表弟往珍妮弗的座椅前倾身，他的视线盯着她的嘴唇，后者调皮地扭曲着，似乎他们分享了一个私密的笑话。伊冯娜在往一两米外弗朗西斯的座位上递一杯酒的时候注意到了他们。她弯下腰来在她丈夫耳旁低声说：“你能不能把瑞吉带过来跟男人们在一起？自从珍妮弗到这儿来后，他都快坐到她大腿上去了。”

"我试过，亲爱的，但是拖不走他啊，我无能为力。"

"那么把莫琳抓来。她看起来都要哭了。"

在她对司特灵夫妇开门的那一刻——当时珍妮弗穿着一件貂皮大衣，而他显然喝醉了，脸色铁青——她的皮肤就发麻，似乎是预见了什么可怕的事。他们之间有一种箭在弦上的感觉，随后珍妮弗和瑞吉就开始用一种明显让其他人反感的方式对彼此产生了兴趣。

"我真希望人们不要把家里的争执带出来。"她喃喃道。

"我会给拉瑞送上一大杯威士忌。他终究会暖和起来的，可能今天在办公室里过得很糟吧。"弗朗西斯站起身，拍了拍她的胳膊肘，走开了。那些小香肠没有什么人吃。伊冯娜叹了一口气，拾起一盘小吃，打算把它们分发下去。

"来一个，莫琳。"

瑞吉二十一岁的女朋友还没有怎么说过话。她装束齐整，穿着铁锈红的羊毛裙，僵硬地坐在餐椅上，一脸暗沉地看着她右边的两个人，那两个人似乎都没有注意到她。珍妮弗靠在扶手椅的椅背上，瑞吉则坐在扶手上。他低声说了什么，他俩爆发出一阵响亮而持久的大笑。

"瑞吉？"莫琳说，"你不是说过我们要去城里会会其他人的吗？"

"哦，他们可以等。"他驳斥说。

"他们会在演员休息室跟我们会合，熊。七点半，你说过的。"

"熊？"珍妮弗的笑停止了，她盯着瑞吉。

"他的绰号。"伊冯娜说，一边捧上她的盘子，"他是最荒唐的多毛小宝宝。我阿姨说起初她以为她生了一头小熊呢。"

"熊 。"珍妮弗重复道。

"是的。我可是令人无法抗拒的，软乎乎。当我躲在被窝里的时候是最快乐的……"他扬起一条眉毛，与她更靠近了些。

"瑞吉，能借一步说话吗？"

"不，如果你非要摆着这样一副脸的话，亲爱的表姐。伊冯娜以为我在跟你调情，珍妮弗。"

“不只是以为。”莫琳冷冷地说。

“哦，少来，莫。别做个让人讨厌的小鬼。”虽然还是既往般的，可他的语语中已经有了恼怒的迹象，“我有太长时间没机会跟珍妮说话了。我们不过是在叙旧而已。”

“真有那么长吗？”珍妮弗天真地问。

“哦，几十年……”他夸张又热烈地说。伊冯娜看见那女孩的脸色沉下来了，“莫琳，亲爱的，你不介意帮我去多端一些酒水来吧？只有老天知道我那没用的丈夫去了哪儿。”

“他就在那里。他——”

“来啊，莫琳。从这儿走。”那女孩跟着伊冯娜走进餐室，接过她递给她的一瓶薄荷甜酒。她显露出无力的愤怒，“那个女人以为她在做什么？她结过婚了，对吗？”

“珍妮弗只是……哦，她并没有什么别的企图。”

“她在对他大献殷勤！看看她！如果我学她，对她丈夫眉来眼去，她会怎么想？”伊冯娜看了一眼正坐在客厅里的拉瑞，他的脸如同戴了一张装满不赞同的面具，他只是半听着弗朗西斯说话。珍妮弗可能不会注意，她想。

“我知道她是你朋友，伊冯娜，但就我目前所观察到的，她完全就是一个贱人。”

“莫琳，我非常了解瑞吉的行为，但是你不能那样说我的朋友。你根本不知道她最近经历了什么。现在，给我那个瓶子，好吗？”

“那么她让我遭受的又算什么？这很丢脸。每个人都知道我是跟瑞吉在一起的，她却让他一个劲地围着她打转。”

“珍妮弗遇上了最可怕的车祸，她才出院不久。像我说的，她只是稍稍让自己放松一下。”

“她的衬裤也放松了吧。”

“莫……”

“她喝醉了，她也**太老了**。她有多大了？二十七？二十八？瑞吉起码比她年轻三岁。”伊冯娜深吸一口气。她点燃一根烟，把另一根给了女孩，然后拉上了背后的推拉门，“莫——”

“她是一个贼，她试图要从我身边偷走他。我能看穿，就算你不能。”

伊冯娜压低声音，“你必须明白，莫，亲爱的，调情是很普遍的事。瑞吉和珍妮有着很长的交情，他们多聊聊无妨，可是他们谁也没想过去骗人。他们是在调情，可他们是当着一屋子人的面，没想掩藏。如果那里头哪怕有一丝认真的成分，你认为她会当着拉瑞的面这么做吗？”她的话听上去很令人信服，甚至是对她自己。“亲爱的姑娘，当你年岁大了一点，你就会发现，谈话上的一些闪避是生活中的一部分。”她扔了一颗腰果到嘴里，“不得不年复一年地跟同一个男人保持婚姻生活，是最伟大的慰藉之一。”

那女孩仍然虎着脸，但已经有一些泄气了。“我就假定你是对的吧。”她说，“可我依然不认为那是一位女士该有的好行为。”她打开门，回到客厅。伊冯娜重重叹息了一声，跟上了她。

时间流逝，酒会在持续，人们的谈话也越发起劲和大声。弗朗西斯回到餐室，做了更多雪球酒，伊冯娜则灵巧地把樱桃串在鸡尾酒吸管上。她发现如果她再来上两杯常规酒，就会不行了，于是她调了一杯蓝柑桂酒，接下来就限制自己只能喝橙汁。香槟没人碰了。弗朗西斯关上音乐，希望人们会感知这个暗示而离开，可是比尔和瑞吉又把音乐开上，试图让大家跳舞。一度，这两个男人都牵着珍妮弗的手，绕着她舞动。正当弗朗西斯忙于对付杯中之物的时候，伊冯娜坐到了劳伦斯旁边。她发过誓，她会让他微笑。

他什么也没说，不过是喝了一大口酒，看了一眼他妻子，又把眼光移开。他散发着不满的意味。“她在愚弄自己。”他嘟哝道，此时他们之间的沉默已经开始让人不堪了。她在愚弄你呢，伊冯娜想，“她不过是寻开心罢了。这段时间对她来说很奇特，拉瑞。她在……试着自得其乐。”

她看着他的时候，他正在专注地看着她。伊冯娜感到有点不安。“你不是告诉过我大夫说她可能好不起来吗？”她继续道。珍妮弗住院那阵子他跟她说过这个——那时，他还会主动跟别人说话。

他又喝了一大口酒，他的视线没有从她的注视上移开，“你知道，是吗？”

“知道什么？”他用目光扫视她，想求得线索。

“知道什么，拉瑞？”弗朗西斯放上了一曲伦巴。在他们身后，比尔哀求珍妮弗与他共舞，而她则恳求他不要。

劳伦斯喝光了玻璃杯，“没什么。”她前倾过去，把一只手放在他手上。“你们两个都不好受。我确定你需要一点时间去——”她被来自珍妮弗的又一通大笑给打断了。瑞吉嘴里叼了一枝插花，用一曲即兴的探戈舞来吸引她的注意。劳伦斯好像见多了这种场面，一笑了之。此时比尔无声无息地溜到他们旁边。“瑞吉做得有点过分了，不是吗？伊冯娜，你不该说点什么吗？”她不敢看劳伦斯，可是他的话飘过来，却有力而坚决。“别担心，伊冯娜。”他说，他的目光停留在很远的地方，“我会理清楚的。”

刚过八点半的时候，她在浴室里找到了珍妮弗，她正趴在大理石的洗手池前补妆。伊冯娜进来的时候，珍妮弗看了她一眼，然后视线又回到镜子里自己的身影上。伊冯娜注意到，珍妮弗脸红了，可以说是一种轻佻的红。“你要来点咖啡吗？”伊冯娜问。

“咖啡？”

“在你回到拉瑞身边之前。”

“我认为，”珍妮弗说，用一只手描出自己的嘴唇，罕见地仔细，“既然外头这么热闹，我更愿意再喝上一杯烈性酒。”

“你在做什么？”

“我在上口红。看起来像什么，我——”

“跟我的表弟在一起。你太招摇了。”她本来没打算说得这么直接。可是珍妮弗似乎并没有在意。

“我们上一次跟瑞吉出去是什么时候？”

“什么？”

“我们上一次跟他出去是什么时候？”

“我不知道。也许是夏天他跟我们一起去见弗朗西斯的时候。”

“他不喝鸡尾酒的时候都喝些什么？”

伊冯娜深深地、镇定地吸了一口气，“珍妮，亲爱的，你不认为你应该收敛一点吗？”

“什么？”

“跟瑞吉在一起这件事，你在让拉瑞难过。”

“哦，他压根儿就不会在乎我做什么。”她驳斥道，“瑞吉喝什么，你一定要告诉我。这非常重要。”

“我不知道。威士忌。珍妮，家里的一切还好吗？你和拉瑞还好吗？”

“我不知道你什么意思。”

“我可能说得不太合适，可是拉瑞真的似乎非常不开心。”

“拉瑞会吗？”

“是的。我不会对他的感觉漫不经心的，亲爱的。”

珍妮对她转过身，“他的感觉？你以为谁在乎我经历了什么？”

“珍妮，我——”

“没有人可以漫不经心。我就应该去适应生活，闭上自己的嘴，扮演好受宠的妻子，只要拉瑞不拉长脸。”

“可是如果你想听听我的意见——”

“不，我不想。管好你自己的事吧，伊冯娜。真的。”两个女人都一动不动地站着。她们之间的空气在颤动，似乎一场激烈的爆炸已经发生。伊冯娜感到胸中透不过气来。“你听着，珍妮弗，就因为你可以拥有这个房子里的任何男人，但这并不意味着你必须拥有。”她的声音冷冽。

“什么？”

伊冯娜重新整理栏杆上的毛巾，“哦，那位无助的小公主的把戏有时会失去吸引力。我们知道你漂亮，珍妮弗，是吧？我们知道我们所有人的丈夫都爱慕你。为了改变一下，顾忌一下其他人的感觉，你就变换一下花样吧。”她们盯着彼此。

“你就是那么想我的吗？我表现得就像一个**公主**？”

“不。我认为你表现得像一个贱人。”

珍妮弗睁大了眼睛。她张开嘴，似乎要说话，随之却阖上了。她收起唇膏，理了理肩膀，瞪了一眼伊冯娜，然后走了出去。伊冯娜重重地坐在马桶盖上，擦着自己的鼻子。她盯着浴室的门，期待它会再度打开，而它没有，她用手捂住脸。过了一阵，她听到弗朗西斯的声音，“你在这里还好吗，老姑娘？我在好奇你去哪里了。亲爱的？”她抬起头，他看见她眼里的神情，于是很快地跪了下去，抓过她的手，“你还好吗？是孩子吗？你要我做些什么吗？”她猛烈地发起抖来，让他抱住了她。他们就保持这样的姿势有好几分钟，听着楼下的音乐和聊天声，然后是珍妮弗的高声大笑。弗朗西斯伸到口袋里，给他太太点了一支烟。

“谢谢。”她拿过来，深吸了一口。终于，她抬起头看着他，她黑色的眼睛非常严肃，“答应我，就算孩子出生之后，我们也要幸福快乐，弗兰尼亲亲。”

“什么——”

“只要答应我。”

“现在，你知道我做不到。”他捧起她的脸，“我总是因为能让你被蹂躏、让你痛苦而自豪。”她忍不住笑了，“畜生。”

“我尽力。”他站起身，扯了扯裤子上的褶皱，“听着，我应该想象你已经筋疲力尽了。我会去把这些懒鬼弄走，你和我就可以溜到床上去。听起来怎么样？”

“有时候，”当他伸出一只手过来，她站起来后，充满爱意地说，“你还真没浪费这样一枚好的结婚戒指，终究说来。”

空气清冷，广场周围的人行道上空空荡荡。酒精已经温暖了她，她觉得晕眩，迷醉。

“我不建议我们在这附近打车。”瑞吉兴高采烈地说，一边竖起衣领。“你们这些家伙要去做什么？”他的呼吸在夜晚的空气中凝成了白色的气团。

“拉瑞有司机。”她丈夫站在附近的路石上，盯着街道看。“不过司机似乎不见人影了。”她突然发现这很滑稽，于是努力让自己不要笑出来。

“我放了他晚上的假。”劳伦斯喃喃道，“我来开车。你待在这儿，我去取车钥匙。”他踏上自己门前的台阶。珍妮弗把大衣裹紧了些。她忍不住盯着瑞吉看。是他，**熊**。必须是。整个晚上他就没有离开过她。她确定在他做的许多评述中有隐藏的信息。**我几十年都没机会跟珍妮弗说话了**。他说这话的方式里头肯定有什么东西。她以前没能想到。他喝威士忌。**熊**。她的头在旋转。她喝了太多，但她并不在意。她必须确切地知道。

“我们会迟到很多的。”瑞吉的女朋友哀伤地说。瑞吉对珍妮弗意味颇多地看了一眼。

他看了一眼手表，“哦，我们可能错过他们了。他们现在没准都离开那里去吃饭了。”

“那么我们该怎么办？”

“谁知道呢？”他耸耸肩。

“去过阿尔伯特俱乐部吗？”珍妮弗突然说。

瑞吉的微笑淡了，他略显狡黠地说：“你知道我去过，司特灵夫人。”

“我知道？”她的心在咚咚跳。她奇怪别人居然没有听见。

“我相信我上一次在那里的时候见过你。”他的表情是戏谑的，几乎是恶作剧般的。

“嗯，有些在外面玩的晚上，这种事情会发生的。”莫琳粗鲁地说。她的手深深插进大衣的口袋里。她瞪着珍妮弗，似乎要开始数落。

哦，但愿你不在这里，珍妮弗想。她的脉搏加快了。“跟我们来。”她突然说。

“什么？”

“去劳伦斯的派对。那可能会闷得要死，可是我确定你们可以让派对活跃一点。你们两个。那里有许多喝的。”她补充道。

瑞吉看起来非常兴奋。“把我们算上吧。”他说。

“我能说一句吗？”莫琳的脸上写满不悦。

“来吧，莫。会很好玩的。不然我们就只有去某个乏味的饭店了，还就咱俩。”

莫琳的眼里也写着失望，珍妮弗觉出一丝罪恶般的刺痛，可她硬是抵制住了这感觉。**她必须知道**。“劳伦斯！”她喊道，“劳伦斯，亲爱的！瑞吉和莫琳要跟我们一起去。那样难道不会非常带劲儿吗？”劳伦斯在台阶的顶端迟疑了，他手里握着钥匙，他的视线在他们之间轻轻游动。“挺好。”他说着，稳稳地走下台阶，打开了大黑车的后门。

珍妮弗在顶点矿业的圣诞庆祝会上看起来像是狂野大释放。或许是闪亮的装饰，或许是供应充足的酒水和吃食，甚至是因为老板太长时间的缺席，可是当他们抵达派对的时候，活动已经处在高潮了。有人带来了一台便携式留声机，灯光昏暗，桌子都被移到了一边，空出一块跳舞的地板，在上面，一大群人尖叫着，对着科尼·弗朗西斯晃动。

“拉瑞！你从没告诉我们你的员工如此痴迷爵士乐！”瑞吉情绪高涨。

珍妮弗任劳伦斯站在门口，凝视着他眼前的景象，而她自己则加入了舞蹈的人群。他的感觉在脸上写着：他工作的地方，他的疆土，他的港湾，对他来说，都需要重新认知，他的员工再也不服他的管束，而他憎恨这一点。她看见他的秘书从她座位上起身，也许她在那里已经坐了整整一晚，然后她对他说了什么。他点头，试图微笑。

“拿酒来！”珍妮弗喊道，希望离他越远越好。“玩个尽兴吧，瑞吉，让我们一醉方休！”她隐约意识到当她经过她丈夫的员工时，有些人惊奇地看着她。他们中许多人已经松开了领结，他们的脸庞因酒精和舞蹈而红润激动。他们的视线从她移到劳伦斯脸上。

“你好，司特灵夫人。”

她认出了几个星期之前在办公室里对她说过话的那个会计，对他微笑。他的脸汗津津的，他拥着一个戴着派对帽咯咯笑着的女孩。“嘿，你好！你能跟我们说喝的东西在哪儿吗？”珍妮弗问。

“在那儿，在联合打字机旁。”

一大桶潘趣酒已经被做出来了。纸杯子被倒满，越过人们的头顶传递着。

瑞吉给了她一杯，她一气喝干，当那东西不期然的劲道呛得她咳嗽，语不成话时，她大笑了起来。然后她跳舞，迷失在一片身体的海洋里，微微觉察到瑞吉的微笑，他的手偶尔碰到她的腰。她看见劳伦斯在墙边冷冷地看着她，接着，显然是勉强地，他同一位上了年纪的，还不是那么醉的老人交谈了起来。她不想接近他。她期望他回家，留她在这里跳舞。她再没有见到莫琳。可能这姑娘已经离开了。事情模糊了，时间拉长了，变得有弹性。她正在享乐。她觉得热，便将胳膊抬到头上，让自己乘着音乐，忽略掉其他女人的好奇。瑞吉围着她旋转，她的笑声越来越大。天哪，可她是活生生的！这才是她该停留的地方！这是头一回，在一个所有人都认为不属于她的世界里，她没有感到被孤立。

瑞吉的手触摸着她的，令她震惊而悸动。他对她的观看变得富有意味，他的微笑了然。熊。他正在对她说着什么话。

“什么？”她推开脸上一团汗湿了的头发。

“太热了。我还需要来一杯。”

她觉得他放在她腰上的手像是在放电一般。她紧跟着他，被他们周围的身体所掩饰。当她朝身后看，寻找劳伦斯时，他已经消失了。可能是去他的办公室了，她想。那里的灯是亮着的。劳伦斯会憎恶这个的。她的丈夫，他憎恶任何形式的趣味和享乐。在近来的几个星期里，有时，她会好奇他是不是也憎恶过她。

瑞吉把另一个纸杯子塞到她手中。“空气，”他咆哮道，“我需要一些空气。”接下来他们就出来了，在大玄关处，只有他俩，那里冷冽而安静。门在他们身后关上了，也隔绝了派对的喧嚣。

“来。”他说，领着她经过电梯，来到一处防火梯。“我们去楼梯那里。”他撞开安全门，然后他们就置身在夜晚寒冷的空气中了。珍妮弗畅快呼吸，似乎新鲜空气可以让她大大地解渴。她可以看见他们下方的街道，以及汽车刹车灯的奇异的灯光。

“我醉了。”他拉扯着自己的衬衫，“我完全记不得我把外套扔在哪里了。”她发现自己在盯着他的身体看，此刻它以潮湿的纤维布做背景，轮廓清晰，她别开了视线。“可是，有趣啊。”她喃喃道。

“当然。没看见老拉瑞跳舞嘛。”

“他不跳舞。”她说，奇怪她怎么能如此确定地说出这话，“从不。”

他们沉默了片刻，看向城市的黑暗。他们可以听见远处的车流声，以及他们身后被关起来的派对的声音。她感到情绪膨胀，紧张，她因为期待而无法呼吸。

“给。”瑞吉从口袋里拿出一包烟，抽出一支点燃，给了她。

“我不——”她不说了。她知道什么呢？她可能已经吸了成百上千支烟了。“谢谢。”她说。她小心翼翼地接过它，用两只手指，吸了一口，然后咳嗽。瑞吉笑个不停。

“不好意思。”她说，对他微笑，“我对这东西还挺失望的。”

“继续吸。它会让你晕乎乎的。”

“我已经晕乎乎的了。”她感到自己脸红了一点。

“跟我的情形差不多，我保证。”他说，咧嘴一笑，朝她迈近了一步。“我想知道我什么时候可以和你单独相处。”他捏住她的手腕，“用暗语说话太难了，周围全是人。”

她想知道她是不是听对了他的话。“是的。”她只有这么说，她的声音里充满欣慰，“哦，老天，我早就想说点什么了。太艰难了。我稍后会解释，可是有一段时间……哦，抱住我。抱住我，熊。抱住我。”

“开心之至。”他又往前走了一步，用手臂环住她，把她朝自己拉近。她什么话也没说，只尽情感受着在他的臂弯里是什么感觉。他的脸贴近她，她闭上眼，准备着，呼吸着他雄性的汗味，感觉着未预料的他胸膛的精瘦，期待着心醉神迷的那一刻。哦，我已经为你等待了太久，她无声地告诉他，对他抬起脸。他的唇吻上了她的，只片刻，她就惊异于它们的相触。可是这个吻变得生硬、傲慢难忍。他的牙齿在与她的厮磨，他的舌强行伸入她的嘴里，以至于她不得不退却。

他看起来并没有被困扰。他的手滑到她的臀上，把她拉得如此之近，让她觉得他在挤压她。他凝视着她，眼里充满渴望。“你想找一个酒店房间吗？要么……就这儿？”她盯着他。**一定是他，她告诉自己**。所有事都证明了。可是怎么感觉**B**如此——与信上的那个他如此不同？

“怎么了？”他看见她脸上的迟疑，问道，“对你来说太冷了？或是你不想要一个酒店——太冒险？”

“我——”这是错误的。她退出他的拥抱。“对不起。我不想……”她用一只手挠着头。

“你不想在这里做？”

她皱起眉。接着她抬起头来看他，“瑞吉，你知道‘溶解’是什么意思吗？”

“溶……什么？”

她闭上眼睛，然后再次睁开。“我要走了。”她嘟哝道。突然间，她觉得清醒过来，清醒得可怕。

“可是你喜欢在外面游荡。你喜欢来点举动。”

“我喜欢来点什么？”

“好吧，我不可能是第一个，对吗？”

她眨了眨眼，“我不明白。”

“哦，别装天真了，珍妮弗。我见过你，记得吗？你跟你另一位情郎。在‘阿尔伯特’。我把他瞧了个遍。我知道你先前在对我说什么，你在所有人面前提醒我。”

“我的情郎？”

他吸了一口烟，然后迅速地把它踩灭在脚底：“所以，你就是想那么玩的吧，哈？到底是什么？因为我不明白一些愚蠢的字眼儿我就达不到你的期望了？”

“什么样的人？”她此刻抓着他的袖子，无法自持，“你在说谁？”

他恼怒地把她晃开，“你在跟我玩游戏吗？”

“不。”她抗议道，“我只是想知道你看见谁跟我在一起。”

“耶稣啊！早知道我就该跟莫琳一起走了。起码她会欣赏一个男人。她不会——她不会伤害你，接着又嘲笑你。”他啐了一口唾沫，说道。

突然，他的脸，带着涨红和愤怒，被灯光包围了。珍妮弗转过去，看见劳伦斯正打开逃生门。他目睹了这一幕光彩照耀的景象：他的妻子和一个男人在一起，男人正迈步离开她。瑞吉经过劳伦斯，直冲楼内走去，一边擦着自己的嘴，没有说一句话。她站在那里，几乎僵住，“劳伦斯，不是你看到的那样——”

“进来。”他说。

“我只是——”

“进来，现在。”他的声音低沉，显然非常平静。经过短暂的犹豫，她迈步向前，走进了楼梯井。她走向门，准备要重新加入派对，却依然因为困惑和震惊而颤抖着。正当他们经过电梯时，他突然抓住了她的手腕，迫使她将身体转了一圈。她低头看着他的手，它正紧握着她的，然后抬头看着他的脸。

“不要以为你可以让我丢脸，珍妮弗。”他静静地说。

“放开我！”

“我是说真的。我不是傻瓜，可以任由你——”

“放开我！你在弄伤我！”她往后退缩。

“听我说。”他的下巴上青筋跳动，“我不吃这一套。你明白吗？我不吃这一套。”他咬牙切齿。他的声音里满是怨怒。

“劳伦斯！”

“拉瑞！你叫我拉瑞！”他咆哮道，那只空着的手握成拳，抬起。门开了，会计部的那个男人走了出来。他正在笑，胳膊上挽着早先那个女孩。他注意到了眼前的景象，笑容退却了。“啊……我们只不过是出来透透气，先生。”他尴尬地说。

就在那时劳伦斯放开了她的手腕，珍妮弗抓住机会，推开那两人，跑下了楼梯。

有让我非常爱你的事，但也有让我恨的。我猜你应该知道我现在越来越频繁地考虑关于你的事，那些事让我困扰不已。

你杀了那只龙虾的那一次。

你对着牛群大嚷和拍掌，让它们从路边走开的方式。为什么我们就不能干脆等它们自己过去呢？虽然我们可能会错过电影……

你切割蔬菜的任性方式。

你时不时表现出的消极和否定。

我涂了三层油漆，才盖掉你用红笔留在我墙上的你的电话号码。我知道我这样简直就是再装修，可这也太费漆了吧。

男性致女性，经由信件

第九章　“只是太难了。”

1960·夏

安东尼坐在一张吧凳上，一只手握着一只空的咖啡杯，注视着通往大街的台阶，看有没有一双苗条的腿款款走下台阶。偶尔，一对情侣会走下通往“阿尔伯特”的台阶，抱怨反季节的炎热、他们的无比干渴，他们经过看管衣帽间的女孩雪莉，后者陷在自己的椅子上，看平装本小说，似乎百无聊赖。他会稍稍扫视一下他们的脸，然后转回到吧台。

现在是七点过一刻。六点三十，她信里是这么说的。他再一次把它从口袋里抽出，用大拇指摩挲着信的折缝，检视大号的圆体字笔迹，确认她会来。**爱你，珍**。

有五个星期了，他们一直在通信。他的信先被送到朗里街的邮件分拣室，在那里她已经占用了13号邮箱——女邮递员跟他们打保票说那个号码没人想要。他们只见了五六次，见面也非常简短——太简短，被限定在跟他和劳伦斯的工作时间都不冲突的极少的场合。可是他不能亲自向她传达的东西，他都会写在信里。他几乎每天都写，他告诉她每一件事，不羞愧也不困窘。似乎一座水坝已经溃堤了。他告诉她在他被派往海外的时期，他有多想念她，想到如今，他觉得总有某种持续的焦躁，似乎本来是私密的耳语般的交谈却要发生在其他什么地方。那些亲密和快乐，可望而不可即。

他在她面前展示他的缺点——自私，固执，经常不关心他人——而且告诉她她是怎样让他把这些缺点改掉的。他告诉她他爱她，一遍又一遍，让纸上的每一个字都有情有意。

相反，她的信短而直接。**在这儿见我**。或是**不要在那个时候，半个小时之后吧**。或者，简单的，**是的，我也一样**。起初他还害怕这种简短意味着她对他没什么感觉，而且他很难把他们在一起时亲昵、深情、调皮、关心他的幸福的那个她，同信里的这个她联系在一起。

一天晚上她到得非常晚——她发现劳伦斯很早就回了家，她不得不编造出一个生病的朋友，才能借此跨出自己的家——她发现他在吧台边，烂醉如泥。

“你能举步停留，真不错啊。”他嘲讽地说，给她端起一个杯子。他在等待的两个小时内已经喝了四杯双份威士忌。她摘下了她的头巾，叫了一份马提尼，但很快又不要了。

“不想待吗？”

“我不想看见你这个样子。”他向她斥责了他从她那里感受的所有事：缺乏时间，缺乏他可以自我坚持的所有写在纸上的事。他忽视掉费洛浦——吧台服务员，把手按在他的胳膊上，示意他适可而止。他向她数落吓坏了他的事，而以此伤害她，“怎么了？放下可能会被用来反对你的任何证据，这样就吓坏了？”

当他说着这些词句的时候，他憎恨自己，知道他已经变得狰狞了，变成了他本来想要对她隐瞒的可怜虫般的自己。珍妮弗旋踵，快速走上了台阶，不理会他的大声道歉，他请求她回来。

次日早晨，他在邮箱里留下了一纸短信，经过被负罪感萦绕的漫长的两天后，他收到了一封信。

布特：

我不会跟你说我的感觉，纸上也写不清楚。我根本就不会轻易地写出我的感觉。你遣词造句，而我珍惜你写给我的每一字。但是不要因为我没有体贴地回应这件事就来评判我的感觉。

恐怕如果我试着像你一样写信给你，你会感觉非常失望。像我一度说过的，我很少发表意见——更不要说像这么重要的一件事了——而且我觉得主动提供意见不是那么容易。相信我就在这里，相信我的行为，我的感情。那些就是我跟你沟通的媒介。

你的，

珍

他看完后因为羞愧和欣慰而哭起来。事后他怀疑她之所以写信少的原因之一，她始终不肯说的那个原因，是她还对法国酒店房间那件事耿耿于怀，无论当时他怎样试图让她相信他为何不能与她上床。尽管他说破了嘴皮，他仍怀疑他还是没能让她信服，她绝不仅是他的那些已婚女友之一。

“你女朋友不来了？”费洛浦坐到他旁边的座位上。俱乐部现在挤满了人。张张桌子旁人声鼎沸，一个钢琴演奏手在角落里弹琴，费洛浦还有半小时才能轮上吹小号。在他们头顶，风扇懒洋洋地呼呼转着，根本搅动不了浑浊的空气。“你不会再一次被打败吧，会不会啊？”

“是咖啡。”

“你现在很小心了嘛，托尼。”

“我跟你说了，是咖啡。”

“不是说饮料。这些日子中的某一天，你会玩弄上错误的女人。总有一天，一位丈夫会来找你算账的。”

安东尼抬起手来要求更多的咖啡。“我真荣幸啊，费洛浦，你这么关心我的幸福，可是，首先，我一直都对选择女伴非常谨慎。”他抬起一侧嘴角，咧嘴笑道，“相信我，你倒是得自己看看够不够谨慎，免得让一位牙医留一把钻子在你嘴里，在你……嗯……玩过他老婆不到一小时之后。”

费洛浦忍不住大笑，“天哪，你真无耻。”

“才不呢。因为，第二，再也没有什么已婚女人了。”

“只有单身的，嗯？”

“不。没有女人了。这就是独一个。”

“你的意思是第一百零一个吧。”费洛浦笑个不停，“你马上就要告诉我，下一步你要开始学习《圣经》了。”

悖论在这里：他写得越多，越是难以让她相信他的感觉，越是让她怀疑那些词句没有意义，怀疑它们从他的笔下冒出得太容易。她已经就此嘲笑过他好几次——可是他能够尝到隐藏着的事实中的火药味。她和费洛浦看到的是相同的：一**个真爱无能的人。一个渴求不可求之物的人。**

“总有一天，费洛浦，我的朋友，我会让你惊喜。”

“托尼，你已经坐在这个地方够久了，不会有什么惊喜。而且，看啊，说惊喜，惊喜到。这是你的生日礼物。包装得太漂亮了。”

安东尼抬起眼，看见一双穿着祖母绿缎子鞋的脚正在迈下石阶。她缓缓地走着，一只手扶着栏杆，如同他第一次看见她走下她家前廊的台阶一样，一点一点地向他展示自己，直到她的脸，泛红的、些微汗津津的脸，正好在他面前。一看到她，他的呼吸快要哽住了。

“真对不起。”她亲了一下他的脸颊说。一阵暖烘烘的香水味向他袭来，他能感觉到她脸颊上的润湿被传递到了他的脸上。她的手指紧紧抓住他的，“到这儿来……很难。我们有什么地方可以坐下的吗？”费洛浦带领他们去了一个小隔间，她试图理顺头发。

“我以为你不会来了。”在费洛浦给她带来一杯马提尼后，他说。

“劳伦斯的母亲突然造访。她一直在我那儿待着。我在那里不断给她倒茶，心里头却要抓狂了。”

“他在哪里？”他从桌下伸出一只手，握住她的。天哪，他喜欢这种感觉。

“去巴黎出差了。他要去见雪铁龙公司的一个人，谈闸片之类的事。”

“如果你是我的妻子，”安东尼说，“我不会让你独自待上哪怕一分钟。”

“我打赌你把这话向所有女孩都说过。”

“别。”他说，“我讨厌那样。”

“哦，你不能假装你没有把你的花言巧语说给其他女人听。我懂你，布特。你跟我说过，记得吗？”

他叹了口气。“好吧，你的正直体现在这上头了。难怪我以前从不想尝试。”他感觉到她在座位上挪动，因此他们可以靠得更近些了，她的腿勾着他的，他心里有什么东西放松了。她抿着马提尼，接下来的一秒钟，在这儿，在这个温暖舒适的隔间里，有她在身边，他享受到了一丝稍纵即逝的拥有感。乐队开始演奏了，费洛浦得以表演他的小号，她观看的时候，她的脸庞因烛光和兴奋而熠熠生辉。他悄悄地看着她，极其确定地知道她是唯一一个可以让他产生这种感觉的女人。

“跳舞吗？”其他情侣已经在起舞了，在邻近的黑暗里随着音乐摇摆。他抱住她，呼吸着她头发的气味，感觉到她的身体贴着他，任由自己相信此刻只有他们两个人，以及音乐和她肌肤的柔软。

“珍妮？”

“嗯？”

“吻我。”

自从邮递员公园的初吻以来，所有的吻都是秘密进行的——在他的车里，在一条安静的郊区街道中，在一座饭馆的后面。他可以看见她唇上显示出的抗议：**这儿？在所有人面前？**他等着她告诉他这太冒险了。可也许是他表情中的什么东西与她的产生了共鸣，她的脸一如既往与他贴近时的柔和，她伸出一只手抚住他的脸颊，吻了他，一个轻柔的，热情的吻。

“你真的让我很开心，你知道的。”她静静地说，向他确证她以前没有开心过。她的手指与他的交缠，占有般的，确定的，“我不能假装出开心的样子，可是的确，你让我开心。”

“那么离开他。”他不假思索地脱口而出。

“什么？”

“离开他，来跟我住在一起。我已经接受了一项派任，我们可以从这里消失。”

“不要。”

“不要什么？”

“不要那么说。你知道那是不可能的。”

“为什么？”他说。他可以听见自己声音里命令的调子，“为什么不可能？”

“我们——我们完全不了解彼此啊。”

“不，我们了解。你知道我们了解。”他低下头，再次亲吻了她。他感到这一次她有一些抵制，于是把她拉过来了些，他的手放在她苗条的背部，感觉到她的不平静。音乐减弱了，他用一只手把她颈背的头发撩起，感觉着那下面的湿度，然后停住了。她的眼睛闭着，她的头稍稍倾向一侧，她的唇些微地分开着。

她的蓝眼睛睁开了，盯着他，接着她笑了，其实可以说是一种任性的似笑非笑，诉说着她自己的渴望。一个男人能看见这样的笑容几次？不是一种容忍、慈爱和义务的表情。**是的，行啊，亲爱的，如果你真的想要**。珍妮弗·司特灵想要他。她想要他就如他想要她。“我觉得太热了。”她说，她的视线没有离开他。

“那么我们应该去呼吸一点新鲜空气。”他牵过她的手，领着她穿过跳舞的情侣们。他可以感觉到她在笑，在摸着他衬衫的背后。他们到达了相对私密的走廊，在那儿，他用吻堵住了她的笑，他的手缠入她的发，她温暖的嘴唇就在他的唇下。她以高涨的热情吻回来，没有丝毫犹豫，即使他们听见有脚步声经过。他感到她的手摸到了他的衬衫下面，她手指的触碰令他如此愉悦，以至于他立刻就失去了思考力。该怎么办？该怎么办？他们吻得越来越深入，越来越热烈。他知道如果他不去要了她，他就会爆炸的。他强制自己停下，他的手捧着她的脸，他看着她的眼睛，充满深深的渴望。她涨红的肌肤就是他的答案。

他看向自己的右边。雪莉依然埋头在她的书里，衣帽间里充斥着八月黏腻的热度。多年来，看过周围太多偷情的场景，她已经无视他们了。“雪莉，”他说，从口袋里掏出一张十先令的钞票，“你喜不喜欢来个茶间歇息？”女孩抬起一条眉毛，接过了钞票，从椅子上挪开了。“十分钟。”她毫不掩饰地说。接着珍妮弗一边咯咯笑着，一边跟着他走进衣帽间，屏住呼吸看他拉上厚重的帘子，将这个小凹室全然阖上。

眼下的黑暗是柔和的，彻底的，一千件被人遗弃的衣物的味道徘徊在空气中。他们相拥着，跌跌撞撞地来到大衣架的末端，金属挂衣架砰地碰到了他们的头，像是闷声的锣。他看不见她，可是接下来她就直面他了，她的背贴着墙，她的唇眼下正以一种极其强烈的急迫吻着他的，一边呢喃着他的名字。

他内心深处知晓，即使在那时，她也将会成为他的劫数。“让我停下来。”他低语道，他的手放在她胸前，他的呼吸沉重，知道这会是唯一可能的阀门。“让我停下来。”她的头在摇摆，是无声的拒绝。“哦，上帝啊。”他喃喃道。他们狂乱了，她的呼吸短促，她的腿往上抬，勾住了他的。他的手滑入她的裙子，滑向她内衣的丝绸和花边。他感觉到她的手指插入他的头发，一只手伸到他的裤子那儿，于是他有一些温和地震惊了，似乎他曾经想象过她的天生优雅会阻止这样一种欲望。

时间慢下来了，空气在他们四周变成了真空，他们的呼吸交融。衣物被推到一边。腿开始变得潮湿，他的腿支撑着她身体的重量。接着——哦，天啊——他进入了她，有那么一阵，一切都停止了：她的呼吸、动作，他的心跳。世界，有可能。他感到她张开的嘴抵住了他的，听见了她的呼吸。然后他们开始挪动，他成了一个物件，只能感觉到一个物件，听不到挂衣架的碰撞、墙的另一侧被挡住的音乐声、走廊里某人在招呼朋友的沉闷的呼喊。只有他和珍妮弗，缓缓地挪动，然后加速，她抱得他更紧了，笑声此刻远去了，他的唇覆在她的肌肤上，她的气息停留在他耳中。他感觉到她动作中正在提升的猛烈，感觉到她消失在了她某个遥远的部分。他以自己某些依然理智的思维知道，她一定不能发出声来。当他听见她喉咙深处迸发出的哭泣，当她的头开始后仰，他停止了，吻住了她的唇，汲取着这声音，以及她的欢愉。他非常确信这欢愉已成为他自己的。

共享。

接下来他们跌跌撞撞，正当他放低她的时候，他的腿痉挛了，他们紧贴着彼此，拥着彼此，他感觉到当她颤抖、在他的环拥中蹒跚而行时，她脸上的泪水。事后他想不起来那一刻他都跟她说了什么。**我爱你。我爱你。别让我走。你真美。**他记得轻柔地擦去她眼里的泪水，她低声说出让他安心的话语，像笑又不像在笑，她的吻，她的吻。

然后，似乎来自一个遥远隧道的末端，他们听见雪莉刻意而明显的咳嗽。珍妮弗理平了她的衣服，让他整理她的裙子。当她领着他回到咫尺处的亮光里，那真实世界里时，他感觉到她的手的握力，他的腿依然虚弱，他的呼吸还没有规整，他已经在为离开身后的那片寂暗天堂而遗憾了。

“十五分钟。”当珍妮弗踏进走廊里时，雪莉对着她的平装本小说说道。珍妮弗的裙子整齐干净，只有她颈后头发不自然的平顺暗示出刚才发生了什么。

“随你怎么说。”他塞给了那个女孩又一张钞票。珍妮弗对他转过身来，她的脸依旧潮红。“我的鞋子！”她叫喊着，伸出一只穿着袜子的脚。她发出一阵大笑，又赶忙用一只手捂住嘴。他想要因她调皮的表情而欣喜——他此前害怕她会突然间忧郁或是后悔。

“我去拿。”他说，弯腰闪回到衣帽间。

“谁说骑士精神死了？”雪莉嘟哝道。

他在黑暗中翻寻着，找那只祖母绿的缎子鞋，他空着的那只手撩起自己的额发，免得它们会像她的头发一样成为证据。他想象此刻他能闻见性爱的特殊味道混合着香水的痕迹。哦，可是他以前从没有这种感觉。他闭上眼睛片刻，脑海中浮现起对她的感觉，以及……

“嘿，你好啊，司特灵夫人！”

他终于在一把翻转过来的椅子下面找到了那只鞋，却听见珍妮弗的声音，一段简短的寒暄。他出现的时候，一个年轻人已经停在衣帽间门口。他的嘴角含着一根烟，他的胳膊环着一个黑发女孩，后者正对着乐队的方向热情鼓掌。

“你好吗，瑞吉？”珍妮弗伸出一只手，他简单地握了握。安东尼看见那年轻人的眼睛滑向了他，“我很好。司特灵先生跟你在一起吗？”她毫不犹豫，“劳伦斯在出差。这位是安东尼，我们的一个朋友。他很体贴地今晚带我出来散散心。”一只手悄悄伸过来，“你好。”

安东尼觉得自己的微笑简直像做鬼脸。瑞吉站在那儿，他的眼神往上看向珍妮弗的头发、她脸颊上微微的潮红，他的凝视中有令人不悦的了然。他朝她的脚点点头，“你看起来……丢了一只鞋。”

“我的舞鞋。我来的时候还查看了来着，穿出来的却跟另一双弄混了。我真蠢。”她的声音冷静，没有漏洞。安东尼把那只鞋拿过去。“找到了，”他说，“我已经把你在户外穿的鞋放在大衣下面了。”雪莉一动不动地坐在他们旁边，脸依然埋在书中。瑞吉得意地笑着，显然是在欣赏他引起的这个纰漏。安东尼想知道他是在等人给他端一杯喝的，还是要加入他们当中。可是无论他要怎样，都令人想诅咒他。谢天谢地，瑞吉的女伴捏了捏他的胳膊，“来吧瑞吉，看哪，梅尔在那里。”

“礼节性招呼。”瑞吉朝他们挥挥手，走了，一边经过一张张桌子还一边挥手，“好好享受你们的……舞蹈。”

“该死。”她咬住牙说，“该死，该死，该死！”

他领着她回到大厅，“我们去喝点什么吧。”他们滑入了小隔间，十分钟前的迷狂已经是一个遥远的回忆了。安东尼从一见到那个年轻人起就不喜欢他——要不是他们自己出的这个纰漏，他还真想狠狠揍他一顿。她把马提尼一饮而尽。在其他场合，他会觉得这很有趣。而眼下，无论如何，这都显示出了她的焦虑。

“别烦恼了。”他说，“做什么都无济于事。”

“可是如果他告诉——”

“那么就离开劳伦斯。很简单。”

“安东尼……”

“你不能回到他身边，珍妮弗。在这件事发生之后，你不能。你懂的！”

她拿出一个带镜子的小粉盒，刷着下睫毛的睫毛膏。显然对效果不满意，她啪的一声关上了粉盒。

“珍妮？”

“想想你要求我的事。**我会失去一切**。我的家庭……我生活里的一切。我会丢尽脸面。”

“可是你有我。我会让你幸福开心的。你自己也这么说过。”

“女人不那么想。我——”

“我们可以结婚。”

“你真的以为劳伦斯会跟我离婚？你以为他会放我走？”她的脸起了阴云。

“我知道他对你来说不合适，而我合适。”见她没有回答，他又说，“你跟他在一起快乐吗？幸福吗？这是你自己想要的生活吗？在一个镀金的笼子里，做一名囚犯？”

“别胡说了，我不是囚犯。”

“你就是看不穿。”

“不。那是你的主观看法。拉瑞不是坏人。”

“你到现在还没有看穿，珍妮，可是你跟他在一起会越发不快乐。”

“现在你成了一个预言家了？”

他还是觉得不公平，索性鲁莽起来，“他会压制你，毁灭你独特的天性。珍妮弗，那个男人是个傻瓜，一个危险的傻瓜，你居然看不穿这一点。”

她猛地别过脸，“你怎么敢？你怎么敢？”

他看见她眼中的泪水，他身体里的冲劲消散了。他把手伸入口袋找出手帕，想给她擦去眼泪，可是她打开了他的手。“别，”她喃喃道，“瑞吉可能在看着。”

“对不起。我没想让你哭。请不要哭。”他们在一种不悦的沉默里坐着，看着舞厅的地面。

“只是太难了。”她喃喃道，“我以为我是幸福的，我以为我的生活非常好。然后你来了，一切……一切都不再有意义。我曾规划过的所有事——房子，孩子，假日——现在都不想要了。我不睡，不吃。我全部时间都在思考着你。我知道我不能停止思考**那个**。”她指了指衣帽间。“但一想到真要离开——”她吸了吸鼻子，“就像陷进一个深渊。”

“一个深渊？”

她打了个喷嚏，“爱你的代价太大了。我父母会跟我断绝关系。我会一无所有。而且我也什么都做不了，安东尼。我一无是处，只有按自己的方式活着。如果我不能为你料理家务呢？”

“你以为我会在意那个吗？”

“你会的，最终。一个被宠坏的小太太。你最初就是这么想我的，你是对的。我可以让男人来爱我，可是我做不了其他事。”她的下嘴唇在颤抖。他非常恼恨地希望他没用那样的称呼来形容她。他们无声地坐着，看着费洛浦演奏，两人都陷入了沉思。

“我被派任了一份工作。”他终于说，“在纽约，报道联合国。”

她对他转身，“你要离开？”

“听我说。许多年来，我都过得一塌糊涂。在非洲，我崩溃了。而我在家里时，又迫不及待地要回非洲去。我从不安定，从来都觉得我应该待在别的什么地方，做点不一样的事。”他牵过她的手，“然后我就遇见了你。突然间我可以看见未来了。我可以看见稳定停留的意义，在一个地方建构生活的意义。在联合国工作会很不错。我只是想要跟你在一起。”

“**我不能**。你不明白。”

“什么？”

“我害怕。”

“害怕他会采取的行动？”他怒从心生，“你以为我会怕他吗？你以为我不能保护你？”

“不。与他无关。请不要这么大声。”

“跟那些你平时交往的荒唐的人有关？你真的在意他们的意见？他们是空虚、蠢笨的人——”

“住口！不是他们！”

“那么，是什么？你在害怕什么？”

“我怕的是你。”

他百思不得其解，“可是我不会——”

“**我害怕我对你的感觉。我害怕如此爱一个人**。”她泣不成声。她握着她的鸡尾酒餐巾，用手指绞着它，“我爱他，可不像这样。我喜爱他，可是也瞧不起他。大多数时间里我们都理智而和睦地相处着，我有自己的空间，我知道我可以一直这样生活下去。你明白吗？我知道余生我都可以这么活着，这没什么不好。太多女人的生活都比我糟。”

“那么跟我呢？”

她迟迟不回答，他简直想再重复询问一遍了。终于她说：“如果我让自己爱你，那会耗尽我的精力。我的生命里将没有别的，只有你。我会不停地害怕你可能改变主意。而到那时，如果你真的变心，我会死的。”

他握住她的手，将它们放在自己唇上，忽略掉她的小声抗议。他吻着她的手指。他愿意包容她的整个自我。他想要让自己包裹住她，再也不让她离开。“我爱你，珍妮弗。”他说，“我永不停止爱你。我在你之前从没爱上过谁，在你之后也不会。”

“你只是现在这么说而已。”她说。

“因为是真的。”他摇摇头，“我不知道你想要我说什么。”

“不用了。你什么都说了。它们都写在纸上，我全都拥有，你那些美丽词句。”她把手从他的手中抽出，去拿她的马提尼。当她再度说话时，仿佛是在自言自语，“可那并没有让我们之间的解决方式更容易些。”

她把腿从他的腿边收回来了。他觉得心里一痛。“你在说什么？”他努力控制着自己的声音，“你爱我，可是我们没有希望？”

她的脸稍稍皱起。“安东尼，我想我们都知道……”她没有说完。

她不需要说完。

亚瑟·詹姆斯不再被列入“在交往中”名单里。

男性致女性，经由facebook更新——名字变了

第十章 “你知道，是吗？”

1960·冬

她已经注意到司特灵夫人从办公室派对消失了，司特灵先生越发激动不安，直到他摔下他的玻璃杯，迈出去，跟着他们走到门厅里。她兴奋不已，想要跟随，看看发生了什么事，可是莫伊拉·帕克对于安分守己有着充分的自我控制。其他人似乎没有注意到他走了。终于，他回到派对上。她越过舞动的人们起起落落的身影，注视着他，他像完全置身于孤岛中。他的脸泄露了一些情绪，她看见他面色中的紧张，那是她以前从未见过的。

外面发生了什么？珍妮弗·司特灵和那个年轻人做了什么？

她迸发出一阵几乎算是不恰当的喜悦，任自己浮想联翩，直到喜形于色。也许他已经被迫看到了他妻子是怎样自私的东西。莫伊拉知道，等办公室重新恢复办公时，会有不少闲言碎语议论那个女人的行为。然而，她突然间忧郁地想到，那也意味着司特灵先生也要被人嚼舌根，一想到这个勇敢、勤奋、坚忍的男人要成为那些无聊八卦的目标，她的心就揪紧了。那个女人怎么能在一个他理应在众人之上的地方，让他丢脸呢？

莫伊拉无助地站着，站在房间的另一头，她害怕自己想去安抚她老板的冲动，可是这么久了，她一直都没有参与到同事们的狂欢中去，她会被认为应该待在另一个房间。她注视着他走向临时吧台，强作笑颜接过了一杯看着像威士忌的东西。他一口喝干，又要了一杯。喝完第三杯后，他对周围的人点点头，走入了自己的办公室。

莫伊拉费力穿过人群。此刻是晚上十一点差一刻。音乐已停止，人们开始回家。那些不走的人显然是打算再去别的什么地方，远离同事们的眼睛。在大衣架后面，史蒂文斯正在旁若无人地亲吻联合打印台的那位红发女孩。女孩的裙子已经撩到了大腿上，他短粗的手指公然放在她肉色的吊袜带上。她意识到邮递员在给艾尔西·马克金斯基去叫出租车后还没有回来，她好奇稍后她如何跟艾尔西说，让她知道她害怕这个，即使没有其他人注意到。难道除了她，其他人都成天想着肉欲之事？难道每日里那些正式的招呼、礼貌的谈话都是一种对狂欢的天性的掩盖，而那天性恰好是她缺乏的？

“我们要去猫眼俱乐部。想要加入我们吗，莫伊拉？放松一点点。”

“哦，她不会去的。”菲丽西提·黑尔伍德说，驳斥得如此利落，以至于有那么片刻，莫伊拉想她可能会吓到他们，说：“为什么不去？当然要去。我非常乐意加入你们。”可是司特灵先生办公室里的灯亮着。莫伊拉做了一个负责的私人助理对其主管应该做的。她留下来做清扫。

清扫完成的时候几乎是一点钟了。她不是完全一个人做的：会计部新来的女孩在她收集空瓶子的时候帮她拿着袋子；销售部的头儿，一个高个子的南非人，帮忙搜集纸杯，在女衣帽间里还高声地唱着歌。最终只剩下莫伊拉了，擦洗着亚麻油地毡上的污渍，用簸箕和刷子收拾起散落在地砖上的油炸土豆片和花生。男人们回到办公室时可以将桌子搬回去。除了一些纷飞的箔纸条幅外，这个地方看起来又恢复了往昔的整洁。她看着被折腾过的圣诞树，上面的装饰物被打碎或是遗失了；小小的礼物交换盒，自从有人坐在上面之后它差点被挤扁了，皱纹纸也被从旁边撕得不成样子。她很高兴她母亲不会知道她珍爱的小玩意被如此粗暴地扔在一旁。

她正在做最后的收尾，却一眼看见了司特灵先生。他坐在自己的皮椅上，手抱着头。靠近门的那张桌子上放着剩下的酒，几乎是冲动间，她倒了两指威士忌。她穿过办公室，敲了敲门。他还系着他的领结。多么正式，即使在这个时刻。

“我刚刚一直在清扫。”见他盯着她，她说。她感觉到突然的不自在。

他看了一眼窗外，她意识到他还没有注意到她仍然在这里。“你真体贴，莫伊拉。”他静静地说，“谢谢。”他从她手里接过威士忌喝下，是缓缓喝下的。

莫伊拉理解她老板那憔悴的脸，以及震颤的双手。她站得离他桌角很近，确信她只要简单地站在那儿就对了。在他桌上，整齐码放着的，是当天早上她留下来让他签名的信件。那已经像是几十年前的事了。“您还要吗？”看到他喝干了，她问，“瓶子里还有一些。”

“我怀疑我已经喝了太多了。”一阵长长的沉默。“我该怎么办，莫伊拉？”他摇着头，似乎纠结于自己头脑里正在进行的某种争辩，而这争辩是她无法听见的，“我给了她一切，**一切**。她从来不会要求什么。”他的声音摇荡，破碎。

“他们说一切都在变化。女人们总是要求新的东西……天知道是什么。为什么一切必须要变化？”

“不是所有女人。”她静静地说，“有许多女人认为有一个丈夫，能养活自己、被自己照料，自己能为他营造一个家，是一件妙不可言的事。”

“你这么认为？”他的眼睛因为极度疲倦而有了一圈红丝。

“哦，我懂这个。一个男人，当他回到家时可以为他倒杯酒，为他煮饭，小小地对他唠叨。我——那样简直是太可爱了。”她脸红了。

“那么为什么……”他叹息了。

“司特灵先生，”她突然说，“你是一位非常棒的老板。一个非常棒的男人。真的。”她努力往下说，“她能拥有您实在是太幸运了。她一定要知道这个。而您不值得……您不值得……”她说不下去了，知道即使她说了，也是在违犯某些不可言说的协议。“我非常抱歉。”当她突然无言后的沉默已经延续到让人难堪时，她终于说，“司特灵先生，我无意放肆……”

“那是错的。”他说，如此安静，以至于最开始她都不确定他在说什么。“对于一个想要被拥有的男人，那会让他缺少一些男子气。”

她感到泪水刺痛了双眼……感到泪水之下还有什么东西，一些更加精明、更加锐利的东西。她往他身边移过去了一些，轻轻地用一只胳膊围住他的肩。哦，对他的感觉！他高而伟岸，他的外套穿在这样的身躯上是如此好看。她知道在她的余生里，她可以一遍遍地重新看这一刻。对他的感觉，触碰的许可……她几乎要因为欢愉而晕倒了。

见他没有阻止她，她倾过去了一些，屏住呼吸，将头倚靠在他肩上。一种舒适自在、休戚相关的姿势。就是这样一种感觉，她极其喜悦地想。她简单地期望有人会为他们俩如此亲密地靠在一起拍一张照片。接着，他抬起头，她觉察到一记突然的警钟——以及羞耻。

“我很抱歉——我去……”她直起身，结巴不能语。可是他握着她的手。温暖，贴近。“莫伊拉。”他说，他的眼睛半闭着，他的声音里充满着绝望与渴望。他抚摩着她的脸，摩挲着，将她的脸捧过来，贴着自己的。他的唇寻找着，绝望而决绝。她不由自主地发出了声，一声震惊而欢快的喘息，然后她开始回吻他。他才是她吻过的第二个男人而已，这一刻仿若梦幻，超越所有过往，因为经年未息的渴求而更加绚烂。她体内像发生了小小的爆炸，她的血流加快，心脏几乎要跳出胸膛。

她感到他把她的背放在桌上，他粗哑而激动地喃喃着，他的手放在她的衣领上、她的胸前，他在她锁骨上的呼吸温暖。她没有经验，不知道手和脚该往哪里放，可她发现自己正紧紧攀住他，想要快乐，迷失在新的知觉里。**我爱慕你**。她无声地对他说。**尽你所需，将我拿走吧**。

可尽管她尽情地欢娱着，莫伊拉仍知道她必须保持一部分的清醒，好用来记忆。即使他解开她的衣服，进入她，她的裙子被撩到臀部以上，他的墨水瓶戳到了她的肩，令她不舒服，她也知道她对珍妮弗·司特灵构不成威胁。**这个世界上的珍妮弗们总有一种她这类的女人所没有的终极价值**。可是莫伊拉·帕克有一项优点：她会用某种方式去感激和欣赏，这是珍妮弗·司特灵以及所有衣来伸手、饭来张口的女人们都不会的。而且她知道即使一个简单的夜晚也会成为曾经沧海，如果这是她的爱情生涯中具有决定性的事件，她必会清醒地知晓应该将其归档在某个安全的地方。然后，当它结束，她可以在那些无尽的夜晚重现它，当自己再度孤单的时候。

当他回到家时，她正坐在房子前面那个大起居室里。她穿着木莓粗花呢的大氅，戴着帽子，她的黑漆皮手袋和配套的手套整齐地放在膝上。她听见他的车停下，见到外面模糊的灯，站了起来。她把窗帘拉开几英寸，注视着他。他坐在驾驶座上，若有所思地等待引擎的渐渐熄灭。

她回头看了一眼她的旅行箱，接着从窗前走开了。他进屋后将外套扔在了大厅椅子上。她听见他把钥匙丢进他们放在桌上的钥匙碗里，还听见有东西掉下来的咔啦声。是婚礼照片？他在起居室门外迟疑了片刻，然后打开门，看见了她。

“我认为我应该离开。”她注意到他的目光定格在她脚边打包了的旅行箱上，那箱子是几个星期前她出院时用的。

“你认为你应该离开？”

她深吸一口气，说出了前两个小时里她一直在排练的词儿：“这不会让我们中任何一个好受。我们都知道。”

他走过她，到酒柜那里，给自己倒了三指威士忌。他拿着细颈瓶的方式让她好奇从她回家后他又喝了多少酒。他端着平底玻璃杯到一把椅子边，重重坐下。他抬眼看她，凝视了有好几分钟。她压抑着自己的坐立不安。

“那么……”他说，“你脑中有什么别的吗？一些可以让你快乐一点的事？”他的语调讽刺，不悦；饮酒让他得以发泄。可是她不怕。她有知晓他不是她的未来的自由。他们彼此盯着对方，带着火药味儿。

“你知道，是吗？”她问。他喝了几口威士忌，他的目光没有离开她的脸，“我知道什么，珍妮弗？”她吸了一口气，“知道我爱着别人。不是瑞吉·卡本特，从来不是。”她讲话的时候无意识地拨弄着手袋，“我今晚想明白了。瑞吉是一个错误，是对真相的一种偏差。可是你自始至终对我那么生气。从我出院之后你就那样。因为你知道，正如我也知道，有人爱着我，他不怕告诉我。所以你不想让我问太多问题。所以我母亲——以及其他所有人——如此热衷地让我安于现状。你不想让我去回忆。你从不肯。”

她有些期待他会怒不可遏。可是相反，他点了点头。接着，当她屏住呼吸，他却对她举杯，“那么……你的这位情人，他什么时候会来这儿？”他瞥了一眼手表，然后又回到谈话上，“我猜他会来接你吧。”

“他……”她哽住了，“我……不是那样。”“那么你会在什么地方跟他会合喽。”

他那么平静，似乎他很享受这样。

“最终会。是的。”

“最终会。”他重复道，“什么事耽搁了？”

“我……我不知道他在哪里。”

“**你不知道他在哪里**。”劳伦斯放下威士忌。他吃力地站起身，又给自己倒了一杯。

“我想不起来，你知道我想不起来。我的记忆在恢复，可还不是那么清晰，然而我现在知道，这里，”她四顾了一番房间，“因为某种理由，感觉是错误的。因为我爱上了别人，所以它是错误的。因此我非常抱歉，可是我必须走。这是正确的事，对我们彼此都是。”

他点头，“我能否问一下这位绅士——你的情人——有什么我没有的吗？”

窗外的街灯明明灭灭。“我不知道。”她承认，“我只知道我爱他，而且他也爱我。”

“哦，你知道，是吗？你还知道什么？他住在哪里？他以什么为生？他怎样维护你奢侈的品位？他会给你买新裙子吗？给你请管家？送你珠宝？”

“我不在乎那些。”

“你过去可是相当在乎这些的。”

“现在不同了。我只知道他爱我，这才是最重要的。你可以尽情嘲笑我，劳伦斯，可是你不知道——”

他从椅子上猛然起身，她退缩了。“哦，我知道你情人的全部，珍妮弗。”他大吼。他从内衣口袋里抽出一个被揉皱了的信封，在她面前挥舞着它。“你真的想知道你发生过什么事？你真的想知道你的情人在哪里？”他唾沫四溅，他的眼神可以杀人。她僵住了，张口结舌。

“这不是你第一次离开我。哦，不。我知道，就像我了解他，因为在出事后我在你包里发现了他的信。”她看见了信封上熟悉的字迹，不可抑制地流泪了。“这是他写来的。信里让你跟他会合，他想跟你一起逃跑。就只有你们两个人，远离我，去一起开创一种新生活。”他强作笑颜，半是愤怒，半是忧伤。“你现在想起来了吗，亲爱的？”他把信推给她，她用颤抖的手指接过。她打开信看。

我最亲爱的唯一的爱：

我说的是真的。我已经确信，前进的唯一方式就是我们中得有一个人去大胆决定。

我要去接受这份工作。我会在星期五晚上七点十五，站在帕丁顿站4号站台……

“有印象吧，是不是，珍妮？”

“是的。”她低语道。一幅幅影像闪现在她脑海。黑发。皱巴巴的亚麻夹克。一座小公园，里面到处都是穿蓝衣服的男人。

布特。

“是的你知道他？是的你全都想起来了？”

“是的，我想起来了……”她几乎可以看见他。此刻他如此接近。

“显而易见你没有全部想起。”

“你是什么意思？”

“他死了，珍妮弗。他死在车里。你逃过了撞车，而你的绅士朋友却死了。照警察的说法，是当场死亡。那么，没人在那儿等你。**没人在帕丁顿站。没人供你该死的去回忆。**”

她觉得周围天旋地转。她听见他在说话，可是那些词句都没有意义。“不。”她说，抖个不停。

“哦，恐怕是的。我可能会发掘出当时的新闻报道，如果你真的想要证据的话。我们——你的父母和我——对公众隐蔽了你的名字——因为显而易见的原因。可是他们报道了他的死。”

“不。”她推他，可是她柔弱的胳膊根本撼动不了他。**不**。**不**。**不**。她不会再听他说的话了。

“他死在现场。”

“住口！不要说了！”她冲向他，野蛮，不可控制，尖叫着。她听见自己的声音仿佛来自远方，她模糊地意识到自己的拳头砸向了他的脸、他的胸，然后他强有力的手抓住了她的拳头，直到她不得动弹。他不可撼动。他所说的话也不可撼动。

死了。

她沉沉地坐在椅子上，而最终，他放开了她。她感觉自己好像喝醉了，好像房间膨胀开，吞没了她。**我最亲爱的唯一的爱**。她的头低垂，这样她就可以只看见地面，泪水从她的鼻翼滑下，落向昂贵的地毯。

过了好长一阵，她抬起头看向他。他的眼睛闭着，似乎这场景令他太不愉快，因此懒得思量。“如果你知道，”她开口道，“如果你看得出我正在开始回忆，为什么……为什么你不把真相告诉我？”他不再生气。他坐在对面的椅子上，突然间觉得挫败。“因为我希望……当我意识到你什么都没想起来，我们就可以让一切过去不再提。我希望我们可以继续向前，就当什么都没有发生过。”

我最亲爱的唯一的爱。

她无处可去。布特死了。这一整段时间里他都是死了的。她感到愚蠢，失落，似乎她对整个事情的想象只不过是少女的任性。

“而且，”劳伦斯的声音打破了沉默，“我不想让你承受知情的罪恶感，要不是你，那个男人可能还活着。”那就是了。她觉出一阵如此尖锐的疼痛，仿佛被钉在了尖桩上。

“无论你怎么想我，珍妮弗，我都相信这样你会更快乐些。”

时间在过去。事后她也说不清是过了多少分钟，多少小时。过了一阵，劳伦斯起身。他又给自己倒了一杯威士忌喝下，如此轻易，仿佛喝的是白开水。然后他把平底玻璃杯端正地放在银托盘上。

“那么，现在怎么办？”她闷闷地说。

“我去睡觉。我真的非常累。”他转过身，朝门走去，“我建议你也去睡。”他离开之后，她坐了有一段辰光。她可以听见他在楼上的地板上重重移动，可怕的、醉醺醺的脚步声，他上床时床架的吱嘎声。他睡在了主卧房，她的卧房。

她又看了一遍那封信，看一个不会属于她的未来，一种缺失了之后她便无法活下去的爱。她看着那些词句，它们出自一个爱她胜过爱生命的男人，一个她不知情却应该为他的死而负责的男人。她终于看见了他的脸：生动，带着希望，充满爱。

珍妮弗·司特灵跌坐在地面上，蜷起身体，将那封信紧握在胸前，无声地开始哭泣。

亲爱的J……我知道我曾经是一头母牛，对不起。我知道你明天要回家，可是我不会在那里见你。大卫和我打算在xxx结婚，我不会再见你了。在我内心深处我是爱你的，可是我心里也爱着大卫，甚至更多。再见，Gxxx。

女性致男性，经由信件

第十一章　走，去赴今生之约

1960・夏

他透过咖啡店的窗户看见了他们，因为蒸汽的缘故有些模糊，即使这是在晚夏的傍晚。他儿子坐在离窗户最近的餐桌旁，一边读着菜单，一边晃着腿。他在人行道上暂停，深深注视着那修长的四肢，先前小孩所特有的胖嘟嘟已经不见。他正好可以想象出他成人之后的样子。安东尼觉得自己的心揪紧了。他把包裹夹在胳膊下，走了进去。

这个咖啡馆是克莱丽莎的选择，地方很大，总是忙忙碌碌，女招待们都穿着旧式的制服和白围裙。她把它叫作“茶室”，似乎“咖啡馆”这个词会让她困窘一样。

“菲利普？”

“爸爸？”

他在餐桌旁停下，愉快地注意到男孩一看到他时就笑了。

“克莱丽莎。”他补充道。

她不是那么生气，他立即想到。过去几年来她总是紧绷着脸，以至于无论他们什么时候遇上，他都有一种负罪感。此刻她以一种好奇心回看他，辩论般的，远观的，似乎要检阅某种正在起效果的东西，并且要拍照。

“你气色不错。”他说。

“谢谢。”她说。

“你也长大了。”他对他儿子说，“天哪，我觉得你在两个月里蹿了有六英寸。”

“三个月。这个年纪的孩子都这样。”克莱丽莎的嘴辩驳似的噘着，他太熟悉这个表情了。这让他迅速想起珍妮弗的嘴唇。他不认为自己看过珍妮弗噘嘴，也许上天造她的时候就禁止了她这么做。

“你还……好吗？”她说，给他倒了一杯茶，推向他。

“很好，谢谢。我一直都在努力工作。”

“一如既往。”

“是的。你怎么样，菲利普？学校还好吗？”他儿子将脸埋在菜单里。

“回答你父亲。”

“很好。”

“不错。成绩依然好吗？”

“我带来了他的报告单。我想你可能要看。”她在包里搜寻，把它交给了他。安东尼以一种未曾期待的骄傲注意到，对菲利普的评语一再重复着提到他的“性格优雅”，他“实实在在的努力”。

“他是足球队的队长。”她抑制不住话语中的愉悦。

“你做得真不错。”他拍了拍儿子的肩。

“他每晚都做家庭作业。我保证。”菲利普到现在为止还没有看他。难道埃德加已经代替了他，填补了菲利普心中缺失父亲的空洞吗？他会和他一起玩板球吗？给他读故事？安东尼觉得心上有什么东西掠上阴云，于是喝下一大口茶，试图集中注意力。他叫来一位女侍，要了一盘蛋糕。“是你吃过的最大的蛋糕。当提前庆祝吧。”他说。

“他会吃不下晚饭的。”克莱丽莎说。

“难得有这么一天。”她转过身，似乎在竭力不要继续说下去。

在他们周围，咖啡馆的喧嚣似乎正在高涨。蛋糕用一个银质的大浅盘端来。他看见儿子的目光滑向它们，摆出他可以自己来的手势。

“我已经被委派了一份新工作。”见大家都沉默良久，他说。

“《国民报》的？”

“是的，不过是在纽约。他们在联合国的工作人员退休了，他们问我是否愿意代替他的职位一年。会提供一间公寓，就在市中心。”当唐告诉他这个消息时，他还不怎么相信。这显示了他们对他的信任，唐说。如果他做得好呢，谁知道？明年的这个时候他可能又会再次过上流浪生活了。

“很好啊。”她拿起一块奶油小蛋糕，放在自己面前的盘子上。

“它来得就像一个小小的惊喜，但它是个不错的机会。”

“是的。嗯。你一直都喜爱旅行。”

“那不是旅行。我要在那个城市里工作。”

当唐提到这事时他欣慰极了。这是一个契机。这给了他更好的工作，而且意味着珍妮弗也可以去，和他一起开始新生活……再说，即使他试着不要那么想，他也知道如果珍妮弗说不，他仍可以借此逃脱。伦敦已经无法避免地与她绑在一起了；这座城市的每一处地表都印上了他们相处的时光。

“无论如何，我一年总有几次在国外，我知道你说的，可是我会而且乐于写信。”

“我不知道……”

“我愿意告诉菲利普关于我在那边的生活情形。也许他长大一些后，甚至可以去那儿看我。”

“埃德加认为事情简单些对我们大家都有好处。他不喜欢……被打扰。”

“埃德加不是菲利普的父亲。”

“他比你更像一个父亲。”

他们瞪着彼此。菲利普的蛋糕摆放在他盘子的中央，他的手插在双腿间。

“不管怎样，我们现在不要讨论这个了。今天是菲利普的生日。”他让自己的声音听起来愉悦些，“我想你会期待看看你的礼物，会吗？”

他儿子什么话也没说。基督啊，安东尼想。我们在对他做什么？他把手伸到桌子下面，抽出一个大的四方形包裹。“你可以把它为重要日子专门留着，如果你喜欢，可是你母亲跟我说你们——你们明天都要出去，因此我觉得你也许现在就想要它。”

他把包裹递过去。菲利普接过，小心地看着他母亲。

“既然明天你没有太多时间，我建议你现在就打开。”她说，试图微笑。“请原谅，我去给我的鼻子补点粉。”她起身，他注视着她穿过一张张桌子，好奇她是否如他一样，因这些交换丧失了信心。也许她是出去找公用电话打给埃德加，抱怨她前夫是多么不可理喻。

“来啊，”他对男孩说，“打开它。”

没有了母亲目光的监视，菲利普变得活跃了些。他撕扯着棕色的包装纸，然后，当他看见里面包裹着的是什么时，敬畏地停住了。

“是一个霍恩比火车模型[①]。”安东尼说，“你能得到的最好的。那是‘苏格兰飞人（Flying Scotsman）’[②]，你听说过吗？”菲利普点头。

“还配了几段铁轨，我还拿到了几个小人，它们都在这个包里。你会组装吗？”

“我会请埃德加来帮我。”这如同给肋骨一记尖锐的踢踹。安东尼强迫自己忍住心上的疼痛。毕竟，那不是这个男孩的错。

“是啊，”他咬牙切齿地说，“我保证他会的。”

他们沉默了好一会儿。然后菲利普悄悄伸出手，抓过他的蛋糕塞进嘴里，一个下意识的举动，贪婪而愉快。然后他又挑了一块巧克力花色蛋糕，在入嘴之前给了他父亲一个会心的眨眼。

“看见你的旧爸爸还是很高兴的吧？”菲利普靠过去，将头倚在安东尼胸前。安东尼紧紧抱住他，呼吸着他头发的味道，他能感觉到儿子的心跳。

“你现在好点了吗？”男孩抽回身，他掉了一颗门牙。

“什么？”

菲利普开始从包装盒里把机车头撬出来，“母亲说你病了，所以你才不写信。”

“对。但我现在好多了。”

“发生什么事了？”

“嗯——我在非洲的时候发生了一些不愉快的事，那些事让我烦恼。我生病

---

① 霍恩比（Hornby），英国著名玩具公司，以火车模型玩具而知名。

② 为火车模型。

了，可我居然还蠢到喝了太多酒。”

“那可真够蠢的。”

“是的，的确是。我再也不会那么做了。”

克莱丽莎回来了。他惊讶地看见她的鼻子发红，眼圈也红了。他试着微笑，得来的却是她惨淡的回应。

“他喜欢他的礼物。”安东尼说。

“很好。嗯，是件不错的礼物。”她凝视着闪闪发光的发动机，凝视着孩子天真的快乐，然后补充道：“我希望你说了谢谢，菲利普。”

安东尼将一块蛋糕放在盘子里，递给她，然后给自己也来了一块。于是他们就那么坐着，演绎着家庭生活中普通的紧张一景。

“让我写信吧。”安东尼敲了一下桌子，说。

“我正在尝试开始一种新生活，安东尼。”她低声说，“全新的开始。”她几乎是在请求了。

“不过就是写信而已啊。”他们透过塑料桌布盯着彼此。在他们身旁，他们的儿子转动着他的新火车的轮子，快乐地哼着歌。

“一封信而已，能有多困扰？”

珍妮弗打开劳伦斯留下的报纸，将它在餐桌上展平，翻到一个版。通过敞开的门还能看见他，他正在大厅镜子里检查自己的形象，整理他的领结。

“别忘了在亨利酒店的晚餐。妻子们都受邀出席，因此你可能得开始想想该穿什么去。”

见她没有回答，他试探着说：“珍妮弗？就是今晚。会在大帐幕里举行。”

“我跟你保证，有一整天呢，足够我搞定衣服的事了。”她回答。

现在他站在门厅里。一见到她此时的所为，他就皱眉，“你在那儿折腾什么呢？”

“我在看报纸。”

“这可不像你的做派啊，是不是？你的杂志还没送到吗？”

"我不过是想……我可以多研究一点东西，看看全世界正在发生什么。"

"我看不出那里面有什么会引起你注意。"

她看了一眼柯多扎太太，她正在水池那里洗碗，假装并没有听他们谈话。

"我在看，"她说，用一种迟缓的深思熟虑，"关于《查泰来夫人的情人》[①]一书的审判案。它真的非常有意思。"与其说看见，不如说是她感到了他的不安——她的目光还停留在报纸上。"我真的不知道大家都在大惊小怪什么，那不过是一本书而已。就我所知，那是一个爱情故事，发生在两个人之间。"

"嗯，你不是很明白，对吧？它是本淫书。芒克里夫斯读过，说它石破天惊。"

柯多扎太太正在用力擦洗一个煎锅。她一直在哼着歌。窗外，风儿卷起几片黄叶，让它们掠过厨房的窗户。

"我们应该可以为我们自己去判断这些事。我们都是成年人了。那些认为被冒犯的人们可以不去读它。"

"是的，没错。在这次餐会上不要对这些事发表你幼稚的观点，好吗？他们不是那种愿意听一个女人就自己完全不了解的事自以为是地瞎掰的人。"

珍妮弗吸了一口气，才得以回应："好啊，也许我会去问弗朗西斯是否愿意把这本书借给我，那么我就可能**知道**我在谈论什么了。你觉得怎么样？"她的下巴收紧了，下颌上有青筋在跳动。劳伦斯的语调几乎是驳斥性的。他去拿他的手提箱，"最近几个早上你总是怒气冲冲的，我希望今晚你能让自己得体一些。如果看报纸才让你如此，那我会让他们以后送到办公室去。"

她没有从椅子上起身去吻他，虽然以前她会这么做。她咬着自己的嘴唇，依旧盯着报纸，直到前门关上的声音告诉她，她丈夫已经去办公室了。

有三天时光，她几乎不吃不睡。现在，大多数晚上她都长时间地醒着，等着某些符合《圣经》的东西跳脱出她脑中的黑暗。一直以来，她都静静地怨怒着劳

---

① 英国作家D.H.劳伦斯出版于1928年的小说。因为其中的情色描写而被看作惊世骇俗，受到各界一致批评，立刻遭禁。直到60年代才开禁。

伦斯；她会突然间通过安东尼的眼睛看见他，然后发现她自己跟他那可恶的评价是一致的。接着她会恨安东尼，他让她对自己的丈夫产生了这种感觉，更让她恼恨的是她不能对他说。在夜晚，她想起安东尼的手放在她的手上、她的唇上，想象自己对他的爱抚，以至于在晨光中她会脸红。有一次，她急切地想要减轻自己的困惑，要让自己回到丈夫这一边来，她唤醒了劳伦斯，将一条白皙的大腿担到他腿上，吻他。可是他吓坏了，问她到底中了什么邪，把她推开。他背对着她，任她无声地哭着，羞愧的泪水滑落入枕中。

在那些无眠的时刻，伴随着心中升腾起的毒焰般的渴求与罪恶之火，她辗转反侧，想出无数种可能性：她可以离开，从某种程度上挨过罪恶感、缺失金钱和她家庭的震怒。她也可以有外遇，找到某个她与安东尼可以生存的阶层，与他们日常的生活轨迹平行。那不仅是查泰来夫人才能做到的，当然，他们的社交圈充斥着谁正在拥有谁的传言。她可以打破它，做一个好妻子。如果她的婚姻出了问题，那就是她的错，因为她没有充分努力。你可以让事情变好，所有女性杂志都是这么说的。她可以更体贴一些，付出更多的爱，把自己打扮得更漂亮一些。她可以停下，像她母亲可能会建议的，不要再打量远处更绿一些的草地。

她已经排到了队列的前端。“这一封赶得上下午的投递吗？你能查一下我的邮箱吗？是司特灵家的，13号。”

自从阿尔伯特俱乐部那一晚后她就没来过这里了，她让自己相信这样是最好的。那件事——她不敢把它想成一场外遇——已经热过头了。他们需要让它冷却一些，好让他们清醒地思考。可是自从那天早上她与她丈夫不愉快的交锋后，她的决心塌陷了。她急匆匆写了信，当柯多扎太太在吸尘的时候，她专注于自己的小写字台上。她乞求他理解。她不知道该怎么办：她不想伤害他……可是她也忍受不了没有他。

我已经结婚了。让一个男人从他的婚姻里走出来是一回事，可是让一个女人……在那一刻，在你眼中，我不能做任何错事。在我做的所有事里，你

看见的都是最好的。我知道总有一天这种情况会改变。我不希望你在我身上看见你在其他人身上看到的让你鄙视的东西。

这封信写得令人困惑、杂乱无章，她的字迹潦草而不稳定。

女邮递员接过她的信，给了她另一封。见到他的字迹，她的心还会扑扑跳。他编织的词句如此美丽，以至于她能在黑暗中将它们全部复述给自己听，简直就像诗。她不耐烦地打开它，依然站在柜台旁，一边让道给排在她后面的人。然而，这一次，信里的词句有一些不同。

就算有其他人看到了这位穿着蓝色大衣的金发女子突然的呆愣、她看完信后伸出手去扶住柜台好让自己镇定的方式，他们也可能会太忙于自己的包裹和表格，而对她不再过多关注。可是她举止的变化是显著的。她站在那里又待了一段时间，当她把信塞入提包的时候手在颤抖。她缓缓地、些许踉踉跄跄地出去，走入了阳光中。

她整个下午都在伦敦中央的街道上游荡，带着一种模模糊糊的紧张感巡视着商店橱窗。她不能回家，只有在拥挤的人行道上等待自己的思绪变清晰。几个小时后，当她从前门走进来时，柯多扎太太已经在门厅里了，胳膊上搭着两条裙子。

“您没有告诉我您今晚的餐会要穿什么，司特灵夫人，我熨了这些，您可能会觉得其中一件还算适合。”晚夏的阳光如潮水般将粉色的暮光倾泻在门道里，将珍妮弗包裹其中。当她关上身后的门，灰色的忧郁又回到了她身上。

“谢谢。”她经过管家，走进厨房。时钟告诉她现在快五点了。他现在在打包行李吗？

珍妮弗的手握着口袋里的信。她已经把它看了三遍。她检查过日期：他的确，真的，说的是今天傍晚。他怎么能把那样的事决定得那么快？他怎么做得出来？她咒骂自己为什么不早点收到那封信，好有时间去请求他重新考虑。

我不像你那么强大。当我最初遇见你，我以为你是一个脆弱的小东西，是我不得不保护的人。现在我意识到我让我们大家都搞错了。你是强大的那一个，你才是用像这样的爱的可能性来忍受生活的那个人，而事实上，这样的爱于我们是不允许的。

我请求你不要因为我的脆弱就评判我。我能忍受的唯一的方式就是去一个看不到你的地方，永远不用因为害怕看到你和他在一起而惊惶不安。我需要去一个地方，在那里，纯粹的必要性可以每分每秒、每时每刻都把你从我的思想中攫取出来。而在这儿，那是不可能发生的。

这一刻她还恼怒他企图强她所难，那一刻她就被他离开的恐惧而攫住。知道她将再也见不到他的感觉到底是怎样的，她如何能够在见过他给她看的取舍后，平静地停留在余生？

我要去接受这份工作。我会于星期五傍晚七点一刻站在帕丁顿站的第四站台，如果你能有勇气与我随行，对我来说便会是世界上最大的欢乐。

如果你不来，我就会知道我们对彼此的感觉究竟是怎样的，而那还不够。我不会责备你，我亲爱的。我知道过去的几周已经给你施加了难以忍受的压力，我也深切地感觉到了那份沉重。我憎恶自己可能引起你任何不愉快的想法。

她过去对他太诚实了。她不应该承认那些困惑，那些烦乱不眠的夜晚。如果他觉得她不是那么难过，他就不会觉得有必要这么做。

你要知道，我的心，我的希望，都在你的手中。

那么这就是了：这种伟大的温柔。安东尼，忍受不了让她失去自我，希望保护她不受最坏的感觉的困扰，给了她两条最容易的路：跟他走，或是留在她不受责备，且深知自己被爱着的地方。除此之外他还能做些什么？

她如何能够在如此短暂的时间内作出那么重大的决定？她想过去他的住处，可是她不确定他是否在。她想过去报社，可是她害怕某些八卦专栏作者会看见她，她可能会成为好奇心的对象或是更糟，令他窘迫。除此之外，她能说些什么让他改变主意？他说的一切都是对的。没有其他可能的结局。没有办法让他们被世俗所接纳。

“哦，司特灵先生打过电话来，说他会在七点差一刻左右来接你。他今天会在办公室待得晚一点，他会派司机来取他的餐会服装。”

“好的。”她心不在焉地说。她突然间觉得发热，便伸出一只手去扶住栏杆。

“司特灵夫人，您还好吗？”

“我很好。”

“您看起来需要休息一会儿。”柯多扎太太把裙子小心地放在大厅椅子上，把珍妮弗的大衣给了她，“要我给您放洗澡水吗？水好之后我可以给您泡一杯茶，如果您喜欢。”

她对管家转过身。“好的，正合我意。你说七点差一刻？”她开始往楼上走去。

“司特灵夫人，裙子呢？哪一条？”

“哦，我不知道。你选吧。”

她躺在浴缸里，几乎没注意水是不是烫，因即将发生的事情而麻木着。我是一个好妻子，她告诉自己。我今天晚上会去餐会，我会好好享乐，适当欢快，不对自己不知的事情妄加评论。

安东尼曾经写过什么？做一个体面的人有其愉悦处。**即使你现在并不觉得**。

她从浴缸里出来。她无法放松，她需要什么东西来分散自己的注意力。她突然间希望她能吃下某种药，好把接下来的两个小时睡过去，甚至是接下来的两个月。她悲哀地想，一边伸手去够毛巾。她打开浴室门，在床上，柯多扎太太已经放上了两条裙子：左边那条深蓝色的，是她在劳伦斯生日之夜穿过的。那是一个快乐的赌场之夜。比尔在轮盘赌中赢了一大笔钱，他坚持请每个人喝香槟。她喝了太多，头晕目眩，吃不下东西。此刻，在这间安静的房间里，她自发地回忆起了那个夜晚其他的部分。她记起劳伦斯批评她花了太多钱在赌博上。她记起他喋喋不休，说她让他窘迫——直到伊冯娜用迷人的语调告诉他，不要那么暴躁。**他要压制你，毁灭你的个性**。她记起他今天早上站在厨房的门厅里。**你在那儿折腾什么呢？我希望今晚你能让自己得体一些**。

她看着床上的另一条裙子：淡金色的锦缎面料，有中式立领，无袖。是安东尼·奥哈尔拒绝和她上床的那晚她穿过的。似乎一团重重的迷雾升起。她丢掉毛巾，往床上扔了几件衣服。然后她开始往床上堆东西。内衣、鞋、袜子。到底一个人要永远离开的话，需要打包些什么东西？她的手在摇晃。她几乎不知道自己在做什么，把箱子从衣橱顶上拖下，打开。她破罐破摔地把东西往箱子里扔，害怕如果她停止思考自己在做什么，她就什么也做不了了。

“你要去哪儿吗，夫人？要我帮你打包吗？”柯多扎太太出现在门道里，在她身后，端着一杯茶。

珍妮弗的手飞快地放在脖子上。她转过身，半遮掩着她身后的箱子。“不——不，我只是拿一些衣服到芒克里夫斯太太那里去，给她侄女。都是些我不要了的东西。”

“洗衣间还有一些您说过不再适合您了的东西。要我把它们拿过来吗？”

“不。我自己来吧。”

柯多扎太太从她肩膀看过去，“可那是您的金色裙子，您喜爱它啊。”

“柯多扎太太，求求您，可否让我自己整理我自己的衣橱？”她不客气地说。

管家畏缩了。“非常抱歉，司特灵夫人。”她说，带着受伤的沉默退下了。

珍妮弗开始哭泣，她发出难听的抽抽搭搭的声音。她爬到床罩上，用手掩着头，号哭不已，不知道自己该怎么办，时间在一分一秒地流逝，她无法决断，她的生活安危未定。她听见她母亲的声音，看见母亲听闻她的家庭丑闻之后惊骇的脸，以及她听见教会里佯装震惊的愉悦的八卦之后的尴尬愁容。她看见她曾经计划的生活，肯定会软化劳伦斯的冷漠、迫使他能松弛一些的孩子。她看见一系列狭小阴暗的出租屋，安东尼每天在外工作，她独自害怕地待在陌生的国家，没有他的陪伴。她看见他因为她每天穿着无聊暗淡的服装而对她厌烦，他的目光已经放在别的已婚女子身上。

我永不会停止爱你。在你之前我从没爱上过什么人，在你之后也不会。

当她强撑着起来，柯多扎太太正站在床脚边。她擦了擦眼和鼻子，准备为刚才对她的态度而道歉，可是她却看见这个年长的女人在打包她的行李。

“我已经放进去了您的平底鞋和几条棕色的宽松裤。它们不用经常洗。”

珍妮弗盯着她，一边仍在打着嗝。

“还有内衣和一条睡裙。”

“我——我不——”

柯多扎太太继续打包。她把东西从旅行箱里拿出来，用棉纸将它们重新包裹好，再把它们放回箱子里，如此恭敬虔诚，仿佛在对待新生的婴儿。珍妮弗着魔般地看着那双纷飞的手。

“司特灵夫人，”柯多扎太太头也不抬地说，“我从没跟您说过。我住在南非的时候，那里的风俗是当你家有男人死了，得用灰蒙住窗户。我丈夫去世时，我让我的窗户继续保持透明。实际上，我还经常擦洗它们，让它们每天都亮堂堂的。”

当然，她吸引了珍妮弗的注意，她没有停下打包。现在是鞋子，每一只都用薄棉袋装好，放入箱子底部，一双白色的网球鞋，一把刷子。

“我们年轻的时候，我的确爱着我丈夫，可他不是个好男人。当我们年纪增长，他越来越不在乎如何对我。当他突然间死去，上帝原谅我，我感到似乎有人放我自由了。”她迟疑了，凝视着已经装好一半的旅行箱。“如果有人在许多年前给我机会，我会离开。我想我可以有机会开始一种完全不同的人生。”

她把最后一件折好的衣服放在顶部，关上了箱盖，再系好每一侧的搭扣。

“现在是六点半。司特灵先生说他会在七点差一刻到家，怕你万一忘记。”她再没多说，直起身来，走出了房间。

珍妮弗看了看表，然后无奈地看着她剩余的衣服。她跑到房间另一头，套上一双放得最近的鞋。她走到梳妆台那里，在抽屉后部翻找应急的零用钱，平时她都是把它们卷在一双袜子里的。她把钞票塞入口袋，连同她在珠宝盒里拿出的一把戒指和项链。然后她抓过旅行箱，把它拖下楼。

柯多扎太太正拿着她的雨衣，“你打车最好去新凯文迪什大街。我本来要建议你去波特兰宫，可是我相信司特灵先生的司机会经过那个地方。”

“新凯文迪什大街。”

两个女人都没有动，可能在为她们所做的吓住了。接着珍妮弗向前迈步，给了柯多扎太太一个紧紧的拥抱，“谢谢。我——”

“我会告诉司特灵先生，据我所知，您是去商店购物了。”

“对。对，谢谢。”她置身于外面傍晚的空气中，突然觉得承载了各种可能性。她小心地迈下台阶，浏览着广场，寻觅熟悉的出租车的黄色灯光。等她走到了人行道上，她就开始小跑进城市的夜色中了。

她感到一阵席卷而来的欣慰感——她再不必不得不作为司特灵夫人，去用某种特定的方式穿戴、表演、爱。她眩晕般地意识到，有一整年的时间，她不用去想自己是谁，会在哪里，这个念头几乎让她笑出来。

街道上到处人来人往，暮色渐渐侵袭，街灯都亮了起来。珍妮弗在跑，她的旅行箱拍打着她的腿，她能听见自己的心跳。现在快到七点差一刻了。她想象劳伦斯正回到家，在急躁地找她，柯多扎太太正把头巾系在头上，对他说夫人似乎很早之前就去购物了。也许再过半个小时，他就会取消餐会，那时她可能就已经在站台上了。

我来了，安东尼，她无声地告诉他，她脑中腾升起许多彩色的小泡泡，也许是兴奋的，也许是害怕的，也许两者兼而有之。

月台边无止境移动的人流干扰着他的视线。他们在他前方涌动，彼此间相互挥手，进进退退，以至于他也搞不清自己在看什么。安东尼站在一张钢椅旁，箱子放在脚边，第一千次地看了一下表。快七点了。如果她会来，到现在肯定应该到了。

他抬头看着公告牌，然后看了看可能会带他去希斯罗的火车。镇定，小子，他告诉自己，她会来的。

“您乘七点一刻的那一班吗，先生？”列车员正站在他身旁说，“火车马上就要开了，先生。如果您要坐这一班，请赶紧上车。”

“**我在等人。**”他沿着月台看向检票闸。一个老妇人站在那里，到处翻寻一张丢失了有一阵的车票。她摇了摇头，暗示这不是她第一次发现她包里不见了重要的东西。两个搬运工在聊天。没有其他人通过。

“**火车不等人，先生**。下一班是九点四十五的了。”

他开始在两张钢椅间踱步，试图不要再去看表。他想起在阿尔伯特俱乐部的那一晚，当她说爱他时她的脸。其中没有狡诈，只有真诚。她绝不是个说谎的人。他不敢去想每天早上在她身边醒来，被她爱着的得意欣然，以及那种回爱她的自由感。

这就像某种赌博，他给她的信，那里面的最后通牒，可是那一夜他承认她是对的：他们不能再像以前那样继续了。他们之间的感情所携带的力量会导致某种毒药般的东西。他们会因为无法心想事成而对彼此厌恶。如果最糟糕的事情发生了，他告诉自己，一遍又一遍，起码他可以表现得光荣而体面。可是某种程度上他不相信最糟糕的事会发生。她会来的。关于她的一切都告诉他，她会来。

他再一次看了一眼手表，用手指挠着头发，他的目光向出现在检票闸的为数寥寥的几个乘客看去。

“这对你来说会是一场不错的变动。”唐告诉过他，“让你远离麻烦。”他也曾经好奇过他的编辑是否会因为让他去了世界上的另一个地方而感到欣慰。**可能是的**。他回答自己，当一群忙碌的生意人推挤过他，登上火车时，他让到一边。**我还有十五分钟去验证那会不会是真的**。

简直不敢相信。她一到新凯文迪什大街之后不久就开始下雨了，天空开始变成一种泥泞般的橘黄，然后就黑下来了。似乎有某种无声的指示，让每辆出租车都客满。她见到的每一辆黑色的车顶上，那黄光都是熄灭的，车里总是坐着影迹模糊的行人，正驶向他们需要去的地方。她不停地招手。**你们难道意识不到这有多紧急吗？**她想对他们大吼。**我的人生就依靠这一趟旅行了。**

大雨如注，形成一道道帘幕，仿若热带风暴。她四周的伞花一朵朵绽放，她站在路石上，不停地把重心从一只脚移到另一只脚，身上还不免挨着伞尖的戳刺。她淋湿了，可能要湿透了。当她表上的分针接近七点时，那种模糊的激动已经变成了一种莫名的恐惧。她不可能准时到那里了。此刻的每一分钟劳伦斯都会在寻找她。她不可能靠走路去车站，哪怕扔掉箱子。

焦虑如涨潮般侵袭着她，车流经过时无心地溅起一大片一大片的水，甩过人们的腿。正当此时她看见了那个穿红色衬衫的男人，她有了主意。她开始跑，推开挡着她道的人们，一度不去在乎她给别人留下的印象。她沿着熟悉的街道跑，直到发现她正在找的那个地方。她把箱子放在台阶顶部，跑下去，长发飞扬，跑入暗黑的俱乐部里。

费洛浦正站在吧台前，擦着玻璃杯。没有其他人在，除了雪莉，那个衣帽间女孩。这两个人在一种令人窒息的沉寂中目瞪口呆，只有低沉的背景音乐旁若无人地响着。

"他不在这儿，女士。"费洛浦甚至都没有抬头。

"我知道。"她上气不接下气，都快说不出话来了，"可是这非常非常重要。你有车吗？"

他看她的目光不够友好，"可能有。"

"你可不可以带我去车站？去帕丁顿站？"

"你希望我用车带你？"他接过她的湿衣服，她湿漉漉的头发贴在头上。

"是的。是的！我只有十五分钟了。求求你。"

他琢磨着她。她注意到有一大杯剩了一半的苏格兰威士忌放在她面前。

"求求你！如果不是非常重要，我不会请求你的。"她倾身向前，"我要去见托尼。瞧啊，我有钱——"她在口袋里翻找着钞票。它们被掏出来的时候都是湿的。他从身后的一扇门里掏出一串钥匙，"我不要你的钱。"

"谢谢，哦，谢谢。"她急促地说，"快点。我们的时间不到十五分钟了。"

他的车停放在要走一小段路的地方，等他们到了那儿，他自己也淋湿了。他没有给她开车门，她扭住门把手自己打开，咕哝着把她湿乎乎的箱子扔在后座上。“求你，开车吧！”她说，拂去粘在脸上的刘海，可是他在驾驶座上一动不动，显然是在思考。哦，天哪，求你别是醉了，她无声地对他诉说。求你别现在告诉我你不能开车，你的车没汽油了，你改变主意了。“求你了，没多少时间了。”她试图保持声音中的悲痛。

“司特灵夫人，在我载你之前，容我说几句可以吗？”

“嗯？”

“我需要知道……托尼，他是一个好人，可是……”

“我知道他结过婚，我知道他有一个儿子，我全部都知道。”她不耐烦地说。

“他比他承认的更脆弱。”

“什么？”

“不要让他心碎。我从没见他这样对一个女人过。如果你还不确定，如果你甚至觉得还有机会回到你丈夫身边，就不要再去跟他见面。”

雨打到小车的车顶上。她伸出一只手，放在他胳膊上说：“我不是……我不是你想的那种人。真的。”

他看向她的一边。

“我——只是想跟他在一起，我为他放弃了一切。只因为他，只因为他是安东尼。”她说，而自己的这番话想让她大笑，带着害怕和焦虑，“现在走啊，求你了！”

“好吧。”他说，发动汽车，轮胎尖啸着。“去哪儿？”他把车头对准伊斯顿路，猛拍按钮，好让雨刷正常运转。她远远地想着柯多扎太太的窗户，被冲洗着，直到它们闪闪发亮，然后从信封里抽出了那封信。

我最亲爱的唯一的爱：

我说的是真的。我已经确信，前进的唯一方式就是我们中得有一个人去大胆决定。

我要去接受这份工作。我会在星期五晚上七点十五，站在帕丁顿站4号站台……

“四号站台。”她大吼道，“我们只有十一分钟了。你认为我们会——”

第二部
Part 2

不欢迎，勿来。

男性致女性（战时新娘），经由电报

第十二章　黑发男人

1964·夏

护士沿着病房缓缓走动着，推着一辆推车，车里整齐地放着一排排纸杯，纸杯里装着浅色的药丸。16C床的女人喃喃着："哦，上帝，别再……"

"别大惊小怪，对吗？"护士把一大杯水放在床头桌上。

"如果我再吃这些东西，我就要抓狂了。"

"是的，可是我们现在已经把血压降下来了，难道不是吗？"

"有吗？我都没有意识到它们这么有效果……"珍妮弗坐在床边的椅子上，把杯子举起来，端给伊冯娜·芒克里夫斯，后者膨大的腹部隆起，像一个穹顶，上面盖着毯子，有点突兀，跟她身体的其他部分相比显得特别突出。

伊冯娜叹息了。她把药丸抓着放入嘴里，顺从地吞下，然后讽刺般地对着年轻的护士微笑，后者在产科病房里挪步走向下一位产妇。"珍妮，亲爱的，帮我安排一次突袭，从这儿出去吧。我不认为我还能再忍受这里的一晚。这哀伤的、呻吟的——你不会相信的。"

"我以为弗朗西斯会把你安排进私人病房呢。"

"才不呢，他们认为我会在这里待上好几个星期。你知道他对钱多么精打细算。'有什么意义呢，亲爱的？我们在大病房里一样可以受到完美的照顾啊，还是免费的。而且你还有其他女士可以聊天。'"她嗤之以鼻，侧过头去示意邻床一个胖大的、满脸雀斑的女人。"是的，因为我跟那边的丽罗·李尔有太多共同话题了。十三个孩子！十三个！我已经为我们在四年里有了三个孩子觉得够糟糕的了。可是，天哪，跟她比，我真算业余了。”

“我又给你带了些杂志。”珍妮弗把杂志从包里拿出来。

“哦，《时尚》。你真体贴，可是我要请你把那一本拿走。我还要过好几个月才能穿得进去那里面登载的任何一件衣服呢，这只会让我哭。我已经预订了一件新的紧身衣，就在这个小东西生下来之后的第二天会被送来……告诉我一些有意思的东西吧。”

“哦……挺无聊的。今晚在某大使馆有酒会。我情愿待在家里，可是拉瑞坚持我得跟他一起去。纽约开了一些会，关于人们会因石棉而生病的事。他想去酒会上告诉他们他认为这个叫作塞利科夫的人，当事者，是一个麻烦制造者。”

“可是鸡尾酒，漂亮的衣裙……”

“实际上，我更期待缩在沙发上看《复仇者》。天太热了，根本懒得打扮。”

“啊。瞧你说的。我感到我已经被这里我自己的小火炉绊住了。”她拍了拍她的肚子，“哦！我知道我有些事要告诉你。玛丽·奥丁昨天来过了。她告诉我凯瑟琳和汤米·休斯顿已经同意离婚了。你从没猜想过他们在干什么？”

珍妮弗摇了摇头。

“一桩酒店离婚。显然他是乐意‘被捉奸’，所以可以当场得到自由，免去了通常情况下的各种纠缠。可这事还没完呢。”

“没有吗？”

“玛丽说那个同意跟他一起被拍照的女人实际上是他的情妇，就是她写的那些信。可怜的老凯瑟琳还以为他是在花钱雇人这么做的呢。她已经把其中一封情书当作证据了。很明显他告诉凯瑟琳说他让一位朋友写了那封信，让它显得真实可信。这是不是你听说过的最糟糕的事？”

“简直可怕。”

“我在祈求凯瑟琳别来看我。我知道我也会跟她走上同样的路。可怜的女人。所有人都知道，就她自己不知道。”珍妮弗拾起一本杂志随意翻着，给伊冯娜介绍菜谱、服装式样什么的。她意识到她的朋友并没有在听。“你还好吗？”她把一只手放在床罩上，“要我做点什么吗？”

"帮我盯着点，行吗？"伊冯娜的声音很平静，可是她肿胀的手指在不停地敲着床单。

"你什么意思？"

"弗朗西斯。帮我盯着点那些不期而至的访客，女性访客。"她把脸决绝地转向窗口。

"哦，我肯定弗朗西斯——"

"珍妮，为了我，求你了！"

一阵短暂的沉默。珍妮弗发现了她裙摆上的一根线头，"当然可以。"

"无论如何。"伊冯娜转变了话题，"让我知道你今天晚上会穿什么。正如我说，我就是等不及穿回文明服装了。你知道我的脚大了两个号码吗？再这样下去，我就会穿着威灵顿靴[①]离开这儿了。"

珍妮弗站起身来去拿她的包，之前她把它挂在椅背上，"我差点忘了，薇欧丽特说她喝完茶后会来这儿。"

"哦，主啊，关于小弗雷德里克可怕的便便问题有更多更新了。"

"明天我要是能来我就来。"

"玩得愉快，亲爱的。我情愿用一切去换取待在鸡尾酒会上的时光，也不愿意陷在这里听薇欧丽特唠唠叨叨。"伊冯娜叹息道，"走之前把那本《女王》递给我好吗？你觉得让娜·辛普顿的发型怎么样？它跟你去梅奇·巴顿-休谟家参加那次灾难般的晚宴时的发型有点像。"

珍妮弗踏入浴室，在身后锁上了门，任凭晨衣落到她脚边。她已经摆出了今晚她要穿的衣服：一件生丝的无袖长裙，汤匙领，暗紫红色，配一条丝绸披肩。她会别上头发，戴上劳伦斯为她三十岁生日买的红宝石耳环。他抱怨说她很少戴它们。在他的观点看来，如果他为她花了钱，她就起码应该演示一番他的投入，

① 一种式样简单的无反折的直筒靴。滑铁卢战役时由英国的威灵顿公爵倡导。后世成为一种服饰潮流。

算是一个回赠。

那些搞定之后，她会泡个澡，长时间地浸泡，顺便涂涂她的手指甲。然后她会穿戴好，等劳伦斯回家时，她也即将化好妆。她关上龙头，看着药橱镜子里自己的倒影，当镜子被蒸汽熏模糊时擦了擦镜面。她盯着镜子里的自己，直到镜面再次变得模糊。然后她打开药橱，在最上一层架子的棕色瓶子间查找，终于找到了她所需的。她吞下了两片安定，用漱口杯装水把它们咽了下去。她看了看戊巴比妥，可是如果她决定喝酒，那东西还是别吃最好，而她肯定会喝酒的。她躺进浴缸里，此时听到前门的关门声，那意味着柯多扎太太从公园里回来了。她滑入了舒适的热水中……

劳伦斯打电话过来，说他可能会再次迟到。她坐在车后部，司机埃里克在抱怨着天热和干燥的街道，直到他们到达她丈夫的办公室外才止住，“您可以在车里等吗，司特灵夫人？”

“可以啊，谢谢。”她注视着那个年轻人轻快地迈上台阶，消失在门厅里。她再也不介意走进她丈夫的办公室了。在他的坚持下，她惊艳亮相于聚会上，希望员工们能有一个快乐的圣诞节，可是这个地方却让她不自在。他的秘书用一种好奇的不屑看待她，似乎她以前误会过那位秘书。可能她的确有过吧。但这些日子以来，已经很难说她做错了什么。

门开了，劳伦斯走了出来，穿着黑灰色的格子呢，司机跟在他后头。尽管温度已是华氏七十多度，劳伦斯·司特灵还会穿他认为得体的服装。他觉得男人们的穿衣新潮流是不可理喻的。

“啊。你来了。”他轻松地坐入她旁边的座位，跟他一起进来的是一团温暖的空气。

“是的。”

“家里一切还好吗？”

“一切都很好。”

“那个男孩打过电话叫人去洗台阶吗？”

“刚好在你走后。”

“我想在六点下班的——该死的美国电话。它们总是比它们说的时间晚到。”

她点点头。她知道她不需要回答。他们驶入了傍晚的车流中。穿过玛丽波恩路，她可以在脑海中描绘出摄政公园里的绿色幻景，她注视着女孩子们懒洋洋地走向它，她们成群结队地在闪亮的人行道上谈笑，偶尔停下招呼彼此。就在最近她感到老了，端着已婚妇女的矜持稳重，面对着这些不戴束胸的可爱的小鸟们穿着她们又短又生硬的裙子，化着她们大胆的妆。她们看起来并不在乎其他人怎么想她们。在她和她们之间可能只有十岁的差距，珍妮弗想，可是她却和她母亲那一代更为贴近。

“哦，你穿了**这条**裙子啊。”他的声音里装满不赞同。

“我没有意识到你不喜欢。”

“无论如何，我对它没有太多感觉。我只是以为你会想要穿那些让你……不那么瘦骨嶙峋的衣服。”永不会结束。哪怕她以为她已经把自己的心盖上了一层陶瓷外壳，他还是有办法去捣碎它。

她吞咽了一下，“瘦骨嶙峋。谢谢。既然都穿了，我不认为我现在还能怎么去修饰。”

“不要大惊小怪。可是你可以更仔细地想想如何体现你自己。”他随意地转向她，“而且你可能想要用更多的东西在你脸上的这里，管他是什么。”他指着她眼下，“你看起来非常疲惫。”他靠回自己的座位，点燃一根雪茄。“好吧，埃里克，全速前进——我想七点赶到那里。”汽车喷出一团顺从的烟，向前猛冲。珍妮弗盯着车外忙碌的街道，什么也没说。

亲切。性情平和。冷静。这些词句是她的朋友、劳伦斯的朋友和生意伙伴用来形容她的。司特灵夫人，女性美德的典范，永远把各种优点完美地结合，从不轻易激动，从不像其他人的妻子们那样歇斯底里地尖叫。她们与她相比或多或少地欠缺什么。偶尔，如果劳伦斯听到这样的议论，会说：“完美的妻子？但愿他们知道，啊，亲爱的？”他旁边的男人们会恰如其分地笑出来，她也会微笑。那些傍晚总是结束得非常尴尬。偶尔，当她在劳伦斯说出某个尖锐的评论之后捕捉到在伊冯娜和弗朗西斯之间传来传去的眼色，或是比尔的脸红，她会怀疑他们的关系可能其实已成为别人私下里揣测的对象。可是没人让她难堪。毕竟，一个男人的家庭生活是隐私的。他们是好朋友，关系太好，不容侵犯。

“这就是可爱的司特灵夫人了，您看上去真是美丽大方啊。”南非大使专员握住她的手，吻了吻她的面颊。

“没有太瘦骨嶙峋吗？”她天真地问。

“什么？”

“没什么。”她微笑着说，“你看起来棒极了，塞巴斯蒂安。结婚显然对你有好处。”劳伦斯拍了拍这位年轻人的背，“不顾我所有的警告，嗯？”两个男人笑了，塞巴斯蒂安·索恩，带着真正门当户对的荣光，骄傲地微笑道：“宝琳在那儿，如果你愿意去打个招呼，珍妮弗。我知道她一直期待着见你。”

“我会的。”她说，充满对于这么早就可以退出的感激，“那就请见谅了。”

自从事故以来，已经过去四年了。四年里，珍妮弗同悲伤和罪恶感斗争着，对她只能回忆起一半的情事而怅恨，而且痛苦地一直企图拯救她的婚姻。在极少的一些场合里，当她任自己的思绪在那些事上翩飞，她觉得在她第一次发现那些信件之后，某种疯狂一定会把她吞没。她记得她躁狂的努力，要揭开布特的身份，她对瑞吉的误认和鲁莽的追求，而且觉得似乎那些事已经发生在别人身上。她此刻已不能想象那般的热情，她不能想象那种急切的渴求。长时间以来，她一直在悔罪。她已经背叛过劳伦斯，她唯一的希望就是弥补他。他倒不指望她能怎样。她让自己尽心尽意地去完成弥补之责，驱逐掉所有其他念头。那些信还留着，已经被长久安放在一个鞋盒里，藏在她的衣橱的后部。

她希望她那时就已经知道劳伦斯的愤怒会是这样刻薄、令人难挨。她请求过理解，请求再给她一次机会，可是他却带着一种故意作对的愉悦提醒她她冒犯他的所有方式。他不停地提到她的背叛——毕竟，那样暗示着他的某种失控，她现在明白劳伦斯乐意被人家看到他能完全掌控他自己的生活——可是他让她知道她的失败，日复一日，用无穷的方式。她穿衣的方式，她理家的方式。她没有能力让他高兴。有些时日，她会怀疑，她要一直在她的余生里付出代价。

在过去的一年左右，他较少动怒了。她怀疑他有了一位情妇。如果是那样，她倒不会困扰；实际上，她还感到欣慰。他对她的要求也减少了，也不那么具有惩罚性。他的挖苦似乎也变得越发仓促、程式化，就像一种他懒得去打破的习惯一样。药丸起了作用，哈格里夫斯先生说过它们会有效的。如果它们让她觉得异样地单调平庸，她觉得这可能就是值得付出的代价。是的，正如劳伦斯经常指出的，她可以是沉闷的。是的，她可能再也不会在餐桌旁光彩闪耀，可是这些药丸也意味着不会再在不恰当的时刻哭泣，或是要挣扎着起床。她再也不会害怕他的心情，当他晚上来到她身边时也不再计较那么多。最重要的是，她再也不会因她所失去的和所要承担的责任而痛苦煎熬了。

不。珍妮弗·司特灵以一种庄严的做派穿行于她的日常生活，她的发型和妆容完美无瑕，脸上呈现着可爱的笑容。优雅的、性情平和的珍妮弗，会举办最好的餐会派对，打理一个美丽的家，认识所有最好的人。她是一个男人维持自己地位需要的完美妻子。也有赔偿，她已经被允许给予。

“我真的喜欢拥有我们自己的家。你和司特灵先生结婚的时候难道没有这么想吗？”

“我不记得了，太久远了。”她看了一眼劳伦斯，他正同塞巴斯蒂安说话，当他喷出雪茄的烟圈时还捂住了自己的嘴。风扇在头顶慵懒地转着，他们旁边，站着一排珠光宝气的女人，偶尔用上等细麻布手帕轻拍她们的脖子。

宝琳·索恩掏出一个小钱夹，里头有他们家新房子的照片，“我们在添置现代家具。塞巴斯蒂安说我想要怎么做都行。”

珍妮弗想起她自己家的房子，厚重的桃花心木家具，自命不凡的装饰。她羡慕照片中那些洁净的白色椅子，那么光洁，仿如蛋壳，以及那些浅色的小地毯，还有墙上的现代艺术。劳伦斯相信他的房子应该体现他自己。他的房子是庄严的，充满历史感。看着这些照片，珍妮弗意识到在她看来，劳伦斯的房子虽然壮观，却浮夸，毫不令人感动，沉闷窒息。她提醒自己不要不友善。**许多人都喜欢住在她家那样的房子里。**

“它会被登在下月的《你的家》杂志上。塞伯的母亲绝对会讨厌它，她说每次她踏入我们的起居室，都觉得会有外星人来绑架她。”女孩大笑，珍妮弗也微笑了，“当我说我可能会把某间卧室改造成婴儿室的时候，她看见余下的那些装饰，说我可能会从一个塑料蛋里掉出一个孩子来。”

“你想要孩子吗？”

“现在还不想。几年内都不会想……”她把一只手放在珍妮弗的手臂上，“我希望你不要介意我告诉你，可是我们刚刚度完蜜月。我母亲在我出嫁前跟我很郑重地说，你知道——我必须一切遵从塞伯，必须怎样怎样做，而且这样做会怎么‘稍稍不愉快’。”

珍妮弗眨了眨眼。

“她真的认为我会痛苦。可是完全不是那样的，对吗？”

珍妮弗喝了一口她的酒。

“哦，我是不是太轻率了？”

“一点都不。”她礼貌地说。她怀疑她自己的脸可能变成了吓人的苍白。“你还要喝一杯吗，宝琳？”当她可以再度说话时，她说，“我真的相信我的杯子已经空了。”

她在女更衣室坐下，打开手袋，旋开小小的棕色瓶子，又吃下一片安定。只一片，可能待会儿还会再喝一杯酒。她坐在马桶座上，等着自己的心跳恢复正常，又打开她的粉盒为鼻子上补粉，尽管她的鼻子并不需要补粉。当她走开的时候宝琳看起来几乎是受伤了，似乎她的自信被她断然拒绝了。宝琳有些女孩子气，因为被允许进入这崭新的成人世界而悸动欣悦。

她对劳伦斯有过那样的感觉吗？她无聊地想。有时她把他们的婚礼照片放在门厅里，那照片就像在看着陌生人。大多数时间里她都试着忽视它。如果她脑子不对劲——劳伦斯说她经常如此——她真的会对那个信任人、大睁着眼睛的女孩大吼，告诉她千万不要结婚。现在有许多女人都不结婚。她们有职业，有自己的钱，而且不必被迫谨言慎行以免冒犯到某位领袖般意见的男人。

她试图不去想象十年后的宝琳，彼时塞巴斯蒂安早忘记了自己当初的甜言蜜语，对工作、孩子的需求，对钱的担忧，或是居家过日子的乏味琐碎熄灭了宝琳的光辉。她一定不可以这么乖顺。让那个女孩过她自己的日子去吧，她的人生故事也许会发展得完全不同呢。她深吸一口气，补了一点唇膏。

当她回到派对上，劳伦斯已经换到了另一群人中间。她站在门道里，看着他弯腰对一位她不认识的年轻女士致意。他正在专注地听她说话，一边点头。她又说了，所有的男人都笑了。劳伦斯把嘴对着她的耳朵，呢喃了些什么，那女人点头，微笑。她可能会认为他迷人得要命，珍妮弗想。

现在是十点差一刻。她想离开，可是她知道不能逼迫她丈夫。当他准备好了，他们自然会离开。侍者正往大厅里端着东西。他端着一个银托盘，托盘上是一杯杯的香槟酒。“太太？”家似乎突然间遥不可及。“谢谢。”她说，从他那里拿了一杯。

正当此时她看见了他，半掩藏在几盆盆栽棕榈树后。她起初是心不在焉地看，她脑海中某个遥远的部分注意到她曾经认识某人，那人的头发接触到领子的方式跟这个男人一样。曾有一段时光——也许是一年甚至更久以前——她处处都能见到他，一个魅影。每当见到其他男人，她都仿佛见到他的身躯、他的头发、他的笑。

他的同伴在狂笑，摇着脑袋，似乎在请求他不要再说下去。他们为彼此举杯。然后他转过身。

珍妮弗的心跳停止了。房间定格了，接着倾覆了。她没有觉察到玻璃杯从她手指间落下，只模糊地意识到撞击声在浩大的中厅里回荡，谈话中的一阵短暂的平静，一位侍者迈着轻快的脚步走向她，清理地上的东西。她听见劳伦斯在离她不远的地方说了些批评的话。她的脚像生了根，直到那位侍者搀住她的手臂，请她“退后，太太，请退后”。

房间里再次充满谈话声。音乐在继续。当她目不转睛，那个黑发的男人也看向她。

一条建议：下一次你跟一位单亲母亲纠缠在一起，不要等上几个月才去确定你会被介绍给她的孩子。

不要带孩子去踢足球，不要在比萨餐馆里玩快乐家庭游戏，不要说什么在一起有多有趣之类的话——然后矢口否认，因为，正如你告诉xxxx的，你永不确定你是否真的喜欢她。

女性致男性，经由明信片

第十三章　“我是往你那里去了啊！”

1964·夏

“我不知道。我以为你已经被那个世界给废掉了。你为什么想要赶紧回到那里去呢？”

“说来话长，而且我是这份工作最好的人选。”

“你在联合国做得不错。居高位是令人愉快的。”

“可是真正的故事只有回到刚果才有，唐，你知道的。”

除去已经发生了的地震般的改变，除去他被提升为执行编辑，唐·富兰克林的办公室以及他本人，在安东尼·奥哈尔离开英格兰后并没有改变多少。每一年安东尼都会回来看他的儿子，在新闻编辑室里出现，每一年办公室的窗户都会沾上更多尼古丁，堆成山、摇摇欲坠的新闻剪报会显得更加杂乱。“我喜欢它那样，”如果被问起，唐会说，“见鬼，为什么我要那些懒鬼给一个清晰的观点？”

可是唐堆满纸张的邋遢的办公室是一个异数。《国民报》在改变。它的版面更加大胆而明快，面对更年轻的读者。各个专题版块充斥着化妆技巧、关于最新音乐潮流的讨论、关于节育的学问，八卦专栏津津乐道于人们的婚外恋。在新闻办公室，置身卷起袖子的男人们之间，穿短裙的女孩们担任了复印员，经常成群结队地沿着走廊站立。当他经过的时候，她们会中断谈话，别有意味地看着他。伦敦女孩更大胆了。在这个城市里停留的时候，他已很少能够独自一人待着了。

“你跟我一样清楚，这里没有人有我那样的非洲经验。现在已经不仅是美国领事馆的工作人员被劫持做人质了，到处都有白人受害。那个国家不断地冒出恐怖传言——辛巴[1]领导人根本不在意造反者们在做什么。拜托，唐。你是在告诉我菲普斯更适合做这份工作，还是麦克唐纳？”

“我不知道，托尼。”

“相信我，美国人不喜欢他们的传教士，卡尔森，他现在成为一个讨价还价的筹码。”他倾身向前，“有消息说，援救行动即将展开……行动被命名为‘红龙’。”

“托尼，我不知道编辑想要立刻就派人去那儿。这些造反的人都是疯子。”

“谁跟他们的关系会比我更好？谁更了解刚果，了解联合国？我在那个养兔场干了四年，唐，该死的四年。你需要派我去战场。**我**需要被派去战场。”他可以看出唐的决心在动摇。安东尼置身新闻编辑室外的这些年带来的权威性，他饱经风霜的外表，都增加了他的要求的分量。四年来，他一直都忠实地报道着迷宫般复杂的联合国的政治变迁。

在第一年里，他什么事都不想，只是坚持早起，确保做好他的工作。而也是从那时起，他就一直在与那萦绕不去的信念而斗争着：真正的故事，甚至他的生命，正发生在离他所在的地方非常遥远的别处。现在的刚果，在卢蒙巴被暗杀后，正处在风雨飘摇的边缘，威胁说要发生内乱。它的蛊惑之词，曾经一度是遥远的哼唱，此时也变得紧迫。

“现在去战场已经是完全不同的游戏了。”唐说，“我不喜欢。我不确定我们是否应该把什么人放到乡野之地去，除非局势稳定一些。”

可是唐和安东尼一样清楚，这就是报道冲突的诅咒：它给予你鲜明的对与错；肾上腺素涌动，你被幽默、绝望和同志情谊所填满。它可能会耗尽你的精力，可是去过那里的任何人都会发现，重新体验居家的所谓世俗人生，无论怎样想使其精彩，都再也精彩不起来了。

每天上午安东尼都会打电话，查看报纸，寻找那些寥寥的报道，看它们有没

---

① 1964年，卢蒙巴的支持者在刚果东部起兵，被称为“辛巴（狮子）运动”。

有阐释清楚正在发生什么。会有大动静，他可以在自己的骨髓里感觉到它。他需要在那里，体验它，把它呈现在报纸上。已经四年了，他几乎死去了一半。他需要它来让他再次复活。

安东尼靠在桌上。“听着，费墨跟我说，编辑还尤其问到我。你想让他失望吗？”

唐又点燃了一根烟，“当然不。可是他不在这里啊，当你……”他把香烟在满溢的烟灰缸的边缘敲了敲。

“是那样吗？你怕我会再次崩溃？”

唐尴尬的嘿嘿笑已经告诉了他想知道的一切，“我多年来滴酒未沾。我不卷入是非。我还去打黄热病的预防针，如果你担心的话。”

“我正在考虑你，托尼。听着，太冒险了。你儿子怎样呢？”

“他不打紧。”一年两封信，如果他幸运的话。克莱丽莎只考虑菲利普，当然，对他来说不要被太多面对面的接触所打扰要更好些，“让我去三个月。到今年年底就结束。”

“我不知道……”

“我难道遗漏过任何一次截稿时刻吗？我难道没有给你们带来一些精彩的报道？看在上帝的分儿上，唐，你需要我去那里，去战场。报纸也需要我去那里。得是一个熟手去，得是一个有人脉的人去。想想看。”他用一只手循迹想象中的新闻标题，“‘我们在刚果被当作人质的同伴已得到拯救’。听着，成全我，唐，然后我们再谈。”

“你还是脚发痒，嗯？”

“我知道我应该待在那里。”

唐鼓起腮帮子，像一只人形的仓鼠，然后重重地呼出一口气，“好吧，我会去跟‘楼上的那个他’谈谈。我不能保证任何事——可是我会去跟他谈。”

“谢谢。”安东尼起身要离开。

“托尼。”

“什么？”

“你看起来挺好。”

“多谢。”

“我说真的。今晚想要喝一杯吗？你、我和一些老员工？广场上的米勒酒吧。我们可以来上几瓶啤酒，或是冰水、可口可乐，什么都行。”

“我说过我得去跟道格拉斯·加蒂纳办点事。”

“哦？”

“在南非大使馆。必须得跟那些人时刻保持联系。”

唐无奈地摇摇头说：“加蒂纳，嗯？告诉他我说的，他不能闭门造车写东西。”

谢莉尔，新闻部的秘书，正站在文件柜旁，在他经过她出去的时候对他眨了眨眼。她的确是对他眨了眼。安东尼·奥哈尔想知道，当他不在这儿的时候，是否这里发生的变化比他意识到的还要多。

“对你眨眼？托尼，小子，你真幸运，因为她没有把你拉进那该死的柜子里。”

“我只是离开了几年而已，道吉。这还是同一个国家吧。”

“不。”道格拉斯环视了一下房间。“不，不是了，老兄。伦敦现在是宇宙的中心。这里汇聚了所有正在发生的事情，老友。男女平等只是其中的一半。”

他不得不承认，道格拉斯说的是事实。甚至这个城市的外观也改变了：许多素净的街道、简洁优雅的建筑物大门和招牌都不见了，它们曾经代表了战后的物资匮乏。取而代之的是照明标记、名为“巴黎女孩”或“富豪一族”的妇女时装店、外国餐馆和一栋栋高楼。每一次他回到伦敦，都更加觉得自己是一个陌生人：熟悉的地标消失了，剩下的那些被英国电信塔或是其他未来主义之流的建筑所遮盖而难见影迹。他的旧公寓楼也被拆掉了，再次被立起的是某种残忍的现代派建筑。阿尔伯特爵士俱乐部如今成了某种摇滚组织的基地。甚至现在的服装都更加鲜艳了。老一代被包裹在棕色和深蓝色里，显得比他们实际的样子更加过时和无精打采。

“那么……你怀念在战场的生活了？”

“不。我们总有一天不得不把我们的钢盔扔下，不是吗？做这工作的女人们都更加漂亮，那是肯定的。纽约如何？你对约翰逊怎么看？”

“他没有肯尼迪家族的色彩，那是肯定的……那么，你现在做什么？在上流社会中为自己搭建人脉？”

“跟你离开时的情形不一样，托尼。他们不欢迎大使夫人，以及那些轻率的闲聊。现在流行明星——披头士和卡拉·布莱克[①]。流行不生育。社会专栏鼓吹的都是平等主义。”

摔碎玻璃杯的声音回荡在浩大的舞厅里。两个男人中止了谈话。

“天哪！有人喝多了。”道格拉斯观察到，“有些事没变。女人们依然不胜酒力。”

“好吧，我有一种感觉，报社的某些女孩子喝酒比我豪爽多了。”安东尼假装战栗。

“你还是不碰烈酒吗？”

“到现在为止，有三年多了。”

“你坚持不了多久的，难道不怀念吗？”

“每一天。”

道格拉斯已经止住笑，目光掠过他。安东尼看过他的肩，“你需要去跟什么人谈谈？”他侧过身，方便他人通过。

“不。”道格拉斯斜着眼看，“我以为有人在盯着我看。但我想那人看的是你。她是你的熟人吗？”

安东尼转过身——他的大脑立刻变得空白，仿佛被一记重锤猛砸了一般。她当然会在这里。他努力不要去想的那个人，他希望永远不要再见到的那个人。他才来英国不到一个星期，而她就在这里，在他第一个出来参加聚会的晚上。他痴迷地注视着那深红色的衣裙，那将她与屋子里其他女人区分开的近乎完美的仪

① Cilla Black，英国的一位流行歌手和电台名人。卡拉·布莱克在流行音乐界占据着相当特殊的地位。在英国流行潮盛行时期，她作为第一个也是唯一一个来自利物浦的女性表演者，在经纪人Epstein和著名制作人George Martin的协力打造下，成为20世纪六七十年代最受欢迎的流行歌手。

态。当他们的目光相遇时，她似乎在摇晃。

“不。她应该不是在看你。”道格拉斯评论道，“瞧，她是在朝阳台去。我知道她是谁。她是……”他打了一个响指，“司特灵，那是司特灵的太太。石棉大亨司特灵。”他昂起头，“介意我们走过去吗？可以写一篇文章了。几年前她是一位出名的社交名媛。他们可能会插入关于埃尔维斯·普雷斯利[①]的报道以替代，可是你永远不会知道……”

安东尼的喉咙哽住了。“当然。”他顿了顿衣领，深吸一口气，跟随着他的朋友穿过人群，朝阳台走去。

“司特灵夫人。”她正在看着下方忙碌的伦敦街道，背对着他。她的头发如雕像般做成光泽的浪卷，脖子上挂着红宝石。她缓缓地转身，一只手捂住了嘴。

该发生的总会发生，他告诉自己。也许像这样看见她，遇见她，意味着他终于可以把这段情放下了。即使他脑中有此念，他也不知道该对她说什么。他们是不是该来点礼貌的社交寒暄？也许她会说声抱歉，然后直接走过他。她对发生过的事感到困窘吗？罪恶感？她爱上了别人吗？他的思绪在狂野驰骋。道格拉斯对她伸出手，她握住了，可是她的目光却定格在安东尼脸上。她的脸上一阵红一阵白。

“司特灵夫人，道格拉斯·加蒂纳，《快报》。我相信我们在阿斯科特赛马会上见过，在夏天的时候。”

“哦，是啊。”她说。她的声音在颤抖。“对不起。”她低声说，“我——我——”

“我说，你还好吗？你看起来脸色非常苍白。”

“我……实际上我觉得有点晕。”

“你想让我去叫你先生吗？”道格拉斯扶住她的肘。

“不！”她说，“不。”她吸了一口气，“既然你这么好意，就给我一杯水吧。”

道格拉斯迅速瞟了他一眼。**我们在这里做什么？**“托尼……你陪司特灵夫

---

① Elvis Presley，即“猫王”，美国摇滚史上影响力最大的歌手。

人一分钟，行吗？我马上就回来。”道格拉斯踏入派对中，门在他身后被关上，将音乐声隔断，阳台上只剩下他们两个人。她睁大眼睛，充满恐惧。她似乎不能说话。

“有这么糟糕吗？我的意思是，看见我？”他的声音中浅露锋芒——他忍不住。她眨了眨眼，看向别处，又看回他，似乎在检测他是否真的在这儿。

“珍妮弗？你想要我离开吗？我很抱歉，我不该打扰你的。是因为道吉——”

“他们说——他们说你，已经，死了。”她结结巴巴，词句像是从喉咙里磕出来的。

“死了？”

“在车祸中。”她在流汗，她的脸色苍白。他突然想知道，她是不是马上就要晕过去。他向前一步把她领到阳台的平台上，脱下外套，让她坐在上头。她用手抱着头，发出一声低吟：“你不可能在这儿。”似乎她是在对自己说话。

“什么？我不明白。”他好奇她是否已经神志不清醒了。她抬头看他，“我们当时在车里。发生一场车祸……不可能是你，不可能。”她的目光看向他的手，似乎她有些期待它们蒸发掉。

“一场车祸？”他跪在她旁边，“珍妮弗，我最后一次见你是在一个俱乐部里，不是在汽车里。”她猛烈地摇头，显然无法理解。

“我给你写过一封信——”

“是的。”

“——请求你跟我一起走。”

她点头。

“于是我在火车站等。你没有出现。我以为你反对跟我走。之后我接到了你的信，转寄给我的，你在信里重复表达了你的观点——你是已婚者。”他可以平静地说出这些，似乎那时如同他等的是一位老朋友一样，再也没什么重要性。似乎四年来她的缺席并没有影响到他的生活、他的快乐。

“可是我是往你那里去了啊。”

他们盯着彼此。她又开始用手捂住脸，肩膀在颤抖。他站起身，看向她身后光彩闪耀的舞厅，将一只手搭在她肩上。她退缩了，似乎受伤了。他注意到了她通过衣裙显示出来的背部的轮廓，屏住了呼吸。他无法清晰地思考了。他完全不能思考了。

“一直以来，”她看着他，泪水盈盈，“一直以来……你其实活着。”

“我猜想……你只是不想跟我一起走。”

“看吧！”她拉起袖子，显出刻在她手臂上的锯齿状的凸起银线。“我失去了记忆，有好几个月。到现在我还不怎么记得那段时间的事。他告诉我你死了，他告诉我——”

“可是你没有在报纸上看见过我的名字吗？我几乎每天都会在上面发表文章。”

“我不看报纸。我为什么要看？”她所说的所有细枝末节开始沉淀，安东尼觉得有点站立不稳。她把头转向落地长窗，它们被蒸汽弄得有些模糊了。她用手擦了擦眼睛。他递上他的手帕，她谨慎地接过，似乎她依然在害怕接触到他的皮肤。

“我不能待在这里。”她终于恢复了镇定。睫毛膏在她眼下留下了一道黑色的污迹，他抑制住要帮她擦去的冲动。“他会奇怪我在哪里。”她的眼睛周围出现了新的压力纹；她的皮肤不再润泽光洁，而呈现出缺乏水分的紧绷。她褪去了女孩的娇俏天真，如今充满涵养。他忍不住一直盯着她看。**“我要怎样才能跟你取得联系？”**他问。

“你不能。”她摇了摇头，似乎认为这么摇晃就能把思绪理清。

“我住在丽晶酒店。”他说，“明天打电话给我。”他把手伸进口袋，拿出一张名片，草草写下号码。她接过它，端凝着，似乎要将名片上的细节铭刻入记忆。

“给你。”道格拉斯出现在他们之间。他端过来一杯水，“你丈夫正在门里跟人谈话。如果你需要，我可以去叫他来。”

“不——不，我挺好的。”她从玻璃杯里喝了一口。“非常感谢。我必须走了，安东尼。”她叫他的名字，安东尼。他意识到他在微笑。她就在这里，离他咫尺之遥。她爱过他，为他悲伤过，那天晚上她试过去见他。于是，似乎这四年来他的苦痛已经烟消云散了。

“那么，你们二位彼此认识吗？”仿佛来自远方，安东尼听见道格拉斯说话，看见他在朝门做手势。珍妮弗喝着水，她的目光没有离开他的脸。他知道在接下来的几个小时里他会诅咒上帝将他们的生活从彼此间飞速拉开的这番玩笑，他为他们失落的时光而悲伤。可是要说此刻，他只觉得一种正在膨胀着的欢乐，因为他以为永远遗失了的东西又回到他身边了。

到她该走的时间了。她站起身，整了整头发，“我看上去……还好吧？”

“你看上去——”

“你看上去棒极了，司特灵夫人。一如既往。”道格拉斯打开了门。

一抹那么淡的微笑，安东尼看见了其中的心碎。当她经过他，她伸出一只纤小的手，碰了碰他的肘上。然后她走进了人潮涌动的舞厅中。门在她身后关上的时候，道格拉斯扬了扬眉毛。“别告诉我，”他说，“这是你的又一个爱情俘虏？你这个老狐狸。你总能得到你想要的。”安东尼的目光依然停在门上。“不。”他静静地说，“我没那么神通。”

珍妮弗在回家的短暂车途中一直沉默。劳伦斯搭载了一位她不认识的商业同伴，这意味着当男人们聊天的时候她只有静静坐着。

“当然，皮普·马钱特又在玩他的老把戏了，他的所有资本都系在一个项目上。”

“他是财富的抵押品。他父亲也一样。”

“我期望如果你回溯那棵家族树够远的话，能找到南海泡沫①。”

---

① 南海泡沫事件（South Sea Bubble）是英国在1720年春天到秋天之间发生的一次经济泡沫，“经济泡沫”一语即源于南海泡沫事件。事件起因源于南海公司（South Sea Company），南海公司在1711年西班牙王位继承战争仍然进行时创立，它表面上是一间专营英国与南美洲等地贸易的特许公司，但实际上是一所协助政府融资的私人机构，分担政府因战争而欠下的债务。南海公司在夸大业务前景及进行舞弊的情况下被外界看好，到1720年，南海公司更透过贿赂政府，向国会推出以南海股票换取国债的计划，促使南海公司股票大受追捧，股价由原本1720年年初约一百二十英镑急升至同年7月的一千英镑以上，全民疯狂炒股。然而，市场上随即出现不少“泡沫公司”浑水摸鱼，试图趁南海股价上升的同时分一杯羹。为规管这些不法公司的出现，国会在6月通过《泡沫法案》，炒股热潮随之减退，并连带触发南海公司股价急挫，至9月暴跌回一百九十英镑以下的水平，不少人血本无归。

“我想你会找到好几个的！全都填满了热空气[①]。”

大黑车的内部充满厚重的烟味。劳伦斯喋喋不休，固执己见，当他被生意人包围或是喝了许多威士忌时就会这样。她难于招架这种新知识，几乎听不懂他们说的。汽车轻快地行驶着，她看向外面宁静的街道，看见的不是周遭环境的美丽，不是偶尔出现的赶路的行人，而是安东尼的脸。他的棕色眼睛，当它们凝视着她的眼睛时；他的脸多了些皱纹，可也许更帅气了，更安恬了。她依然可以感觉到他的手放在她背后的暖度。

我要怎样才能跟你取得联系？

活着，过去的这四年。生活着，呼吸着，啜饮着一杯杯咖啡，打着字。活着。她本可以写信给他，对他倾诉。去他身边。她咽了一口唾沫，试图抑制住在她心中跃跃欲出的诸般情绪。得有一段时间来处理导致如今这局面的一切因素，导致她此刻在这里，在这辆车里，同一个甚至认为不再有必要承认她在场的男人在一起。不能这样。她的血在身体里沸腾。活着，它们在叫喊。

车子在上维波乐街停下。马丁钻出驾驶座，打开了乘客门。那位生意人下车，对他的雪茄喷了一口烟圈。“有劳你了，拉瑞。你这个星期去俱乐部吗？我请你吃饭。”

“我非常期待。”那个人迈着重重的步子走向他的前门，门开着，似乎有人在等他。劳伦斯注视着他的同伴消失在门里，然后转回来面向前方。“请回家，埃里克。”他坐回座位。

她感到他在看她。“你非常安静嘛。”他总是能让这话听起来不像是赞同。

“是吗？我不认为我有什么必要加入你们的谈资。”

“是的。好吧。总的来说，今晚不坏。”他靠在椅背上，对自己点头道。

“的确。”她静静地说，“今晚真的不坏。”

---

① hot air，也意指“空话”“夸夸其谈”。

抱歉，可是我必须跟你分手。不要觉得伤心，这不是你的错。大卫说过如果行，他想要离开。可是不要伤心，因为我还是必须见到你。

男性致女性，经由短信

第十四章 “我以为你死了。”

1964·夏

你的酒店，正午。珍。

安东尼盯着信，简单的排列，字里行间。

“有人今天早上送过来的。”谢莉尔，新闻秘书，站在他面前，食指和中指间夹着一支铅笔。她短而特立独行的金发如此厚重，以至于他好奇她是不是戴了一顶假发，“我不确定是否要打电话给你，可是唐说你会来的。”

“是的。谢谢。”他把字条小心地折起，放入口袋。

“真可爱。”

“谁——我？”

“你的新女友。”

“真好笑。”

“我说真的。可是，我认为她对你来说太上等了。”她坐在他的办公桌的边缘，透过重重的睫毛凝视他。

“对我来说，她上等得不得了。她也不是我的女朋友。”

“哦，对了，我忘了，你在纽约已经有了一个。这一个是结了婚的，对吗？”

“她只是一位老朋友。”

“哈！我也有类似的老朋友。你会带她跟你一起去非洲吗？”

“我都不知道我要去非洲。”他靠在椅背上用手枕着头，“而且你真的非常聒噪。”

“你没注意到这里是报社吗？聒噪是我们的事业。”

他几乎没睡，他对周围的一切高度灵敏。到三点时他已放弃了尝试入睡，反而坐到酒店的酒吧里，一杯杯地灌着咖啡，回顾他们的谈话，试图理解他们说的是什么。一次又一次，他抑制住那种冲动——打车去她住的广场，坐在她家门外，愉快地知道她在其中，她与他相隔咫尺。

我是往你那里去了啊。

谢莉尔依然在看着他。他用手指敲了敲桌子。“是啊，”他说，“在我看来，每个人都对其他人的婚外情特别感兴趣。”

“那么这是一桩婚外情喽。你知道助理编辑们的桌子上总是摊着一本写那种事的书。”

“谢莉尔……”

“嗯，早上的这会儿也没什么东西可复印的。信里写了什么？你在哪里见她？有没有好地方？既然明显她是个有钱的主儿，她会为一切买单吗？”

“老天！”

“好吧，她显然对婚外情没有太多实际经验。那么，告诉她，下回她留下爱的字条之前，得首先摘下她的婚戒。”

安东尼叹息了，“你，年轻的女士，做秘书太屈才了。”

她把声音压低到仿佛耳语：“如果你告诉我她的名字，我就把赛马赌金分一部分给你。数目不小哦。”

“看在上帝的分儿上，派我去非洲吧。刚果军队审讯组织跟你比起来望尘莫及啊。”

她用喉音大笑着，回到了她的打字机旁。他展开了那封短信。只轻轻看一眼那种圆形的笔迹，就将他带回了法国，带回一百万年前那田园诗般的一周，带回塞到他门下的那张字条。他心里知道她会联系他，却也不是非常肯定。当他意识到唐已经进来后，差点跳起来。

“托尼，编辑有话说，楼上。”

“现在？”

“不，三周后的星期二。是的，现在。他想跟你谈谈你的未来。而且，不，你未能获得许可，真不幸。我想他是要搞清楚到底要不要派你去非洲。”唐戳了戳他的肩膀，“嘿？聋了？似乎你需要知道自己在做什么啊。”安东尼几乎没听见他说话。现在已经是十一点一刻。那位编辑不是一个喜欢草率行事的人，他完全有可能跟他来一番长谈。他站起来的时候对谢莉尔转过头去，“金发宝贝，帮我一个忙。打给我住的酒店。告诉他们珍妮弗·司特灵会在十二点去见我，请人告诉她我会迟些到，让她别离开。我会去的。她一定不能离开。”

谢莉尔满意地笑了，“珍妮弗·司特灵夫人？”

“如我所说，她是一个老朋友。”安东尼注意到，唐穿着昨天的衬衫。他总是穿着前一天的衬衫。他也在摇头，“耶稣啊，又是那个姓司特灵的女人？你怎么这么爱惹麻烦啊，还嫌惹得不够多吗？”

“她只不过是一个朋友。”

“我还是崔姬①呢。拜托。去向伟大的白人首领解释一下为什么你应该被允许去为辛巴叛乱牺牲你自己。”

她还在那儿，他真欣慰见到了她。现在已经比他们约定见面的时间晚了半个多小时。她坐在夸张的泡泡般的沙龙里的一张小桌旁。在这个沙龙里，各种塑料线脚仿佛被过度装饰了的圣诞蛋糕上的糖霜，其他大多数桌子都被上了年纪的寡妇们占据，以震惊又刻意压制的调子抱怨着现代世界的邪恶。

“我要了茶，”当他在她对面坐下来，说了第五遍抱歉后，她说，“我希望你不要介意。”

她的头发披散着。她穿着一件黑色的毛衣，一条合身的黄褐色长裤。她比以前瘦了。他猜那是一种时尚。他试着调整好自己的呼吸。他已经把这一幅图景想

① 20世纪60年代知名模特，原名Lesley Hornby（1949年9月~　）。以男孩发型、细瘦的男孩身材颠覆了当时对女性审美的标准。因为太瘦，昵称“树枝”（twiggy），音译崔姬。本书中的唐体胖，故意这么说自己，以讽刺安东尼在胡扯。

象了太多遍：将她立刻拥入怀里，体验他们热情的重聚。此刻他有点觉得来错了地方，因为她的自矜，因为周遭环境的正式。

一位女侍来了，推来一辆拖车，她从中拿出一个茶壶，一小罐牛奶，几块精心切割的白面包做的三明治，杯子，茶托和碟子。他意识到他能立刻就往嘴里塞上四块三明治。

“谢谢。”

“你没有……要糖。”她皱眉，似乎她在回忆。

“对，没有。”他们小口地喝着茶水。有好几次，他张开嘴欲说话，可是什么话也说不出。他继续偷偷打量她，注意着那些微小的细节。她指甲的熟悉的形状。她时不时直起腰的方式，仿佛有个遥远的声音在告诉她要坐直，要坐直。

“昨天真是令人震惊。”她终于说，将她的茶杯放在茶托上，“我……必须为我的行为道歉。你一定以为我非常古怪吧。”

“完全可以理解。你不是每天都能看见有人死而复生的。”一个小小的微笑，“的确。”

他们的眼神相遇，又别开。她倾身向前，给他又倒了一些茶，“你现在住在哪儿？”

“我一直在纽约。”

“这整段时间，一直以来？”

“没理由让我回来。”又是一阵沉重的安静，终于她又说：“你看起来不错，非常不错。”

她是对的。住在曼哈顿中心却衣衫褴褛是不可能的事。他今年回英国是带着一橱子的好衣服和一堆新习惯来的：热水剃须，擦鞋，滴酒不沾。“你看上去挺可爱，珍妮弗。”他说。

“谢谢。你会在英国待很长时间吗？”

“可能不会。我也许会再度去海外。”他注视着她的脸，看这个消息会对她产生什么样的影响。可是她仅仅是去拿牛奶。“不用。”他说，举起一只手，“谢谢。”

她的手停顿住了，似乎在因她自己的遗忘而感到失望。

“报社是怎么考虑你的？”她把一块三明治放在碟子上，推到他面前。

“他们希望我留在这里，可是我想回非洲去。刚果的局势已经变得复杂起来了。”

“那里不是很危险吗？”

“那不是重点。”

“你希望置身于危险之中？”

“是，那是一个很重要的故事。而且我害怕被束缚在办公桌前。过去的这几年都是……”他试图想出一种可以安全使用的表达。**在纽约的这些年让我理智了？允许我远离你？阻止我跃向投掷在外国战场上的手榴弹？**“……有用的。”他终于说，“因此，编辑可能得用一种不同的眼光来看我了。可是我非常渴望现在就走，回到我最有用武之地的地方。”

“没有更安全一点的地方让你可以满足那种需求？”

“我像那种喜欢整理回形针或是把文件归档的人吗？”

她浅浅地笑了，“那么你儿子呢？”

“我几乎见不到他。他母亲希望我离他远远的。”他喝了一口茶，“当我们只有靠写信来联系的时候，被派往刚果与留在报社也没有多大区别。”

“那一定很难。”

“是的。是的。的确是。”一场弦乐四重奏开始在角落里响起。她简短地回头看了看，正好可以让他无顾忌地凝视她，那道侧影，她微微嘟起的上唇。他内心深处的什么东西在纠结，他痛苦地知道他再也不会像爱珍妮弗·司特灵一样爱别人了。四年没有让他释怀，下一个十年也不可能。当她回来面对他时，他意识到他不能说话，或是揭示出一切，像是一个受了致命伤的人般把自己知道的一切和盘托出。

“你喜欢纽约吗？”她问。

“去那儿对我来说可能比待在这儿更好。”

“你住在哪里？”

“曼哈顿。你知道纽约？”

"知道得不多，起码对你说的地方没概念。"她承认，"你……结婚了吗？"

"没有。"

"有女朋友吗？"

"我在跟人约会。"

"美国人？"

"是的。"

"她结婚了吗？"

"没有。真好笑。"

她镇定自若，"你是认真的？"

"我还没决定呢。"

她微笑了，"你没变。"

"你也没变。"

"我变了。"她静静地说。

他想去触碰她。他想敲碎这该死的桌上所有的瓷器，伸出手去，与她相握。他突然间觉得愤怒，被这荒谬的地方、它的假模假式所阻隔。头天晚上她是很古怪，可是那种激动的情绪是真实的。"你呢？过得好吗？"见她没有再开口，他问。

她喝了一口茶。她看起来几乎了无生气。"过得好吗？"她玩味着这个问题，"好与坏。我确定我跟其他人没有区别。"

"你还会去李维欧拉度假吗？"

"如果我能把日子过好，就不去。"

他想要问："因为我？"她似乎不愿意主动倾诉。她的风趣机智哪儿去了？她的热情哪去了？她那种不温不火的感觉是否意味着某种即将喷薄而出的东西？是不期然的大笑或是一连串的亲吻？她似乎不再有任何锋芒，被埋葬于冷淡的彬彬有礼之下。

在角落里，弦乐四重奏暂停了，为下一个乐章做准备。安东尼觉得挫败。"珍妮弗，你为什么请我来这儿？"他意识到她看上去很疲惫，但又迷狂，她的颧骨被明亮的色彩所点燃。

“对不起。”他继续道，“可是我不想吃三明治。我不想坐在这个地方听该死的弦乐。如果我在过去显然如死了般的四年里赢得了什么东西的话，那就是不用坐在这里受着茶水和客套谈话的煎熬。”

“我……只是想见见你。”

“你知道，当我昨天在房间的那头见到你时，我依然很生你的气。一直以来我都以为你选择了他——一种生活方式——而不是我。我在脑中预演过跟你的许多争吵，因你没有回我最后一封信而斥责你——”

“求求你，不要。”她抬起一只手，阻止了他。

“然后我见到了你，你告诉我你当时是试着跟我一起走。而我不得不重新思考过去四年来我一直相信着的事——所有我以为是真实的事。”

“我们不要再谈了，安东尼。”她把手放在自己面前的桌面上，像是有人在放下纸牌，“我……就是不能。”他们坐在彼此的反方向，衣着无瑕的女人和紧张的男人。他起了一个简单又黑色幽默的念头，围观者看起来都因为结过婚而那么痛苦。

“告诉我点什么。”他说，“你为什么对他那么忠诚？你为什么要跟一个显然不会让你幸福的人在一起？”

她抬起眼神，看着他说：“我想，是因为我曾经那么不忠诚。”

“你以为他对你就忠诚吗？”

她承受着他的凝视有一小会儿，然后看了看她的表，“我要走了。”

他畏缩了，“对不起。我不会再说别的了，我只是需要知道——”

“不是你，真的。我的确需要有个归属。”

他忍耐着。“当然，我很抱歉。我是那个迟到的人。我很抱歉浪费了你的时间。”他抑制不住声音里的愤怒。他诅咒他的编辑磨蹭了他宝贵的半小时，为他已经知道的是浪费了的机会而诅咒他自己——为让他接近某种还有力量灼伤他的东西而诅咒他自己。

她起身欲走，一位侍者过来帮她拿大衣。总有人帮她，他心不在焉地想。她就是那种女人。他纹丝不动，定格在桌旁。他误解了她吗？他记错了他们在一起的短暂时光中的紧张吗？是的，他因这个念头而悲伤。难道将一段完全被玷污了的记忆，替换成无法解释、令人失望的记忆，要更糟糕？

侍者拿着她大衣的肩部。她从袖子开始穿好大衣，一次穿一只。她的头低着。

“就这样？”

“安东尼，对不起，我真的要走了。”

他站起来，“我们在此之后不会再交谈了？你有没有想过我啊？”

他还没来得及说更多，她已旋踵而去。

珍妮弗已经第十五次用水泼着她红肿、弄污了的双眼了。浴室镜中的影像是一个被生活击败了的女人。一个从五年前的太太形象里走出很远，以至于跟五年前相比像是两个不同的女人。她任由手指循迹自己眼下的阴影，循迹她眉毛上新生的压力纹，想知道他看着她的时候，都看见了什么。

他会压制你，毁灭你独特的天性。

她打开药品柜，凝视着排列整齐的棕色小瓶。她不能告诉他，在见他之前她如此害怕，以至于她服用了推荐剂量两倍的安定。她不能告诉他，她听他说话仿佛是通过浓雾，它们跟她正在做的事如此遥远，以至于她几乎握不住茶托。她不能告诉他，他离她如此之近，以至于她可以看见他手背的每一道纹路，呼吸进他的古龙水味道并为之沉醉。

珍妮弗打开热水龙头，水流冲向排水孔，在陶瓷盆里泼溅开，在她浅色的长裤上溅上深色的水渍。她从最顶层的架子上去取安定，然后旋开了药瓶盖。

你是强大的那一个，你才是用像这样的爱的可能性来忍受生活的那个人，而事实上，这样的爱于我们是不允许的。

不像你以为的那么机敏，布特。

她听见楼下柯多扎太太的声音，于是反锁上了浴室门。她把两只手放在洗手池的边缘。**我可以这么做吗？**

她举起瓶子，把里面的东西倒入排水孔，看着水流将那些白色小药丸冲走。她又旋开了一瓶，几乎都不看一眼瓶子里装的是什么。她的“小小安慰剂”。每个人都这么做，伊冯娜曾经漫不经心地说，那是珍妮弗第一次坐在她家厨房里，发现她抑制不住地哭泣。大夫们乐于不断给大家提供它们。它们会让她的情绪平复。我被平复得太多了，什么都没有剩下，她想，然后去拿下一瓶药丸。

接下来它们都不见了，架子上空了。她盯着镜子里的自己，一边听任池中的汩汩声将最后一批药丸冲出视野。

斯坦利维尔有骚乱。一封短信被送到《国民报》的海外组，通知安东尼说刚果叛乱者，自称辛巴军队的那些人，已经开始把更多的白人人质赶到维多利亚酒店，以反抗刚果政府军和他们的白人雇佣兵。“准备好行装吧。非常震撼的故事，”信中说，“编辑已经特别允许你去那里了。要求是你不能让你自己被杀或是被俘虏。”

头一回，安东尼没有冲到办公室去检查最近的新闻电报。他没有打电话给他在联合国或是军队中的那些人脉。他躺在酒店的床上，想着一位爱他爱到可以离开自己丈夫的女人，想着在四年的时光里，她的凭空消失。

他被自己房间的叩击声惊起。女佣似乎想每半小时就清洁一次。她在打扫的时候总是吹着烦人的口哨，搞得安东尼永远无法忽略她的存在。“迟点再来。”他喊道，然后又转向床边。仅仅是因为发现他还活着的震惊才引起她在他面前那么激动吗？她今天有没有意识到她对他曾经的感觉已经蒸发掉了？她已经熬过了那些炽烈的情感，只是像任何一个老朋友那样取悦他？她的态度举止总是那么完美无瑕。

又是一阵敲门声，小心翼翼。这比那姑娘直接开门走进来还要让人恼火。起码她如果径直进来，他还可以对她大吼以解气。他起来走过去，打开门。“我真的情愿——”

珍妮弗站在他面前，她系着腰带，纤腰毕现，她的眼眸明亮。“每一天。”她说。

“什么？”

“每个月。每一天。每一个小时。”她稍顿，然后继续，“起码是每一个小时。这四年来。”他们四周的走廊非常安静。

“我都以为你死了，安东尼。我为你哀伤。我为我希望能与你一起度过的人生而哀伤。我一遍又一遍读着你的来信，直到它们碎成一片片。当我相信我可能要为你的死负责时，我是那么厌恶自己，以至于每一天对我来说都是煎熬。如果那件事没有发生……”她纠正她自己，“然后，在一个我甚至都不想去的酒会上，我看见了你。你问我为什么想见你？”她深吸一口气，似乎想稳住自己。

走廊另一端传来脚步声。他伸出一只手。“进来。”他说。

“我不能干坐在家里，我必须在你再次离开之前说点什么。我必须告诉你。”他退后，她经过他进入这间宽敞的双人间。它舒适的空间和体面的地段证实了他在报社位置的提升。他很高兴他让这里看上去还算整洁，一件洗过的衬衣搭在椅背上，他的优质皮鞋挨着墙放。窗开着，能听见外面街道上的喧哗，他过去关上它。她把提包放在椅子上，把外套盖在包上。

“这是一个进步。”他尴尬地说，“我第一次回来的时候住的是贝斯瓦特路的一家招待所。你要喝点什么吗？”当她在小圆桌旁坐下时，他稍有点小得意。“我是不是该叫他们送来点什么？咖啡怎么样？”他继续道。

天哪，他想触碰她。

“我没有睡。”她说，一边懊悔地擦了擦脸，“当我看见你时，我几乎不能思考了。我试着把事情想明白。一切都没有意义。”

“四年前的那个下午，你是跟费洛浦在一辆车里？”

“费洛浦？”她看起来一片茫然。

“我在阿尔伯特俱乐部的朋友。他大概在我离开的那个时刻死去，在一场车祸中。我今天早上查了新闻剪报，其中提到当时有一位名字不详的女性乘客。这是我唯一可以解释的。”

“我不知道。如同我昨天说的，我还是有许多事想不起来。如果我没有发现你的信，我可能永远都想不起你，我可能永远都不知道——”

“可是谁告诉你我死了的？”

“劳伦斯。别那样看我，他不是故意的。我觉得他是真的相信你死了。”她等待了片刻，“他知道有……人，你瞧。他看了你的最后一封信。在出事后他必须根据现有情况判断……”

“我的最后一封信？”

“那封让我去火车站跟你会合的信，车祸发生的时候我还带着它。”

“我不明白——那不是我的最后一封信——”

“哦，我们不要，”她打断了他，“求你……这太——”

“然后呢？”她专注地看着他。

“珍妮弗，我——”她走向他，如此之近，以至于在暗淡的光线里他还能看见她脸上每一个细小的斑点，她的每一道睫毛都逐渐变细，尖锐到可以刺穿一个男人的心。她曾经跟他在一起，可是离开了，似乎是她那时终于做出了某种决定。

“布特。”她轻柔地说，“你还在生我的气吗？”

布特。他哽住了，“我怎么会？”

她抬起手，循迹他脸庞的形状，她的指尖如此轻，几乎没有碰到他，“我们做过这个吗？”他盯着她。

“在以前？”她眨眼道，“我想不起来。你来告诉我吧。”

“是的。”他语不成声，“是的，我们做过。”他感觉到她冰凉的手指在他的皮肤上，他记起了她的味道。

“安东尼。”她喃喃道，她说他名字的方式里有一种甜蜜，一种难以忍受的温柔，说出了他曾经感受到的所有的爱与失落。她的身体倚在他身上，他听见她深深的叹息，然后感觉到他嘴唇上她的呼吸。他们周围的空气静止了。她的唇挨着他的，他胸中有什么东西爆发了。他听见自己在喘息，他带着恐惧意识到，他的眼睛已经盈满了眼泪。“对不起，”他羞愧地低语，“对不起。我不知道……为什么……”

“我知道。”她说，“我知道。”她用手臂钩住他的脖子，亲吻顺着他脸颊流下的泪水，对他呢喃着。他们贴在了一起，既高兴又绝望，彼此都不太能相信事情的转机。时间已模糊不清，亲吻变得激烈，泪水正在凝结。他把她的毛衣从她头上褪去，而当她帮他解下衬衫上的纽扣时，他却几乎是无助地站着。随着一道愉悦的猛拽，衬衫离开了他的身体，他的体肤抵着她的，他们倒在了床上，彼此交缠，他们的身体猛烈，因为激动而显得笨拙不堪。

他吻着她，知道他正在告诉她他感觉的深度。此刻他在她身上失去了自我，他感到她的头发扫过他的面颊、他的胸膛，她的唇、她的手指触上了他的皮肤，他明白总有这样的人，他们彼此都是对方遗失的一部分。她在他身下那么鲜活；她让他闪闪发光。他亲吻着那道一直延伸到她肩部的伤疤，忽略她畏缩的抵制，直到她接受了他告诉她的：这道银色的隆起对他来说是美丽的，它诉说了她曾经爱过他。它诉说了她曾经想要跟他一起走。他亲吻它，因为她身上的全部他都觉得好，她身上的全部他都由衷爱慕。他注视着她的渴望在生长，似乎它是他俩之间分享的一个礼物；他注视着她脸上无限丰富的表情，看着她不设防地固定在某种私密的挣扎里，当她睁开眼睛，他觉得被神护佑了。

当他回过神来，他再一次哭泣了。因为即使他可以不去相信，他内心里却一直都知道，一定有什么东西让你有这种感觉。而它回到自己身边的时候，比他曾经期望的还要丰富，还要奇妙。

“我懂你。”她喃喃道，她挨着他的肌肤汗津津的，她的眼泪润湿了他的脖颈，“我真的懂你。”

有那么一阵，他无法说话，只是盯着天花板看，感觉着他们周围冷冽的空气，以及她湿漉漉的贴着他的四肢。“哦，珍妮，”他说，“感谢上帝。”

当她的呼吸平复到正常，她用一只手撑起自己，看向他。她身体里的什么东西已经改变了：她的脸色有了光彩，压力纹从她眼周消失了。他用臂膀环住她，将她紧紧地拉在自己身边，感到他们的身体已经合为一体了。他觉得自己再次变得坚强了，她笑了。

“我想说点什么，”他说，“可是似乎没什么……足够重要。”她的笑光彩熠熠：满足，充满爱意，带着不可名状的惊奇。“在我整个生命里，从来没有过这样的感觉。”她说。

他们看着彼此。“对不对？”她说。他点点头。她看向远处，“那么……谢谢你。”他笑了，她咯咯笑着拍了拍他的肩。

四年的愁怨成为云烟。他以一种崭新的清晰看见，他的人生走向的路径。他会待在伦敦。他会同爱娃——纽约的那个女朋友分手。她是一个甜美的姑娘，明快、活泼而欢乐，可是他知道过去四年来他约会过的所有女人都只是对如今身边这一位的苍白的替代。珍妮弗会离开她丈夫。他会照料她。他们不会又一次错过他们的机会。他突然间看见了她和他的儿子在一起，他们三人一起家庭外出，这未来以一种不可预见的许诺而闪闪发光。

他思维的列车被她落在他胸前、肩头和颈上全神贯注的亲吻所煞住。“你的确意识到了。”他说，将她翻过来，以让她的腿攀缠着他的，她的唇只在方寸之外。“那就让我们再做一次，好确保让你记住。”她什么也没说，只是闭上眼睛。

这一次当他同她欢爱的时候，他的动作很慢。他用自己的身体对她的身体诉说。他觉得她的抑制和顾忌退去了，她的心挨着他的心在跳动，成为那微弱跃动的镜像。他尽情念着她的名字，有一百万次，这简直是一种奢侈。他用耳语告诉她他对她的全部感觉。

她告诉他她爱他，带着一种急切，阻止了他的呼吸。世界的其余部分慢下来，关闭了，直到只剩下他们两个，一种床褥与四肢、毛发与柔软哭泣的纠缠。

“你是最精致的……”他注视着她的眼睛，它们带着一种羞涩的对于自己所处何地的认知而睁开。“我会和你做上一百次，只为了看见你脸上那么纯粹的欢乐。”她什么也没说，他现在觉得渴望。“沾光。”他突然说，“记得吗？”

事后，他不能确定他们一起在那儿躺了有多久，似乎彼此都希望能从此肌肤相触。他听见街上的声音，房间外面走廊上偶尔近近远远的脚步。他感觉着她贴在他胸前的呼吸的节奏。他吻着她的头顶，手指抚弄她纠结的发丝。他无比平静，平静深入他的骨髓。我在家了，他想。就是这样了。

她在他臂弯间转身。“我们叫点喝的吧。”他说，一边吻着她的锁骨、她的下巴、她的侧脸，“算是庆祝。我喝茶，你喝香槟。你觉得如何？”然后他看见了，一道不受欢迎的阴影，她的思绪转换到了房间外面的什么地方。

“哦，”她说，坐起身来，“现在几点了？”

他看了看表，“四点二十。怎么了？”

“哦，不！我应该四点半就在楼下的。”她从床上起来，弯下腰去捡拾她的衣物。

“哇哦！你为什么必须在楼下？”

“柯多扎太太。”

“谁？”

“我的管家要跟我会合，我想去购物。”

“那就迟到好了。购物真的那么重要吗？珍妮弗，我们必须谈谈——合计下一步该怎么办。我得去跟我的编辑说我不去刚果了。”她狼狈地套上衣服，似乎除了速度之外什么也不重要，胸罩、长裤、套头衫。他曾经拥住、成为他自己的那个身体，已经消失在视野外。

“珍妮弗！”他下床去够自己的长裤，把它系在自己腰上，“你不能就这么走了。”

她背对着他。

“我们得谈点事，当然，看我们怎么把事情理清。”

“没什么事可理清的。”她打开手袋，拿出一把梳子，快速、猛烈地梳着头发。

“我不明白。”当她对他回转过身，她的脸跟刚才的截然不同了，仿佛一道屏幕已经遮过了它。“安东尼，我很抱歉，可是我们——我们不能再见面了。”

“什么？”

她掏出一个粉盒，开始擦去眼下的睫毛膏污渍。

“你不能在我们刚刚做完之后就说这话，你不能就这样当什么事也没发生过。见鬼，到底是怎么了？”

她凛然，“你会好起来的。你总是能让自己保持好的状态。瞧，我——我必须走了。我真的很抱歉。”她迅速拎起自己的包和大衣。门在她身后决绝地关上了。

安东尼追她而去，将门拧开。“别这样，珍妮弗！不要再次离开我！”他的声音回荡在已经空了的走廊里，在其他房间的门上弹回，“这不是某种游戏！我不会再为你等上又一个四年！”他带着震惊僵住了，稍后才一边诅咒一边冲回房间，赶紧套上衬衫和鞋。他抓起外套冲进走廊，心跳剧烈。他大步跃下楼梯，一次两级，到了门廊。他看见电梯门开了，她出来了，她的鞋跟轻快地敲击着大理石地面，镇静，复苏，离她数分钟之前仿若百万里之遥。他正要对她大喊，却听到一声哭喊："妈妈！"

珍妮弗蹲下去，她的手臂已经张开了。一个中年女子正在走向她，哭喊的孩子挣脱了中年女子的牵引，跑开。小女孩跑进珍妮弗的怀抱，被抱了起来，她的声音脆生生地回荡在宽敞的大厅里。"我们要去哈姆利[①]吗？柯多扎太太说我们要去。"

"是的，亲爱的。我们马上就走。我只是要跟前台处理一点事。"

她把孩子放下，牵着她的手。也许是因为他的凝视，有什么东西让她在往前台走的时候回转身来。她看见了他。她的目光久久停留在他脸上，他从她的凝视中捕捉到一种致歉的暗示——以及愧疚。她看向别处，匆匆写下什么，然后回到接待员那里。她的手袋放在台子上。她跟接待员说了一会儿话，然后她走了，穿过玻璃门，走入下午的阳光里，小女孩在她身边喋喋不休。

安东尼将所见牢牢刻在心上，仿若双脚踩入了流沙。他一直望着她消失，然后，就像一个才从梦中醒来的男人，将外套披在肩上。他刚要出去，门房匆匆跑到他跟前。"布特先生，那位女士让我把这个给你。"一张字条被塞入他手里。

他展开这张用酒店书写纸写的小纸条。

原谅我。我只是必须知道。

① Hamleys，位于伦敦。世界上最大的玩具商店。

我们的确不会从心底里设想去接纳一个丈夫，却高度推荐这种单身生活。

伊丽莎白女皇一世致瑞典埃里克亲王，经由信件

第十五章 “妈妈，我们去哪儿？”

1964·夏

莫伊拉·帕克走到联合打印机前，关掉放在一堆电话号码簿上的晶体管收音机。

“嘿！”安妮·约瑟普抗议道，“我正听着呢。”

“在办公室里大声放流行音乐是不妥的。”莫伊拉严肃地说，“司特灵先生不希望被这样一种吵嚷所打扰。这是工作的地方。”这已经是本周第四次了。

“更像一个殡仪馆。哦，拜托，莫伊拉。我们关小点声音。它有助于让一天过去。”

“努力工作才有助于让一天过去。”她听见一阵讥讽的大笑，于是将她的下巴抬得更高了些，“你们必须好好工作，认识到只有靠职业态度才能在顶点矿业得到提升。”

“还有放松弹力灯笼裤。”有人在她身后嘟哝道。

“请再说一遍！”

“没什么，帕克小姐。我们把节目调到‘战时最爱’吧？那会让你高兴吗？‘我们要在齐格菲防线上晾衣服[①]……’”这话又引来一阵大笑。

---

① *We're Going to Hang out the Washing on the Siegfried Line*，二战时的一首军歌。主要于1939年被传唱在英国军队中。齐格菲防线（Siegfried Line）是纳粹德国在第二次世界大战开始前，在其西部边境地区构筑的对抗法国马其诺防线的筑垒体系。构筑齐格菲防线的目的是为了掩护德国西线，并作为向西进攻的屯兵场以及支援进攻的重炮阵地。

“我会把它放到司特灵先生的办公室里。也许你们可以问问他喜欢听什么。”

她经过办公室时听见了厌恶的喃喃声，但她充耳不闻。公司在成长壮大，用人标准却没能随之一起成长。如今没人尊重他们的主管、工作理念或是司特灵先生的业绩。她经常在回家的路上觉得心情如此沮丧，甚至在她被绒线钩针活儿分神之前，就已经到了大象与城堡[①]了。有时候似乎只有她和司特灵先生——也许还有会计部的金斯顿太太——知道如何让行为得体。

还有那些服饰！她们把自己叫作“多丽小鸟”，即穿着入时的俏姑娘，这个称呼还真是贴切得可怕。她们精心打扮，如同小鸟不时用嘴梳理自己的羽毛一般，空虚无聊又幼稚。那些在联合打印台的姑娘们花了太多时间在琢磨她们的外表上，所有人都穿着短裙，化着可笑的眼妆，而不是着意于她们应该打印的信函。昨天下午她不得不把三封信退回去。拼写错误，忘记日期线，甚至她已经清晰陈述了的“您忠实的”也被打成了“您诚挚的”。当她对桑德拉指出这一处的时候，那姑娘抬眼看着天花板，压根不在乎莫伊拉在对她说话。

莫伊拉叹了一口气，把收音机夹在胳膊下，她简单地注意到司特灵先生办公室的门在午餐时分几乎不关，于是她握住手柄推开，走了进去。玛丽·得利斯科尔正坐在他对面——不是在莫伊拉平时使用的椅子上，而是坐**在他的办公桌上**。这幅场景太令她震惊，以至于她好一阵儿才注意到他因她的进入而后退了。

“啊，莫伊拉。”

“抱歉，司特灵先生。我不知道这里还有其他人。”她尖锐地瞪了那姑娘一眼。她究竟以为自己在做什么？所有人都疯了吗？“我——我把这个无线电收音机拿进来了。姑娘们把它放得无比大声。我认为如果她们不得不对您解释她们自己的行为，看见这东西也许会让她们静下来思考。”

“我明白。”他坐回自己的椅子。

“我关注的是，她们可能会打扰到您。”

一阵长长的沉默。玛丽没有想挪动的意思，只是捡起她裙子上的什么东

---

① Elephant and Castle，伦敦南郊的一个地区。

西——那东西滑落在她的大腿上。莫伊拉等着她离开。可是司特灵先生开口了："我很高兴你进来了。我想要跟你私下里谈一谈。得利斯科尔小姐，你能给我们一分钟吗？"

带着明显的勉强，那姑娘把脚放到地面上，踱着步子从莫伊拉身边走过，一边走一边看她。她喷了太多香水，莫伊拉想。门在她身后关上了，接下来只有他们两个人。她喜欢这样。司特灵先生在跟她第一次做爱之后的几个月里又跟她做了两次。也许"做爱"是一个稍微夸大的表达：在那两种情形下，他都喝得非常醉，做得比第一次更简单也更直接，而接下来的日子他压根儿不提此事。

除了她让他知道他不会被断然拒绝的尝试——她留在他桌上的自制三明治，她精心打造的发型——那种事再也没发生。她已经知道她对他而言是特殊的，当她的同事们在食堂里议论老板时她也丰富了自己对他的信息的掌握。她明白这样的表里不一会给他如何的压力，即使她希望事情是不同的，她还是尊重他令人钦佩的抑制力。在珍妮弗·司特灵偶然来访的不多的场合，她再也不会被那个女人的荣光所威胁到了。如果你做妻子够格，他就不会转向我。司特灵夫人永远看不到她在她面前有什么独特的东西。

"坐下，莫伊拉。"她坐下来的姿态远比姓得利斯科尔的姑娘端庄，仔细地摆放着自己的腿，又突然遗憾她没有穿她那件红色的长裙。他说过好几次，喜欢她穿那件衣服。从办公室外面她能听见大笑，她心不在焉地好奇她们是否又拿了一台收音机来。"我会让那些姑娘们定定神。"她喃喃道，"我敢说她们一定吵得您很厉害。"

他似乎并没有听见她的话，他在翻阅着桌上的文件。当他抬头看时，也不怎么回应她的视线，"我在给玛丽转岗，尽快着手——"

"哦，我认为那是一个非常好的——"

"——让她成为我的私人助理。"

一阵短暂的沉默。莫伊拉试图不要显示出她有多在意。工作量变多了，她告诉自己。难以理解的是他会认为还需要另一双手。"可是她坐哪里？"她问，"外面的办公室只够再放下一张桌子了。"

“我注意到了。”

“我建议您可以把玛丽换到——”

“那不重要。我已经决定减轻一点你的工作量。你会被……挪到联合打印台那里。”

她无法把他的话听正确，“联合打印台？”

“我已经叮嘱过薪酬部门，你的工资不变，因此这对你来说是一次非常好的调动，莫伊拉。也许可以给你多一些办公室外的生活，多一些你自己的时间。”

“可是我不想要自己的时间啊。”

“我们不要再大惊小怪了。正如我说，你的工资不变，你会是打印台的那些姑娘中级别最高的。我会对其他人清楚说明的。如你所说，她们需要某个有能力的人来管理她们。”

“可是我不明白……”她站起来，发白的指关节放在收音机上。恐慌在她胸中腾升，“我做错了什么？为什么您要把我的工作从我这里夺走？”

他看起来有点恼火，“你什么也没做错。每一个组织时不时地都会给人员换岗。时代在变化，我希望有点更新。”

“更新？”

“玛丽完全能胜任。”

“玛丽·得利斯科尔将要做我的工作？可是她根本不知道办公室是如何运转的。她不知道罗德西亚的工资系统，电话号码，或是如何给您订机票。她不懂文档系统。她把自己一半的时间花在女洗手间里化妆。而且她还迟到！您看见了考勤卡上的数字了吗？”话语几乎是跌跌撞撞地从她口中摔出。

“我保证她可以学会这些。不过就是一份秘书工作而已，莫伊拉。”

“可是——”

“我真的没有太多时间来讨论此事。今天下午请把你的东西从抽屉里清出去，明天我们就开始新建制。”

他把手伸进雪茄盒，示意谈话已经结束。莫伊拉站直身体，将一只手放在他桌子的边上，以稳住自己。她愤愤不平，热血上涌。她感到办公室正在一点一点地向她坍塌。他把雪茄放入嘴中。她心里听见有什么东西被戛然斩断。她缓缓地走向门口，关上它，听见外面办公室的突然的噤声，意识到其他人早在她自己之前就已经知晓了此事。

她看见玛丽·得利斯科尔的腿，伸展着抵着她的办公桌。细长的腿穿着色彩荒谬的紧身裤。究竟是谁会在办公室里穿藏蓝色的紧身裤，还期待被认真对待？她从自己的桌上抓起手袋，踉踉跄跄地穿过办公室往洗手间去。她感觉着众人好奇的目光，她的蓝色开衫后部还依然灼烧着毫无同情心的嘲笑。

"莫伊拉！他们在放你的歌！《不习惯失去你》[①]……"

"哦，不要那么刻薄，桑德拉。"又是一阵响亮的大笑，然后衣帽间的门在她身后关上了。

珍妮弗站在荒凉的小游乐场的中央，注视着冷漠的保姆们倚着她们的银十字牌婴儿车聊天，听见小孩们像撞柱游戏中的木桩一样相互碰撞后摔到地上的哭声。

柯多扎太太已经主动说要护送伊斯梅来这里，可是珍妮弗告诉她，她需要一些新鲜空气。四十八小时了，她不知道怎么办，她的身体还感受着他的触摸，她的脑中还在纠结于自己的行为。她几乎要因为她巨大的失落而跌倒了。她无法通过安定来让自己麻木着挺过去；她必须忍受。她的女儿是一个提醒，提醒她她已经做过正确的事。她曾经有太多事想要告诉他。即使当她告诉自己不应该刻意去引诱他，她也知道是自己骗自己。她曾经想要把他的一小片，把一段美丽珍贵的记忆，带在身上。她怎么可能知道她会打开一个潘多拉之盒？更糟的是，她怎么可能想象出他会被它毁得如此厉害？

在大使馆的那一夜他看上去如此振作。他不可能像她那般煎熬过，他不可能感受到她曾经感受的。他更强大了，她曾经相信。可是现在她忍不住想他，他的

---

① *Can't Get Used to Losing You*，是杰罗姆·伯马斯（Jerome"Doc"Pomus）和莫特·舒曼（Mort Shuman）联合编写的一首歌，由安迪·威廉姆斯于1963年灌制唱片，迅速成为流行歌曲。同年登上英美两国流行乐排行榜第二名。20世纪80年代，英国乐队The Beat将这首歌重新编曲（牙买加斯加风格），登上当年英国流行乐排行榜第三名。

敏感脆弱，他给他们做的幸福的计划，以及当她走过酒店大堂，朝她的女儿走去时，他注视着她的方式。她听见了他的声音，焦急而困惑的声音，在她身后的走廊里回荡：**别这样，珍妮弗！我不会再为你等上又一个四年！**原谅我。她无声地对他说，一日千遍。可是劳伦斯永远不会让我带上她。而所有人中，你，不能要求我离开她。你，比其他任何人，都应该明白。

时不时地，她擦擦自己的眼角，责怪大风或是在眼里发现的又一粒神秘的沙粒。她觉察到了自己的善感，敏锐地意识到了温度的最小变化，无奈于自己不断变化的情绪。

劳伦斯不是一个坏人，她一再地告诉自己。他是一位好父亲，他有他自己照料家人的方式。如果他觉得难以对珍妮弗好，谁又能责怪他？有多少男人会原谅自己的妻子爱上别人？有时候她会想如果她不是那么快就怀孕了，他是不是会厌倦她，选择让她离开。可是她不相信：劳伦斯可能不会再爱她，但他也不会考虑让她在失去他的前提下在别处生活。

她是我的慰藉。她推了一把秋千上的女儿，看着她的腿飞扬起来，她的小发卷儿在风中翻飞。这已经比许多女人拥有的都多了。正如安东尼曾经告诉过她的，知道你做了正确的事，是多么令人安心啊。

“妈妈！”多萝西·芒克里夫斯遗失了她的帽子，珍妮弗因两个女孩的找寻而分心了。她带着她们围着秋千、转盘四处看，往凳子底下瞧，直到发现它被别的孩子戴在头上。

“偷东西是错误的。”当她们走回游乐场后，多萝西严肃地说。

“是的，”珍妮弗说，“可是我不认为那个小男孩是在偷。他可能不知道这顶帽子是你的。”

“如果你连对错都分不清楚，你可能就是个笨瓜。”多萝西声明。

“笨瓜。”伊斯梅欢快地回应道。

“嗯，那是有可能。”珍妮弗说。她帮女儿重新系了一下头巾，再次让她们自己去玩了，这一次她们是去沙坑，她叮嘱说不要互相扔沙子。

最亲爱的布特，她写道，在过去两天里她想象中构思的一千封信里的又一封中，**请不要生我的气。你一定要知道如果有能让我跟你而去的方法，我会那么做的……**

她不会给他发送任何信件。还有什么可说的？他会及时原谅我的，她告诉自己。他会拥有一个不错的人生。她试图关闭她对这些显而易见的问题的思考：她将如何生活？她如何带着自己现在知道的事情继续前行？她的眼睛又红了。她从口袋里掏出手帕，再一次拍了拍双眼，转过身去，好让别人不要注意到。也许她要赶紧去瞧瞧医生。只是让他稍稍帮助自己挺过接下来的几天。

她的注意力被那个穿着格子呢大衣，穿过草坪，走向游乐场的身影所吸引。那女人迈着决绝又沉重的步子向前走，带着某种机械的规律性，不顾草地上的泥泞。她惊讶地意识到，那是她丈夫的秘书。莫伊拉·帕克走到她面前，站得离她如此之近，以至于珍妮弗不得不退后一步，"帕克小姐？"

她的嘴唇紧闭，眼中颇有意味，"您的管家告诉了我您在这儿。我可以跟您简单说几句吗？"

"啊……好啊。当然可以。"她迅速转身，"亲爱的，多蒂，伊斯梅，我稍稍离开一会儿，马上就回来。"

孩子们抬头看了看，然后继续挖沙。她们走开了几步，珍妮弗找了一个可以看见孩子们的位置。她已经对芒克里夫斯家的保姆许诺过她会在四点钟带多萝西回家，而现在快四点差一刻了。她强作笑容，"你想说什么，帕克小姐？"莫伊拉把手伸进一个破旧的手袋里，抽出一个厚厚的文件夹。

"这是给你的。"她唐突地说。珍妮弗从她手中接过它。她打开文件夹，迅速将手放在那摞纸的顶端，以免风将它们吹散。

"别弄丢了。"这是一种指示。

"对不起……我不明白。这些是什么？"

"是他解雇了的人。"见珍妮弗一脸茫然，莫伊拉继续道："间皮瘤。肺病。这些是被他付过钱的工人，因为他想掩藏为他工作会导致绝症的事实。"

珍妮弗抬起一只手在额前，"什么？"

"您丈夫。底部的是已经死去的那些人。他们的家人不得不签署有法律效力的弃权声明，拿到钱，不透露任何口风。”

珍妮弗费力地跟上这女人所说的话，“死了？弃权声明？”

“他让他们说他没有责任，他花钱把他们全都搞定。南非人几乎什么也没得到。这里的工人要更贵。”

“可是石棉不会伤人的。这不过是纽约那些爱制造麻烦的人企图谴责他罢了。劳伦斯告诉我的。”

莫伊拉似乎没在听。她用手指循迹最上面一张纸上的一份名单，“他们都被以字母顺序排列。如果你愿意，可以跟那些家庭通话。他们大多数人的地址都在最上面。他因为报纸想掌握这个而恐惧。”

“只是工会……他告诉我……”

“其他公司也有同样的问题。我听到过几个他打给美国的电话。他们在出钱资助让石棉无害的研究。”那女人说得如此之快，珍妮弗感到天旋地转。她看了一眼两个孩子，她们现在正互相往彼此身上一捧捧地扔沙子。莫伊拉·帕克尖锐地说：“您的确意识得到，如果有人发现了他的所为，他就毁了。总有一天会那样的，你知道，必须得那样。凡事有因必有果。”

珍妮弗小心翼翼地拿着那个文件夹，似乎它是有传染性的，“你为什么要把这个给我？究竟为什么你会认为我想做对自己丈夫有害的事？”

莫伊拉·帕克的表情变了，变得几乎内疚。她的嘴唇抿成了一条细细的红线。“因为这个。”她抽出一张有皱痕的纸，塞到珍妮弗手中，“在您出事几个星期之后收到的，许多年前。他不知道我保留着它。”

珍妮弗展开它，在她指尖，风把它吹得猎猎作响。她认得这笔迹。

我发誓我不会再联系你。可是六个星期过去，我并没有感觉更好些。没有你在身旁——离你数千千米——根本带来不了任何安慰。我再也不会被你的邻近而折磨的事实，或是每日都被提醒我对于自己真正想要之物的无能获得，都没有治愈我。这让事情更糟。我的未来像是一条荒凉的空荡荡的路。

我不知道我要说什么，亲爱的珍妮弗。只是如果你有哪怕一丝感觉，觉

得自己做了错误的决定，那么我的门依然为你豁然敞开。

如果你觉得你的选择是对的，至少请知道这个：在这个世界的什么地方，有一个男人爱着你，懂得你有多么珍贵和聪明。这个男人永远爱你，而且，危害到他自己的是，他怀疑他会永远爱你。

你的B

珍妮弗盯着这封信，热血正涌上她的面颊。她看了一眼日期。差不多是四年前，就在事故发生后，“你说劳伦斯有这个？”

莫伊拉·帕克看着地面，“他让我关闭了邮箱。”

“他知道安东尼还活着？”她在发抖。

“对于那个我不清楚。”莫伊拉·帕克竖起衣领。她设法让自己看起来不像是赞同的样子。珍妮弗的心凉了。她觉得自己的其余部分变得僵硬起来。莫伊拉·帕克紧紧关上她的手袋，“不管怎样，你想怎么处理就怎么处理吧。他交给我的东西都不会再过问了。”她开始往回走过公园，还在自言自语地嘟哝。

珍妮弗猛地坐在一张椅子上，忽略掉那两个孩子，她们正在快乐地往彼此的头发里塞沙子。她再一次读了那封信。

她把多萝西·芒克里夫斯带回她家，交给保姆，又请柯多扎太太陪伊斯梅去糖果店。“给她买根棒棒糖，可能再买四分之一磅的硬糖。”她站在窗边，看着她们走到马路上。她女儿的每一小步都是带着希冀的蹦跳。当她们转过街角，她打开通往劳伦斯的书房的门，进入一个她几乎极少涉足的地方，那地方也禁止伊斯梅进入，免得她的小手指会把其中许多贵重物品放错位置。

事后她并不确定为什么她要去那里。她一直都恨那个地方：沉暗的桃花心木书架，装满他从不阅读的书籍；漂浮着的雪茄烟味；她不以为然，却标志着他的成就的奖杯和证书——**年度圆桌商业人士，最佳射手，1959年考布里奇逐鹿，1962年高尔夫杯**。他很少使用这个地方，它是一种矫饰，一个他给他的男性客人们许诺可以“逃离”女人的地方，一个他用来声称去寻找平静的避难所。

壁炉两侧分别摆着两张舒适的扶手椅，它们的座位平整光滑，鲜少被坐过的痕迹。半年来，壁炉的栅栏里从没点燃过一丝火星。在餐具柜上，雕花的平底玻璃杯从没被斟满过从它们旁边的细颈瓶里倒出的上好威士忌。墙上排成行地挂满照片，照片里的劳伦斯跟商业伙伴握手，拜访显要人物：南非贸易部部长，爱丁堡公爵。这是一个供他人参观的地方，还有一个理由就是让别人崇拜他。**劳伦斯·司特灵，幸运的家伙。**

珍妮弗站在门口，挨着角落里的好几根昂贵的高尔夫球棒，以及一个折叠手杖。她的胸中有一团坚硬密实的纠结，让她透不过气。她气闷难当，捡起一根球棒走入了屋子的中央。她发出一声小小的哼叫，就像有人在结束一段长距离赛跑之后的喘息。她把球棒举过头顶，似乎在模仿一个完美的挥杆，然后用尽全力挥出去，击中了细颈瓶。玻璃在房间里四处乱溅。然后她再次挥杆，朝着墙，一张张照片在相框里粉碎，瘪掉的奖杯从架子上落下。她挥向皮革包裹的书、重重的玻璃烟灰缸。她猛烈地砸着，有条不紊，她苗条的身躯正在被不断升腾的怒火燃烧得越来越有力量。

她把一本本书从书架上打落，把相框从壁炉上砸飞。球棒在她手中仿如斧头，打碎了沉重的乔治王风格的书桌，使其滑倒到一边。她挥舞着，挥舞着，直到双臂发痛，身上汗流如注，上气不接下气。终于，当没什么可砸了时，她站在屋子的中央，她的鞋吱嘎吱嘎地踩在碎玻璃上，她擦去前额上一缕汗津津的头发，俯瞰着自己刚才的所为。**可爱的司特灵夫人，好脾气的司特灵夫人。稳重，平静，本分。**她的火焰熄灭了。

珍妮弗·司特灵把打弯了的球棒扔在脚下。然后她在裙摆上擦了擦手，拣出被她扔在地上的一小块碎玻璃，离开了这间屋子，并在身后关上了门。

柯多扎太太正和伊斯梅一起坐在厨房里，突然间珍妮弗宣布说她们可以再次出去，“这孩子不想要她的茶吗？她会饿的。”

“我不想出去。”伊斯梅插嘴道。

“我们不会花很长时间的，亲爱的。”她冷静地说，“柯多扎太太，你今天剩下来的时间可以自由活动。”

“可是我——”

“真的。我是出于好意。”她一把抱起她的女儿，提起她刚刚打包好的旅行箱，以及装着糖果的棕色纸袋，忽略掉管家的不解。然后她出去了，走下台阶，叫了一辆出租车。

她一推开双开门，站到他的办公室外，就看见他在跟他桌旁的一个年轻女人说话。她听见一声招呼，听见她自己得体的回应，并稍稍惊讶于她能自由应对如此正常的寒暄。

“她长这么大了！”

珍妮弗往下看着她的女儿，后者正在拍打她的珍珠项链，然后她看向正在说话的那个女人。“你是桑德拉，对吗？”她说。

“没错，司特灵夫人。”

“我想赶紧进去瞧瞧我丈夫，你介意让伊斯梅稍稍玩一会儿你的打印机吗？”

伊斯梅很高兴能放她去键盘那里玩，一群一见有理由放松工作的女人马上高兴地围住了她，她对她们七嘴八舌。然后珍妮弗将脸上的头发别到脑后，走去他的办公室。她走入秘书区域，他正站在那里。

“珍妮弗。”他扬起眉毛，“我没期望你来。”

“咱们谈谈。”她说。

“我五点必须出去。”

“不会占用你太长时间的。”

他领着她到他自己的办公室里，在他身后关上门，示意她坐到椅子上。当她拒绝他的指示，而是一屁股坐到他自己的皮革椅中时，他似乎稍微有些恼怒。“嗯？”

“我做了什么，让你那么恨我？”

“什么？”

“我知道那封信。”

“什么信？”

“四年前你从邮局截住的那封信。”

“哦，那个。”他驳斥般地说。他脸上的表情仿佛被人提醒忘记带走杂货店里买的小物件了。

“你知道，而且你让我以为他死了。你让我以为我要为他的死负责任。”

“我以为他很有可能死了。这都是过去的事了。我看不出现在把它拽出来有什么意义。”他倾身向前，从桌上的银盒子里抽出一根雪茄。

她飞快地想起他书房中缺损的那个烟灰缸，碎裂的玻璃闪闪发光，“意义在于，劳伦斯，你日复一日地在惩罚我，让我惩罚我自己。我做了什么值得被如此对待？”

他扔了一根火柴到烟灰缸里，“你非常清楚你做了什么。”

“**你让我以为是我杀了他**。”

“你怎么想的与我无关。无论如何，如我所说，那都是过去的事了。我真的不明白为什么——”

“那不是过去的事。因为他回来了。”

他的注意力起来了。她微微暗示他，秘书可能在门外偷听，因此她压低了声音。“没错。我打算离开，去跟他在一起，当然，伊斯梅也一起走。”

“别闹了。”

“我是认真的。”

“珍妮弗，这片土地上没有一个法庭会让一个孩子跟一位通奸的母亲在一起——一位不吃药就没法度日的母亲。哈格里夫斯先生会证明你吃了多少药。”

“它们没了。我把它们都扔了。”

“真的？”他再一次看了看表，“祝贺啊。那么，你已经可以整整……二十四小时不需要药物的帮助了？我确定那些法庭会发现这真值得钦佩啊。”他大笑，被自己的回答逗乐了。

“你认为他们会发现那些肺病资料也值得钦佩吗？”她捕捉到了他下巴上突然生起的凛然，那瞬间闪过的犹疑和惊惧。

“什么？”

"你的前秘书把它给了我。我有你过去十年里因工生病和死亡的所有雇员的名单。这是谁？"她仔细地发着那个调的音，强调它的生硬之处："米——索——瑟——利奥——玛。"

他脸上的血色迅速褪去，以至于她以为他会晕厥。他起身经过她，到了门那里。他打开门，往外窥视了一眼，然后再度死死关上，"你在说什么？"

"我有所有的信息，劳伦斯。我甚至有你给他们赔付款项的银行对账单。"

他用力拉开一个抽屉，在里头翻寻。然后他直起身，看上去在发抖。他朝她迈近一步，弄得她不得不迎向他的凝视，"如果你要毁了我，珍妮弗，你就毁了你自己。"

"你真的以为我会在乎？"

"我永远不会跟你离婚。"

"很好。"她说。她的决心因为他的不安而更加坚定了，"这事会这么办。伊斯梅和我会在附近的一个地方住下，你可以定期去看她。你和我只是名义上的夫妻。你要给我一份合理的生活费，为养活她；作为回报，我保证那些文件永远不会让公众知道。"

"你是在勒索我？"

"哦，我太愚笨了，怎么懂得做那种事呢，劳伦斯，过去这些年来你提醒过我无数次了。不，我只是在告诉你我的人生将要怎样过。你可以继续拥有情妇、房子、你的财产和……你的名声。你的生意同伴们都不需要知道。可是我永远不会再跟你同时踏入同一座房屋。"

他的确没有意识到，她知道情妇的事。她看见他脸上布满无助的愤怒，还混合着狂野的焦虑。然后这些情绪都被他抑制住了，代之以调停似的微笑，"珍妮弗，你很难过吧。这个家伙的重现一定是一个巨大的震惊。你为什么不回家去，我们讨论讨论？"

"我已经把那些资料委托给了某人。如果我发生什么事，他知道该怎么办。"他从没这样怨恨地看过她。她紧紧抓着她的手袋。

"你是一个妓女。"他说。

“跟你在一起，我是。”她静静地说，“我一定曾经是，因为我当然不是为了爱而做那种事的。”

一阵敲门声，他的新秘书进来了。这个女孩的目光在他们之间急速地来回移动，示意她带来了什么特殊的信息。珍妮弗反而勇气倍增：“不管怎样，我认为我该告诉你的就是这些。我现在要走了，亲爱的。”她说。她走向他，吻了吻他的脸颊。“保持联系。再见，这位小姐……”她等待着。

“得利斯科尔。”女孩说。

“得利斯科尔小姐。”她微笑着打量她，“当然。”她经过这个女孩，找到她的女儿并牵起她，心跳个不停地拉开双开门，有些期待听见他的声音，期待他的脚步会追上她。她轻快地迈下两段台阶，来到出租车等待着的地方。

“我们去哪儿？”当珍妮弗把伊斯梅举到她旁边的座位上时，小家伙问。她刚才是从一捧一捧的糖果和一圈秘书中间被拉出来的。珍妮弗倾向前去，摇开小小的窗户，盖过高峰时段车流的喧嚣对司机大喊。她突然间觉得成功了，一身轻松，“请去丽晶酒店。越快越好。”

稍后她会回顾这一趟二十分钟之旅，意识到她已经目睹过人潮汹涌的街道、华而不实的商店橱窗，仿佛是通过一个游客、一个外国记者的眼睛来看的，总之像是以前从没见过它们。她只注意到了为数不多的细节，一些打动她的印象，她知道她可能以后再也看不到这些东西了。就她所知，她的生活已经结束了，她想要歌唱。

珍妮弗·司特灵就是这么同她的旧生活告别的，同那种逛街的时候拎满沉沉的购物袋，一回家却觉得它们一无是处的生活告别。她每天在接近玛丽波恩路时都会感到是在强撑着度日，尤其接近那座她再也不觉得是家，而是某种苦修院的房子的时候。

广场连同她那个沉默的家都一瞬间闪过，在那个世界里，她曾经深居其中，知晓无论她表达任何思想，完成任何行为，都无法不引起一个男人的批评，她总是弄得这个男人不开心，以至于他唯一的方针就是惩罚她，带着沉默、无情的轻蔑，带着一种让她长久觉得寒冷，甚至在盛夏也觉得寒冷的氛围。

一个孩子可以让你免受那些遭遇，但仅此而已。当她的所为意味着她可能会受到围绕在她周围的眼神的羞辱时，她可以显示，女儿能给她另一种生活方式。这种方式无须麻痹自己，这种方式意味着你的整个人生不再是为你自己是谁而致歉。她看见了那两个妓女曾经卖弄自己的窗口，敲窗户的姑娘们已经搬去了别的地方。我希望你们能过上更好的生活，她无声地对她们说。我希望你们能不受任何牵制。每个人都值得那种机遇。

伊斯梅还在吃她的糖果，一边通过另一面窗观察着忙碌的街道。珍妮弗搂着她的小女儿，把她拉近了些。伊斯梅拆开了又一枚糖，塞入嘴里，“妈妈，我们去哪儿啊？”

“去见一个朋友，然后我们就去冒险，亲爱的。”她回答，突然间溢满激动。她一无所有了，她想，**一无所有**。

“冒险？”

“对。一场很久很久以前就应该去的冒险。”

第四版关于裁军协议的故事做不了该版头条，唐·富兰克林想，而他的副手正在寻思什么可以替代。他希望他的妻子不要在他的肝泥香肠中放生洋葱，它们总是让他肚子痛。“如果我们把牙膏广告放到这一边，我们就可以用跳舞的神甫来填满这块空间了。行吗？”副手建议道。

“我讨厌那个故事。”

“那么剧院评论呢？”

“已经被安排在第十八版了。”

“看看西南方向，头儿。”

富兰克林一边揉着肚子，一边抬起头看，见一个女人正匆匆跑过报社办公室。她穿着一件黑色军用短雨衣，带着一个金发的孩子。在报社里见到一个小女孩让唐觉得不安，就像见到一个士兵穿着女衬裙一样。大错特错。那个女人中途停住，问谢莉尔一些事，谢莉尔指了指他。他的铅笔叼在嘴角，等着她走过来。“我很抱歉打扰到您，可是我需要同安东尼·奥哈尔谈谈。”她说。

“你是？”

“珍妮弗，司特灵。我是他的一个朋友。我刚从他的酒店来，可是他们说他已经退房了。”她的眼神非常焦虑。

“你就是几天前送字条过来的人。”谢莉尔想起来了。

“是的，”女人说，“是我送来的。”

他观察着谢莉尔上下打量她的方式。那个孩子拿着一根吃了一半的棒棒糖，糖还在她妈妈的袖子上留下了一道黏黏的痕迹。“他去非洲了。”他说。

“什么？”

“已经去非洲了。”

她完全愣住了，那孩子也是。“不。”她的声音崩溃了，“那不可能，他甚至还没决定好是否该去呢。”唐把铅笔从嘴里拿出来，耸了耸肩，“新闻来得太快。他昨天走的，搭乘最早的飞机。接下来的几天他都会在赶路。”

“可是我需要同他谈谈。”

“没法联络上他。”他能看到谢莉尔正在注视着他，还有两个秘书在交头接耳。

女人的脸色煞白，“肯定有办法找到他的，他不可能走远。”

“他可以在任何地方。那里是刚果，他们没有电话。他有机会的话，会发电报过来的。”

“刚果？可是他究竟为什么要走得那么急？”她的声音已经弱成低语。

“谁知道？”他尖锐地看着她，“可能他想逃离吧。”他意识到谢莉尔正在闲荡，在假装整理附近的一堆文件。那女人似乎失去了思考的力量。她的手捂住脸。有那么尴尬的一阵，他想，她可能要哭了。如果有比一个孩子出现在新闻编辑室里更糟糕的事，就是一个哭泣的女人同一个孩子一起出现在新闻编辑室。

她深吸一口气，稳住自己。“如果您同他谈话，能请他打电话给我吗？”她摸进她的包里，掏出一个文件袋，塞满文档，以及几个被压瘪了的信封。她迟疑了一下，然后把信封塞到文件袋深处。“把这些东西给他。他知道它们意味着什么。”她潦草写下一张字条，从她的日记本上撕下，把它塞入信封口盖里。她把文件袋放在他面前的桌子上。

“当然可以。”她抓住他的胳膊。她戴着一个钻戒，尺寸如同柯伊诺尔红钻石，“你保证他会得到它吗？这真的很重要。非常非常重要。”

“我明白。现在，如果你能体谅，我需要继续工作。眼下是我们一天里最忙碌的时候。我们马上就要截稿了。”

她的脸拧成一团，“对不起。只要保证他能得到它。求您了。”唐点点头。

她等待着，她的目光不离他的脸，也许是在向自己确保他的话是认真的。然后，她环顾了办公室最后一眼，似乎在检查奥哈尔是否真的不在这儿，接着牵起她女儿的手，“我很抱歉打扰到了您。”从某种意义上来说她看上去比她走进来的时候更小了。她缓缓地走向报社大门，似乎搞不清楚自己要去哪里。聚集在助理编辑办公桌周围的几个人注视着她的离去。

“刚果。”谢莉尔突然说。

“我需要将第四版定下来。”唐凝视着桌面，“就上跳舞的神甫吧。”

差不多过了三个星期后，才有人想起来要清理助理编辑的桌面。在旧的毛条校样和蓝黑复写纸中，是一个破旧的文件袋。

“谁是B？”临时秘书朵拉打开了它，“是给本丁克的东西吗？他不是两周前就离开了吗？”谢莉尔正在电话里争论着旅行费用，她耸了耸肩，并未转身，只是将手盖在了话筒上。“如果你看不出来那东西是给谁的，就送到图书馆里去。我把所有看不出来是归谁的东西都放在那儿。那么唐就不会对你大吼大叫了。”她想了一阵，“嗯，他会的。但不是因为归错档案。”

包裹被放在了推往档案室的推车里，连同过期版本的报社《名人录》和议会议事录，被存放在了这栋房子的深处，尘封了几乎四十年。

第三部
Part 3

我们玩完了。

男性致女性，经由短信

第十六章　“那种事从来没有好结果。”

2003

星期二。红狮？有什么好处吗？约翰 吻你

她等了二十分钟，他才到，带来一团冷气以及一连串的道歉。那个广播采访比他以为的进行得更久。他偶遇了一位大学里认识的音效师，对方想叙叙旧。匆匆走开是不礼貌的。让我坐在酒吧里就没有不礼貌，她无声地回答道。可是她不想破坏气氛，因此她微笑着。

“你看上去真可爱。”他说，一边抚摩着她的侧脸，“你的头发做过了？”

“没有。”

“啊。那你就总是那么可爱了。一如既往。”这样一句话，他的迟到就被遗忘了。他穿着一件深蓝色的衬衫和一件卡其外套。她曾经有一次嘲笑他说这是作家的制服。轻描淡写，毫无特色，还贵。当她没有跟他在一起的时候，她想象中的他就是穿着这样一身衣服的，“都柏林怎么样？”

“太匆忙。太匆忙。”他从脖子上解下围巾，“我有了一位新宣传员，罗斯，她以为她的义务便是将所有事情以每十五分钟的时段来安排。她想得还挺全，居然还给我留出了上厕所的空隙。”她大笑。

“你喝点什么吗？”他对一个侍者打手势，一边在她面前放上一个空玻璃杯。

“白酒吧。”她并没打算要别的。她在试图减少饮酒，可是现在他在这里，而且她心中的纠结只有酒精才能化解。他聊着他的旅途，卖出去的书，都柏林海滨的变迁。他说话的时候她就注视着他。她在什么地方看到过，你只有在遇上一个人的最初几分钟里才能真正看清他们是什么样的人，之后便只是印象，因你自己的主观倾向而变形。在那些她因为喝了太多而虎着脸，或是因为缺乏睡眠而睡眼惺忪醒来的早晨以宽慰，你对我来说一直都会是好看的，她用心灵告诉他。

“那么，今天不用上班？”

她将自己拉回到谈话中，“今天我休假。上个星期天我加班了，记得吗？可是无论如何，我还是打算去办公室转转。”

“你在忙什么？”

“哦，没什么非常带劲的。我找到一封有趣的信，而且希望在档案室再找找，看是否还有更多。”

“一封信？”

“对。”

他扬起眉毛。

“没什么可说的，真的。”她耸耸肩。“很旧了，是1960年的。”她不知道为什么她不想说更多，可是给他看信中的那些直率的情感她会觉得奇怪。她怕他可能会认为她有某些藏着的理由，以至于不愿让他看到那封信。

“啊。那时的评论要比现在严苛得多。我喜欢写那个时代的故事，它非常有助于制造紧张。”

“紧张？”

“介于我们想要的和我们被允许的之间。”

她看着她的手，“是啊。对此我非常了解。”

“那些想要越界的冲劲儿……越过所有那些严格的行为准则。”

“再说一遍。”她的视线迎着他的。

“别。”他喃喃道，并咧嘴笑了，“别在饭馆里。坏丫头。”言语的力量。她每次遇见他都要玩一玩这个。她感到他的腿挨着她的。此后他们会去她的公寓，她会将他据为己有，起码一个小时。那还不够，永远不够，可是想起那事，想起他的身体贴着她的，就让她目眩神迷。

"你……还想吃吗？"她慢吞吞地问。

"那要看……"他们眼神犹疑地看着对方。对她来说，酒吧里空无一人，只有他。他在椅子上稍微转了一下身，"哦，怕我忘记，说一下，我从十七号开始要离开一段时间。"

"又一趟旅途？"他的腿在桌下勾住了她的。她努力将注意力集中在他说的话上，"那些出版商们的确是让你忙个不停啊。"

"不。"他说，声音中立，"是去度假。"极为短暂的停顿。那就是了。她的肋骨猛一吃痛，像是受了一记重拳。

"对你来说挺好的。"她把腿收回来，"你去哪儿？"

"巴巴多斯[①]。"

"巴巴多斯。"她抑制不住声音里的惊奇。巴巴多斯。不是布列塔尼的露营，不是某个堂弟位于遥远的雨水润湿的德文郡的小别墅。巴巴多斯并非意味着一个家庭假日的单调乏味。它意味着奢华、白沙、一个穿着比基尼的妻子。巴巴多斯意味着一种待遇，一个暗示他们的婚姻始终还有价值的目的地，它意味着他们可能会做爱。

"我想象不来那里能连上互联网，打电话也会比较难。你知道的。"

"无线电静默[②]。"

"诸如此类。"

她不知道该说什么。她感到很怨怒，却意识到自己无权如此。毕竟，他难道对她承诺过什么吗?

---

① 法国一地区。

② 军事术语。无线电侦听是广为采用的一种通过侦听敌方的无线电信号达到定位、破译等目的的工作。无线电侦听有两个层次：第一层是定位，可以了解敌人电台的行进趋向；第二是破译。现代军事电台都使用跳频技术，但对于技术手段高超的对手而言，在全频道展开监听并识别个别特征码不是什么难事。所以在执行一些秘密任务时，执行部队往往要选择无线电静默，也就是在任务开始后一直到到达指定地点或指定时间前，执行部队是不会使用无线电进行通信的，这样一来，敌方就很难通过无线电实施定位，也就达到了预期的效果。

"还有呢。度假就是跟小孩子在一起，这种事你听说过吗？"他说，一边喝了大口面前的酒，"不过是审判地点的变更罢了。"

"真的吗？"

"你不会相信你必须跟那么多东西费力周旋。该死的婴儿车、幼童高脚椅、尿布……"

"我不想知道。"他们沉默地坐着，直到红酒上来了。他给她倒了一杯，递给她。沉默在蔓延，开始变得让人招架不住，仿如灾难。

"我不能掩盖我结婚了的事实，艾丽。"他终于说，"如果这伤害到了你，我很抱歉，可是我不能不去度假，因为——"

"——那让我嫉妒。"她帮他说完。她讨厌自己这话给别人的感觉。她讨厌自己像个闷闷不乐的青少年一样坐在这里。可是她依然在汲取巴巴多斯的重要性，以及有两周时间她依然要试图阻止自己想象他同他妻子做爱的认知。

我此时应该走开了，她告诉自己，一边端起她的杯子。此时任何有知觉的人都会将他们自尊的残片聚合在一起，宣称自己值得更多，走开去寻找能给他们整个自我的人，而不去攫取午餐时刻，以及忧心忡忡的、空荡荡的傍晚。

"你还希望我回到你那里去吗？"他仔细地端详着她，他的脸上写满歉意，蚀刻着关于他对她做了什么的理解。这个男人，这个雷区。"是的。"她说。

报社里有等级，图书馆员几乎是在最底层。虽然不至于低到和食堂工作人员或保安一样，可是和专栏作者、编辑和记者们远不能比，那些人组成了行动部门，那些人构建了出版的事实。图书馆员是后勤人员，进不了人们的视野，没什么价值，随时等候更重要的人们的召唤。可是似乎没人将此解释给那个穿着长袖T恤的男人。"今天档案室不开放。"他指着一则贴在貌似是柜台上的手写的通知。

抱歉——档案室关闭至周一。大多数请求可以在线答复。请首先尝试网络问询，如遇紧急情况，可拨打内线3223。

当她再次抬起头，他已经走了。她可能被冒犯了，可是她依然想着约翰，想着一个小时前他把衬衫从头上套上时摇头的样子。“哇哦。”他说，把衬衫下摆塞到腰带里，“我以前从没做过激烈的性爱。”

“不要挑三拣四的了。”她回答，因短暂的放纵而显得轻佻。她躺在羽绒被上，透过天窗盯着十月的灰云，“总比激烈的‘无性爱’好。”

“我喜欢。”他倾身向前，吻了吻她，“我非常喜欢你‘使用’我的主意。我就是一种取悦你的纯粹的工具。”她把一个枕头扔向他。他还带着那种眼神，锋芒稍敛，却依然盯着她，一些主意，一些关于刚刚发生在他们之间的事的记忆。她的。

“你是不是想，如果这场性爱不那么美妙，你会更坦然？”她问，一边把眼前的头发拨开。

“是的。哦不。”因为如果不是为了性，你就不会在这里。她支撑起身体，突然觉得郁闷。“好吧。”她利落地说。她亲吻了他的脸颊，然后，作为附加，亲吻了他的耳朵。“我得去一下办公室。你出去的时候记得关门。”她轻轻走进浴室。

她注意到了他的惊奇。她在身后关上门，打开冷水龙头，任流水响亮地冲入排水孔。她坐在浴缸边缘，听着他走过起居室，可能是在穿鞋，然后出门。

“艾丽！艾丽！”她没有回应。

“艾丽，我现在要走了。”她等待着。

“我会很快再见你的，美人儿。”他在门上敲了两下，然后走了。她听见前门关上后，继续坐在那里差不多有十分钟。

她正打算离开，那个男人又出现了。他抱着两盒摇摇欲坠的资料，正要用屁股顶开门，准备再度消失，“你还在这里？”

“你拼错了一个词。”她指着那条通知。他看了它一眼。“你是这些天里联系不到我们的工作人员了，是吗？”他朝门走去。

“别走！求你！”她靠上柜台，挥舞着他给她的文件夹，“我要看看你们的一些1960年的报纸，我还想问你点儿事。你能想起来你给我的资料是在哪里找到的吗？”

“大概记得。怎么了？”

“我……里头有东西，一封信。我觉得如果我能让它稍稍有点实质内容，可能会写出一篇不错的特写。”他摇摇头，“我现在做不到。抱歉——我们因为搬家，骨头都快累散架了。”

“求你，求你，求你！我需要在本周末整理好一些东西。我知道你真的很忙，可是我只要你带我去看就行。其余部分我自己来做。”他的头发乱糟糟的，长袖T恤上遍布灰尘。一个不讨人喜欢的图书馆员——他看上去似乎应该潜心读书，而不是将书码堆。

他嘟噜了一下嘴唇，在柜台末端放下盒子，“行吧。什么样的信？”

“就是这个。”她从口袋里掏出信封。

“没有什么可挖掘的嘛。”他看了一眼说，“一个邮箱地址和一个首字母。”他真傲慢。她希望刚才没有跟他指出他拼错了单词，“我知道。我只是觉得如果你这里有更多，我也许能够——”

“我没时间——”

“看看吧。”她鼓励道，“来吧，看看这封信……”她的声音越来越低，因为她想起自己还不知道他的名字。她已经在这里工作两年了，却压根儿不知道任何一名图书馆员的名字。

“洛里。”

“我是艾丽。”

“我知道你是谁。”

她扬起眉毛。

“在这里，我们通常都会把人的脸和姓名一一对上号。无论你信不信，我们每个人都会跟其他同事说话。”他看着那封信，“我非常忙——私人通信也不是我们掌管的东西。我甚至都不知道它为什么会落在这里。”他把它推回给她，看着她的眼睛，“我现在可以把你刚才说拼错了的词重新拼给你听。”

“两分钟。”她把信塞给他，“求你了，洛里。”他接过信封，把信抽出来，漫不经心地看着。他看完了，然后抬头看她。

“告诉我你不感兴趣。”他耸耸肩。

“你感兴趣。”她咧嘴一笑，“你感兴趣。”

他打开柜台，用一种屈从的表情示意她过来。“我会在十分钟内把你需要的报纸放在柜台上。我已经把所有零散的资料放到垃圾袋里，准备扔掉，可是，是的，到这边来。你可以自己在里面翻寻，看你能不能凑起其他的东西。但别告诉我老板，也别指望我会帮你。”

她已经在这里有三个小时了。她忘记了1960年的报纸，相反却坐在布满灰尘的地下室角落，几乎没有注意到人们抱着盒子经过自己。那些盒子上标记着“67年选举”“火车灾难”或是“1982年6-7月”。她埋首于一个个垃圾袋，翻着一堆堆灰突突的纸，时不时被感冒药、汤力水和长久被遗忘的香烟品牌的广告所吸引。她的手被尘土和油墨染得乌黑。她坐在一个倒扣过来的板条箱上，把她周围的报纸堆得乱七八糟，搜寻着比A3纸更小的纸张，手写的纸张。她太专注了，都忘了查看手机短信。她甚至忘记了之前跟约翰一起在她家度过的那一个小时，而这个小时会在几天后一直在她脑中萦绕。

在上面，在新闻编辑室里留下的事务依然在继续，对于当日新闻的消化和喷发，其新闻列表在短时间内变了又变，专题报道被写出又被废弃，依据的是新闻电讯最新的数字化改造。在地下室黑乎乎的走廊里，上面的各种动静仿佛发生在别的大陆。在五点半左右，洛里端着两杯茶过来了，用的是聚苯乙烯塑料杯。他递给她一杯，自己靠在一个空了的文件柜上将他那杯一口喝干，“你的进展如何？”

“什么也没找到。太多诸如改良的健康汤力水，或是无名的牛津大学队发起的板球比赛之类的东西，可是没有热情洋溢的情书。”

“这样的搜寻通常都会是孤注一掷的徒劳。”

“我知道。这只是一个……”她把茶端到嘴边，“我说不清。我看了那封信之后就再也忘不了了，我想知道发生了什么事。打包得怎样了？”

他坐在离她几米外的另一个板条箱上。他的手上全是灰，额头上还有一道污渍："差不多了。我不敢相信我老板居然不让专业人士来做这活儿。"

图书馆馆长在报社里待得可有些年头了，在这里工作的每一个人进来时他就已经是这里的员工了。他是一个传奇人物，哪怕是最敷衍的报纸，他也能精准地说出其日期及副本在哪儿。

"为什么不呢？"

洛里叹息了，"他担心他们把东西放错了地方，或是遗失。我一直在跟他说，无论如何，这些东西最终都会被数字化保存。可是你知道他是多么在乎实物副本……"

"报纸被保存了多少年？"

"我想存档的报纸有八十年，还有一些六十年的剪报及附带的文档。可怕的是他知道每一个小文档的归属。"

她开始把一些无用的文件扔回到垃圾袋，"也许我应该告诉他这封信。他很可能会告诉我它是谁写的。"洛里吹了声口哨。"只有当你不介意将其归还的时候。他无法忍受失去任何一样单独的小物件。其他人都在他回家后偷偷地把真正的垃圾都拖出去，否则我们还得再占用几个房间来放它们。如果他知道我把那箱旧纸片都给了你，他会开除我的。"她勉强一笑。"那我就永远不会知道了。"她夸张地说。

"知道什么？"

"我那对倒霉的爱人发生了什么事。"

洛里想了想这话，"她拒绝了他。"

"哦，你这是老套的言情。"

"她拥有太多，不能失去。"

她对他点点头，"你怎么知道这封信是寄给一个女人的？"

"那时候女人没工作，是不是？"

"那是在1960年。信的对象不怎么可能是那些荒唐的女权主义者。"

"来，给我。"他伸出手要那封信。"好吧，那么也许她有工作。可我确定信里提到了跟火车有关的事。我应该认为，一个女人不太可能说她是要急匆匆地赶去接一份新工作。”他把信又看了一遍，指着字里行间道，“他要求她追随他。一个女人不会要求一个男人追随她自己，起码在那个时代不能。”

“你对于男人和女人的观点真老套。”

“不。我只不过是在这里花了太多时间沉浸在过去。”他示意自身周围，“而现在已经时过境迁了。”

“也许它根本就不是寄给一个女人的。”她嘲笑说，“也许它是给一个男人的。”

“不可能。同性恋那个时候还是非法的，对吗？如果是同性恋，都得低调、保密吧。”

“可是这封信就是低调的啊。”

“不过是一场婚外恋而已，”他说，“显而易见。”

“这算什么？经验之谈？”

“哈！我可不敢。”他把信交回给她，又喝了几口茶。他有着长而方的手指。劳动之手，不是图书馆员的手，她心不在焉地想。可是图书馆员的手又该是什么样的？“那么，你从来没跟结过婚的女人纠缠上？”她看了一眼他的手指，“或是你已经结婚，却从没闹过婚外恋？”

“不。还是不。从没有过任何婚外恋，不跟任何人有纠缠。我喜欢让生活简单。”他对那封信点点头，而她已经在把信往包里塞了，“那种事从来没有好结果。”

“什么？所有不那么简单直接的爱都不得善终？”她的声音里有防备的味道。

“我就是这个意思。”

“是的，的确是。你早先说过，她拒绝了他。”

他喝完了茶，将塑料杯揉成一团扔进了垃圾袋，“我们十分钟后就下班了。你最好赶紧带走你想要的。告诉我你没来得及查看的，我会尽量帮你留着。”她在搜集自己的东西时，他又说道：“不妨暂时这样说，我的确认为她可能拒绝了他。”他的表情深不可测，“可是为什么那就得是最坏的结局？”

无论如何，我爱你——即使再也没有任何我，或任何爱，甚或任何生活——我爱你。

塞尔达致菲兹杰拉德，经由信件

第十七章　滋味杂陈的生日

2003

艾丽·霍华兹正在实践梦想。每当她醉后醒来因喝了太多白酒而头晕目眩，感到因抑郁而产生疼痛时，她都这么告诉自己。在她完美的小公寓里，没有人能将这里搞得一团乱，只有她自己。（她私下里希望能有一只猫咪，但又害怕别人说她老套。）她的工作是在《国民报》上写专题文章，她的头发乖顺，体形凹凸有致，脸蛋漂亮到足够吸引别人的关注，而她依然假装被那些关注所冒犯。她的言辞犀利——据她老妈认为，太犀利。她反应敏捷。她有几张信用卡，还有一辆完全可以自己搞定，无须男人帮助的小车。当她遇上从前的校友，她能感觉到在向对方描述自己的生活时人家的嫉妒：她还没有到若是没有结婚生子就被人说失败的年龄。每当她跟男人见面，她都可以看出他们在列举并评估她的特性——好工作，好身材，有趣——似乎她是一份要去赢得的奖金。

如果她已开始意识到梦变得有点模糊不清，意识到自从约翰来之后，她一度在办公室里闻名的锋芒已经消失不见，也意识到她曾经觉得激动人心的恋爱关系已经开始用不怎么值得嫉妒的方式耗尽她，她就会选择看上去不要那么强势。毕竟，当你被那些像你的人包围时，你的境遇要容易得多。使劲喝酒，使劲玩派对，拥有凌乱的、灾难般的外遇，伴侣们都厌倦他们不归家——那些新闻记者和作家们，最终都会拥有婚外恋。她是他们中的一分子，他们的同伙之一，过着一种仿佛光彩熠熠的杂志内页般的生活，一种她刚开始知道自己想要写作时就追逐的生活。她成功，单身，自私。艾丽·霍华兹总是及时行乐。她的快乐从不输任何人。

可是，没人能得到一切，偶尔当她醒来试图回想起她打算活在谁的梦里时，艾丽就这样告诉自己。

“生日快乐，你这老骚货！”科琳和尼基正在咖啡店里等她，当她急匆匆进来，跑得包包都不断撞击着自己的身体时，她俩一边朝她招手，一边拍打着一个座位。“来啊，来！你太迟了。哦，我们现在都想去上班了。”

“对不起。我有点事耽搁了。”她们互相看了看彼此，她觉察到她们在怀疑她刚才是跟约翰在一起。她决定不告诉她们她实际上是在等邮件。她想要看看他是不是给她寄送了什么。此刻她觉得让自己在朋友面前迟到二十分钟真的挺傻。

“变成老古董是什么感觉？”尼基已经剪了头发。依然是金色的，没染，可是现在又短又卷。她看起来像个小天使，“我给你叫了杯脱脂拿铁。我猜你得从现在起注意体重了。”

“三十二很难说是老古董吧。起码，我对自己是这么说的。”

“可我惧怕这个年龄。”科琳说，“三十一无论如何听起来都像是你才过了三十，几乎还能勉强算是停留在二十多的尾巴上。三十二就让人觉得离三十五也不远了。”

“那么三十五显然离四十岁就是一步之遥了。”尼基在软座后面的镜子里检查自己的头发。

“那么也祝你生日快乐。”艾丽说。

“哦！等你满脸皱纹，孑然一身，穿着肉色的大衬裤时，我们依然爱你。”她们把两个包裹放在桌上，“这是给你的礼物。而且，不，你不能立刻就想到还礼的事。”她们的友谊经过多年磨炼始终坚固。科琳给她买过鸽灰色的开司米袜，柔软得让艾丽实在忍不住要当场穿上。尼基给过她一张某个贵得吓人的美容沙龙的优惠券。“是给抗衰老面部按摩用的。”她故意惹怒她似的说，“或是你用来打肉毒杆菌也行。”

“而且我们知道你对注射是什么感觉。”她用大笑和感激来回报朋友们。有许多个夜晚，她们说她们就是彼此的新家人，她们害怕某人会结婚，让剩下的两个孤单又孤独。尼基有了一个新男人，用通常的眼光看，他大有前途。他有钱，友善，对她不温不火，让她被他迷得团团转。尼基已经花了十年在看起来对她好的男人中爬梳。科琳刚刚结束一段一年的恋情。他人不错，而他们最终却成为兄妹般的关系。“本来我可是一直期待跟他结婚，生几个孩子的。”她说。

她们不去认真谈论对她们可能会错过她们的母亲和阿姨特别乐于提到的那条船的恐惧。她们不提她们大多数的男性朋友都在跟比她们小上五到十岁的女孩谈恋爱。她们开着关于变老的粗鲁的玩笑。她们邀集起对她们承诺说如果“十年后”彼此还单身就跟她们生孩子的同性恋朋友，然而每一方都觉得那种情形不可能发生。

“他给了你什么？”

“谁？”艾丽天真地问。

“小说家先生。这么问吧，他给了你什么样的理由让你迟到？”

“她已经被‘注射’过了。”科琳咯咯笑。

“你俩真恶心。”她抿着变得微温的咖啡，“我——我还没有见到他。”

“可是他是在跟你约会吧？”尼基问。

“我想是的。”她回答。她突然间恼怒于她们那样看着她，像是已经看穿了一切。她恼怒于她自己还没想出一个借口给他。她恼怒于他需要一个借口。

“你到底听说过他的消息没有，艾儿？”

“没有。可是现在才八点半——哦，基督啊，我十点钟打算去参加一个选题会，可我还什么头绪都没有呢。”

“嘿，他真可鄙。”尼基倾过来，抱住她，“我们会给你买一个小生日蛋糕，对吧，科琳？待在那里，我去买一个糖霜马芬蛋糕。我们要喝生日早茶。”

就在这时她听见手机的声音，于是掏出来打开看。

生日快乐，美人儿。礼物稍后奉上。吻你。

“是他？”科琳问。

“是的。”她露齿一笑，“说给我的礼物稍后奉上。”

“真像他的风格。”尼基嗤之以鼻。她已经端着糖霜马芬回来了，“他要带你去哪儿？”

“啊……他没说。”

“给我看看。”尼基抓过艾丽的手机，“真见鬼，这是什么意思？”

“尼基……”科琳的声音里含有一丝警告。

“好吧，‘礼物稍后奉上。吻你。’太含糊了，不是吗？”

“今天是她的生日。”

“的确。所以她才不应该去破译这个蹩脚的来自半吊子男朋友的折中短信。艾丽——亲爱的——你到底在做什么啊？”

艾丽僵住了。尼基打破了她们之间心照不宣的规则：无论一段恋情有多愚蠢，她们都不应该对它指手画脚；她们要支持，要以实际行动而不是言语表达关注；她们不会说出类似“你到底在做什么啊”这种话。

“没事的，”她说，“真的。”尼基看着她，“你三十二岁了。你都已经跟这个男人处于一段恋情——跟他相爱，有将近一年了，而你生日本该得到的东西却是一条微不足道的短信，说你有可能或压根儿没指望在未来不确定的某天得到某人的一下关注？情人起码也得意味着能收到昂贵的内衣吧？巴黎古怪的周末？”

科琳畏缩了。

“抱歉，科琳，我说这话的意思只是为了转变。艾丽，亲爱的，我爱你到死。可是，真的，你从这条短信中明白了什么呢？”

艾丽低着头，看着自己的咖啡。她生日的愉悦正在消退。“我爱他。”她简单地说。

“那么他爱你吗？”

她突然间觉得尼基讨厌起来。

“他知道你爱他吗？你实际上告诉过他，让他去爱你吗？”

她抬起头看她。

"我问完了。"尼基说。

她们周围的咖啡馆陷入了沉静，又或许只是她们这样觉得而已。艾丽在椅子上扭了扭身子。科琳依然等着尼基，尼基耸耸肩，将马芬蛋糕高高举起，"还是祝你生日快乐吧，嗯？有人还想来点咖啡吗？"

她迅速坐到电脑前。她的办公桌上什么也没有。没有字条让她注意前台的花束，没有巧克力或香槟。她的收件箱里有十八封信，不包括垃圾邮件。她母亲——去年买了一台电脑，还依然给电邮的每一个句子以感叹号结尾——给她发送了一条祝愿她**生日快乐**的消息，然后告诉她**狗狗在臀部移植手术后恢复良好!**以及**手术花费比霍华兹家祖母做的还要贵!**专题编辑的秘书发给她的信是提醒她参加今天上午的会议。还有洛里，那个图书馆员，给她发了一条消息，让她稍后去档案室一趟，可是别在四点前，因为此前他们都会在新大楼里。没有约翰的来信，哪怕一声装模作样的问候都没有。她有点泄气，而她看见玛丽萨带着鲁伯特大步朝她办公室走去时又畏缩了。

她处在麻烦中了，她意识到，一边在桌上匆忙翻找。她已经任自己陷入那封信太深，导致没什么材料可给1960年专刊的，没有玛丽萨要求的对比例证。她咒骂自己花了那么长时间在咖啡店里，然后整了整头发，抓过离她最近的一堆文件——那么起码她看起来是大局在握了——然后赶紧去参加会议。

"因此，健康版已经做滥了，无论如何都是换汤不换药了，是不是？我们有关节炎的专题吗？我想要对于替代疗法的补充报道。有哪位名人得了关节炎的？这会让照片生动起来。这些照片都太呆板了。"

艾丽在翻着她的文件。现在快十一点了。他送点花来能花掉多少钱？如果他真的害怕出示信用卡会暴露他的个人信息的话，他可以给花贩付现金；他以前不是没那么做过。

也许他在冷淡下来；也许正在进行的巴巴多斯之旅是他在试图同他妻子和解；也许告诉她这趟旅程是他胆怯的交流方式，以示她对他来说不如以前那么重要了。她轮番浏览着手机里以前保存过的短信，想看看是否有哪条短信是明显表示他在开始冷淡她的。

关于战争老兵的文章不错。吻你。

午餐时间有空吗？我十二点半在老地方等你。约。

你是旁人。今晚不能跟你说。会第一时间短信你。吻你。

几乎不可能说清楚这些短信的调子里是否有变化：变化太微弱，无法扩大。艾丽叹息了，心情因自己思绪的方向、朋友过于直率的评论而觉得万分沉重。她究竟是在做什么？她要求得那么少，为什么？因为她怕如果她要求多一些，他就会觉得无意中进入了一个死角，他们全都要玩完。她从来都知道这桩交易是怎样的。她不能声称自己被误导了。可是她指望被合理拿走的有多么少？当你知道你被热烈爱着，而唯有周遭环境让你们分离的话则另当别论。可是没有迹象表明有什么客观阻挠因素，这让整件事飘浮不定……

"艾丽！"

"嗯？"她抬起头，发现十双眼睛正盯着她。

"轮到你对大家介绍你对下周一版面选题的看法了。"玛丽萨的凝视既茫然，却又全知全觉，"'彼时与此时'版的。"

"好的。"她说，一边迅速翻阅腿上放着的资料，好掩盖她的脸红，"好的……嗯，我觉得直接挖掘旧版面会非常有趣。当时也有专门负责答疑解惑的作者，因此我们可以比较当时和现在不同的回答。"

"好。"玛丽萨说，"我上周就是这么要求你的。你来给我看看你找到了什么吧。"

"哦，对不起。那些旧报纸还在档案室里。图书馆员们不放心我把那些资料带出来，以及我们要拿它们做什么。"她结结巴巴地说。

"你为什么不复印呢？"

“我——”

“艾丽，你的创意不错。我还以为你几天前就搞定了呢。”玛丽萨的声音冷冰冰的。房间里的其他人都低下头去，不想目睹这不可避免的“杀无赦”。“你喜欢让我把这份任务交给其他人吗？也许是那些有工作经验的女孩中的一个？”

艾丽想，她能看出，好几个月来，这份工作已经是我日常雷达上的一道阴影。她知道我心猿意马——心思在一张皱巴巴的酒店床上，或是在一个看不见的住宅中，同一个不在那儿的男人不断进行平行对话。除了他，什么都不存在，而她早就看穿了我。

玛丽萨的眼睛瞄向天花板。艾丽突然清晰地意识到，她的职位其实是不稳定的。

“我，啊，有更好的东西。”她突然说，“我以为你会喜欢这个。”那个信封就躺在纸张中间，她把它塞给她老板，“我正试图去找到关于它的一些线索。”

玛丽萨读了那封短信，皱起眉头，“我们知道写信人是谁吗？”

“现在还不知道，可是我正在调查。我觉得如果我能发现他们之间发生过什么的话，没准可以写出一篇伟大的特写来。无论他们最终是否在一起。”

玛丽萨点了点头，“嗯。听起来像是婚外恋题材。60年代的丑闻，嗳？我们可以把它作为一个由头，说明道德观是如何变化的。你进展得如何了？”

“抽丝剥茧中。”

“去搞清楚究竟发生了什么，无论他们是否遭到了唾弃或是放逐。”

“如果他们都结婚了，可能他们不会愿意让公众知道。”鲁伯特注意到了，“在当时，这种事跟现在相比可是了不得的大事呢。”

“如果有必要，匿名称呼他们。”玛丽萨说，“可是理想地说，我们需要照片——起码是来自那封信的时代的。那样更有助于指认他们的身份。”

“我还没找到照片。”艾丽的皮肤发紧，她知道玛丽萨的念头是个馊主意。

“可是你会找到的。如果需要，让一个新闻记者去帮你。他们擅长挖掘材料。而且，对，我希望下周就找到。可是首先要理清楚那些答疑解惑版。今天下班前，给我一些可放在一个跨页版上的样篇。OK？我们明天再碰头，同样的时间。”她已经在朝着门大步迈进了，完美修饰过的头发在身后弹跳，仿若洗发水广告。

“是拼单词比赛小姐啊。”

她发现他坐在食堂里。当她在他对面坐下后，他拔去耳塞。他正在阅读一本南非的导游书。一个空盘子告诉她他已经吃完午餐了。

“洛里，我麻烦大了。”

“什么麻烦？用四个‘T’拼写‘反对教会与国家分开学说’（antidisestablish-mentarianism）？”

“我在玛丽萨·白金汉面前大放厥词，现在我必须给专题版整出一个有血有肉的终极爱情故事来。”

“你跟她说了那封信的事？”

“我被抓住了，我需要给她提供点东西。她看着我的眼神让我觉得我要被调到讣告栏去了。”

“哈，那岂不是很有趣。”

“我知道。可是比写爱情故事更急的是我得整理1960年每一份答疑解惑版，找到他们与当代的道德观对等处。”

“这活儿很简单啊，不是吗？”

“可是非常耗时间，我还有别的一大堆事要做呢。还不包括探寻我们神秘的爱侣间发生了什么。”她带着希望地微笑，“我能期望你有什么可以帮到我的吗？”

“抱歉，用故纸堆把我埋起来吧。我回到楼下后会帮你挖出1960年的报纸资料的。”

“那是你的工作。”她抗议道。

他咧嘴一笑，“没错。而写作和研究就是你的工作。”

“今天是我生日。”

“那么生日快乐。”

“哦，你可真是全心全意啊。”

“而你太习惯于为所欲为了。”他对她微笑，她注视着他搜集好他的书和MP3播放器。他转向门的时候，还对她致敬了一下。

你完全不知道，你错得多离谱，当门在他身后轻轻关闭时，她想。

我二十五岁，我有一份挺好的工作，但还没有好到可以满足我所有想要之物——一座房子，一部车子和一个妻子。

“因为显然你得先有了房子和车子，才能获得上述任何一项。”艾丽对褪色了的旧新闻纸嘟哝道。或是在获得一台洗衣机后，洗衣机也许更重要。

我已经注意到我的许多朋友都结婚了，他们婚后的生活水准却耐人寻味地下降了。我跟一个女孩定期约会有三年了，我非常愿意娶她。我要求过她等我三年，直到我们能够结婚，住在相对好一些的环境中，可是她说她不打算等我。

三年，艾丽沉思着。我不责备她。你没有让她觉得你是热烈爱着她的，对吗?

无论我们结婚还是她压根儿就不会嫁给我。既然我给她指出过她可能会降低生活水准，她这样的态度真的令人无法理解。你觉得除了我表述过的，还有其他论题可以跟她争辩吗?

“没有，小子。”她大声说，一边将另一份旧报纸塞入复印机里，“我认为你已经把自己的观点陈述得很清楚了。”

她回到自己的座位，坐下，从她的文件夹里抽出那封皱巴巴的手写信。

我最亲爱的唯一的爱……如果你不介意，我知道无论我们对彼此的感觉如何，那感觉都是不够的。我不会责备你，我亲爱的。我知道过去的几周给你施加了无法忍受的压力，我也非常深切地感受到了那种沉重。我憎恶我可能引起你任何不快的想法。

她把这些词句读了一遍又一遍。他们拥有热情、力量，即使已经过了这么多年。为什么当你本来可以“知道你的手中持有我的心，我的希望”时，还要因自命不凡的“我给她指出过她可能会降低生活水准”而煎熬呢？她希望第一封信里的那个不认识的女孩能够幸运地逃脱。

艾丽随意地检查了新邮件，然后是手机短信。她三十二岁了。她爱着某个跟别人结婚了的人。她的朋友开始暗示她——她，真荒谬，而她讨厌她们，因为她知道她们是对的。她咬着一根铅笔的末端。她收拾起复印好的答疑解惑版面，又将其放下。然后她点击开了电脑屏幕上的一条新消息，在她能够努力琢磨它之前，她敲下了：

我真正想要的生日礼物是知道我对你来说意味着什么。我需要我们之间的一场真诚的谈话，我能说出自己所想。我需要知道我们是否有在一起的未来。

她接着补充：

我爱你，约翰。我爱你胜过爱我整个生命中爱过的任何人，这已经开始让我疯狂。

她的眼中盈满泪水。她的手移动到“发送”上。她周围的办公室仿佛已经萎缩了。她微微意识到了卡洛琳、正在邻桌聊电话的健康版编辑、站在外面摇摇欲坠的吊架上的窗户清洁工，以及在办公室的另一头正在跟记者吵架的新闻版编辑，还有她脚边遗失了的小方地毯。她什么也看不见，只有正在闪烁的小小光标、她的话语、她的未来，赤裸裸地展现在她面前的屏幕上。

我爱你胜过爱我整个生命中爱过的任何人。

她想，如果我现在就发送，对我来说就会有个决断。这是我掌握控制权的方式。就算得到的答案不是我想要的，那起码还有一个答案。她的食指轻轻停留在“发送”上。

而我永不会再触摸那张脸，亲吻那副嘴唇，感觉到那双手在我的身体上。我永不会听见他说话的方式，艾丽·霍华兹，似乎那些词句本身就非常珍贵。

她桌上的电话响了。她跳起来，看了一眼电话，似乎她已经忘记了自己在哪里，然后用一只手擦了擦眼睛。她坐直身体，接起电话，“喂？”

“嘿，生日女孩，”是洛里。“休息时间来地下室一趟。我可能有东西给你。如果你在茶水间，就给我带杯咖啡来。算是对我辛苦劳动一番的犒劳。”她放下听筒，回到电脑前，按下了“删除”键。

“那么，你找到了什么？”她把一杯咖啡送过柜台去，他接了。他头发上弄得全是灰尘，她竭力要遏制想帮他弄干净的冲动，一般人对小孩子才这么干。他已经感觉到被她施恩一次了，她不想又一次冒犯他。

“有糖吗？”

“没有，”她说，“我以为你喝咖啡不加糖。”

“我是不加。”他半趴在柜台顶上，“瞧——老板还在附近转悠呢。我得小心些。你什么时候做完活儿？”

“随时。”她说，“我做得差不多了。”

他挠了挠头发。灰尘在他周围形成了一朵带着歉意的云块，“我像《花生》[①]里头的那个角色吧。是谁来着？”

她摇摇头。

---

① Peanuts，美国漫画家查尔斯·舒尔茨（Charles M.Schulz，1923年~2000年）创作的享誉世界的漫画。国人熟知的小狗史努比就是其中的知名形象之一。

“乒乓[1]吧。总是有灰尘在他周围飘浮着的那一位……我们在搬动几十年都没人碰过的那些盒子。我实在不能相信我们曾经需要过1939年的议会议事录。还是去‘黑马’？半小时后？”

“你是说那间酒吧？”

“没错。”

“我可能有些安排……”其实她想问：“你就不能直接把你找到的东西给我吗？”可是即使她自己都知道这样听起来会有多不知感激。

“只需十分钟。跟你见完我得去见几个朋友。可是我帮你找到的东西真的很酷。如果你愿意，可以等到明天。”

她想着她的手机，此刻在她的裤兜口袋里沉默而反诘。她有什么安排？冲回家等约翰打电话给她？又一个坐在电视机前的晚上，知道世界在没有她的地方运转？“哦——究竟是什么？简单来一杯就行了。”

“半瓶香迪啤酒[2]。活得很危险啊。”

“香迪！哈！我们在那儿见吧。”

他咧嘴一笑，“我是那个企图抓取标记‘顶级机密’文件的人。”

“哦，是吗？我是那个大吼‘给我买一杯像样的酒，小气鬼。今天是我生日’的人。”

“不用在你的扣眼上别上红色康乃馨？那样我就可以认出你啊。”

“没有任何身份指认手段。如果这样我不喜欢你的样子，方便随时逃跑。”

他赞同地点点头，“有道理。”

“关于你的发现，难道一点线索都不肯给我吗？”

“它应该成为生日惊喜！”说完这话他走开了，穿过那道双开门，进入了报社

---

① Pig-Pen，《花生》漫画中的一个角色，是一个全身脏兮兮的小男孩。他自己像台吸尘器，似乎天生便有能使脏东西附在身上的能力，被戏称为“尘土银行”。他的怪癖经常受到人们的攻击，成为什么也不是的典型。无论多么残酷的嘲弄，他都能保持镇定自若。他从不由于自己的状况而向别人表示抱歉。

② 一种掺干姜汁麦酒或柠檬汁的啤酒。

大楼的深处。

女洗手间是空的。她洗了洗手，意识到现在这栋大楼已经在计数着报社再也不用更新洗手液，以及为卫生棉售卖机补货的日子了。她怀疑下个星期开始她们就不得不自带卫生纸了。她查看了自己的脸，补了补睫毛膏，在眼下打了一些遮瑕粉。她涂上了唇膏，又擦掉了。她看起来很累，却告诉自己是因为洗手间的灯光不好，而非增长一岁的不可避免的结果。然后她坐在一个洗手池旁，从包包里掏出手机，键入一条短信。

只是验证——“回头见”的意思是今天晚上？我试图实现我自己的安排。艾。

它看起来不那么有依赖性、占有性，甚至也不显得绝望。它暗示着她是一个能干又忙碌的女人，有许多事做，但是如果有必要，她会把他放在第一。她琢磨这条短信有五分钟，确保她的语气完全正确，然后发送了它。回信几乎是立刻就收到了。她的心跳得厉害，如同每一次收到短信时知道是他时那样。

现在说不清楚。等我想好了会打给你。约。

她突然觉得怒气上身。就这样？她想对他大吼。我的生日，你能做的只是“等我想好了会打给你”？

不用麻烦，她回复道，手指在小小的键盘上猛戳。**我有自己的安排**。几个月来头一次，艾丽·霍华兹关掉了手机，然后不假思索地把它塞回了包包。

她忙于撰写答疑解惑版的专题，比自己预计的费时更久。她写了一篇对一个女人的访谈，后者的孩子遭受一种青少年关节炎。等她来到“黑马”时，洛里已经在那里了。她可以看见房间那一头的他，他的头发现在已经没有灰尘了。她费力穿过拥挤的人群朝他走去，一边对撞了别人的手肘、破坏了人家的交谈空间而道歉。她已经准备好说“对不起，我迟到了”，却突然意识到他不是一个人。和他在一起的那群人都不熟悉，他们不是报社的人。他在他们中间，大笑着。见他这样，她没来由地突然觉得被遗弃了。她转过身去平定思绪。

“嘿，艾丽！”

她挂上一副笑容回转身。

他抬起一只手，“我以为你不来了呢。”

“有事耽搁了。抱歉。”她加入了这群人，跟他们打招呼。

“我请你喝杯东西吧。今天是艾丽的生日。你喜欢什么？”她接受了那些不认识的人传达的生日祝福，让他们勉强地对她露出尴尬的微笑，期望自己没在这儿。闲聊可不是交易的一部分。她简单地想知道，她是否可以离开，可是洛里已经在吧台那里给她买酒了。

“白酒。”他转过身来递给她一个玻璃杯，“我本来买了香槟，可是——”

“我已经太习惯为所欲为了。”

他笑了，“是的。说得好。”

“无论如何，谢谢了。”他把她介绍给他的朋友们，一口气说出那些人的名字，而她甚至在他说完之前就把它们统统忘光了。

“那么……”她说。

“回到正事。大家借光，就一分钟。”他说，他俩找到一个相对空一些、安静一些的角落。只有一个座位，他示意她坐下，自己蹲在她旁边。他拉开帆布背包的拉链，抽出一个标记了“石棉/案例研究：症状”的包裹。

“这是相关之物，因为……”

“有点耐心。”他一边说，一边把它递给她，“我思考了我们上一回找到的那封信。它是跟一堆关于石棉的文件在一起的，对吗？楼下有大堆大堆跟石棉有关的资料，主要来自过去几年的集团诉讼。可是我决定回溯挖掘更多，找到了一些更旧的资料。这些资料的日期跟我上次给你的差不多同时。我认为它们一定是被从第一堆资料中分离出来的。”他熟练而迅速地翻阅着这些文件，“而且，”他说，一边用力拉着一个干净的塑料文件夹，“我找到了这些。”

她的心跳快要停止了。两个信封，同样的笔迹，同样的地址，一个在朗利街邮局的邮箱。

“你看过了吗？”

他咧嘴笑了，“我看上去有多少自我约束力？我当然看过。”

“我可以看吗？”

“看吧。”第一封简单地题为“星期三”。

我明白你害怕你会被误解，可是我告诉你，这是没有事实根据的。对，那天晚上在阿尔伯特俱乐部时我是一个傻瓜，我永远做不到不带羞耻地去想我的爆发，可我那样并非因为你的言辞而起。是因为他们的缺席。难道你看不出，珍妮，我倾向于把你说的话、你做的事都往好处想？但正如自然憎恶真空——人类的心也一样。我是一个愚蠢的、不牢靠的男人，我们都似乎不确定这实际上包含了什么，我们不能谈论它会去向哪里，留给我的全部只是对它可能意味着什么的安慰。我只是需要听见，给我的东西就是给你的；简而言之，一切。

如果那些话语还会让你充满不安，我给你一个更容易的选择吧。简单回答我，用一个字：是。

第二封信上有一个日期，可是没有问候语。笔迹虽然可辨，却很潦草，似乎写信的人根本没有仔细思考就匆匆写下了它。

我发誓我不会再联系你。可是六个星期过去，我并没有感觉更好些。没有你在身旁——离你数千千米——根本带来不了任何安慰。我再也不会被你的邻近而折磨的事实，或是每日都被提醒我对于自己真正想要之物的无能获得，都没有治愈我。这让事情更糟。我的未来形似一条荒凉的空荡荡的路。

我不知道我要说什么，亲爱的珍妮弗。只是如果你有任何感觉，自己做了错误的决定，那么我的门依然为你豁然敞开。

如果你觉得你的选择是对的，那么请知道这个：在这个世界的什么地方，有一个男人爱着你，懂得你有多么珍贵和聪明。这个男人永远爱你，而且，危害到他自己的是，他怀疑他会永远爱你。

你的B

“珍妮。”他说。她没有回答。

“她没去。”他说。

“是的。你说对了。”他张开嘴，似乎要说话，可是也许她表情中的什么东西让他改变了主意。

她呼出一口气。“我不知道为什么，”她说，“可是这让我觉得有点哀伤。”

“但你却有了你的答案。而且如果你真的想写这个故事的话，你还有了关于当事人名字的一条线索。”

“珍妮，”她沉思，“但还是看不到有什么进展啊。”

“可这是我们找到的跟石棉有关的资料里的第二封信，因此那些资料也许牵涉到了她。还是值得搜寻那两摞文档的。只是看看有没有其他有用的东西。”

“你是对的。”她从他那里接过文档，仔细地将那封信放入塑料文件夹，再将文件夹放入她的包包。“谢谢，”她说，“真的。我知道你最近都很忙碌。我非常感激。”他用一种类似浏览文档的方式琢磨着她的脸，搜寻信息。而约翰看着她的时候，她想，会总是带着某种温柔的歉意，为他们是谁，为他们会成为什么。“你的确看起来挺悲伤的。”洛里道。

“噢……我就是个着迷于欢乐结局的人。”她强作笑容，“我本来以为你找到的东西可能会显示这个故事会有一个好结果的。”

“不要自我臆断嘛。”他说，一边去碰她的胳膊。

“哦，我的确很在乎，不瞒你说。”她鲁莽地说，“可是如果它是高调结束的，可能会更适合这个专题。如果它的结局不好，玛丽萨甚至不会让我写这个故事。”她把脸上的一缕头发拂到耳后，“你知道她——‘让我们保持传递正能量……读者们已经从新闻版获得了足够多的悲伤了。'"

"我觉得我给你的生日泼了冷水。"他们走回吧台的时候，他说。他不得不弯下腰，对她耳朵大吼。

"别担心，"她吼回来，"我今天过得够糟了，反正再糟也糟不到哪里去。"

"跟我们出来吧。"洛里说，一边将手捏着她的胳膊肘阻止她，"我们要去滑冰。有人退出，因此我们有一张多余的票。"

"滑冰？"

"会很有意思的。"

"我都三十二岁了！我不能去滑冰！"

他看起来难以相信。"哦……那么好吧。"他明白似的点点头，"我们不能让你从你的壳里爬出来。"

"我以为滑冰是小孩子玩的。青少年的游戏。"

"那么你真是一个非常缺乏想象力的人啊，霍华兹小姐。喝完你的酒，跟我们一起来吧。开心点。除非你真的不想破坏你原本的安排。"

她摸索着她包包里的手机，试图再次开机。可是她不想再看约翰不可避免的道歉。她不想再让今晚剩下的时光都因他的缺席、他的言辞，和对他的千愁百念而难以度过。

"如果我摔断了腿，"她说，"你必须义务开车送我上下班六星期。"

"我没车，那样也许会很有趣呢。你介意被人背吗？"他不是她的型。他尖酸，有一点爱寻衅，可能还比她年轻几岁。她怀疑他挣得比她少得多，可能还跟人合租公寓。没准他还不会开车呢。可是他是她在三十二岁生日这天晚上七点差一刻时最有可能收到的特供，于是艾丽决定了，实用主义是一种被低估的德行，"还有，如果我的手指被某人的冰刀削掉了，你必须坐在我办公桌旁替我打字。"

"你打字只需要一根手指嘛，或是一个鼻子。哦，老天，你们这些平日里唯命是从的文人其实都是一群自大狂。"他说，"大家听好。喝光你们的酒水。票上写的时间是七点半，咱们马上走。"

艾丽后来从地铁里出来的时候，她意识到她身体一侧的疼痛不是因为滑冰——即使她从会走路以来从没摔过这么多次跤——而是因为她扎扎实实地笑了有两个钟头。滑冰很好玩，很带劲。当她在冰面上小心翼翼地迈出第一步时，她意识到她平时真的很少经历那种完全将自己投身于简单的体育运动所带来的愉悦。

洛里擅长于此，他大多数的朋友们也一样。“我们每个冬天都来。”他说，指了指被泛光灯照得雪亮、被一栋栋写字楼包围着的临时溜冰场，“他们十一月开始营业，我们可能每两周来一次。如果你先喝点酒，滑起来要容易些。你也会越放松。来吧……让你的四肢运动起来。前倾一点。”他在她前面倒退着滑，伸出胳膊，让她抓着。她跌跤的时候他就无情地爆笑。跟这种人在一起滑冰很随意，因为他的意见她无须那么在乎；如果是跟约翰一起，她会因为冰上的寒气把她的鼻子冻红了而烦心的。

当他不得不离开的时候，她会一直想着这一整段时间。他们来到了她家门前。“谢谢。”她对洛里说，“今晚一开始挺糟，可是最终我还是过得很开心。”

“起码我可以做到啊，在用那封信让你的生日那么难受之后。”

“我会挺过去的。”

“谁想得到艾丽·霍华兹居然是个慈悲为怀的人。”

“那只是一个丑恶的谣言罢了。”

“你不坏，你知道。”他说，眼睛里带着笑意，“对于一个精明老手来说。”

她想问他，他是否在说滑冰，可是她突然间因他可能会说出的话而焦躁起来，“而你魅力非凡。”

“你……”他看回通往地铁站的路。

她飞快地好奇于她是否应该邀请他进去。可是哪怕她考虑了，她也觉得那样行不通。她的脑海，她的公寓，她的生命都被约翰全部填充，没有空间给这个男人。也许她对他真正的感觉只是朋友般的，只是被他其实不丑的事实稍稍困惑住罢了。他再一次琢磨着她的脸，她也焦虑地怀疑她的深思熟虑会写在自己脸上。

“我该走了。”他说，一边指指他的朋友们。

“是啊，”她说，“再次感谢。”

“别客气。我们上班再见吧。”他吻了吻她的脸颊，然后转过身，小跑着去往地铁站。她注视着他离去，觉得莫名地失落。艾丽一步步走上石台阶，伸手去够钥匙。她会再看那封新找到的信，查阅那些文件，搜寻线索。她会有收获的。她会引导她的精力。她感到一只手在她肩上，有人跳起来，捂住了她没来得及发出的尖叫。约翰在她身后的台阶上，胳膊下夹着一瓶香槟和一捧夸张的花。“我不在这里，”他说，“我在索莫瑟，正在给一个作家团体作演讲。那些作家们都没有天分，其中起码有一个喜欢没完没了地去烦别人。”他站在那里，等她稳定住呼吸，“你可以说点什么——只要不是‘滚开’。”

她沉默不语。他把香槟和花束放在台阶上，把她拉入怀中。他的吻带着他车里的暖度，“我坐在那里快半个小时了，我都开始恐慌你可能压根儿不会回家了。”她心中的一切都融化了。她扔下包包，感觉着他的皮肤、他的体重、他的身形，任由自己再度向他坠落。他用温暖的手捧起她冰凉的脸。“生日快乐。”当他们终于分开时，他说。

“索莫瑟？”她说，有一点头晕，“那是不是意味着……”

“整晚。”今天是她三十二岁生日，她爱的男人正在这里，带着香槟与花，还会在她的床上度过一整夜。

“那么，我能进去吗？”他问。她带着一种“你真的需要问吗”的意味对他皱眉。然后她拾起花束、香槟，直朝楼上而去。

周二我很忙。说实话，我不是那么着迷于让咱们旧情复燃……我猜坦诚相对比起见面然后不同意再见显得不那么屈辱。

男性致女性，经由电子邮件

第十八章　更加快乐，也更加不快乐

2003

“艾丽，能跟你谈谈吗？”

她正把包包放在办公桌下，她的皮肤还因不到半小时前的淋浴而湿气未消，她的思绪仍在别处。玛丽萨从玻璃办公间传来的声音非常严厉，是对真实生活一种残忍的重新进入。

“当然可以。”她点点头，勉强微笑。有人给她留下了一杯咖啡。温度不够了，显然是已经放了一阵。杯子下有一张字条，给简妮·托维尔[①]的，写着：“午餐？”

她没时间消化这个。她迅速拎起大衣，走入玛丽萨的办公室，沮丧地注意到专题编辑还在这里。她坐在一张椅子上，等着玛丽萨缓缓围着自己的办公桌转了一圈，然后坐定。玛丽萨穿着一条天鹅绒黑牛仔裤和一件黑色的翻领T恤，她的胳膊和肚子意味着她每天都做好几个小时的普拉提。她玩弄着自己的首饰，时尚版会将其称为“会声明的珠宝”，而艾丽猜那就是显示“大”的一种新潮方式而已。

玛丽萨轻轻叹了一口气，盯着她。她的眼睛是令人吃惊的紫罗兰色，艾丽突然想知道她是不是戴了美瞳隐形眼镜片。她的项链也是这种颜色，“这不是令我非常舒服的一次谈话，艾丽，可是它不可避免。”

---

① Jayne Torvill（1957年～　），英国花样滑冰运动员，获得过奥运金牌和铜牌各一枚，世锦赛金牌四枚。

“哦？”

“现在快十一点差一刻了。”

“啊，是的，我——”

“我很清楚专题版被认为是《国民报》中的软版面，是更放松的版面，可是我希望我的员工最迟最迟必须得在十点差一刻前坐到自己办公桌前。我们大家都同意这一点。”

“是的，我——”

“我想要给我的作者们一个机会，让他们准备参加会议。这会给他们时间去阅读每天的报纸、浏览网页上的言谈，获得灵感，被启示。”她在椅子上稍稍转体，查看了一封电子邮件，“参会是一项特权，艾丽，一个其他许多作者们都乐于拥有的机会。你居然在开会前几分钟才仓促赶来这里打滑，真的很难看出你是否准备好了在这个职位上稳扎稳打地耕耘。”艾丽的皮肤刺痛。

“来得匆忙不说，头发还是湿的。”

“我非常非常抱歉，玛丽萨。我不得不等一位水管工，而且——”

“少来，艾丽。”她静静地说，“我情愿你没有侮辱我的智商。除非你能够让我相信这个礼拜差不多你能做到每隔一天就让那位水管工出现在这里，否则，恐怕我不得不得出如下结论：你并没有认真对待你的工作。”艾丽觉得喉头哽住了。

“我们的网页意味着这份报纸没有什么可隐藏的空间。评判每一位作者的表现不仅依据在报纸上他们的文章的质量，也包括那些故事在网站上的点击率。你的表现，艾丽，”她翻着面前的一张纸，“在一年中几乎下降了百分之四十。”

艾丽无话可说，她的喉咙发干。其他编辑和作者聚集在玛丽萨办公室的外面，紧紧捏着尺寸过大的便笺簿和聚苯乙烯塑料杯。她注意到他们正在透过玻璃看向她，有些人好奇，有些人带着微微的尴尬，似乎他们知道她会遭遇什么。她立刻想知道，她的工作是否会成为一个被广泛谈论的话题，并且因此觉得丢脸。

玛丽萨越过桌子靠过来，“当我接受你时，你饥饿难耐，你跑在比赛前面。因此我才在众多地区记者中选择了你。而那些记者，实话说，会卖掉他们的祖母来取得你的职位。”

“玛丽萨，我——”

“我不想知道你的生活里发生了什么事，艾丽。我不想知道你是否有个人问题，是否有你亲近的人死去，你是否欠债如山。我甚至并不特别想知道你是否生了很严重的病。我只是希望你能做好付给你钱的这份工作。迄今为止，你必须知道，报纸是不原谅人的。如果你的故事不够吸引人，我们就得不到广告，或者，更实际的，发行量。如果我们得不到那些，我们全都要失业，我们中的有些人比其他人失业得快。我把话说清楚了吗？”

“非常清楚，玛丽萨。”

“很好。我不认为你来参加今天的会议还有什么意义。你回去搞清楚状况，明天来开会。那个情书专题进展如何了？”

“很好，是的。”她正在起身，试图表明她知道她在做什么。

“行。你可以明天给我看。你出去的时候告诉其他人，让他们进来。”

十二点半过一些的时候她跑下四层楼梯，来到图书馆，她的心情依然沉暗，头天晚上的愉悦早就被忘光了。图书馆就像个空荡荡的仓库。围绕着柜台的书架光秃秃的，有拼写错误的通知已经被撕掉了，只有两侧的透明胶带还留着。在第二扇双开式弹簧门后面，她可以听见有人在拖家具。图书馆馆长用一只手指在摩挲一份数字列表，他的眼镜挂在了鼻尖上。

“洛里在吗？”

“他很忙。”

“您能否告诉他，我没法跟他在午餐时候见面了。”

“我不确定他在哪儿。”她焦虑于玛丽萨会注意到她此刻不在办公桌前，“好吧，您可能会见到他吗？我需要告诉他，我必须为这个专题出去奔走。您能告诉他下班时间我会过来这里吗？”

“也许你应该给他留张字条。”

“可是您说过您不知道他在哪里啊。”

他抬起头，眉毛低垂。“抱歉，可是我们正在搬家的收尾阶段。我没时间传信。”他听起来很不耐烦。

“很好。我就干脆直接去人力资源部，浪费他们的时间，去问他的手机号，好吗？这样我就可以确保不失约，也不浪费他的时间。”

他举起一只手，“如果我见到他，我会跟他说的。”

“哦，别麻烦您自己了。那么实在对不起打扰到您了。”

他缓缓对她转过身来，打量着她，那种眼神会让她母亲说是“老式神情”。“我们这些在图书馆里的人可能会被认为跟你和你的同事们几乎不搭架，霍华兹小姐，可是在我这样的年纪，我最终还是离办公室打杂工差那么一点点。原谅我吧，如果那样让你的社交生活不方便的话。”

她开始回忆起洛里声称说图书馆员们都能将人们的脸和名字对上号。果然这位老人知道她的名字，可她并不知道对方的。她脸红了，而他消失在了弹簧门里。她生气于自己表现得像个刁蛮的青少年，生气于那个老人的如此不合作，生气于玛丽萨冷冰冰的评估意味着她无法在外面吃一顿舒心的午餐，毕竟这一天开始得那么好。约翰待到差不多快九点。从索莫瑟开来的火车要到十一点差一刻才到，他说，所以时间充裕得很，不必匆忙。她给他做了炒蛋和吐司——她差不多能做好的食物只有这两样——坐在床上，充满喜悦地在他吃饭的时候不时从他盘子里偷吃几口。

以前他们只有一次一起度过了一整夜，那得回溯到他们的关系刚开始的那段日子，彼时他声称被她迷住了。昨晚，仿佛又回到了早先的那些日子：他变得温柔，热情，似乎他即将开始的度假使得他对她的感觉特别敏感起来。

她没有把自己的这些想法说出来。如果过去的这一年里她得到过什么教训，那就是活在当下。她让自己沉浸于每一刻，拒绝因估量成本而使欢乐时光笼上阴影。秋天会到来——它总是会到来的——但她通常都会搜集起足够多的记忆来稍稍缓和它。

她站在楼梯上，想着他裸露的、生着斑的胳膊环绕着她，他在她枕头上熟睡的脸。那真完美。完美。一个细小的声音想知道是否有一天，但愿他会足够用力地思考那一天，他会意识到他们的整个人生其实都可以那样的。

去朗利街的邮局只需要坐一小会儿出租车。在离开办公室前她还特意告诉玛丽萨的秘书。“这是我的手机号，她有事可以打给我。”她说，声音里充满职业性的礼貌，“我出去有点事，大概一小时。”

即使是在午餐时间，邮局里也不见忙碌。她走向并不存在的队列的前方，被迫等待电子音叫号：“下一位，四号。”

“我能跟什么人谈谈邮箱的事吗？”她问一名工作人员。

“稍等。”那女人走开了，然后又出现，指给她看房间的末端，有一扇门的那里，“玛吉会在那里见你。”

一个年轻女人从门里探出头来。她戴着一个胸牌，一条粗的金项链，挂坠是耶稣受难十字架，穿一双巨高的高跟鞋，以至于艾丽好奇她怎么能够忍受踩着这样一双鞋，更不用说是上班踩一整天了。她在微笑，艾丽立刻想到，在这个城市里还有人对你微笑是多么难得。

“这事听起来会有点奇怪。”艾丽开始了，“可是我想问有没有办法查到是谁在多年前租用了某个邮箱？”

“邮箱的租用者经常变换。你说的是什么时候的？”艾丽估摸着该跟她说出多少信息，可是玛吉的脸看上去很善良，因此艾丽认为她是可以信赖的。她摸到包包里，搜出那些信，它们被小心地装在一个透明的塑料文件夹里，“这里是我找到的几封情书。它们被寄往这里的一个邮箱，我想归还这些信。”

她看出玛吉感兴趣了。有戏。

“13号邮箱。”艾丽指着信封说。

玛吉的表情意味着她认出来了，“13号？”

“你知道？”

“哦，是的。”玛吉的嘴唇紧抿，似乎她在考虑自己被允许说出多少信息。“那个邮箱被同一个人拥有了，哦，差不多四十年了。更别说它本身也特别不寻常了。”

“不寻常在哪儿？”

“事实上，它从来就没收到过信，一封也没有。我们联系过邮箱的主人好多次，让她关闭它。她说她希望让它一直用着。我们说随她自己吧，只要她不在乎浪费钱。”她瞥了一眼那封信，“情书，是吗？哦，多么悲伤啊。”

“你能告诉我她的名字吗？”艾丽的心中纠结。这故事可能比她想象的还要好。那女人摇了摇头，“对不起，我不能。数据需要被保护。”

“哦，求你了！”艾丽想起如果她能带回一段持续了四十年的禁断之恋，玛丽萨会是一副什么表情，“求你了。你不知道这对我来说有多重要。”

“抱歉，我懂你的心情，可是我的工作不允许违反规则。”艾丽在无声地咒骂，她望了一眼背后仿佛突然出现的队列。玛吉正在转过身返回她自己的门。

“无论如何，谢谢了。”艾丽说。她想起了她的礼貌。

“别客气。”她们身后一个孩子在哭泣，试图从婴儿车的桎梏里逃出来。

“等等。”艾丽在包包里摸索。

“嗯？”

她咧嘴笑了。“我能否——你知道的——在那个邮箱里放一封信？”

亲爱的珍妮弗：

请原谅我的唐突，可是我偶然发现了一些私人通信，我相信是你的。我非常乐于有这样一个机会可以把它们还给你。

可以用下面的号码联系我。

你诚挚的，

艾丽·霍华兹

洛里看着它。他们坐在《国民报》对面的酒吧里。天已经黑了，即使傍晚才刚刚开始。在钠灯下，前门外的绿色搬家车依然可见，穿着工装裤的男人们在通往入口的宽广台阶上来来回回。这幅景象已经持续好几个星期了。

“什么？你认为我会错意了？”

“没有。”他坐在她旁边的一张长条形软座上，一只脚抵着他们面前圆桌的桌腿。

“那么，是什么？你的表情可是这么说的呢。”

他咧嘴笑了，“我不知道。别问我，我又不是新闻记者。”

“少来。那张脸是什么意思？”

“好吧，它难道没有让你觉得有点……”

“什么？”

“我不知道……那太私人了。你是在要求她当众晾出她脏兮兮的床单。”

“她可能乐于有这样一个机会呢，她可能会再度找到他。”她声音里有种挑战性的乐观调子。

“哦，她可能结婚了，他们已经花了四十年试图忘却她的出轨。”

“我怀疑。不管怎样，你怎么知道那是一张脏床单？他们也许现在已经在一起了，可能会有一个快乐结局。”

“然后她就把那个邮箱用了四十年？并没有什么快乐结局。”他把那封信还给她，“她甚至可能精神上出毛病了。”

“哦，那么显而易见，单恋某人就意味着你疯了。”

“使用一个邮箱四十年，却没有收到过一封信，这远非正常人的行为。”

他说得有理，她同意。可是珍妮弗和她的空邮箱占据了她的想象。更重要的是，这是她能写出一篇像样的专题故事的最触手可及的题材。“我会考虑的。”她说。她没有提到那天下午她把信都复印了。

“那么，”他说，“你昨晚过得好吗？今天没太疼吧？”

“什么？”

“滑冰。”

“哦，有点儿。”她伸直腿，感觉着腿骨中的紧张，当跟他的膝盖碰到时她还稍微脸红了。他俩已经在开各自的玩笑了。她是简妮·托薇尔；他是卑微的图书馆员，听从她的吩咐。他用故意拼错的词句给她发短信：**请问，聪命（明）的女室（士）稍后是否愿意和卑微的图书罐（馆）员趣（去）喝一杯呢？**

“我听说你下来找过我。”她看了他一眼，他又咧嘴笑了。她也赔笑，“你老板很不耐烦，实话说。就好像我是要请他牺牲他的长子似的，而我无非就是让他带个信儿给你罢了。”

“他挺好的。”洛里说，一边皱起鼻子，“他只是压力过大，真的很有压力。这是他退休前的最后一个项目，他得把四万份文档有序转移，还加上那些要扫描进数据库的文档。”

“我们都很忙，洛里。”

“他不过是希望让一切井井有条。他是守旧派——你知道的，什么都得为了报纸好。我喜欢他。如今很少有他这样的人了。”

她想起玛丽萨，想起她冷冰冰的眼神和夸张的高跟鞋，于是不得不赞同他。

“他了解这个地方的一切，你什么时候应该跟他谈谈。”

“是的。因为他对我如此有好感。”

“我保证他会的，如果你好好地请求他。”

“就像我跟你说话那样？”

“不。我说的是好好地。”

“你会去争取他的职位吗？”

“我？”洛里把杯子举到嘴前，“不。我想要去旅行——去南美。这份工作对我来说只是一份假日打工而已。我可能就做十八个月。”

“你在这里已经有十八个月了？”

“你的意思是你从没注意过我？”他假装一副受伤的表情，而她再度脸红了。

“我只是……我以为我以前见过你。”

“啊，你们这些雇佣文人只看见你们想看的。我们是看不见的工蜂，随时待命，听候你们的传唤。”

他在微笑，无意地说着这些话，可是她知道他说的虽然令人不悦，在某种程度上却是事实。“因此我是一个自私、不关心他人的雇佣文人，对现实中工人们的需求视而不见，还粗暴对待有着工作操守的正派老人。”她自嘲道。

“说得大体没错。”然后他认真地看着她，他的表情转变了，“你要怎么做来挽回自己的形象？”很难直视他的眼睛。她在努力思考怎样回答他，却突然间听见她的手机响了。“抱歉。”她嘟哝道，在包包里翻寻。她掏出手机，点开了屏幕上的信封标志。

只想说声“嗨”。明天去度假，等我回来会联系你。保重。约翰。吻你。

她非常失望。在度过了亲密缱绻的一夜之后就说声“嗨”？想来就来，想在一起就在一起？他只想要说声“嗨”？

她又读了一遍那条短信。她知道，他从不在短信中说太多。他从一开始就告诉过她，那样太冒险了，万一他妻子偶然捡起他的手机，而他没来得及删掉那些“罪证消息”就糟了。而且“保重”中有某种甜蜜的意味，不是吗？他在告诉她，他希望她好好的。即使她想要让自己镇定，她还是想知道她要把这些消息延伸多远，才能在他发送给它的零星片语中发现一整个穷乡僻壤。她相信这些短信都是相互关联的，那么还不错，她明白他真正想说什么。可是偶尔的，就如今天，她怀疑这些类似速记的字眼后面到底有多少意味。

如何回复？她说不出“假日快乐”，而她想要他过得狼狈，他的妻子吃到有毒的食物，他的孩子成天哭闹不停，而天气也特别不给脸，让他们天天都郁闷地待在房间里。她想要他坐在那里想她，想她，想她……

保重自己。吻你。

当她抬起头来，洛里的目光正盯着外面的搬家车，似乎他在假装对他身边发生的事毫无兴致。

“对不起。”她说着将手机放回包里，“工作上的事。”她说这话的时候自己也纳闷，为什么不告诉他实话？他可以成为朋友，已经是她的朋友：她为什么不愿意对他说约翰的事？

“你觉得为什么再也没有人写像这样的情书了？”她把话题转到信上，从包里抽出了一封，“我的意思是，是的，有短信和电子邮件，还有实物，可是没有人会像这封信一样，用语言来传递情感，是不是？没有人像我们这对未知的情侣那样倾诉情感。”

搬家车开走了。报社大楼前面空荡荡的，钠灯下的大门口像一个黑黑的无底洞，剩下的工作人员在洞里深处，为明日的头版做着最后的调整。

“也许他们写。”他说，刚才那小小的柔和已经从他脸上消失了，“又或许，如果你是一个男人，就很难让别人清楚你究竟想说什么。”

位于“瑞士小屋”[①]站的体育馆离她们任何一个人的家都不再近了，那里面的设施定期就会出毛病，接待员也非常难搞定，以至于她们好奇她是不是被这里的竞争对手安插进来的，可是无论她还是尼基都懒得去终结她们在此的会员资格，而另寻他处。这里已经成为她们每周的聚会地点。自从她们喘息着肩并肩骑在有氧自行车上，或是将自己交给毫不留情的二十岁私人教练后，已经过去了好几年了。此刻，在小游泳池里漫不经心地游了几圈后，她们坐在热乎乎的大桶或者说桑拿椅上有四十分钟，让自己相信这些事物“对皮肤有益”。

尼基来迟了：她一直在准备南非的一个会议，被耽搁了。在她们这个朋友圈中，任何人都不会对其他人的迟到予以评论：大家都接受这种事是不可避免的，任何因工作上的事引起的不便都是鞭长莫及的。除此之外，艾丽也从来不是很清楚尼基是做什么的。

“那里会很热吗？”艾丽在烫人的桑拿椅上调整了一下毛巾，尼基在擦眼睛。

“我觉得是。可是我不确定我会在那里享受多久那种热。新老板是个工作狂。我希望事后休一个星期的假，可是她说她不允许。”

“她是什么样的人？”

“哦，她挺好的，从来不会将自己系在臭男人身上。可她真的是争分夺秒地工作，而且不明白为什么我们其他人做不到像她那样。我希望我们能让老理查德回来。我以前很喜欢我们有着漫长午餐时间的星期五。”

“我现在都不知道有谁还能享有正常的午餐时间了。”

---

① 伦敦地铁站名。

“除了你们这些雇佣文人。在我看来，你们的午餐都是跟各路人脉一起喝得醉醺醺的。”

“哈，但不是跟坐在我尾巴上的我老板。”她跟尼基讲了上午的会议，尼基的眼神因同情而显得紧张。

“你得小心了，”她说，“她似乎盯上你了。这篇特写进展得还好吗？它会让她停止折磨你吗？”

“我不知道是否写得出来，而且我觉得用这个题材挺古怪的。”她擦着脚，“那些信很可爱，而且真的很热情。要是有人给我写一封那样的信，我可不愿意将它公之于众。”

她说这话的时候听见了洛里的声音，发现再也不确定自己的想法了。她没料到他有多讨厌将这些信件发表的主意。她已经习惯于如下理念，《国民报》的每个人都会分享一种心态：报纸第一。

一群守旧派。

“我想高调宣传它，将它放在布告栏里。我都不知道还有谁会收到情书了。”尼基说，“我姐姐会，当她的未婚夫20世纪90年代搬去香港那会儿，每周起码两封。她给我看过一次。”她嗤之以鼻，“提醒你，它们大多数是在说他有多想念她的屁股。”她们忍不住大笑，此时另一个女人进了桑拿室。她们礼貌地相互致意，那女人在最高的架子上选了一个位子，仔细地在身下展开毛巾。

“哦，我上个礼拜看见道格了。”

“他怎样了？还没让勒娜怀孕吗？”

“实际上，他问起了你。他担心他让你难过了。说你跟他有过谈话。”汗珠沁入了艾丽的眼睛，让她的睫毛膏变得令人刺痛。“哦，没事啊。他真是……”她斜眼看了一下坐在上面架子上的女人，“他活在另一个世界里。”

“那个世界里没人会有婚外情。”

“他表现得有点……爱判断。我们对约翰的妻子有不同看法。”

“她怎么样？”艾丽在毛巾上尴尬地调整了一下姿势。

“别担心我。”那女人的声音飘下来。“这个地方偶然听到的一切都是‘禁止谈论’的。”她哈哈大笑，她们不得不微笑着回应她。艾丽压低了声音：“我跟道格谈论的是我该多在乎她的感受。”

“我应该认为那是约翰的工作。”

“是的。可是你知道道格，世界上最善良的男人。”艾丽将脸上的头发拨开。“他是对的，尼基，可那并不是说我认识她。她根本不像一个真人，那么我为什么应该关心她遭受了什么？她有我真的真的非常想要的东西，能让我快乐幸福的东西。她也不可能有多么爱他，是吧，既然那么不注意他的需求？我的意思是，如果他们是幸福的，他就不会跟我在一起，是不是？”

尼基摇摇头说：“不知道。当我姐姐有了孩子后，她有整整六个月都无暇顾及其他事呢。”

“他最小的孩子已经快两岁了。”她感觉到，而不是看到，尼基嘲弄般地耸肩。这就是朋友间长期存在的阴暗面。她们永不会顺你的意去回避问题。

“你知道，艾丽。”尼基说，一边躺在桑拿椅上，手枕着头，“从道德上说，我不在乎任何一方，可是你看起来不快乐。”艾丽的戒备心上来了：“我快乐啊。”

尼基抬起一侧眉毛：“好吧。我比跟以前任何人在一起时都要更加快乐，也更加不快乐，如果这么说有用的话。”

不像她的两个好朋友，艾丽从没跟男人同居过。直到她三十岁，她以前一直都把结婚生子——这就是一个词——归结为人生中后来才去做的事，在她事业稳定下来很久以后，就像有节制地喝酒和领取一份养老金一样。她不想最后落得和学校里的某些女孩一样，在二十多岁的时候就天天推个婴儿车，累得要死，财政上依附于丈夫，还被丈夫瞧不起。

她的上一个男朋友抱怨说他在他们恋爱时候大部分时间都是在追随她，而她总是从一个地方跑到另一个地方“对着手机汪汪叫”。他甚至更恼火于她居然觉得这很滑稽。可是自从她满了三十岁，这就开始不那么好笑了。当她去看望她在德贝郡的父母时，他们都显而易见地努力不提她的男朋友，这样做的次数多了，反而成为另一种形式的压力。她擅长自立，她这样告诉他们以及其他人。她的擅长自立曾经是事实，直到她遇见了约翰。

“他结婚了吧，亲爱的？”那个女人透过重重的蒸汽问道。艾丽和尼基相互饶有意味地看了一眼。

“是的。”艾丽说。

“说句会让你好受些的话，我爱上了一个结了婚的男人，可是他为我离婚，跟我结婚。到下个星期二我们就结婚四年了。”

“祝贺。”她俩一前一后地说。艾丽意识到在这种场合下说这个词有点别扭。

“我们非常幸福。当然，他女儿不再跟他说话了，可是没什么，我们很快乐。”

“他离开他妻子花了多久？”艾丽问，坐起身来。那个女人在把头发梳成一条辫子。她没有胸，艾丽想，而他依然为了她离开妻子。

“十二年。”她说，“这意味着我们不可能有孩子了，可是，像我说的，这是值得的。我们非常幸福。”

“我为你高兴。”艾丽说，而那女人也下来了。她离去的时候玻璃门开了，放进来一团冷气。之后便剩下艾丽和尼基两个人了，坐在闷热、黑暗的小房间里。一阵短暂的沉默。

“十二年。”尼基说，一边用毛巾擦着脸，“十二年，一个疏远的女儿，没有孩子。好吧，我打赌那会让你感觉好太多了。”

两天后电话铃响了。那是在九点差一刻，她在办公桌旁，站起来去看是哪里的来电，好让她的老板看见她已经到岗，正在工作。玛丽萨什么时候来上班的？她似乎是专题部最早来、最晚走的，可她的发型和妆容还总是完美无瑕，她的全套行头都非常协调。艾丽怀疑她可能还有一个六点钟的早锻炼，一个小时以后在某个高级发廊再吹个风。玛丽萨有家庭生活吗？曾经有人提到她有一个小女儿，可是艾丽觉得那很难让人相信。

“专题部。”她说，一边心不在焉地看向玻璃办公间里。玛丽萨正在打电话，一边来来回回地逡巡，一边用手捋着头发。

“我是否拨对了艾丽·霍华兹的号码？”一个清脆的声音，一种来自久远年代里的遗风。

“是的。我就是。”

“啊，我想就是你给我留了一封信。我的名字是珍妮弗·司特灵。”

我做了什么？那个星期四你说你不想让我走。真是你说的，不是我编的。然后什么也没有了。我真的以为你出事了！斯★★★★说你以前也这么做过，可是我不想相信她，但是现在我只觉得自己像一个白痴。

女性致男性，经由信件

第十九章　一个周六的下午

2003

她轻快地走着，迎着瓢泼大雨，一边诅咒自己想得不够远，没有带伞。公交车的窗户雾蒙蒙的，出租车跟随着公交车的尾气行进，不时往路石上以优雅的拱形溅出一片片水浪。此刻是一个湿乎乎的星期六下午，她在圣约翰伍德，试着不要想巴巴多斯的白沙滩，不要想一只长着斑的大手给一个女人的背后抹防晒乳。这是一幅不断跳入她脑中的影像，带着惩罚般的频繁，在约翰不在的六天里一直折磨着她。糟糕的天气感觉就像宇宙特意对她所开的玩笑。

这片豪华社区出现在一条宽广的、种着行道树的灰色混凝土人行道前方。她沿着石阶拾级而上，按响了八号的蜂鸣器，等待着，不耐烦地从一只湿透了的脚跳到另一只脚。

“谁啊？”蜂鸣器里传来的声音脆生生的，没有艾丽想象中的那么老。谢天谢地，珍妮弗·司特灵建议的是今天：一想到用一整个星期六来商谈，不用上班，没有看似都很忙碌的朋友们的陪伴，就觉得可怕。长着斑点的手又出现了。

“我是艾丽·霍华兹。来谈谈您的信。”

“啊，进来吧。我住在五楼。你得等一会儿才能有电梯来。那东西非常非常慢。”

这栋大楼是那种她极少涉足的地方，位于她几乎不知道的区域；她的朋友们住在新建的公寓里，那些公寓有狭小的房间和地下停车场，有的也住在复式公寓里，在一栋栋维多利亚式露台洋房中被挤得仿如夹心蛋糕。这个街区散发着旧时代的纸醉金迷，不受时尚影响。它让她想起“老年贵妇”这个词——约翰也许会用它——她微笑了。

门厅里铺着墨绿色的地毯，一种来自另一个年代的颜色。在四级大理石台阶两旁的黄铜扶手发出经常打磨且被长期使用之后的光泽。她突然想起她自己的街区里的公共区域，那里成堆的无人认领的邮件和被随意放置的自行车。电梯吱吱嘎嘎庄严地升上五楼，她走出电梯，来到一个铺着瓷砖的走廊。

“你好？”艾丽看见了那扇开着的门。后来她并不确定她曾经想象出了什么样的形象：某个目光炯炯、弯腰驼背的老妇人，也许还戴着一条不错的方形披肩，站在一个摆满瓷器动物的房间里。

珍妮弗·司特灵并不是那种女人。她可能有六十多岁，可是她的身材苗条，而且背挺得很直，只有她那头卷卷的银丝暗示了她的真实年纪。她穿着一件蓝黑色的开司米毛衣，一件系腰带的羊毛外套，和一条剪裁合体的长裤，裤子更像是德莱斯·范诺顿（Dries Van Noten）的而不是玛莎（M&S）的。她脖子上还系着一条翡翠绿色的丝巾。

“霍华兹小姐？”她感到那个女人在看着她，也许是在评估她，在使用她的名字之前。

“是的。”艾丽伸出手，“叫我艾丽吧。”

女人的脸放松了一些。无论有着什么样的测试，艾丽似乎已经通过了——起码此刻是，“快进来吧。你从很远的地方来吗？”

艾丽跟着她进入了公寓。再一次地，她发现她的期望被否定了。这儿没有动物小摆设。房间大而明亮，家具很少。苍白的木地板上铺着一张大块的波斯地毯，两张锦缎包裹的长沙发面对面放着，沙发中间摆了一张玻璃的咖啡桌。其他为数不多的家具都是中规中矩却又精致的：一把她怀疑价值不菲的椅子，现代北欧风格，一张小小的古董桌，嵌入了胡桃木；以及家庭照片，小小孩的照片。

“多漂亮的公寓啊。”艾丽说。她以前从没有特别关注过室内装饰，可是突然间她觉得她很想住在这里。

“不错吧，是不是？我想，我是在……六八年的时候搬来这里的。那时这里还是一个破旧的老街区，可是我觉得它会是适合我女儿成长的好地方，既然她不得不住在城市里。你可以从那扇窗看到摄政公园。我可以帮你挂好大衣吗？你想喝点咖啡吗？你看起来湿透了。”艾丽坐下了，珍妮弗·司特灵去了厨房。奶白色的墙上挂着几幅大型的现代派绘画。艾丽注视着珍妮弗·司特灵重新进入房间，意识到珍妮弗能激起那个无名情书作者别样的深情的确不足为怪。

咖啡桌上的照片中有一张是一个美得惊人的年轻女人的，姿势摆得如同塞西尔·比顿[1]镜头下的人物特写；然后，可能是几年之后，她向下看着一个新生儿，表情疲惫、敬畏，却又兴奋异常，看起来同所有新手妈妈们一样——即使她刚刚生完孩子，她的头发依然一丝不乱。

“这么麻烦您真是不好意思。我不得不说，您的信非常迷人。”一杯咖啡已经放在了艾丽跟前，珍妮弗·司特灵坐在她对面，用一把小银勺搅动着自己那一份咖啡，勺子的末端还有一枚搪瓷做的红色咖啡豆装饰。天哪，艾丽想，她的腰竟然比我的还细。

“我很好奇是什么样的信。我不认为我会不小心把东西扔掉了这么多年。我倾向于把一切都扔进粉碎机。我的会计师去年圣诞节给我买了一台那该死的玩意儿。”

“嗯，其实不是我发现它的。我的一个朋友在《国民报》整理档案，偶然发现了一份文档。”珍妮弗·司特灵有些动容。

“就是这些。”艾丽把手伸进包包，小心地抽出那个装有三封情书的塑料夹。她一边拿着塑料夹，一边注意着司特灵夫人的脸。“我本来想把它们寄给您，”她继续道，“可是……”

珍妮弗·司特灵虔诚地拿着那些信，用两只手，“我不确定……您想，嗯，您是否愿意看见它们。”

珍妮弗没有说话。艾丽突然间觉得不自在，于是抿了一小口咖啡。她不知道她坐在这里喝这杯咖啡有多久了，可是她让自己的视线一直移向别处。她不清楚为什么。

“哦，我当然想要它们。”当她抬头看，珍妮弗的表情有了某种变化。准确说

① Cecil Beaton（1904年~1980年），英国著名的时装摄影师。

来，她并没有流泪，可是她的眼睛却因为某种集中的情绪而显得非常憔悴，“我想你看过信了吧。”

艾丽发现自己的脸在发烫。“对不起。它们是跟一些完全不相干的文档放在一起的。我不知道我会找到它们的主人。我觉得它们很美。”她尴尬地补充道。

“是的，是很美，不是吗？好吧，艾丽·霍华兹，在我这样的年纪，没什么事能让我惊奇，可是你今天已经成功了。”

“你不看一看吗？”

“不必。我知道里面写的是什么。”

艾丽很久以前就学会了作为一名新闻工作者，最重要的技巧就是知道何时应该缄默。可是现在当她注视着一个老妇人不语到在某种程度上仿佛从房间里消失，她开始越来越不安。“非常对不起。”终于，当沉默变得令人压抑时，她小心地说，“要是我惹恼了您，我也不知道该怎么办，因为我并不知道您的——”

“处境。”珍妮弗·司特灵说。她笑了，艾丽再度想，她有一张多么可爱的脸。“你太客气了。可是这些信不会引起任何尴尬。我丈夫多年前就去世了。人们永远不会告诉你的关于变老之后的事之一，”她苦笑道，“就是男人会更早死去。”有那么一阵，她们听着雨声，听着外面公交车刺耳的刹车声。

“好吧。”司特灵夫人说，“跟我说点什么，艾丽。是什么让你如此努力要把这些信还给我？”

艾丽寻思着是否要提到专题的事。她的本能告诉她不要，“因为我从没看过这样的东西。”

珍妮弗·司特灵仔细地看着她。

“而且……我也有一个情人。”她说，并不确定她为什么说这个。

“一个‘情人’？”

“他……结婚了。”

“啊。那么这些信也是在对你倾诉的。”

“是的，整个故事都是。事关你想要你不能拥有的东西，事关永远无法说出你真正的感觉。”她此刻看着下方，对着自己的大腿说话，“我交往的男人，约翰……我真的不知道他是怎么想的。我们从不谈我们之间正在发生什么。”

“我觉得他那样没有什么异乎寻常的。”

“可是您的情人不一样。布特不一样。”

“是的。”再一次，她迷失在了另一段时光里，“他什么事都跟我说。收到那样一封信实在是令人吃惊的事，吃惊于你如此彻底地被人爱着。他一直都非常擅长遣词造句。”雨势更大了，可以感受到窗户因打雷而震动，人们在楼下的街上喊叫。

“我被您的情事迷住了，但愿这听起来不要太奇怪。我非常非常希望你们两个能重新在一起。我不得不问一下，你们……你们是否曾经又在一起过？”这个说法似乎是错误的，不恰当的，艾丽突然间觉得忸怩。她刚才问到的话里有某种不雅，她想。她把简单的事弄得太复杂了。

正当艾丽打算道歉，准备离开时，珍妮弗说话了：“你想再来点咖啡吗，艾丽？我不认为你在雨下成这样的时候离开有什么意义。”

珍妮弗·司特灵坐在丝绸覆盖的沙发上，腿上的咖啡已凉，诉说着一个故事，关于南法的一名年轻的妻子，关于一名在她的言语间，在那个年代里很可能不比其他任何人更糟的丈夫——一个时间总被安排得满满的男人，脸上总是挂着不由衷的表情——已经成为一种脆弱、不匹配的记号。她还说了他的情敌的故事，一个坏脾气、固执己见、热情、被伤害过的男人，那个男人让她从第一晚，从她和他相遇在一个月光笼罩下的晚宴上时，就开始不再安定。

艾丽端坐着，全神贯注，她的脑海中构建起一幅幅图景，并试着不要去想她手袋里开着的录音机。可是她不再觉得不雅了。司特灵夫人的叙说非常生动，似乎这是一个她等了几十年要讲述的故事。而艾丽，即使她不是完全明白她说的是什么，也不希望她中断，并且让她能叙述得更清晰一些。

珍妮弗·司特灵说起她镀金生活中突临的沉闷，那些无眠的夜晚，她的罪孽，某个禁忌的、骇人的、不可挽回的吸引，那可怕的认知：你正在被引导的生活很可能是错误的。当她讲述的时候，艾丽咬着自己的指甲，想知道这是否就是约翰此时在某个遥远的阳光沐浴下的沙滩上所想。他怎么能够既爱着他的妻子，又同时跟她保持来往呢？他怎么能感觉不到那种吸引呢？故事越来越黑暗，讲述的声音也更加安静了。珍妮弗讲述了在一条潮湿路上的一场车祸，一个无辜的男人死了，以及接下来的四年，她梦游着走过她的婚姻，只有靠药丸和女儿的出生来让自己保持正常。

她中断了一下，手伸到身后，递给艾丽一副相框。一名身材高挑的金发女子穿着一条运动短裤，一个男人用胳膊环绕着她。两个孩子和一条狗蹲在她的光脚旁。这看起来就像一幅卡尔文·克莱因（CK）广告。“伊斯梅可能不会比你大许多，”她说，“她和丈夫一起住在旧金山。她丈夫是一名医生。他们非常幸福。”她补充道，笑得很勉强，“就我所知。”

“她知道那些信吗？”艾丽把相框仔细地放在咖啡桌上，试着不要对不知情的伊斯梅那惊人的遗传以及她明显令人妒忌的生活发牢骚。

这一次，司特灵夫人在说话之前先犹豫了一会儿。“我从没对任何活着的人说起这个故事。有哪一个女儿愿意听说自己的母亲跟自己父亲之外的其他男人相爱呢？”然后她说起一场因缘际会，几年后，发现她正处在她想在的地方时那种光芒闪耀的震惊，“你明白吗？我觉得与周围格格不入太久了……然后安东尼就在那里。而我有这种感觉。”她拍着自己的胸骨，“我在家了。就是他了。”

“是的。”艾丽说。她坐在沙发边缘。珍妮弗·司特灵的脸熠熠生辉。突然间，艾丽可以看到曾经的她，那个年轻的女孩，“我懂那种感觉。”

“当然，可怕的事便是重新找到他之后，我却不能自由地跟他走。在那个年代，离婚是一件极为不寻常的事，艾丽。这很可怕。离婚之人会身败名裂。我知道如果我试着离开，我丈夫就会毁了我。而我也不能离开伊斯梅。他——安东尼——已经把他自己的孩子撇下了，我不认为他能真正释怀。”

“因此，您从没真正地离开过您丈夫？”艾丽觉得一种沉落的失望。

“我当然离开了，多亏你找到的那些文档。他有一位有趣的旧秘书，‘完美小姐’。”她苦笑道，“我从没能记起她的名字。我怀疑她爱着他。然后，因为某些理由，她给了我能够毁掉他的办法。他知道一旦我拥有了那些文档，他就不能再碰我。”她描述了她与那位不知名的秘书的相会，以及当她揭示出她知道了他办公室里发生的事情后，她丈夫的震惊。

“关于石棉的文档。”它们在艾丽的公寓里似乎是无害的，它们的力量被岁月和事后之见而磨得暗淡无光。

“当然，那个时候没人了解石棉。我们认为那是一种奇妙的材料。发现劳伦斯的公司毁灭了那么多生命实在是非常令人震惊。因此我才在他死后成立了这个基金，去帮助受害者。给。”她摸进写字台里，抽出一份传单。它详细地说明了一份给那些因工作关系而患上间皮瘤的人的法律援助计划。“现在这份基金里已经没有多少钱了，可是我们的确还在提供法律援助。我有行业里能提供免费服务的朋友，国内和国外都有。”她说。

“您依然得到了您丈夫的钱？”

“是的。这是我们的安排。我保留他的姓，成为那些隐遁的、从不伴随丈夫出席任何场合的妻子中的一员。所有人都猜我脱离社会，去抚养伊斯梅了。你瞧，在那个年代，这并不罕见。他只带他的情妇去参加所有社会活动。”她笑了，摇着头，“那时，有着最为惊人的双重标准。”

艾丽想象自己被约翰挽着出席某新书发布会的场面。他总是很谨慎，在公众场合不去碰她，不给任何牵涉他们之间关系的暗示。她一直秘密地希望他们能被当众逮到在亲吻，或是他们的热情太明显，成了谣言中伤的目标。她抬起头，发现珍妮弗·司特灵在看她，“你还要点儿咖啡吗，艾丽？我猜你大概不急着去什么地方。”

“对。再来点咖啡吧。我想知道发生什么事了。”

她的表情变了，笑容褪去了。一阵短暂的沉默。

“他回到了刚果。”她说，“他过去总是去那些最危险的地方。那时，刚果的白人危机重重，他过得很不好……”她的话不像是针对艾丽的，“男人们总是比他们看起来的要脆弱得多，是不是？”

艾丽拒绝着这话，试图不要去觉得这番信息可能引起的苦涩失望。**这不是你的生活**，她坚定地告诉自己，**这不一定会成为你的悲剧**。“他叫什么名字？我猜不会是布特。”

“不是，那是我们之间的小玩笑。你读过伊夫林·沃吗？他的真名叫安东尼·奥哈尔。实际上，经过这么多年，把这个告诉你也挺奇怪的。他是我生命中的爱，可是我没有他的照片，只有少数的一些回忆。要不是我的那些信，我可能会认为整件事是我自己想象出来的。因此你把它们带给我，就仿佛带来了一份礼物。”

艾丽的喉头哽咽了。电话铃响了，打乱了她们的思绪。

“请原谅。”珍妮弗说。她走去门厅，接起电话，艾丽听见了她的应答，她的声音迅速平静下来，带着职业的距离。“是的，”她在说，“是的，我们还是。他什么时候被诊断的？……哦，我很遗憾……”

艾丽在她的便笺簿上潦草写下那个名字，将便笺簿放回包包。她检查了录音机还在开着，麦克风还放在适当的位置。她很满意，在那里多坐了几分钟，盯着那些家庭照片，明白珍妮弗还得有一会儿。似乎催促处在肺病紧要关头的人是不公平的。她从便笺簿上撕下一页纸，匆匆写下一张字条，然后拾起她的大衣。她走到窗户那里。外面，天空已放晴，人行道上的积水闪着蓝色的光泽。然后她走到门边，拿着字条站在那里。

“原谅我，还要一会儿。”珍妮弗把手盖在话筒上。“太抱歉了。”她说，“我可能还要花点儿时间。”她的声音暗示她们的谈话今天无法再继续下去了。“有人需要申请赔偿金。”

“我们能再谈谈吗？”艾丽伸出那张纸，“这上面是我的联系方式。我真的想知道……”珍妮弗点点头，一半的注意力还停留在电话上，“好啊，当然可以。这是我可以尽到的微薄之力了。再次感谢你，艾丽。”

艾丽转身离去，胳膊上搭着大衣。然后，随着珍妮弗把话筒放在耳朵旁，她又回过神来。“就告诉我一件事——很快？当他再次离去——布特——你做了什么？”

珍妮弗·司特灵放低话筒，目光清亮而平静，“我追随他而去。”

我们之间没有情事。如果你试图暗示，否则我要澄清，这都是你的想象。

男性致女性，经由信件，1960年

第二十章 你根本想不到，我已走了多远

1960・夏，及以后

“女士，您要喝点什么吗？”珍妮弗睁开眼。她已经抓着座位上的扶手快有一个小时了，此时英国海外航空公司的飞机正颠簸着行驶在飞往肯尼亚的途中。她从来就不是一个好的飞行者，可是无情的气流逐步提升着彗星号里的紧张感，以至于即使那些老乘飞机的非洲人，也不得不在每一次撞击发生时都咬紧牙关。当她的臀部被从座位上抬起时她畏缩了，从飞机尾部传来一阵沮丧的抱怨。匆忙点燃的香烟味道在机舱里形成一重烟雾。

“是的。”她说，“谢谢了。”

“我会给您来杯双份威士忌。”空姐眨着眼说，“接下来的旅程会有些颠簸。”她一口喝光了半杯。在经过迄今为止已经四十八小时的旅程后，她的目光充满坚毅。在离开之前，她在伦敦度过了好几个不眠之夜，追随自己的思绪，踌躇于她想尝试的是否如同别人认为的疯狂。

“你想来一个吗？”她旁边的生意人拿过来一个罐头盒，罐头的盖子向着她掀起。他的手很大，手指像是风干的香肠。

“谢谢。这是什么？薄荷？”她说。

他在厚厚的白胡子下微笑着。“哦，不是。”他说话带着浓重的南非荷兰语口音，“它们是用来平定你的紧张的。稍后你可能会很高兴吃了这东西。”

她抽回手说：“不用了，谢谢。有人曾经告诉我，气流没什么可怕的。”

“他说得对。只有地面上的气流你才得当心。”

见她没有笑，他斜眼看着她有一阵，“你去哪里？观兽旅行？”

“不，我需要去斯坦利维尔转机。他们告诉我没有从伦敦直达的飞机。”

“刚果？你去那里做什么，女士？”

“我要试着找一个朋友。”

他的声音透出怀疑：“在刚果？”

“是的。”他像看一个疯子那样看着她。她在座位上坐正了一些，暂时放松了刚才紧抓着扶手的姿势。

“你不看报纸的？”

“看一点儿，可是已经好几天没看了。我……很忙。”

“很忙，哈？小女士，你可能想转身直接回到英国去。”他低声轻笑，“我非常肯定你到不了刚果。”

她转过身去，盯着窗外的云朵和在她下方遥远的被雪覆盖的群山，而且突然间好奇，是否有那么一点最微弱的机会，就在此时，他正好在她下方三千米处。你根本想不到我已经走了多远，她无声地回应道。

两周前珍妮弗·司特灵踉踉跄跄地走出《国民报》的大门，站在台阶上，牵着她女儿胖乎乎的小手，意识到她完全不知道下一步该怎么做。一阵轻风刮起，将街沟旁的叶子卷起。叶子在半空中纠缠追逐，它们无目标的起起落落仿如她自己的境况。安东尼怎么可以消失了呢？他为什么没有留下任何消息给她？她回忆着他在酒店大厅里的愤怒，惧怕于自己已经知道了答案。那个胖报人的言语回响在她脑海。世界似乎在摇摆，有那么一度，她以为自己要晕过去。

然后伊斯梅抱怨说她想花一便士。孩子更为急切的需求把她从思绪中拉出来，进入了实际生活中。此前她已经预订了丽晶酒店，他在那里停留过，似乎她内心还有一部分相信如果他选择回来，对他来说在那里会比较容易找到她。她不得不去相信，他会愿意找到她，愿意想知道她最终还是自由了。

唯一的空房间是五楼的一个套房，她立刻就答应下来了。劳伦斯不敢对钱含糊其辞。随着伊斯梅快乐地坐在大电视机前，偶尔中断看电视，在床上蹦两下，她把余下的夜晚都用来踱步，焦急地思考，试图想出一种最好的方式，可以得到在非洲中部广袤地域中的某个男人的消息。

最终，伊斯梅睡着了，睡在她身边，蜷缩在酒店的被褥中，嘴里含着大拇指。珍妮弗躺在床上，看着她，倾听着城市里的声音，忍住无助的泪水，好奇于如果她足够努力思考，是否可以用通灵术给他传递消息。**布特，请听到我。我需要你为我回来。我自己做不来。**

在第二天和第三天，她把白天的大多数时间都花在伊斯梅身上，把她带去国家历史博物馆，去福特纳姆和玛森公司[①]喝茶。她们在摄政街买衣服——之前她并未好好筹划给酒店洗衣房送些什么衣服去洗——晚餐吃的是用一个银制大浅盘端上来的烤鸡肉三明治，叫的是酒店客房服务。偶尔，伊斯梅会问柯多扎太太和爸爸在哪儿，珍妮弗为让她安心就说他们很快会来看她们。她感激女儿接连不断的、大多数可实现的小请求，感激于被喝茶、洗澡和睡觉构成的日常生活轨迹。可是一旦这小女孩睡着，她就会关上卧室门，心里充满一种黑暗的恐惧。她做了什么？随着时间一小时一小时地过去，她越发觉得自己的行为琐碎而徒劳。她已经抛弃了她的生活，把她的女儿也打入了一个酒店房间——是为了什么呢？

她又给《国民报》打过两次电话。之前她对那个有着大肚子的粗暴男人说过话；现在她认出了他的声音、他讲话时生硬的态度。他告诉她，是的，只要奥哈尔打进报社来，他就会传信给他。第二次她有一种本能的印象，他并没有说实话。

"可是到现在为止他一定已经在那里了，肯定的。难道所有的记者不是在同一个地方吗？没有人能给他带个信儿吗？"

"我不是你的社交秘书。我跟你说过我会替你传信的，我也愿意，可是那里是战区。我想他还有其他事要思考吧。"

套房已成为一个与世隔绝的泡泡，她唯一的访客是清洁工和客房服务生。她不敢打电话给任何人，不敢打给她的父母、朋友，她还不知道该如何跟他们解释

① Fortnum&Mason，伦敦知名的高级消费百货商店，始于1707年。其茶室供应的茶和西点非常有特色。

自己的处境。劳伦斯对她已冷若冰霜。她的父母会与她断绝关系。她努力抗拒着想要用一杯烈酒来麻痹自己渐渐增长的恐慌感。随着一天天过去，那个在她脑海中的小小声音越发清晰：**你永远都可以回到劳伦斯身边**。对一个像她这样，唯一的技能只是装点门面的女人来说，还有什么其他的选择呢？

在这样一种发动机一般地安装和启动中，在对日常生活超现实的影印中，时日渐逝。第六天她打给了她家，猜测此时劳伦斯应该去上班了。柯多扎太太在线上应答，而她因这女人明显的悲痛而显得比平日更卑微。

“您在哪里，司特灵夫人？我把您的东西带给您。让我瞧瞧伊斯梅。我担心得要命。”珍妮弗内心的什么东西释怀了。

管家带着装着她的东西的一个旅行箱出现在一小时后。柯多扎太太说，司特灵先生没说别的，只是有好一阵她都别指望那座房子里的任何东西。“他让我清理好书房。当我看见那里头……”她的手自然而然地捧起了脸，“……我都不知道该怎么想了。”

“没事的。真的。”珍妮弗没法解释发生了什么。

“我很高兴尽我所能地来帮助您。”柯多扎太太继续道，“可是我不认为他——”珍妮弗一只手握住她的胳膊，“都会好起来的，柯多扎太太。相信我，我们喜欢你跟我们在一起。可是我觉得那可能会挺难。而且一旦所有事都稍稍平定了之后，伊斯梅很快就不得不回家看她父亲，所以如果你可能在这里暂时照料她，对所有人来说都要更好些。”

伊斯梅给柯多扎太太看了她的新玩意儿，还爬到她大腿上要抱抱。珍妮弗叫来了茶，当她给她的管家倒茶时，两个女人都尴尬地笑着。她们日常的角色似乎颠倒了。

“非常感谢你的到来。”当柯多扎太太起身要走时，珍妮弗说。对于柯多扎太太的立即离开，她觉得有一种失落。

“让我知道您决定怎么做。”柯多扎太太一边穿大衣，一边说。她坚定地看着珍妮弗，嘴唇焦虑地抿成一条线，而珍妮弗冲动地迈步向前，抱住了她。柯多扎太太的胳膊也伸出来，环住她，紧紧地拥住她，似乎她打算将力量传输给她，而且明白了她的感受。她们保持这个姿势站在房间的中央有好一阵。然后，也许是觉得有点尴尬，管家先松开怀抱。她的鼻头已红。

“我不会回去的。”珍妮弗说，她听见自己的言辞以难以预料的力量击溃了停滞的空气，“我会找一个地方让我们住下，可是我不会回去。”老妇人点点头。

“明天我打电话给你。”她在一张酒店的书写纸上匆匆写下几行字，“你可以告诉他我们在哪儿。也许，最好还是得让他知道。”

那天晚上，等她把伊斯梅哄睡着，她打给了舰队街[①]上所有的报馆，问她是否可以带消息给他们的记者，期待哪怕最微小的机会，他们可能会在非洲中部偶遇安东尼。她还打给了一个叔叔，她记得他曾经在非洲中部工作过，问他是否还记得任何酒店的名字。她通过国际接线员打给了两家酒店，一家在布拉扎维，一家在斯坦利维尔，给前台接待员留信息，其中一位悲伤地告诉她：“女士，我们这里没有白人。我们的城市里有骚乱。”

“求你了。”她说，“只要记住他的名字就好。安东尼·奥哈尔。跟他说‘布特’，他就知道那是什么意思了。”她又给报社送了一封信，让他们转交给他。

我很抱歉。请回到我身边。我自由了，我在等你。

她把信交给了前台，同时告诉自己，这封信交出去了就是交出去了。她一定不要去想它的历程，不要在接下来的几天或是几个星期里去想象它会落在哪里。她已经做了自己所能做的，现在是集中精力构筑新生活，等待众多信息中的一条能够抵达他。

格罗斯维纳先生再次咧嘴而笑。他就像是嘴裂了般的本能反应，她试图忽略。今天是第十一天。

---

① 伦敦著名的媒体街，直到20世纪90年代都是英国传统媒体的总部。现在的舰队街和司法界更为相关，街上以及附近更多的是法院和律师事务所。

“如果您可以在这里签名，”他用精心修剪过指甲的手指指着，“还有这里，那么，当然，我们还需要您丈夫的签名，在这里。”他再次微笑，嘴唇有一点抽动。

“哦，你们可以直接把它们寄给他。”她说。在他们周围，丽晶酒店的茶室里全是女人和退休了的绅士，以及被从一个湿漉漉的星期三下午的购物中转移过来的人。

“请您再说一遍？”

“我不再和我丈夫一起住了。我们靠通信联系。”这挫败了他。他的笑容消失了，他抓着腿上的文件，似乎他在试图重新聚集自己的思绪。

“我相信我已经给了你他的家庭地址。在这儿。”她指着文件夹中的一封信，“那么我们可以在下周一搬入了，是吗？我女儿和我都厌烦酒店生活了。”

外面的某处，柯多扎太太正牵着伊斯梅走向秋千。她现在天天都来，在劳伦斯上班的时候。“没有您在，家里就没什么活可干的。”她说。珍妮弗见这个年长的女人抱着伊斯梅的时候脸是发亮的，她感觉得到她情愿跟她们一起待在酒店，而不是在广场上那所空荡荡的宅邸里。格罗斯维纳先生的眉毛扭成团了，“啊，司特灵夫人，我可以确认……您是在说您不会以正常状态和司特灵先生住在一起吧？只不过房东是一个有责任感的绅士。他觉得他得把房子租给一户家庭。”

“他就是在租给家庭啊。”

“可是您刚才说——”

“格罗斯维纳先生，我们会为这次短租每周付二十四镑。我是一名已婚女子。我确定一个像你这样的男人会同意——我丈夫跟我一起住在那里的频率，实际上，连他是否跟我一起住在那里，都不是别人该管的，而是我们自己的事。”

他抬起手掌表示调停，他的脖子也开始泛红了。他开始结结巴巴地道歉说：“不过是——”他被一个紧急叫着她名字的女人打断了。珍妮弗转过椅子，看见伊冯娜·芒克里夫斯大踏步迈过拥挤的茶室走来，她的伞已经戳着了一个毫无戒心的侍者。“你在这里！”

“伊冯娜，我——”

“你去了哪儿？我完全想不到发生什么事了。我上星期出院了，你那该死的管家一个字都不肯告诉我。然后弗朗西斯说——”她停住了，已经意识到她的声音有多大。茶室里一片安静，他们周围所有的脸都带着期待。

“你能原谅我们吗，格罗斯维纳先生？我真的觉得我跟你已经谈完了。”珍妮弗说。他已经站起来了，整理好了他的手提箱，此刻强调般地咔嗒一声扣紧了它。“我今天下午就把这些文件给司特灵先生看。随时联系我。”他朝大厅走去。他走了之后，珍妮弗将一只手搭在她朋友的胳膊上。“对不起。”她说，“有太多要解释的了。你有时间上楼去吗？”

伊冯娜·芒克里夫斯在医院里度过了四个星期：两周待产，接着是生完爱丽丝之后的两周。她回到家时疲倦不堪，全无心思，又过了一星期后才意识到她有多久没见到珍妮弗了。她致电给隔壁两次，都仅仅是被告知司特灵夫人暂时不在。再一周后她决定自己去发现究竟出什么事了，“你的管家只是对我摇头，告诉我我只能跟拉瑞说话。”

“我猜他告诫过她，什么也别说。”

“关于什么？”伊冯娜把她的大衣扔到床上，坐在一张有套子的椅子上。“究竟为什么你会待在这里？你和拉瑞吵架了？”

伊冯娜的眼睛下面有紫红色的阴影，可是她的头发仍纹丝不乱。她看起来已经奇怪地变遥远了，是另一种生活的遗迹，珍妮弗想。“我离开了他。”她说。

伊冯娜睁大眼睛，目光在她脸上来来回回。“前天晚上拉瑞在我家喝醉了。醉得很厉害。我以为是生意上的事，就带着宝宝去睡觉，留男人们在一起。弗兰西斯过来的时候我都快睡着了，可是我听见他说，拉瑞说你有一个情人，你失去了理智。我想我肯定也梦想过这事。”

“好吧。”她缓缓地说，“他说的部分是真的。”

伊冯娜立刻用手捂住嘴，“哦，主啊，别是瑞吉。”

珍妮弗摇摇头，牵起嘴角，“不是。”她叹息道，“伊冯娜，我非常想你。我太想跟你说说了……”她跟她朋友说起这个故事，绕过一些细节，可是说出了大部分事实。毕竟，倾诉的对象是伊冯娜。简单的言辞在静滞的房间里回响，似乎掩饰了过去几周来她经受过的许许多多。一切都变了，一切。她以一个戏剧性的动作结尾，“我要再次找到他。我知道我会的。我只是务必要解释。”伊冯娜一直在专注地听着，珍妮弗也震撼于她有多想念她的尖刻和直言。终于，伊冯娜试探性地微笑，“我肯定他会原谅你的。”她说。

“什么？”

“拉瑞。我确定他会原谅你。”

“拉瑞？”珍妮弗坐了回去。

“没错。”

“可是我不想被原谅。”

“你不能这样，珍妮弗。”

“他有情妇。”

“哦，你可以除掉她！她不过是他的秘书，天晓得。告诉他，你想要一个新开始。告诉他那也是他必须做的。”

珍妮弗几乎被这番话绊倒了，“可是我不想要他，伊冯娜。我不想跟他生活在一起。”

“你情愿等某个身无分文的花花公子记者，而且他还可能不会回来？”

“是的。我愿意。”

伊冯娜将手伸入包包，点起一根烟，向房间中央喷出一串烟圈。

“伊斯梅怎么办？”

“伊斯梅怎么办？”

“她怎么应对，在没有父亲陪伴的情况下长大？”

“她会有父亲的，她自始至终都能见劳伦斯。实际上，她这个周末就会去那里。我写过信给他，他也回信了，确认了这一点。”

“你知道父母离婚了的孩子在学校都会受尽嘲弄。奥尔索普家的女儿就处在一个很糟糕的境地。”

“我们不会离婚的。她学校的朋友们什么都不会知道。”

伊冯娜依然决断般地吸着烟。

珍妮弗的音调变柔和了："求求你试着理解。关于劳伦斯和我为什么应该分开住，没有理由。社会在变化。我们不用羁绊于某些……我保证劳伦斯没有我要快乐得多。这也不必考虑什么。真的没必要。你和我还跟从前一样。实际上，我在想也许我们这周可以让孩子们在一起玩儿，也许可以带她们去杜莎夫人蜡像馆。我知道伊斯梅有多渴望见到多蒂……"

"杜莎夫人？"

"或者邱园[1]？只不过天气——"

"停止吧。"伊冯娜扬起一只优雅的手，"停。我再也听不下一个字了。我的天哪，你真是我遇见过的最自私的女人。"她掐灭了香烟，站起身来去拿她的大衣吗，"你以为生活是什么，珍妮弗？某种童话故事？你以为我们都不会厌烦自己的丈夫？为什么你就应该表现得期望我们围着你转，而你自由游荡，就好像——就好像你根本没有结过婚？如果你想活在一种道德堕落的状态里，很好。可是你有孩子，一个丈夫和一个孩子。你不能指望我们其余的人宽恕你的行为。"珍妮弗张口结舌。

伊冯娜转过身去，似乎她甚至都不愿意看到她。"我也不会是唯一有这种感觉的人。我建议你非常仔细地考虑你接下来该怎么做。"她把大衣搭在胳膊上，离开了。

三个小时之后，珍妮弗下了决定。

正午的印巴卡西[2]机场乱成一团。珍妮弗从突突响着的传送带上拾起自己的旅行箱后，又费力地找到洗手间，往脸上拍了一些冷水，换上了一件干净衬衫。她把头发用别针别起，热气已经汗湿了她的颈背。当她从洗手间出来后，几秒钟

① 邱园（Kew Garden），始建于1759年，原本是英皇乔治三世的皇太后奥格斯汀公主一所私人皇家植物园，起初只有3.6公顷，经过两百多年的发展，已扩建成为有120公顷的规模宏大的皇家植物园，加上1965年在距邱园50千米的苏沙斯区开辟了一个240公顷的Wakehurst卫星植物园，主园加卫星园共有360公顷，从而成为规模巨大的世界级植物园。

② 位于肯尼亚首都内罗毕郊区。

内，衬衫就贴在了后背上。

机场里满是人，或排着不规则的行列，或成群结队，用吼叫来代替谈话。她几乎麻痹了，注视着穿着浅色衣物的非洲女人用旅行箱和大的洗衣篮相互推挤着，她们的头上还用绳子稳稳地固定着巨大的洗衣袋。生意人们在角落里吸着烟，他们的皮肤黑得闪闪发亮。在那些坐在地上的人们之间，小孩子们跑进跑出的。一个女人推着一辆小独轮车在人群中穿梭，兜售着酒水饮料。离港公告牌显示有几趟航班被延迟起飞，但没有给出任何信息告知它们会被怎样调整。

跟机场大楼里的喧嚣相对比，外面非常平静。最后的一点坏天气也放晴了，炎热蒸发了残余的湿气，因此珍妮弗可以看见远处紫色的山脉。跑道空荡荡的，只停着她刚刚乘坐的那架飞机；飞机下面，一个扫地的男人，孤独得如同沉思者。在这座泛着光的现代建筑的另一侧，有人已经建起了一座小的岩石花园，装点着仙人掌和多汁植物。她钦慕于那些被仔细安置的大圆石，好奇有人必须在这样一个喧嚷的地方操如此多的心。

英国国际航空公司和东非航空的办公台已经关闭了，她又只能费力地回到人群中，在酒吧里叫上一杯咖啡，抓住一张桌子坐下，被其他人的旅行箱、编织篮和一只惨兮兮的小公鸡包围着。那只鸡的翅膀被一根校服领带绑在了身体上。

她会对他说什么？她想象着他在某个也许离战事地点只有几千米的外国记者俱乐部里，在那里，记者们聚集在一起喝酒，讨论每日局势。他会喝什么？这是一个又窄又小的世界，他告诉过她。一旦她到达斯坦利维尔，有人会认识他。有人可以告诉她他在哪里。她想象自己筋疲力尽地到达了俱乐部，一幅循环出现的影像让她得以度过过去的几天。她可以如此清晰地看见他，他站在一个呼呼作响的吊扇下，也许是在跟一个同事聊天，然后他因为看见她而顿时惊讶无比。她懂得他的表情：在过去的四十八小时里连她自己都几乎无法认出自己了。

她的生活里没有什么事物为她的所为做好了准备；没有事物暗示她可以做到。然而，从她走下飞机的那一刻起，尽管害怕，她还是觉得既好奇又兴高采烈，似乎这就是了：这就是生活之道。她同时觉出了一种对安东尼·奥哈尔好奇的家人般的亲切感。

她会找到他。她曾经掌控过事件，而不是被事件击得七零八落。她会决定她自己的未来。她甩掉关于伊斯梅的念头，告诉自己当她能够把安东尼介绍给伊斯梅时，这将是值得的。最终，一名年轻男子在英国国际航空公司的柜台后抓了一把椅子坐下，小伙子穿着一身利落的紫红色制服。她不管咖啡了，小跑着穿过聚集的人群，来到柜台前。

“我需要一张去斯坦利维尔的机票。”她说，一边匆匆在包里找钱，“下一班飞机。你要看我的护照吗？”年轻人盯着她。“不用，女士。”他轻快地摇着头，“没有飞机去斯坦利维尔。”

“可是有人告诉我你们有一条直达航线啊。”

“我非常抱歉。所有去往斯坦利维尔的航班都暂停了。”她带着挫败感无声地凝视着他，直到他重复了一遍刚才的话。然后她拖着箱子去往东非航空的柜台。那里的女孩也给出了相同的回答。“没有，女士。因为动乱，没有出港航班。”她把每个“R”都发成了颤声，“只有进港的。”

“好吧，他们什么时候重新开始有？我急着去往刚果。”两名工作人员交换了一下沉默的表情。“没有去刚果的航班。”她们回答。

她不能跑这么远来只为茫然的表情和连串的拒绝。**我不能现在放弃他**。外面，那个男人依然在拿着他那光秃秃的扫帚在跑道上来来往往。就在这时，她看见一个白人男子轻快地穿过航站楼，带着文职人员端正的姿势，拿着一个皮革文件夹。汗水已经在他白色夹克的背上印下了一个明显的三角形。

她看见他的时候，正好他也看见了她。他改变了方向，大步朝她走来。“雷茜太太？”他伸出一只手，“我是亚历山大·弗罗比希尔，来自领事馆。您的孩子们呢？”

“不。我的名字叫珍妮弗·司特灵。”他闭上嘴，似乎在试着估量她是否搞错了。他的脸是肿的，可能他的实际年龄比看起来要小些。

“我不需要你的帮助，弗罗比希尔先生。”她继续道，“我必须去刚果。你是否知道有没有我可以搭乘的火车？我被告知没有飞机了。实际上，没人肯跟我说许多。”她意识得到她自己的脸也因为炎热而汗津津的，她的头发也开始散下来了。

他开口说话的时候，似乎是在试图给精神错乱的人解释什么，“这位太太……”

“司特灵。”

“司特灵夫人，没人会去刚果了。你难道不知道那里——”

“是的，我的确知道那里有一些骚乱。可是我必须找到一个人，一名记者，他可能两周前就去那里了。这非常非常重要。他的名字叫——”

“女士，没有记者留在刚果了。”他摘掉眼镜，领着她去往窗户那里，“您知道发生什么事了吗？”

“知道一点点。好吧，不知道。我从英国来，我不得不绕很多路。这趟旅程非常折腾。”

“这场战争也波及了美国，以及我国，还有其他政府。直到三天前，我们都跟三百五十名白人人质一起处在危机中，还包括妇女和儿童，面对着辛巴叛乱者的死刑。我们有比利时军队跟他们在斯坦利维尔打巷战。报道说有一百名公民已经死亡。”

她几乎听不到他说什么，“可是我可以付钱——无论花多少钱我都能付。我必须到那儿。”

他抓着她的手臂，“司特灵太太，我在告诉您，您去不成刚果。没有火车，没有飞机，没有公路。连军队都是空运过去的。即使有运输机我也不可能批准一名英国公民——一名英国女性——进入战争地带。”他在笔记本上匆匆写下，“我会帮您找个地方让您等着，再帮您订上回家的航班。非洲不是一个让一名白人妇女独自停留的地方。”他厌烦地叹了一口气，仿佛她带给了他双倍的负担。

珍妮弗在思考，“死了多少人？”

“我们不知道。”

“你有他们的名字吗？”

“眼下我只有最基本的名单。还非常片面。”

“求你了。”她的心跳快要停止了，“请让我看看。我需要知道他是否……”

他从他的文件夹里抽出一张破破烂烂的打字纸。她浏览了一下，她的眼睛太累了，以至于那些以字母顺序排列的名字都变得模糊了。哈伯、汉姆布罗、奥基非、列维斯。他不在其中。

她抬头看了一眼弗罗比希尔："你有被作为人质的人员名单吗？"

"司特灵夫人，我们甚至都不知道有多少英国公民在这个城市里。瞧。"他拿出另一张纸，交给她，一边用一只手猛拍一只停在他后颈的蚊子。"这是最近的一份给洛尔斯顿勋爵的公报。"

> 仅在斯坦利维尔一地就有五百人死亡……我们相信在叛军控制的地区尚有二十七名联合王国公民……我们不知道何时才能到达这些英国人质所在的区域，即使我们知晓了他们的姓名。

"城市里有比利时和美国军队，他们在收复斯坦利维尔。我们还有一架贝佛利飞机随时待命，去拯救那些想要被救的人。"

"我怎么确定他是不是在那上面？"

他挠挠头，"您不能。有些人貌似不希望被救。有些人情愿待在刚果。他们可能有自己的理由。"

她突然想起那个胖胖的新闻编辑。**谁知道呢？也许他就是想逃离。**

"如果您的朋友想逃出来，他就会逃出来。"他说。他用一条手帕擦拭着脸。"如果他想留下，极有可能他会消失——这在刚果太容易了。"

她正想说话，却被穿过机场的一阵低沉的抱怨声打断了。是一户家庭从到达门那里就开始了。先是出来两个小孩，不声不语，胳膊和头上缠着绷带，脸上有着不合年龄的成熟。然后是一个抱着婴儿的金发女子，怒目而视，她的头发很脏，脸上蚀刻着紧张。一见到他们，一个年纪大得多的女人从她丈夫拉着她的手里挣脱出来冲进围栏，哭号着，将他们一把搂住。这户家庭抱成了一团。然后这位年轻的母亲，屈下膝去，开始哭泣，她的嘴因痛苦而大张着，头伏在老妇人圆润的肩膀上。

弗罗比希尔把他的文件纸放回文件夹。"雷茜家，抱歉，我必须去照看他。"

"她们从哪里来？"她说，一边注视着那位祖父将小女孩举到自己肩头。"从大屠杀中逃出来的？”那些孩子们的脸已经因震惊而僵住了，这让珍妮弗的热血变得凝固。他用严肃的表情看着她。“司特灵夫人，求您了，您现在必须走。今天傍晚会有一趟东非航空的航班。除非您在本市有交情不错的朋友，否则我必须竭力催促您乘坐这趟航班。”

她花了两天时间才回到家。从那时候起，她的新生活开始了。伊冯娜说到做到。她再也不跟她联络了，而且在某个场合珍妮弗偶然遇见了薇欧丽特，这个女人看见她时明显充满不安，看来继续跟她保持友谊也没必要了。珍妮弗比她曾经期望的更不在乎了：她们都属于一种旧的生活，那种生活她很难再认为是她自己的了。

大多数日子里柯多扎太太都会来新公寓里，找借口跟伊斯梅在一起，或是做一些家务活儿，而且珍妮弗发现她更依赖她的前管家，而不是她的旧时友人。一个湿漉漉的下午，当伊斯梅睡着后，她跟柯多扎太太说了安东尼的事，柯多扎太太也对她吐露了一些她丈夫的事。然后，柯多扎太太红着脸，谈起一位从两条街外的一家饭店给她送过花的好男人。“我不会去鼓励他。”她一边熨衣，一边柔和地说，“可是既然一切……”

劳伦斯用字条和短信来跟她交流，将柯多扎太太当作信使。

我想这个星期六带伊斯梅去我表妹在温彻斯特的婚礼。我保证她会在晚上七点钟回来。

他们保持距离，正式且慎重。偶尔珍妮弗会看着这些，好奇自己居然能跟这个男人结婚。

每个星期她都走去朗利街的邮局，看看邮箱里有没有来信。每个星期她回家的时候都试图不要因女邮递员说“没有”而心灰意冷。自这段短租时光结束后，她又搬去了一个长期租住的公寓。等伊斯梅开始上学后，她在本地公民咨询局里找了份不付薪水的工作，那是唯一不担心她没有经验的机构。她会从工作中学习，主管说："相信我，你会学得非常快的。"不到一年，她在同一个单位里得到了一个付酬的岗位。她给人们提供跟实际事务相关的建议，比如如何处理钱财，如何解决租房纠纷——总有太多坏房东，如何应对家庭破裂。

起初她被这些永无休止的麻烦、在办公室里拖着脚走的络绎不绝的痛苦的人搞得精疲力竭，可是逐渐地，当她越来越自信，她发现并不是只有她把自己的生活弄成一团糟。她重新评估了自己，发现很感激她在哪里，曾经终结于哪里，而当有人回来告诉她她帮到了他们后，她会由衷地自豪。

两年后，她和伊斯梅再次搬家，去了圣约翰伍德的一个两居室的公寓，带着劳伦斯提供的钱和珍妮弗从一个姑姑那里继承来的遗产。随着周变成月，月变成年，她终于接受安东尼·奥哈尔不会回来了。他不会回复她的消息。只有一次，当报纸报道了一些发生在斯坦利维尔的维多利亚酒店里的屠杀细节后，她觉得承受不住。然后她就停止读报纸了。

她又给《国民报》打过一次电话。一位秘书接的，当她向对方报出自己的姓名，简单地希望安东尼也许这一次会在那里时，她听见听筒里有人问："就是那个姓司特灵的女人？"

回答是："难道她不就是他不想提到的那一个吗？"于是她把话筒放回了原位。

时隔七年她才重新见到她丈夫。伊斯梅要开始上寄宿学校了，那是在汉普夏郡的一块平展的、红砖建筑的地方，有着可爱的田园氛围。珍妮弗已经请了下午的假，开车带她来，她们是坐着她的新MINI来的。她穿着一身酒红色的套装，有些期待劳伦斯对此做一番不悦的评价——他从没喜欢过她穿这种颜色。**请不要在伊斯梅面前评论**，她希望，**请让这样的评论只发生在我俩之间。**

可是那个坐在大厅里的男人压根不像她记忆中的劳伦斯。实际上，一开始她都没认出他来。他的皮肤发灰，脸颊凹陷。他似乎老了二十岁。

"你好，爸爸。"伊斯梅拥抱了他。他对珍妮弗点头致意，可是没有伸出手。"珍妮弗。"他说。

“劳伦斯。”她试图掩饰自己的震惊。

会见很简短。女校长，一个用沉默的、评估的眼神看人的年轻女子，没有提他们不住同一个地址的事。也许现在更多人都像他们这样，珍妮弗想。这一周她已经在咨询局里见到四位试图离开丈夫的女人了。

“我们会尽一切力量确保伊斯梅在这里的时光是欢乐的。”布朗宁小姐说。她有友善的眼睛，珍妮弗想。“如果姑娘们选择来寄宿学校，对她们是有帮助的。我知道她在这儿已经有朋友了，所以我肯定她会很快适应的。”

“她读了很多伊妮德·布莱顿[①]的书。”珍妮弗说，“我怀疑她觉得那样的阅读都是午夜的盛宴。”

“我们有一些那样的书。糖果食品店在周五下午开放，来满足孩子们的愿望。我们假设这样的设置不会扰乱学校正常的秩序，因此倾向于对此视而不见。我们喜欢让姑娘们觉得寄宿生活也有一些好处。”珍妮弗放轻松了。劳伦斯选的这所学校，如今看来她的担忧似乎是没有事实根据的。接下来的几周会比较难，可是过去在伊斯梅去劳伦斯那里的时候她也是一个人的，再说她还有工作可占据心力呢。

女校长站起身来，伸出一只手，“谢谢你们。当然，如果有任何麻烦，我们可以通电话。”当门在他们身后关闭时，劳伦斯开始咳嗽，一连串粗粝的干咳让珍妮弗的下巴都收紧了。她想说点什么，可是劳伦斯抬起一只手示意她不用。他们肩并肩缓步下着台阶，似乎他们并没有疏远。她本可以用比现在快两倍的速度走开，可是她觉得那样挺残忍，因为他的呼吸那样粗重，而且明显地不适。终于，她无法忍受了，喊住了一个经过的女孩，请她去取一杯水来。几分钟后那女孩回来了，劳伦斯重重地坐在镶板走廊里的一把桃花心木的椅子上，小口喝着水。

珍妮弗此刻已足够勇敢到可以肆意看着他了。“那是……”她说。

---

① Enid Blyto，1968年去世，英国著名的儿童故事家。其创作的《诺弟》（Noddy）、《五个小孩》（The Famous Five）和《七个小孩》（The Secret Seven）等儿童文学作品经久不衰。BBC还拍过关于她的传记。她是让J.K.罗琳顶礼膜拜的英国“儿童图书大王”，她写的《魔法树》被英国《卫报》评选为“生命中不可缺少的100本书之一”。

“不是。”他痛苦地呼出一口长气。“是雪茄，很明显。我很清楚这种讽刺意味。”她坐到他旁边。

“你应该知道，我保证过你俩都会被照料好的。”她看向他身侧，可是他看起来在想着什么。

“我们养育了一个好孩子。”他终于说。

窗外，他们可以看见伊斯梅正在草坪上跟两个女孩聊天。似乎有某种听不见的信号，她们三个跑过了草坪，裙摆飞扬。

“对不起。”她说，对他背转过身，“对于这一切。”他把玻璃杯放在一边，将自己从椅子上撑起来。他站立了一会儿，背对着她，集中精力看着窗外的女孩们，然后转回身来对着她，不看她的眼睛，对她稍稍点了点头。

她注视着他僵直地走出大门，走过草坪，走到在车里等着他的女性朋友那里，他的女儿在他身边蹦蹦跳跳。当司机戴姆勒倒车的时候，她对他们热情地挥手。

两个月后，劳伦斯死了。

我恨你可是我知道你还喜欢着我可是我不喜欢你我不在乎你那些笨朋友说什么你让我因为你偶然说的某些愚蠢的理由去碰你的手你抱过我我永不会再喜欢你我恨你我恨你胜过恨这该死的世界上的任何事我情愿跟一只蜘蛛或是耗子约会而不是你因为你又丑又肥！！！

女性致男性，经由电子邮件

第二十一章　“我怕没有人会那样爱我。”

2003

整个黄昏雨都没停过，黑灰色的云块疾驰过城市的天际线，直到它们被夜晚吞没。如注的无情之雨将人们禁足在家里，雨水覆盖住街道，以至于外面所有能听见的只是偶尔汽车轮胎嗖地驶过湿乎乎的路面的摩擦声，或是排水沟里的汩汩声，或是某人欲回家的轻快的脚步声。

她的答录机里没有消息，手机里没有闪烁的短信提示。她的电子邮件只限于工作、伟哥广告，以及一封来自她母亲的，详述了狗狗自臀部置换手术后进一步的康复状况。艾丽叉着腿坐在沙发上，抿着她的第三杯红酒，重新看着她在归还之前就复印下来的信件。她离开珍妮弗·司特灵的公寓有四个小时了，可是她的脑中还在打着鼓。她看见了不认识的布特，鲁莽而心碎地在刚果，彼时那里的欧洲白人正遭到杀戮。“我看过关于谋杀的报道，关于在斯坦利维尔一整间酒店的遇难者。”珍妮弗曾经说，“我害怕得哭了。”艾丽想象珍妮弗一周周地走去邮局，徒劳地询问一封永不会抵达的信。一滴眼泪啪地掉在她袖子上，她擦掉它的时候吸了吸鼻子。

他们之间的故事，她想，是一桩有意义的情事。他是一个在所爱之人面前将自己轰然洞开的男人；他努力去理解她，试着去保护她，甚至保护她不受她自己的影响和伤害。当他不能拥有她，他将自己挪到世界的另一端，而且很有可能，牺牲他自己。而她为他哀悼了四十年。艾丽有什么？美妙的性爱，也许十天一次，和一堆态度不明朗的电子邮件。她已经三十二岁，她的事业正滑入死水一潭，她的朋友知道她正在毫无希望地躲藏情感，并且一天比一天更难以让她自己相信这就是她愿意选择的生活。

现在是九点过一刻了。她知道她不能再喝了，可是她觉得生气，悲哀，虚无。她又倒了一杯，哭泣着再次看了一遍那最后一封信。和珍妮弗一样，她现在觉得她从心底里知晓这些词句。它们有一种可怕的共鸣。

没有你在身旁——离你数千千米——根本带来不了任何安慰。我再也不会被你的邻近而折磨的事实，或是每日都被提醒我对自己真正想要之物的无能获得，都没有治愈我。这让事情更糟。我的未来像是一条荒凉的空荡路途。

连她自己都快要爱上这个男人了。她想象着约翰，听见他说这些话，酒精让布特与约翰模糊成一体。一个人怎么会将自己的生活移出世俗，成为一部史诗？当然这个人应该足够勇敢到去爱。她从包里掏出手机，她的心里有什么暗黑而大胆的东西在跃跃欲出。她打开手机，写下一条短信，她的手指笨拙地敲在键盘上：

请给我电话。只要一次。我需要听见你。吻你。

她按了“发送”，但已经知道她犯了多么大的一个错。他会生气的，或许他根本就不会回应。她不确定哪一种结果更糟。艾丽的头埋在手中，为不认识的布特，为珍妮弗，为错失的机会和浪费了的人生而啜泣。她为自己哭，因为没有人曾经像布特爱珍妮弗那样爱过她，因为她怀疑她正在损坏可能是一种极好的日常生活。她哭泣因为她喝醉了，在她的公寓，一个人住没什么好处，除了可以无所顾忌地想怎样哭就怎样哭。

她听见门上的蜂鸣器响的时候吓了一跳，于是抬起头，保持不动，直到蜂鸣器再次响起。有那么短暂的不清醒的片刻，她好奇那会不会是约翰来回复她的消息了。突然，她一个激灵，冲向客厅的镜子那儿，手忙脚乱地擦去脸上的红色污渍，接起了对讲机。“喂？”

“OK，自作聪明的小姐。你怎么拼写‘未受邀请的随意的呼叫’的？”

她眨眨眼，“洛里。”

“不是，不是他。”她咬了咬嘴唇，靠在墙上。有一阵短暂的沉默。

“你忙吗？我只是刚好经过。”他听起来很快活，生气勃勃的，“OK……我正好坐了这一趟地铁线。”

“上来吧。”她挂上对讲机，用冷水泼了泼脸，试图不要因为明显不是约翰而觉得失望。她听见他三步并作两步地跨上台阶，推开了她已经半开着的门。

“我来拉你出去喝一杯。哦！”他看见了那些空的红酒瓶，然后，看得更久一些的，是她的脸，“啊。太迟了。”

她勉强做出一副不足以让人相信的笑容，“晚上过得不太好。”

“啊。”

“你要是想去的话就好了。”他系着一条灰色的围巾。看上去像是开司米的。她还从没有过一件开司米的针织衫。她怎么可以到了三十二岁还没有一件开司米的针织衫？“实际上，现在的我不是一个好的陪伴者。”她老实说道。

他又看了一眼红酒瓶。“好吧，霍华兹。”他一边说，一边解下脖子上的围巾，“这种事以前从没难倒过我。我来烧壶水怎样？”

他沏茶，在她狭小的厨房里摸索着茶包、牛奶和茶匙。她想起约翰，仅仅是在上个星期，还做过同样的事，于是她的眼里又充满了泪水。然后洛里坐下了，把马克杯放在了她跟前，当她喝茶的时候，他就滔滔不绝地说起他的一天，他刚刚遇见的朋友给他建议了一条斜穿巴塔哥尼亚的路线。那位朋友——他从童年时候起就认识他了——已经成为某种竞赛型的旅行者。“你知道那种人，你说你要去秘鲁，他说：‘哦，忘了马丘比丘铁路吧，我花了三个晚上同阿塔坎纳丛林的俾格米人在一起。当我们把狒狒肉吃完了后，他们杀了他们自己的一个亲戚给我吃呢。’”

“真棒。”她盘腿坐在沙发上，捧着她的马克杯。

“我喜欢那家伙，可是我不确定我能占用他六个月的时间。”

"你要去六个月？"

"希望能。"她被另一阵如海啸般的痛苦席卷了。就算洛里不是约翰，可是让一个男人在这样一个古怪的傍晚喊你出去，也算是某种补偿吧。

"那么，怎么了？"他问

"哦……我过了诡异的一天。"

"今天星期六。我猜你这样的姑娘会出去吃早午餐顺便八卦，然后去商店买鞋子。"

"别用老一套衡量我。我去看珍妮弗·司特灵了。"

"谁？"

"收信的女士。"她看见了他的惊奇。他倾身向前，"哇哦，她真的打电话给你了。发生什么事了？"

突然，她又一次哭了起来，泪水滚滚而下。"对不起，"她嘟哝道，一边伸手去抓纸巾，"对不起。我不知道我怎么这么荒唐。"她感觉他的手放在了她的肩上，胳膊环住了她。他闻起来有浴缸、除臭剂、干净头发，以及外面的味道。"嘿，"他轻柔地说，"嘿……这可不像你。"

你怎么知道？她想。没有人知道我是怎样的。甚至我自己都不知道。"她把一切都告诉了我，那整件的情事。哦，洛里，那个故事太让人心碎了。他们深爱着彼此，也一直想念着彼此，直到他死在非洲，她再也没有见过他。"她哭得太厉害，以至于她的话让人摸不着头脑。他抱住了她，他把头低下，好把她的话听得更清楚，"一位老女士说话让你这么悲伤？四十年前的一桩不成功的情事？"

"你应该在那里，你应该听她说的。"她给他复述了一部分这个故事，擦了擦自己的眼睛，"她太美丽了，太优雅了，而且悲伤……"

"你也美丽也优雅也悲伤。OK，可能不优雅吧。"她把头倚在他肩上。

"我从没以为你……别误解，艾丽，可是你让我惊讶。我从没以为你会被那些信影响得这么深。"

"不只是因为那些信。"她吸了吸鼻子。他等待着。此刻他靠回了沙发上，可是他的手依然轻轻地停放在她颈上。她意识到她并不想它移开。"那么……"他的声音轻柔，带着询问。

“我怕……”

“怕？”

她的声音低成耳语：“我怕没有人会那样爱我。”酒醉让她直言不讳。他的眼神变温柔了，他的嘴低下了一点，似乎带着怜悯。他注视着她，她轻轻地擦着眼睛。有那么一阵她以为他会吻她，可是相反，他拾起一封信，大声读了出来：

在我今天傍晚回家的路上，我遇上了发生在一座酒吧里的一场争吵。两个男人吵嚷着，被喝醉了的支持者们怂恿。突然间我被他们的喧嚣，被诅咒声和相互扔瓶子的声音吸引过去了。能听见远处传来的警笛声。围观的人们四散逃去，路上的车子在尖啸着躲避那场争斗。我能考虑的全部就是你微笑起来牵起嘴角的样子。我有一种强烈的感觉，在这样的时刻，你也正在想着我。

也许这听起来很怪诞。也许你正在想着剧院，或是经济危机，或是买不买新窗帘。可是处于那精神错乱的小小的生动画面中，我突然意识到，让某个人理解你，渴望你，把你看作一个更好版本的你自己，是一种最令人震惊的天赋。即使我们不在一起，知道对你来说，我就是那样的男人，我会觉得特别踏实。

她闭着眼睛听洛里念，轻轻地背诵着那些词句。她想象珍妮弗是如何感受被爱，被倾慕，被需要的。

我不确定我是怎样赢得那种权利的。即使现在我也没觉得有完全的自信。可是仅仅是能有机会想到你的脸，你的微笑，知道它的某个部分可能属于我，这几乎是发生在我生命中最伟大的事了。

话语停住了。她睁开眼，发现洛里就在方寸之外。“对一个聪明的女人来说，”他说，“你真是够阴郁了。”他伸过来一只手，用大拇指擦去了一滴眼泪。

“你不知道……”她开始了，“你不明白……”

“我以为我足够理解。”没等她再度开口，他吻住了她。她拖延了片刻，那只长着斑的手又出现了，折磨着她。为什么我应该对某个人忠诚，而那人可能此刻正在进行狂野的假日性爱？

洛里的唇抵在她的唇上，他的手捧着她的脸，她也吻了回去，她的脑子一片空白，她的身体仅仅是因为他抱住她的手臂、吻住她的唇就感激欣喜。全都删除吧，她无声地祈求着他重写这一页。她变了变姿势，感觉着模糊的惊奇：尽管她如此渴望约翰，她还可以强烈地需要眼前这个男人。接着她就完全想不起任何事了。

她醒来后盯着两排黑黑的睫毛。多么黑的睫毛，约翰的是焦糖色的，在意识尚未清醒的短短几秒钟里，她想。他有一根白睫毛，朝着他左眼的外缘，她确定除了她，其他人都没有注意到。

鸟儿在歌唱。一辆车在外面不断加速。有一只胳膊搭在她赤裸的臀部上，它令人惊讶地重。当她翻身，一只手又片刻间紧紧地打在了她屁股上，似乎是出自本能反应地不让她走。她盯着那些睫毛看，回忆着昨晚的事，她和洛里在她沙发前的地板上。当她意识到冷的时候，他用手去拿羽绒被。他的头发在她手里，丰茂而柔软，他的身体盖在她的之上，宽广而厚实。她的床，他的头，都被羽绒被遮盖着。她感觉到一种模糊的惊悚意识，而且一直都不清楚为什么她会这么觉得。

约翰。一条手机短信。

咖啡，她想，一边为了安全起见地喘息。咖啡和羊角面包。她挣出他的怀抱，让自己放松，她的目光始终停留在他睡着了的脸上。她抬起他的胳膊，轻轻地将它放在床单上。他醒了，她吓呆了。她看见她自己的困惑短暂地映在了他的眼睛里。

“嘿。”他说，声音因为缺乏睡眠而嘶哑。他们最后是什么时候睡着的？四点？五点？她轻轻笑着回忆，因为当时外面的天正渐渐亮起。他擦了擦脸，撑着一只手肘重重地挪动了一下身体。他的头发朝一边竖着，胡须蓬乱，“现在几点了？”

“快九点了。我打算赶紧出去买点咖啡。”她退到门边，意识到她的身体正裸露在早晨的亮光中。

“你确定？”当她藏起来的时候，他喊道，“你不想让我也去？”

“不，不。”她赶紧套上牛仔裤，那是她在起居室的门外发现的，“我挺好。”

“那就给我带黑咖啡吧。”她听见他躺回枕头上，嘟哝了一些什么。

她的衬裤在DVD播放机下面。她迅速捡起它，塞到一个口袋里。她套上一件T恤，裹上外套，没看一眼自己的样子，就直冲楼下而去。她轻快地走向最近的咖啡店，一边已经往手机里拨了一个号码。

起来。接电话。现在她已经在等待的队列里了。尼基在三线接起电话。

“艾丽？”

“哦，上帝啊，尼基。我做了可怕的事。”她压低声音，不让刚走进来，排在她身后的那户人家听到。那位父亲沉默着，母亲正在带着两个小孩去一张桌子那里。他们眼圈重重的苍白的脸诉说着一个失眠的夜晚。

“等等。我在健身房。让我把电话拿到外面去。”

健身房？在星期天早上九点？她听见尼基手机中的背景声转成了某个遥远街道中的车流，“怎样的可怕？杀人？强暴一个未成年人？你没有打电话给某人的妻子，告诉她你是她老公的情人吧？”

“我跟那个工作上的家伙上床了。”

一阵短暂的停顿。她抬起头，发现调咖啡的小工正盯着她，扬着眉毛。她把手盖在电话上，“哦。两份大杯的美式，其中一杯加奶；羊角面包，两个——不，三个。”

“图书馆小子？”

“是的。他昨晚出现了，我当时醉了感觉特别失败他念出了那些情书中的一封于是……我不知道……”

“那么？”

“那么我就跟别的人上床了！”

“那可怕吗？”

洛里的眼睛，因为惊奇而起皱。他的头倾向她的胸前。吻。无止境、无止境的吻。

“不。那……非常好。真的很好。”

“而你的麻烦是？”

“我本来是想跟约翰上床的。”

卖咖啡的女孩正在跟那位筋疲力尽的父亲交换眼神。她意识到他们都在无声地渴望着。

“六镑六十三便士。”女孩说，带着淡淡的微笑。她伸手进口袋找零钱，发现她自己掏出来的是昨天晚上的衬裤。筋疲力尽的父亲在咳嗽——也许那是因为笑而溅出来的一阵唾沫。她道了歉，脸在发烧，递过钱去，移到了柜台的末端，低着头等着她的咖啡。

“尼基……”

“哦，看在上帝的分儿上，艾丽。你一直都在跟一个结了婚的男人上床，可是他肯定还在跟他自己的老婆上床。他没有给过你承诺，也几乎不带你去任何地方，也没有计划离开她——”

“你又不知道。”

“我不知道。我很抱歉，甜心，可是我情愿赌上我小得可怕又贵得要死的被抵押了的房子。如果你在告诉我，你刚刚跟一个善良的家伙销魂一夜，那个人单身，喜欢你，似乎想要花时间跟你在一起，那么我就不会开始求助于百忧解[①]了。好吗？”

“好的。”她静静地说。

“现在，回到你的公寓去，叫醒他，跟他疯狂地做爱，然后明天早上到咖啡馆来见我和科琳，把一切都告诉我们。”她笑了。庆祝和某人在一起了，而不是不断地去跟她们解释，是多么好的事。她想起躺在她床上的洛里。有着相当长的睫毛和轻柔的吻的洛里。将早上的时间跟他一起度过难道会很糟糕吗？她端起咖啡，走

---

① 一种抗抑郁药。

回公寓，惊奇于她的步伐竟然如此迅速。

“别动！”她喊道。她上楼来，踢掉了她的鞋子。“我给你带来了床上的早餐。”她把咖啡放在浴室外面的地板上，悄悄走了进去，擦掉她眼下的睫毛膏，用冷水泼了泼脸，然后给自己喷了点香水。她又想了想，然后把牙膏的盖子拔掉，咬下一粒豆大的牙膏，刷了刷牙。

“这是用来让你不要再把我想成一个被男人宠坏了的无情无义的自私鬼的。而且你也欠我工作上的咖啡了。当然，明天我就会回到那个无情无义，自我中心的我了。”

她离开浴室，弯腰拾起咖啡，微笑着迈入她的卧室。床上空了，羽绒被归位了。他不可能在浴室里——她刚刚才用过。“洛里？”她对着一片沉寂说。

“这儿。”他的声音从起居室传来。她放轻脚步走向客厅。“你本应该待在床上。”她劝诫他，“否则就称不上是床上的早餐了，如果你——”

他站在房间中央，正在套他的外套。他穿着衣服，鞋子在脚上，头发也不再偏在一边。她在门道里停下。他没有看她。

“你在做什么？”她把咖啡端过去，“我以为我们会一起吃早餐的。”

“是的，嗯，我想我最好走。”她觉得某种冷冷的东西在背后爬过。有什么不对劲。

“为什么？”她问，还试图微笑，“我走了还没到十五分钟啊。你真的在星期天上午九点二十还跟人有约吗？”

他盯着他的脚，显然是在口袋里摸钥匙。他找到了钥匙，用手颠了颠。当他终于抬起头看她，他的脸面无表情，“你出去的时候有人打电话过来。他留言了。我没想偷听，可是在这么小的公寓里不听见也难。”艾丽觉得肚子里一紧，凉意顿生，“洛里，我——”

他举起一只手，“我跟你说过的，我不想把事情搞复杂。那也——嗯——包括跟某个在和别人上床的人上床。”他走过她，忽略掉她正在端着的咖啡，“咱们回头见吧，艾丽。”她听见他的脚步在楼梯里渐行渐远。他并没有摔门，可是门关上的方式里有一种令人不悦的终结氛围。她觉得身体僵硬。她把咖啡小心地放在桌上，然后，过了一分钟，走去答录机那里，按下了"播放"键。

约翰的声音，低沉而流畅，充溢了整个房间。“艾丽，我不能说太久，只是想来问问你好不好。我不确定昨晚你是什么意思。我也想你。我想念我们。可是听着……请不要短信我。那……”一阵轻叹，“听着，我会短信你的，一旦我们……一旦我回家后。”话筒里的声音结束了。

艾丽任由他的声音在沉默的公寓里回响，然后重重地坐到沙发里，一动不动，而她身边的咖啡正在冷却。

亲爱的B先生——

回复：48T……大道

……重申一遍，我理解买房只是以你的名义，我也不会再给你现有的地址写信，直到你14号回来。

信件，被女性错误地打开

第二十二章　“你本来可以选择说不的。”

2003

启：菲利普·奥哈尔，phillipohare@thetimes.co.uk

来自：艾丽·霍华兹，alliehaworth@thenation.co.uk

请原谅我这样联系您，可是我希望作为一名记者同行，您能够理解。我在尝试寻找一位安东尼·奥哈尔，我猜他跟您的父亲同龄，而且在去年五月的一期《泰晤士报》的专栏上您碰巧提到您有一位同名的父亲。

这位安东尼·奥哈尔于20世纪60年代早期在伦敦度过了一段时光，但是许多时间是在海外度过的，尤其是在非洲中部，他有可能在那里死去。我对他了解得很少，只知道他有一个跟您同名的儿子。

如果您就是他儿子，或是您知道他发生了什么事，您愿意跟我发邮件吗？有一位许多年前认识他，跟他相互了解的熟人非常想知道他后来怎样了。我清楚这可能会是一次轻率的冒险，毕竟这个名字也不是很罕见，但我需要我能得到的所有帮助。

祝好。

艾丽·霍华兹

新大楼坐落在城市里的某个艾丽没见过的地区，它是对一堆破烂仓库的随意搜集，被搭在一起的还有不可爱的她情愿饿死也不会去吃的外卖店。方圆一千五百米内的一切都被夷平了、扫荡了，拥挤的街道被水泥广场、金属护柱和闪耀陆离的办公区所取代，许多还没拆掉它们诞生之初的脚手架垫板。

他们经由有组织的观光去了那里，在星期一的最后搬迁之前让自己熟悉他们的新办公桌、新电脑和新的电话系统。在许许多多不同的部门之间，艾丽跟随着专题部，而带着写字板，别着“转换协调员”徽章的那个年轻人就告诉他们生产区、信息中心和卫生间的所在。每当一个新的空间被介绍到，艾丽就注意着她的团队成员各种各样的回应，某些年轻同事对这间办公室时髦、摩登的线条激动不已。玛丽萨显然是之前来过这里好几次了，偶尔会插入她觉得那个年轻人忘记说了的信息。

“没有地方可以躲藏！”鲁伯特开玩笑说，说这话的时候他正在鉴定这广袤的、还没来得及填塞东西的空间。她能听出里面的弦外之音。玛丽萨的办公室位于东南角，完全是玻璃建造的，可以看见整个专题部‘中心’。部门里的其他任何人都没有自己单独的办公室，这是一个明显会惹怒她几位同事的决定。

“这是你们坐的地方。”所有的记者都使用一张写字台，一张巨大的卵形桌面，其中央吐出若干条电线，连着旁边的一圈液晶屏电脑。

“谁坐那里呢？”一名专栏作者问。玛丽萨查看了一下她的名单。“我一直在考虑。有些位置还没有固定。可是鲁伯特，你坐这儿。阿丽亚娜，那儿。蒂姆，那边的那张椅子。爱德维娜……”这让艾丽想起学校里的无遮板篮球赛；那种当一个人从人群中被挑选出来，分配给一个队伍或另一个时的欣慰。终于差不多所有的座位都有人坐了，而她依然站着。

“啊……玛丽萨？”她斗胆问，“我该坐哪里？”玛丽萨看了一眼又一张桌子。“有些人不得不使用机动办公桌。给每个人都分上一个全职用的工位是没有意义的。”她说话的时候并不看艾丽。艾丽觉得她的脚尖在鞋里拧紧了，“你是在说我没有自己的办公领域？”

“不，我在说有些人要共享一个工位。”

“可是我每天都来。我不明白那样如何工作。”她应该带玛丽萨到一边去，私下里问她，为什么阿丽亚娜来了还不到一个月，就能得到一张办公桌。她应该赶走自己声音里那种轻微的愤怒，她应该闭嘴，“我不明白为什么我会是唯一这样的专题作者，唯一不能——”

“正如我所说，艾丽，一切还没定下来。总会有一个座位给你工作用的。对。我们说说新闻部吧，他们当然也要搬家，跟我们同一天……”她俩之间的谈话算是结束了。艾丽看见她的地位比她原本以为的降得还低。她捕捉到了阿丽亚娜的眼神，看见那个新来的女孩迅速别开头去，假装检查她手机里有没有不存在的短信。

图书馆不再是在地下了。新的“信息来源中心”被抬升了两层楼，坐落在一个中庭里，周围环绕着一圈个头硕大，貌似来自外星的植物。中央有一个岛状物，在那后面，她认出了坏脾气的图书馆馆长，他正在静静地跟一个年轻人说话。她盯着书架看，它们现在被整齐地划分成数字区和硬拷贝区。新办公室的所有标志系统都用小写字母写成，她怀疑这会让首席助理编辑耿耿于怀。

这里跟与灰扑扑的旧档案室有着明显的不同。完全没有了发霉的报纸味儿和各种死角，她突然间觉得怀念。她并不十分确定为什么她要来这里，除了她觉得对洛里的一种磁力般的牵引，也许是要来看看她是否至少被部分地原谅了，或是跟他谈谈玛丽萨的工位决定。她意识到，他是为数不多她可以谈谈这个的人。图书馆员发现了她。

“抱歉。”她说，举起一只手，“只是四处看看。”

“如果你想找洛里，”他说，“他在旧大楼里。”他的声音不再不友好了。

“谢谢。”她说，试图传达某种歉意。看来别去疏远任何人是很重要的。“这里看起来很棒。你们……做得很漂亮。”

“差不多快完成了。”他说，而且微笑了。他笑起来的时候看起来要年轻些，不那么憔悴。在他脸上，她能看见一些她以前从未注意到的东西：欣慰，而且亲切。你能把人想得有多歪，她心里说。

“我能帮点什么吗？”

“不，我——”

他再度笑了，“如我所说，他在旧大楼。”

“谢谢。我——我还是告辞吧，我看得出您很忙。”她走去一张台子，拾起一张图书馆使用指南的复印件，将它仔细地折起，塞入包包，然后离开。

她整个下午坐在她的即将无效的办公桌旁，在一个搜索引擎里不断键入安东尼·奥哈尔的名字。她搜索了无数遍，每一次都讶异于世界上居然存在，或是存在过那么多的安东尼·奥哈尔。有社交网站上的青少年安东尼·奥哈尔，有被埋在宾夕法尼亚墓园里故去已久的安东尼·奥哈尔，他们的人生被谱系学者钻研着。一个安东尼是工作于南非的一名物理学家，另一个是一名自助出版的奇幻小说家，还有一个是在斯旺西一家酒吧中被袭击的受害者。她研究着每一个安东尼·奥哈尔，检查其年龄，身份，只为以防万一。

她的手机响了，告诉她有短信。她看见了约翰的名字，然而，令她自己都困惑的是，她居然闪过一丝稍纵即逝的失望：原来不是洛里。

“开会了。”玛丽萨的秘书站在她桌旁。

抱歉那天晚上不能说太多。只是想让你知道我也想你。等不及见你。约。吻你。

“好的。抱歉。”她说。秘书还站在她身边，“对不起，就来了。”

她又看了一遍那条短信。拆散每一个句子，只为确认，这一次她并没有对其中未明说的意味小题大做。可是短信说：**只是想让你知道我也想你**。她收好自己的文件，红着脸走进了办公室，正好在鲁伯特的前面。千万别是最后一个，这一点很重要。她可不想成为玛丽萨的办公室及办公室外唯一没有座位的作者。

她沉默地坐着，日常的一个个选题在被仔细分析，其进展在被衡量。那天早上的羞耻退却了。即使阿丽亚娜抢占了对一位臭名昭著的过气女星的专访也没能烦扰到她。她的脑海中嗡嗡地响着不期而至落在她膝上的那些词句：只是想让你知道我也想你。

这是什么意思？她几乎不敢去希冀她曾经期待的能够成真。穿着比基尼的晒得黝黑的妻子迅速地消失了。魅影般的斑点之手及其做着按摩的手指被因挫败而变白的指关节所代替。她此刻想象着约翰和他的妻子正在一个他俩都默认为是试图拯救婚姻的拼死努力的假日里，每日磕磕巴巴地争吵。她看见他筋疲力尽，狂怒不已，而且因为收到她的短信而悄悄地高兴，即使他警告过她不要再发了。

别抱太大希望，她警告自己。这可能就是一个小小的刺激。每个人都会在假日快要过完的时候厌烦他们的伴侣。也许他只是想要确保他还拥有她的忠诚。可是即使她劝告自己，她也知道她想要相信哪个版本。

“艾丽呢？情书故事？”

哦，天哪！她翻着膝盖上的文件，作出一番自信的语调：“嗯，我得到了不少进一步的信息。我见到了那个女人，她提供了足够多的素材。”

“很好。”玛丽萨的眉毛优雅地扬着，似乎艾丽让她惊喜到了。

“可是……”艾丽吞吞吐吐，“……我不确定我们可以用多少。看起来……有点敏感。”

“他们都还活着吗？”

“不。男的死了。要么就是她相信他死了。”

“那么就换掉那女人的名字。我看不出有什么麻烦。你用的是她可能忘记了的信件。”

“哦，我不认为她忘记了。”艾丽试图审慎地表达，“实际上，她似乎对那些情书记得很清楚。我在想，如果我把它们用作一种由头，用来阐述爱的语言，可能更好些。你知道的，情书在这些年来发生了怎样的变化。”

“不包括你发现的这些信？”

“是的。”艾丽一回答完，就觉得巨大的欣慰。她不想让珍妮弗的信公之于众。她现在就能看见她，坐在她的沙发上，当她在讲述她为自己保留了几十年的故事时，她的脸那么生动。艾丽不想增加她的失落感，“我的意思是，也许我可以找到一些其他例子。”

“到周二截止。”

"好吧，总有书、编辑物……"

"你想让我们发表已经出版过的资料？"房间里一片寂静。似乎她和玛丽萨存在于一个有毒的泡泡里。她意识到她做任何事都无法再让这个女人满意了。

"你在这个东西上耗的时间，已经足够让大多数作者写出三篇两千字的特写了。"玛丽萨将她的钢笔末端敲了敲桌面。"着手去写，艾丽。"她的声音带着冷冰冰的厌烦，"写出来，主人公匿名，这样你的社会关系可能就永远不知道你在讨论谁的信。既然你都在这上头花了这么多时间了，那么我猜，它将会是一篇非凡的杰作吧。"她对房间里其他人微笑着，容光焕发，"对。我们前进吧。我还没有健康版的文章列表呢。谁能提供？"

她在离开大楼的时候看见了他。他跟罗纳德，那个保安，分享完一个笑话之后，就轻松地迈下台阶走开了。天在下雨，他背着一个小小的帆布背包，头上没戴帽子，更没打伞。

"嘿。"她跑过去追上他。他看了她一眼。"嘿。"他淡淡地说。他正往地铁站赶，已经迈上了地铁站的台阶，脚步一点都没有放慢。

"我想知道……你想去随便喝点什么吗？"

"我很忙。"

"你去哪里？"她不得不抬高声音，好让自己在人们嘈杂喧嚷的脚步声中，在维多利亚站地铁系统的轰鸣声中被听见。

"新大楼。"他们被通勤者包围了。她被潮水般的人群裹挟，几乎都要跌倒了，"哇哦，一定是去加班了。"

"不。只是去帮老板做点收尾工作，好让他不要太累。"

"我今天见到他了。"见洛里没有回答，她又补充道："他对我很友好。"

"是啊，嗯。他是个友好的人。"她想方设法跟他并排而行，直到他们来到检票口。他站到一边，好让其他人通过。

"真傻，真的。"她说，"你每天经过人们，却完全没有头绪——"

"听着，艾丽，你想要什么？"她咬着嘴唇。在他们身旁，通勤者们如泄洪般分开，戴着耳机，一些人对挡了他们路的人群发出嘘声。她摩挲着现在已是湿漉漉的头发，“我只是想说我很抱歉，对于那天早上的事。”

“很酷嘛。”

“不，不是的。可是……听着，发生了什么事，那跟你无关。我真的喜欢你。只不过这是某种——”

“你知道吗？我不感兴趣。很好，艾丽。我们之间就这样吧。”他通过了检票口。她跟上。她瞥见了他未转身前的一丝表情，很恐怖。她也觉得恐怖。她任由自己跟他上了自动扶梯。他的灰色围巾上点缀着小水珠，她努力克制住去擦掉它们的冲动，“洛里，我真的很抱歉。”

他本来正盯着自己的鞋，然后又看了她一眼，目光冰冷，“结婚了，哈？”

“什么？”

“你的……朋友。从他说的看来，显而易见。”

“别那样看着我。”

“哪样？”

“我没打算爱上他。”他发出一声短促的、令人不悦的大笑。他们已经到达了扶梯的底端。他加快了步伐，她不得不小跑着跟上他。隧道里闻着有股污浊空气和烧过的橡皮味儿。

“见鬼——你做选择吧。每个人都要做选择。”

“那么你永远没有被某些事物牵引过？永远没有觉察过那种牵引？”

他面对着她，“我当然有过。但如果跟着那种感觉走意味着我会伤害其他人，那么我退出。”

她的脸灼热，“好吧，你做得可真棒。”

“不。可是你几乎不会受环境影响。假定你知道他结婚了，但不管怎样还是愿意跟他在一起。你本来可以选择说不的。”

“不是那样的。”

他的声音讽刺地抬高了：“‘它比我们两个都大。’我觉得你受那些情书影响的程度比你以为的还要深。”

“哦，嗯，说得好，实用主义先生。真佩服你，可以把自己的情感像水龙头一样随意开关。是的，我让自己陷进去了——行吗？不道德，是的。没脑子？好吧，从你的回答来判断，当然是。可是我比较深刻地觉出一种魔力般的东西，而且——而且别担心，我从现在起会为之付出代价的。”

“可是你又不是唯一的一个，对吗？每一项行为都会有一个结果，艾丽。在我的观点看来，世界上的人就分为两种，一种人能够看穿，然后据此做出决定；剩下的人都是跟着感觉走，还觉得那样挺好的。”

“哦，上帝啊！你知不知道你自己听起来有多么堂皇吗？”她此刻是在咆哮，几乎意识不到经过的通勤者们好奇的目光。匆忙的人们很快就将站台给挤满了。

“知道。”

“而你的世界里，没人能被允许犯错？”

“一次。”他说，“你可以犯一次错。”他看向远处，下巴紧收，似乎在想该说多少。然后他转过来面对着她，“我在另一端，OK，艾丽？我爱着某个人，而那个人却发现其他人是她无法抵制的。有什么东西是‘比他们两个都大’的。当然，直到他甩了她。而我让她回到我的生活，她再次灼烧我。那么，是，我对此真的有看法。”

她僵立着。一辆列车驶入，带来一阵喧闹的轰鸣，一团热烈而破碎的空气。乘客们在向前涌动。

“你知道吗？”他说，声音高过了周围的喧嚷，“我并没有因为你爱上那个男人而评判你。谁知道呢？也许他就是你生命中的爱。也许他妻子离开他真的会过得更好。也许你们两个真的是有打算的。可是你本来可以拒绝我的。”突然间她看见他脸上有某种未预料的、生硬而直白的东西，“这就是我想不通的地方。你本来可以拒绝我，对我说不的。那才是该做的正确的事。”他轻快地跳入车厢，车门关上了。列车带着震耳欲聋的轰鸣开走了。

她透过车窗看着他离去的背影，直到什么也看不见。**对谁来说是正确的事？**

嘿，宝贝：

整个周末都在想你。大学怎么样？巴利说上大学的所有年轻人都会找到某个人，可是我告诉他，他是站着说话不腰疼。他只是妒忌。星期二他跟做房产中介的那个女孩出去，在主菜之后她就把他甩掉了。就说她要去女厕所，然后走掉了！！！！他说他在那里干坐了二十分钟才意识到怎么回事。我们都太外貌至上了……

希望你在这儿，宝贝。没有你的夜晚似乎变长了。赶快写信给我。克里夫。亲亲。

艾丽坐在床中央，腿上放着一个灰扑扑的纸板盒，她青少年时代的通信散落在她周围。晚上九点半她就上床了，努力想该怎样才能既不将珍妮弗暴露在公众视野中，又能完成玛丽萨的情书专题。她想起克里夫，她的初恋，一个树木修理工的儿子，跟她上同一所中学。他们纠结于她要不要去上大学，彼此发誓说这不会影响到他们的关系。在她去布里斯托尔之后他们依然持续了三个月。她记得他磨损了的MINI停在她宿舍楼大厅外停车场的样子是怎样让她从想往身上喷香水，款款经过走廊转变到沉入一种沮丧的感觉：她知道她对他已无动于衷，而他只会让她觉得被牵引回到一种她不再想要的生活。

亲爱的克里夫：

我已经花了几乎整夜来想如何处理这件事，让它对咱俩造成的伤害都尽可能的低。可是没有容易的方式。

亲爱的克里夫：

这真的是一封难写的信。可是我不得不站出来说我……

亲爱的克里夫：

我真的很抱歉，可是我不想再让你失望了。谢谢那些美好的时光。我希望我们还是朋友。

艾丽

她用手指摩挲着那些被她划掉的版本，它们被整齐地折成一摞，夹在其他信件里。在他收到最后一封信后，他开了350公里只为了亲自叫她一声贱人。她记得她听见他那样叫她后居然很奇怪地不为所动，也许因为她已经跟过去说再见了。在大学里，她感受到了一种迥异于她青少年时代的小镇时光那样的生活，克里夫们，巴利们，那些酒吧里的星期六之夜，一种所有人不仅认识你，而且知道你在学校做了什么，你父母做了什么，你在合唱音乐会上唱歌，然后裙子掉了的生活，这些都被远远地抛在身后。

她喝完了茶，好奇克里夫现在在做什么。他会结婚，她想，可能会过得很幸福；他是随遇而安的类型。他会有好几个孩子，他周末的高潮依然会是跟从学校里就认识的伙伴们在一起度过星期六的酒吧之夜。

现在，当然，这个世界上的克里夫们不会再写信了。他们会发短信给她。**好吗宝贝？**她好奇她是否会将这段恋爱关系用手机来终结。她怔怔地坐着，环顾着周身空荡荡的床，散布在羽绒被上的旧信件。自从跟洛里一起度过的那个晚上之后她就没怎么看过珍妮弗的信了，它们在某种程度上令人别扭地跟他的声音联系起来。她想起他站在地铁隧道里时的脸。**你本来可以拒绝我的**。她想起玛丽萨的脸，并且试图不要去考虑不得不回归到她的旧生活的可能性。她可能会失败，她真的可能会。她感到自己颤颤巍巍地站在悬崖上。改变正在来临。

接着她听见手机铃响了。似乎是觉得欣慰，她胳膊伸过床铺去够它，膝盖陷入粉彩纸堆里。

不回复？

她又看了一遍，然后键入：

抱歉。以为你不想让我烦你。

情况变了。说你现在想要什么吧。

她在小房间里大声叨念着这些词句，几乎不能相信她看见的。这就是发生于浪漫喜剧之外实际的情形？这些情况，每个人都想要咨询的情况，真的行得通？她想象着自己于将来某个非特定的日子，在咖啡馆里，正在对尼基和科琳说：是的，他当然会搬来这儿。只是得等到我们能找到更大的地方。我们隔上一个周末就会带孩子来。她想象他每个晚上回来，扔下包，在门厅里长久地亲吻她。那是一幅太不可能的景象，以至于她的脑子晕得厉害。这就是她想要的？她责备自己的怀疑。当然是。如果不是，她就不会这么长久以来都在惦念着。

说你现在想要什么吧。保持冷静，她告诉自己。八字没一撇呢。而且他都让你失望这么多次了。她的手停留在小小的钥匙上，把玩着它们，踌躇不决。

会的，可是不像这样。我很高兴我们可以谈谈。

她暂停了，然后键入：

发现这个让我的脑子有点转不过来。可是我也想你。你一回来就打电话给我吧。丈。狠狠吻你。

她正要把手机放在床头桌上，它却再一次响起。

还爱我吗？

她一时无法呼吸。

是的。

她不假思索地发送了出去。她等了几分钟，可是没有收到回复。不确定她到底是高兴还是难过，艾丽躺在枕头上，有好长一阵都一直盯着窗外空洞的黑夜，注视着眨眼的飞机在黑暗中穿行，朝着未知的目的地而去。

我努力尝试要让你多少明白一些，在从帕多瓦[①]到米兰的途中我都在想什么，可是你表现得像个被宠坏的孩子，我不能继续伤害你。现在，只因为我远离你，才拥有这份勇气。那么——当我突然间也是为自己说这话的时候，请相信我——我期待赶紧结婚。

艾格尼丝·冯·库洛斯基致欧内斯特·海明威，经由信件

① 意大利东北部城市。

第二十三章　“不是只有年轻人才会心碎。”

2003

洛里感觉到一只手搭在了他肩膀上，于是抽出了一只耳塞。

“茶。”他点点头，关掉音乐，把MP3播放器放入口袋里。搬家车现在已经完成了该干的活儿；只有报社自己的运货小卡车还在忙活，急匆匆地拉着被遗忘的箱子以及一小堆一小堆对报社生存很重要的东西来来回回。今天是星期四。在星期天，最后一批箱子也会被打包走，最后的马克杯和茶杯也要被运走。从星期一开始，《国民报》就要在新办公楼里开始其新生命了，而这座建筑会被拆掉。明年的这个时候在其原址会建起一栋有光闪闪的玻璃面、金属结构的新楼。

洛里在货车尾部坐下，挨着他老板，后者正在打量老楼陈旧的黑色大理石正面。报纸的金属标志牌，一只信鸽，正在被从台阶顶部的底座上拆卸下来。

“奇怪的景象，不是吗？”

洛里吹了吹茶水，“对你来说挺诡异？经过这一段时间之后？”

“倒不是。一切最终都会结束的。我非常期待能做一些不同的事。”洛里喝了一口茶。

“日复一日地置身于其他人的故事里，是很奇怪的一件事。似乎我自己的故事却被搁置了。”这就像是在听一场看图演说。如此不真实，如此不吸引人。洛里放下茶水，听他说，“不打算写点你自己的事？”

“不。”他老板的语调是驳斥的，“我不是作家。”

“你会做什么？”

“不知道。旅行，也许——也许我会像你这样做个背包客。”他们都因这个念头而笑了。他们在一起，几乎是沉默着工作了好几个月，除了日常实际需要之外，极少提到其他。此刻，随着他们的任务即将迅速完成，他们开始变得饶舌了。

“我儿子觉得我应该去旅行。”

洛里的声音里掩不住惊奇，“我不知道你有一个儿子。”

“还有一个儿媳妇呢，以及三个顽劣的孙辈。”洛里发现自己不得不重新估量他老板。他是那种浑身上下都透着独居气息的人，很难让人在想象中将他重新定位为一个居家男人。

“你妻子呢？”

“她很久以前就死了。”他说这话没有任何不自在，可是洛里依然觉得尴尬，似乎他逾越了某种界限。要是艾丽在这里，洛里想，她就会直接问他，她怎么了。

要是艾丽在这里，洛里就会溜到图书馆的偏远角落，而不是跟她说话。他对她不屑一顾，他不会去考虑她。他不会去琢磨她的头发，她的笑声，以及当她集中精力时皱眉的方式，还有她的手在他手下的触感：一反常态的顺从，一反常态的脆弱。

“那么，你什么时候开始你的旅行？”洛里被从思绪里拉回来，接过来一本书，接着又是一本。图书馆就像交通和道路驾驶综合系统：各种状况总会出其不意地出现。“昨天得到通知。必须查一查航班。”

“你想念你的女孩吗？”

“她不是我的女孩。”

“只不过给你留下了一个好印象，嗯？我以为你喜欢她呢。”

“以前喜欢。”

“我一直都觉得你俩会速配呢。”

“我也觉得。”

“那么问题出在哪里？”

“她……比她看上去的更复杂。”

老人苦笑：“我还从没遇见过一个不是那样的女人呢。”

“是的……好吧。我不喜欢复杂。”

“没有类似于不复杂的生活那种东西，洛里。我们到头来都是要妥协的。”

“可没包括我。”图书馆馆长扬起一条眉毛，脸上挂着淡淡的笑容。

“什么？”洛里说，“什么？你不是在跟我做身心灵演说吧，关于失去的机会和你如何希望你做的事是不同的，是不是？”他不假思索地脱口而出，声音很大，但他忍不住。他开始把箱子从车厢的一侧搬到另一侧，“不管怎样，跟我说那套没用。我会走开。我不需要复杂。”

“不。”

洛里斜眼看了一下他，注意到了那让他心里发毛的微笑，“现在别来对我感情用事。我得记住你是一个可怜的老家伙。”

这位可怜的老家伙吃吃而笑：“我可不敢。来吧，咱们去给所谓微缩胶片区域做一番最后的检查，再把泡茶工具装好。然后我请你吃午餐。你可以不告诉我关于你跟这个女孩之间发生的所有，你也不用告诉我这个女孩你其实在乎得要命。”

珍妮弗·司特灵家所在街区的人行道被漂白得就像在冬日阳光下发灰的藤壶[1]。一位马路清洁工正在沿着路石扫地，不时灵巧地用镊子夹起垃圾碎片。艾丽想知道她上次在伦敦城她自己住的地方看到清洁工是什么时候。也许在她那里，扫马路是一项永远也完成不了的任务：那条步行街上有着各式各样的外卖餐馆和廉价的烘焙坊，它们红白条纹的纸袋快活地散落在街区，诉说着又一次浸透脂肪和糖分的午餐时刻的狂欢。

“我是艾丽。艾丽·霍华兹。”当听到珍妮弗的声音后，她冲门口的对讲机里喊着，“我给你留了一条消息。我希望那样行得通，如果我——”

“艾丽。”珍妮弗的声音是欢迎的，“我马上就下来。”

---

① 附着在海边岩石上的一簇簇灰白色、有石灰质外壳的小动物。

她一边等着电梯不紧不慢地逐层下楼，一边想起玛丽萨。反正睡不着，艾丽索性七点半刚过就来到了《国民报》的办公室。她需要想出怎样解决情书专题；重读克里夫给她的信让她意识到她再也回不去旧时生活了。她要让这篇特写鲜活起来。她需要再从珍妮弗·司特灵这里打听点什么，让她的文章更有料。她是她旧时的自己：专注，果敢。这有助于不去思考她的个人生活已经变得多么令人困惑。

她震惊于玛丽萨已经在办公室了。相反，专题部却还是空的，只有一个不作声的清洁人员，漫无目的地在一张张桌子间推着吸尘器，玛丽萨的门被支开着。

“我知道，宝宝，可是妮娜会带你去。”她的一只手已经放在头上，在焦躁不安地搅着一缕头发。头发被她修长的手指梳理着，被冬日低低的阳光照耀着，拉起，缠绕，释放。

“不，星期天晚上我告诉过你。你记得吗？妮娜会带你去那儿，后来会去接你……我知道……我知道……可是妈妈必须要工作。你知道我不得不工作，甜心……”她坐下，一只手撑着脑袋，因此艾丽听起来有些费劲。

“我知道，我知道。下一次我就去。可是你还记得我跟你说过我们在搬办公室吗？而且这很重要？妈妈不能——”

一阵长久的沉默。

“黛西，亲爱的，你能让妮娜接电话吗？……我知道，只要让她接一分钟……是的，事后我会跟你说的。就让妮娜——”她抬起头，看见艾丽在办公室外。艾丽迅速转过身，尴尬于被捉住在偷听，于是作势抓起自己的电话，仿佛在讲一个跟玛丽萨的同样重要的来电。当她再次抬起头，玛丽萨办公室的门已经关上了。虽然从这样的一个距离很难分辨，可是玛丽萨也许是在哭。

“嗯，真是一个不错的惊喜。”珍妮弗·司特灵穿着一件利落的亚麻衬衫和一条靛蓝色的牛仔裤。当我六十多岁的时候我也想穿牛仔裤，艾丽想。“您说过我可以回来的。”艾丽迎上去说道。

“你当然可以。我必须承认，上周吐露出我自己的心事给我一种愧疚的愉悦。你也让我有点想起我的女儿，她是我的开心果。我真的很怀念她在我身边的时候。”

艾丽因为被跟照片里的那位CK女郎在一起比较而觉得异常兴奋。她试图不要去想她为什么来这里，“但愿我没有打扰到您……”

“当然没有。只要你别厌烦一个老太婆的唠唠叨叨。我要去樱草山散步。你愿意跟我一起去吗？”她们散步，说了一些各自生活的地区和领域，以及艾丽的鞋子，司特灵夫人很喜欢它们。“我的脚太可怕了。”她说，“我在你那么大的时候，总是把脚天天塞进高跟鞋里。你们这一代要舒服得多吧？”

“是的。可是我们这一代看上去却不像您这么优雅。”艾丽想起了珍妮弗初为人母时候的照片，那精致的妆容和完美的发型。

“哦，我们可没得选择。是因为严苛的劳伦斯——我丈夫——一定要我把自己收拾齐整，否则不让我拍照。”今天她看起来轻松了些，不像上回那样因为挖掘回忆而凝重。她步子轻快，像个年轻人一样，有时艾丽不得不小跑一段路以跟上她，“我要告诉你一件事。几个星期之前，我去车站买报纸，一个女孩站在那儿，穿着完全像是睡衣一样的衣服，还有那些大街上人脚一双的绵羊皮的靴子。你们管那叫什么？”

“UGG。”

珍妮弗的声音欢快：“对，就是那个。看起来毛糙糙的东西。我看着她买了一品脱牛奶，头发束在脑后。我非常嫉妒她的自由。我像一个疯女人一样站在那里盯着人家看。”她对自己的这一小段回忆笑个不停，“德努纱卡，小商亭的老板，他问我，到底那个可怜的女孩对我做了什么……我猜，如果是在过去，这个女孩的打扮就要被千夫指了。”

“我能问您点儿事吗？”

珍妮弗稍稍牵起嘴角，“我本来就怀疑你会问的。”

“您对发生了的事觉得难过吗？我的意思是，有婚外情？”

“你是在问我是不是对伤害我丈夫而感到后悔？”

“我猜是的。”

“这是……好奇？或是赦免？”

“我不知道。也许二者都有。”艾丽咬着一枚手指甲，“我觉得我……约翰……可能会离开他妻子。”

一阵短暂的沉默。她们已经在樱草山的大门处了，于是停下了，“孩子？”

艾丽没有抬头。“是的。”

“那是一种伟大的责任啊。”

“我知道。”

“有点吓到你了。”

艾丽找到了她还没能对其他人说起的话：“我想要确定我做的是正确的事，它会值得我即将引起的所有痛苦。”她为什么要对面前的这个女人如此无保留？她感到珍妮弗在看她，她迫切地需要被宽恕。她记起了布特的话：**你让我想要成为一个更好的男人**。她想要成为一个更好的人。她不想走在这里的时候，一半的心思还在琢磨这番谈话的哪些内容可以被她掠夺过来登在报纸上。

多年倾听他人的烦恼似乎给了珍妮弗一种智慧的气定神闲。她最终开口的时候，艾丽觉得她是字斟句酌过的：“我确定你自己会解决的。你只需要坦诚地跟他谈，痛苦地坦诚。你也许并不总能得到自己想要的答案。那是你上周离开后，我在重新看安东尼的来信时悟出的。信中没有游戏，没有欺骗。我从没遇见过任何人——此前没有，以后也不会有——能让我如此坦诚面对的。”

她叹了一口气，招呼艾丽通过大门。她们开始走上通往山顶的小路。“可是对于像我们这样的人来说，没有赦免。你会清楚地发现愧疚会在你以后的人生中越发地显现。人们说热情因为某个理由而燃烧，而当论及婚外情时，就不仅只有被伤害的一方会受伤了。对我来说，我真的因为伤害了劳伦斯而觉得负疚……在当时，我为自己辩护，可是我能看见发生的事……伤害了我们所有人。然而……那个一直以来让我觉得最纠结难过的人，是安东尼。”

“你要告诉我这个故事的其余部分了？”

珍妮弗的笑容淡下去了：“嗯，艾丽，那可不是一个快乐结局。”她说起了那趟去往非洲的无果之旅，一场漫长的搜寻，那个此前从未停止过告诉她他的感觉的男人明显的沉寂，以及最终在伦敦开展的新生活，独自一人。

“就那样？”

“在一个坚果壳里。”

"那么一直以来你从没有……从没有任何别人？"

珍妮弗·司特灵再次微笑，"不至于。我是普通人嘛。可是我可以说我从不曾如此强烈地被谁吸引过。在布特之后，我——我的确真的不想接近任何人。对我来说，他是唯一的。我心里非常清楚。而且，此外，我还有伊斯梅。"她的笑更深了，"孩子的确是一种很好的慰藉。"

她们到达了顶部。整个北伦敦在她们脚下延伸着。她们大口呼吸着，俯瞰着遥远的天际线，听着车流声和她们下方遛狗者的喊叫，以及闲荡的小孩子的叽叽喳喳。

"我能问您为什么把邮箱开放了这么久吗？"

珍妮弗靠在钢制长椅上，想了想，才说："我猜对你来说，这样非常傻吧，可是我们已经错失了彼此两次，你瞧，每次都是几个小时。我感到抓住每个机会是我的义务。我觉得关闭那个邮箱就等于承认一切都终结了。"

她悔恨地耸肩，"每一年我都告诉自己，是时候停止了。岁月悄悄流逝，我甚至都没有注意到过去了多久。可是从某种程度上说来我从没有停止过。我猜我是告诉了自己，那就是一场无害的自我放纵。"

"那么，那真的就是了？他的最后一封信？"艾丽指了指圣约翰伍德的方向，"您真的再没有听到过他的消息？您怎么能忍受不知道他发生了什么事？"

"我看见的是两种可能性。他要么是死在了刚果，这样的结果直到现在都太难以忍受，让人拒绝去想。要么，如同我怀疑的，他被我伤得很深。他相信我从没打算离开我丈夫，甚至以为我不关心他的感觉，我想他要付出很大的代价才能又一次接近我。不幸的是，我没有意识到这个代价到底有多大，直到一切都变得太迟。"

"您从来没试过派人寻找他？一名私家侦探？报纸广告？"

"哦，我不会那么做的。他会知道我在哪里。我已经让自己的感觉平复下来，而且我也不得不尊重他的感觉。"她庄重地看着艾丽，"**你知道，你不能让某人重新爱你，不管你多么想。有时候，很不幸，仅仅是时机……过去了。**"

此处的风活跃起来，它钻进衣领和脖子间的空隙，挖掘每一次肌肤暴露的可能性。艾丽将手插入口袋里，“如果他再次找到您，您认为您会怎样？”

头一回，珍妮弗·司特灵的眼里充满了泪水。她凝视着天际线，微微摇了摇头。“不是只有年轻人才会心碎，你知道。”她开始缓缓沿着小路走回去，看不见她的脸了。在她再度说话之前的沉默让艾丽的心中涌出一颗小小的泪珠，“我许久以前就学会了，艾丽，‘但愿’其实是一个非常危险的游戏。”

见我。——约。吻你。

我们是在使用手机吗？吻你。

我有许多话要告诉你。我就是需要见你。德利街的帕西瓦尔。明天下午一点。吻你。

帕西瓦尔？！不像通常的你啊。

啊。这些日子以来我总是令人惊奇。约。吻你。

她坐在铺着亚麻台布的桌子旁，轻弹她在地铁上潦草写下的字条，从心底里知道她不能写这个故事，而如果她写不出，她在《国民报》的职业生涯就彻底终结了。有两次她都想跑回圣约翰伍德的公寓，一头扎进那位老妇人慈悲的怀抱，解释自己，请求她，让她把她多舛的爱情故事变成铅字。可是无论何时她起这样的念头，都能看见珍妮弗·司特灵的脸，听见她的声音：**不是只有年轻人才会心碎。**

她盯着桌上白瓷盘上光泽的橄榄，毫无食欲。如果她不写这个故事，玛丽萨就会开掉她。如果她写，她就不确定是否对得起自己的良心。又一次地，她希望她能跟洛里谈谈，他会知道她该做什么。她有一种不舒服的感觉，他说出的话可能会跟她的愿望相悖，可是她知道他会是对的。她的思绪乱成一团，争辩与反争辩。**珍妮弗·司特灵可能根本不看《国民报》，她可能永远不知道你做了什么。玛丽萨正在找借口挤走你，你真的没得选择。**

然后是洛里的声音，讥讽的：**你在跟我开玩笑吗？**她的心中纠结，她想不起来上一次不纠结是什么时候。一个念头突起：如果她能发现安东尼·奥哈尔的最终下落，珍妮弗就不得不原谅她？她也许会难过一阵子，可是肯定，到头来，她会明白艾丽给了她 份礼物？答案已跳到了她膝上。她会找到他。哪怕花上十年，她也要发现他到底怎样了。这是最后的一根救命稻草，却让她觉得舒服不少。

还有五分钟的路。你已经到了吗？约。吻你。

是的。一层的桌子。靠窗。艾。吻你。

她无意识地把一只手放在头上。她始终想不明白为什么约翰不想直接去她的公寓，旧时的约翰总是喜欢直接去那儿。好像他不能恰当地跟她说话，甚至不能恰当地见她，直到他先释放掉所有那些被压抑的紧张。在他们交往的最开始几个月里，她就觉得那样挺夸张的，稍后就变得有点令人气恼。此刻，她内心里某个微小的部分好奇这次餐厅约会是否会让他们的关系最终公之于众。似乎一切都变得太戏剧化，新约翰做点公开声明也不是不可能的事。她注意到了周围邻座的那些穿着昂贵的人，一边想着，一边脚尖蜷了起来。

“你这么坐立不安为了什么？”尼基那天早上说，“这难道不是意味着你得到了你想要的吗？”

“我知道。”她七点就电话她了，谢天谢地她还有朋友，她们理解爱情出现紧急情况是在那样的时刻就打电话的一条合法理由。“只不过……”

“你不确定你还想要他。”

“不！”她对电话咆哮，“我当然想要他！只不过那天晚上变化得太快，我还没有回过神来。”

“你最好回过神来。完全有可能他午餐的时候带着两只旅行箱，牵着几个尖叫的小孩出现。”因为某种理由，这个念头极大地逗乐了尼基，她一直笑个不停，直到变得有点聒噪。

艾丽有种感觉，尼基始终没有原谅她“把事情搞得一团糟”，指的是她和洛里之间。她一再地说，听上去洛里是个不错的人。“是我喜欢跟着一起去酒吧的那种人。”潜台词：尼基永远不想跟约翰一起去酒吧。她永远不会原谅他是那种背叛自己妻子的男人。

她看了一眼手表，然后召唤侍者，再要一杯红酒。他现在已经迟了二十分钟了。在其他任何场合她都会无言地怨怒，可是现在她如此紧张不安，心中有些怀疑仅仅是看到他都会吐出来。是的，那永远都是一种妙不可言的欢迎。然后她抬起头来看，发现一个女人站在桌子的另一侧。艾丽的第一感觉还以为她是一位女招待，接着她就好奇她为什么没有端着红酒杯。然后她意识到那女人不仅穿的不是女招待的制服，而是一件海军蓝的大衣，而且她正在盯着自己看，有一点过于专注，就像有人在公交车上正要开始对自己唱歌。

“你好，艾丽。”

艾丽眨了眨眼：“对不起。”她在脑海中翻了一遍最近联系过的人的名片盒，发现一无所获，于是不得不这么说，“我们互相认识吗？”

“哦，我是这么认为的。我是杰西卡。”

杰西卡。她的脑中一片茫然。剪裁精致的发型，好看的腿。可能有点儿累。皮肤晒过。然后她突然间想起来了。杰西卡。杰斯。

那女人注意到了她的震惊。“是的，我以为你可能会记得我的名字。你很有可能把人名和脸对不上号了，是吧？不想太多考虑我。我猜约翰有个妻子对你来说有那么点不方便吧。”艾丽没法说话。她微微意识到其他的用餐者在往她这边看，她也留意到了从十五号桌鼓捣出来的一些奇怪的震动。

杰西卡·阿莫尔正在一部熟悉的手机上翻看短信。她把它们大声念出来，音调还故意往上抬：“‘今天觉得非常邪恶。逃开。别在意你是怎么逃的，逃开就是。会值得的。’嗯，这儿有一条不错的，‘应该写完对议员妻子的访谈，可是思绪飘回到上个周二。坏东西！’哦，我的个人最爱。‘已经去密探那里了。附带照片……’”当她再次看着艾丽，她的声音因为压抑不住的愤怒而颤抖了。“当你要照看两个病孩子，还要跟增洁剂斗争时，是很难与那竞争的。可是，没错，星期二，十二号。我的确记得那一天。他带给我一束花，为迟到而道歉。”艾丽的嘴张着，可是说不出一个字。她的皮肤刺痛。

“我检查了他在家里期间的电话。我想知道他从酒吧跟谁打电话，可是接着我就发现了你的短信。‘请电话我。只要一次。需要听见你的消息。吻你。’”她悲哀地笑着，“多么感人。他以为它被偷了。”艾丽想爬到桌子底下去。她想要委顿成尘埃，想要蒸发掉。

“我愿意看到你最后不要沦为一个悲伤的孤独女人。可是，实际上，我希望有一天你有孩子，艾丽·霍华兹。那么你就会知道脆弱的感觉是什么样的。而且还不得不斗争，要不时地警戒，只为了确保你的孩子会在有父亲的情况下长大。下一次你去买透视内衣来取悦我丈夫的时候，想想那个，好吗？”

杰西卡·阿莫尔走过一张张桌子，走进了外面的阳光里。艾丽的脑中嗡嗡直响，她说不出任何话。最终，脸发烫，手发抖。她叫来侍者结账。当侍者走来时，她嘟哝了一些关于不得不突然离开的话。她不确定她在说什么：她的声音似乎不属于她了。“账单？”她问。

他朝门那里指了指，他的笑容带着同情：“不用了，女士。那位女士已经为您付过钱了。”

艾丽走回办公室，不在乎拥挤的交通，不介意人行道上推推搡搡的通勤者，也不关心《大事件》贩卖者斥责的眼神。她只希望关上门待在她的小公寓里，可是她工作上的珍贵岗位意味着那样是不可能的。她穿行过报社的办公室，感觉着其他人的目光，深深失落，相信每个人一定看到了她的羞耻，看见了杰西卡·阿莫尔所见的，似乎它射穿了她。她觉得如履薄冰。

“你还好吗，艾丽？你的脸色好白啊。”鲁伯特从他的显示器后探出头来。有人把一块写有“烧毁”的标签贴在了他的屏幕后面。

“头痛。”她含混着说。

“特里有药丸——那女孩，针对一切毛病，她都有药丸。”他吃吃笑，然后再次消失在了显示器后面。她坐在办公桌旁，打开电脑，浏览着邮件。就是这个。

手机丢了。午餐时候买了一个新的。会把新号码电邮你。约。吻你。

她查看了时间。它在她采访珍妮弗·司特灵的时候发送到她的收件箱的。她闭上眼睛，再次看见了在过去的那一小时内一直浮现在她眼前的景象：杰西卡·阿莫尔收紧的下颌，骇人的眼神，她说话的时候头发在脸庞周围移动的样子，似乎头发也因她的愤怒、她的伤而带了电。艾丽心中某个微小的部分知道在不同的情况下，她会喜欢这个女人的样子。也许会想跟她去喝点东西。当她再度睁开眼，她不想看到约翰的话语，不想看那些词句中反映出的这个版本的她。似乎她是从一个特别清晰的梦境醒来，一个持续了一年的梦。她知道要适可而止了。她删掉了他的短信。

“给。”鲁伯特把一杯茶放在她桌上，“可能会让你感觉好些。”鲁伯特从没给任何人沏过茶。艾丽不知道是该被这罕见的同情行为而触动，还是该害怕他为什么会觉得她需要这杯茶。

“谢谢。”她说，接过茶杯。当他坐下时，她注意到了另一封邮件中一个熟悉的名字：菲利普·奥哈尔。她的心跳停止了，过去那一小时的羞耻暂时被忘却了。她点开它，看见那是《泰晤士报》的菲利普·奥哈尔写来的。

嗨——有点被你的信息弄迷糊了。你能打电话给我吗？

她擦了擦眼睛。工作，她告诉自己，是对一切事物的答案。工作此刻是唯一的事。她会发现珍妮弗的情人到底怎么了，珍妮弗会原谅她将要做的。她不得不。她直接拨打了邮件底端留下的号码。一个男人在二线应答了。她能听见背景音里熟悉的报社独有的嗡嗡声。“嗨。”她说，声音试试探探，“我是艾丽·霍华兹。你给我发了一封邮件？”

“啊，是的。艾丽·霍华兹。等等。”他的声音听起来像个四十多岁的人。听起来有一点像约翰。她甩掉了这种想法，听见一只手盖过话筒，他的声音被掩住了，然后他又回来了。“抱歉。对，截稿时间。听着，谢谢你回电给我……我只是想查证一点东西。你说你在哪里上班？《国民报》？”

“没错。”她的嘴发干，她开始喋喋不休。“可是我真的会跟你保证，他的名字没必要跟我要写的东西相对应。我只不过的确想弄清楚他最后怎样了，为他的一个朋友——”

“《国民报》？”

“对。”一阵短暂的沉默。

“你说你希望弄清楚我父亲的事？”

“是的。”她的声音变得非常低。

“而你是一名记者？”

“对不起，”她说，“我不明白你在暗示什么。是的，一名记者。跟你一样。你是在说透露信息给一家竞争报纸让你心里不舒服吗？我告诉过你——”

“我父亲是安东尼·奥哈尔。”

“是的，正是他，让我——”

电话线那一端的男人大笑：“你不会是在调查机构里吧？”

“不是。”

他花了一点时间来理清思绪：“霍华兹小姐，我的父亲为《国民报》工作，你的报纸。他在那里工作了四十多年。”艾丽怔怔地坐着。她让他把刚才的话复述了一遍。

“我不明白，”她说，在桌旁站起，“我进行了人名搜索。我做了好多好多的搜索，什么也没发现。只有你在《泰晤士报》上的名字。”

“那是因为他不写东西。”

“那么为什么——”

“我父亲在图书馆上班。他在那儿的工作从……哦……1964年开始。”

……事实摆在这里，跟你做爱同赢得萨莫塞特·毛姆奖学金混不到一块。

男性致女性，经由信件

第二十四章　悲伤着你的悲伤

1964

“给他这个，他会知道那是什么意思。”珍妮弗·司特灵匆匆写下一张纸条，从她的日记本上撕下来，塞到了文件夹的顶层。她把它放在办公桌上。

“当然。”唐说。

她走到他跟前，抓住他的胳膊，“你会确定他能得到这个？它真的很重要，非常非常重要。”

“我明白。女士，如果你能体谅，我得继续工作了。现在是我们一天中最忙碌的时候。我们都处在截稿时间上。”唐希望她从这个办公室里出去。他希望那个孩子也从这个办公室里出去。

她的脸皱成一团，“抱歉。求求你，保证他会收到。求你了。”

上帝，他希望她离开。他无法看着她。

“我——我很抱歉打扰到你。”她显然突然间意识过来了。她够着了她女儿的手，几乎是勉强地，走开了。聚集在助理编辑桌旁的几个人沉默地注视着她。

“刚果。”过了一会儿，谢莉尔说。

“我们得把第四版搞定。”唐目不转睛地盯着桌面，“就上跳舞的牧师。”

谢莉尔还在跟他拉锯，“你为什么告诉她他去了刚果？”

“你想要我告诉她实话？说他把自己喝到不省人事？”

谢莉尔嚼着嘴里叼着的钢笔，她的目光停留在摇动着的办公室门上，“可是她看起来那么悲伤。”

“她应该看起来悲伤，她就是那个让他陷入一团乱的人。”

“可是你不能——”

唐的声音在新闻编辑室里炸起：“那个小伙子最该避免的事就是她再度兴风作浪。你明白吗？我是在帮他。”他从文件夹里扯出那张纸条，将它团起来扔进了垃圾篓。谢莉尔把钢笔夹到耳后，严肃地看了一眼她老板，溜达回了她自己的办公桌。

唐呼出了一口长气：“行了，我们能不能抛开奥哈尔那该死的爱情生活，回到这篇该死的跳舞牧师故事？有人吗？赶快做大样，不然我们明天就会让报童们抱着一堆白纸出去了。”

邻床上一个男人在咳嗽。他不停地咳，像一种礼貌的、断奏的连续敲击，似乎有什么东西黏附在他喉咙的深处。他即使是睡着的时候也在咳。安东尼·奥哈尔让这声音退却到他的意识之外，正如其他所有事一样。他现在知道了诀窍，如何让事物消失。

“您有访客，奥哈尔先生。”帘子被拉开了，光线倾泻而入。漂亮的苏格兰护士。冰凉的手。她对他说的每一个字听起来都像是某人正要赠予他的礼物。**我马上要给您打一小针，奥哈尔先生。我要叫人来扶您去卫生间吗，奥哈尔先生？你有一位访客，奥哈尔先生。**

访客？有那么一阵，希望在漂移，接着他透过帘子听见了唐的声音，于是记起了自己是在哪里。

“别介意我，甜心。”

“当然不会。”她一本正经地说。

“躺着示威，对吗？”他脚下某处一张满月般的胖脸。

“有意思。”那人对他的枕头说，把他推坐起来。他的整个身体都在疼痛。他眨了眨眼，“我得从这里出去。”

他的视线清晰了。唐正站在他的床脚边，抱着胳膊，腆着肚子，“你不会去任何地方，聪明的年轻人。”

“我不能待在这儿。”他的声音似乎是直接从胸部发出来的，吱嘎聒噪如木头车轮行走在车辙里。

“你的身体状况不好。他们想要在你能去其他地方之前检查一下你的肝功能。你把我们大家都吓了一跳。”

“发生什么事了？”他什么也想不起来。唐迟疑了，也许是在试着判断该说多少，“你没有去马乔里·斯贝克曼的办公室开大会。等到六点钟还没有人知道你的消息。我感觉不妙，就让米歇尔主持，自己赶紧跑到你的酒店去。我发现你躺在地板上，样子不怎么好看。当时的你看上去可比现在糟糕，那说明了一些什么。”

闪回。丽晶酒店的酒吧。吧台招待员厌倦的眼神。疼痛。扬起的声音。一条无止境的跌跌撞撞走回自己房间的路途，突然抓住墙壁，摇摇晃晃地走上台阶。东西摔碎的声音。然后什么都没有了。

“我全身都疼。”

“你应该的。上帝知道他们对你做了什么。昨晚上我看见你的时候，你满身都是针眼儿。”针。紧急的声音。疼痛。哦，耶稣啊，疼痛。在邻床，那个男人又开始咳嗽了。

“是那个女人吗？她拒绝了你？”唐的身体语言显示着他的感觉。他的腿在晃动，手在头发稀疏的脑袋上来回摆动。

别提她。别让我去想她的脸，“不是那么简单。”

“那么该死的究竟是怎么回事？没有女人值得……你这样。”唐的手在床的上方胡乱地挥动着。

“我——就是很想忘却。”

“那么就去搞其他的女人，其他你能拥有的女人。你会挺过去的。”也许这话说出来就能使之成真。安东尼的沉默长到足以反驳他。

“有些女人就是麻烦。”唐补充道。

原谅我。

安东尼摇摇头，“不，唐。不是那样的。”

“当轮到你自己的事时，你总要说‘不是那样的’。”

"她不能离开他，因为他不让她带走孩子。"安东尼的声音突然间清晰起来，刺穿了帘子围住的区域。邻床的男人迅速停止了咳嗽。安东尼注视着他老板抓住了这句话中的暗示，他的眉头同情地拧成一团。

"啊。棘手。"

"是的。"

唐的腿又开始晃动了，"但那并不意味着你必须试着用酒精来杀死自己。你知道他们怎么说的吗？黄热病搞坏了你的肝。搞坏了，奥哈尔。再像那样喝上一段时间的酒，你就……"安东尼感到无比厌倦。他背转过身，倒在枕头上，"别担心。我再也不会了。"

在他从医院回来之后的半个小时里，唐坐在办公桌旁，思考着。他旁边的新闻编辑室已经渐渐醒来了，像每日的那样，一个睡着的巨人急速跑入了不情愿的生活：记者们聊着电话，一个个故事在新闻列表上你方唱罢我登场，版面被建构和编排，刚做出来的小样就被放在成品台上。

他挠着自己的下巴，朝着秘书台大喊："金发宝贝，给我那个司特灵的号码，石棉人司特灵。"

谢莉尔不作声地听着。几分钟后，她把从办公室《名人录》上匆匆抄下的数字递给他。"他怎样了？"

"你会怎么想？"他用钢笔敲了好几下桌子，依然沉浸在思绪里。然后，当她走回自己位子的时候，他拿起电话，请交换台帮他接到菲茨罗伊2286。他在说话前咳嗽了一会儿，像是一个用起电话不舒服的人，"你好，请帮找一下珍妮弗·司特灵。"他可以感觉到谢莉尔在看着他。

"我能留言吗？……什么？她不？好的，我明白了。"一阵停顿，"不，不要紧。我很抱歉麻烦你了。"他放下了电话。

"怎么了？"谢莉尔站在她旁边，给他一种威压感。她穿着新高跟鞋比他要高，"唐？"

"没什么。"他坐直身，"忘记我说的话。去给我带一份培根三明治，好吗？

别忘记HP酱[1]，不然我吃不下去。”他把那个匆匆写就的号码揉成一个球，扔进了他脚下的废纸篓。

悲伤甚于某人死去。在夜晚，它一波一波地袭来，残酷，力道惊人，将他掏空。他只要一闭眼就能看见她，她迷蒙着双眼的欢愉，她在酒店大堂里看见他时歉疚和无助的表情。她的脸告诉他，他们迷失了，而她已经知道自己做了什么。

她是对的。他已经觉出了愤怒，起初，她就不应该告诉他她的真实情境，好抬升他的希望。他还生气当他们没有机会时，她应该如此无情地回到他心中。俗话怎么说的来着？**希望能杀人**。他的感觉猛烈摇摆着。他原谅了她，没什么不可原谅的。她这么做是因为，和他自己一样，她无法不这么做。也因为她可以合理地希望去拥有的唯一的一丁点他。我希望记忆会让你前行，珍妮弗，因为它已经毁了我。

他同这种认知斗争着：这一次，真的什么都没有留给他。他觉得身体羸弱，被他自己灾难性的行为弄得脆弱不堪。他敏锐的心智被胁迫了，它明晰的部分被撕碎了，只有失落稳定的脉搏通过它跳动，在利奥波德维尔那天他就听见过的同样无情的跳动。她永远不会是他的。他们曾经走得那么近，而她永远不会是他的。他该怎样与这种认知和谐相处？

在下半夜，他做出了一千种决定。他会要求珍妮弗离婚。他会尽他所能，通过他的意志力去让她在没有孩子的情况下也能幸福。他会雇佣最好的律师。他会让她生更多的孩子。他会直面劳伦斯——在他更狂野的梦中，他会跟他决斗。

可是安东尼多年来都是男人中的男人，即使此时，他内心中的某个雄性的部分也体会到了劳伦斯的感觉：知道自己的妻子爱着别人，然后还不得不把自己的孩子交给偷走她的那个男人。这使安东尼觉得挫败，而他从来没像爱珍妮弗那样

---

① HP酱（英文：HP Sauce），是一种源自英国伯明翰阿斯顿（Aston）的调味料品牌。在主要成分麦醋中添加水果和香料而成，呈深棕色浓稠状，因此无品牌的此类酱汁称作棕酱（brown sauce）。一般用作咸点的调味酱汁，或是作为西式浓汤、炖肉酱汁的一种材料。

爱过克莱丽莎。他想起他悲伤、沉默的儿子，他自己永不止息的愧疚和疼痛，知道如果他将此加之于另一个家庭，那么他们得到的任何快乐都会筑建在一道悲哀的暗流上。他已经毁了一个家庭；他不能为毁掉另一个而负责了。

他打电话给了纽约的女朋友，告诉她他不会回去了。他听着她的震惊和毫不掩饰的哭泣，微微带着一种遥远的歉疚。他不能回到那儿。他不能陷到纽约稳定的城市生活节奏里，那被往来于联合国所衡量的日子中，因为现在它们会因珍妮弗而变质。一切都会因为珍妮弗而变质，她的芳馨，她的味道，她会在那里，生活，呼吸，身旁没有他。从某种意义上来说，知道她需要他如同他需要她一样更糟糕。他无法生她的气，无法将他自己从对她的想念中驱逐出去。

原谅我。我只是必须知道。他需要在一个他无法思考的地方。为了生存，他必须去一个地方，在那里，生存就是他唯一可思考的事情。

唐两天后来接他，那天下午，医院同意他出院。他的肝功能已经正常，医院也给了他如果他敢再次喝酒会发生什么的直接警告。

“我们去哪里？”他看着唐把他的小手提箱放到车子后备厢里，觉得自己是个难民。

“你去我家。”

“什么？”

“薇芙说的。”唐没看安东尼的眼睛，“她认为你需要一些家的温暖。”

你认为我不能被独自留下。“我不认为我——”

“不容讨论。”唐说，钻入了驾驶座，“可是别因食物而责怪我。我妻子知道一百零一种把牛火化的方法，在我这么说的时候，她还在继续试验呢。”

看到工作同事的居家状态总是令人困惑的。这么多年来，虽然他见过薇芙——有一头红发，跟唐的严厉固执相比，她活泼，精力旺盛——而在许多的情境下，安东尼见到的唐，比其他任何人都倾向于以报社为家。他总是在那里。那间办公室有着堆成山一样高的文件，墙壁上随意别着便笺条和地图，是他的天然栖所。唐穿着天鹅绒拖鞋待在自己家，脚搁在垫子厚厚的沙发上，唐去扶正装饰品或是去拿牛奶，都跟自然法则相悖。

那就是说，待在他家有某种安适。那是通勤带上一座仿都铎的半独立式住宅，很大，在其中，他觉得来来去去妨碍不到任何人。孩子们长大了，走了，除了被框起来的相片，没有任何持续的提醒物说他是一个失败的父亲。薇芙用吻他双颊的方式欢迎了他，没有提及他去了哪里。“我以为你们这些男孩今天下午可能喜欢打高尔夫呢。”她说。

他们的确是。安东尼后来意识到他的宿主们唯一能想到两个男人在一起可能会做的事便是打高尔夫，还不包括喝酒，这让唐汗颜。唐没有提到珍妮弗。安东尼能看出他还在担心。他屡屡说到安东尼已经康复了，提到他重新开始的正常生活，以及应该提到的种种。午餐或晚餐时没有红酒。

“那么，你的安排是什么？”他坐在一个沙发上。在远处，他们能听见薇芙洗碗的声音，并且伴着厨房里的收音机在唱歌。

“明天回去上班。该回到工作上去了。”唐说，他在挠肚皮。**工作**。隐约想要问可能是什么工作，可是他不敢。他已经让《国民报》失望了一次，他害怕报社会先入为主地认定他这次还要让大家失望。

“我一直在跟斯帕克曼谈。”

哦，天啊。终于来了。

“托尼，她不知道。楼上没人知道。”

安东尼眨了眨眼。

“只有我们这些无名之辈知道。我，谢莉尔，还有几个助理编辑。我们把你送到医院去的时候，我不得不打电话给他们说我暂时不能去上班了。他们会把好嘴风的。”

“我不知道该说什么。”

“总之，从此改变吧。”唐点燃一根香烟，然后吐出一口长长的烟圈。他迎上了安东尼几乎是负罪的目光，“她同意我的意见，我们应该把你送出去。”安东尼愣了一会儿才注意到他在说什么。

“去刚果？”

“你是这份工作的最佳人选。”

刚果。

“可是我需要知道……”唐用香烟敲着烟灰缸。

“很好。”

“让我说完。我需要知道你会照顾好自己。你不能让我担心。”

“不喝酒，不冲动。我只是……我需要做那份工作。”

“我也是这么想的。”可是唐不相信他——安东尼从他的侧影看得出来。一阵短暂的停顿，“我会有责任感。”

“我知道。”

聪明人，唐。可是安东尼不能让他安心。他怎么能够？他都不能确定他如何熬过接下来的半个小时，更别提他在非洲的心脏会如何感知了。在回答变得令人猝不及防之前，唐的声音再度打破了沉默。他掐灭了香烟。“一分钟后球赛就要开始了。切尔西对阿森纳。想看吗？”他从座位上重重地挪出来，打开了角落里的那个桃花心木匣子包裹着的电视机，“我要告诉你一点好消息。你不会再得那混蛋的黄热病了。你已经免疫了。”

安东尼茫然地盯着那黑白的屏幕。我怎样让剩下的我免疫？

他们在海外组编辑的办公室。保罗·德·圣，一个高个儿的有教养的男子，梳大背头，有浪漫诗人的气质。他正在研究桌上的一幅地图。“大新闻在斯坦利威尔。那里起码有八百名外国人被当作人质，许多都是在维多利亚酒店，而且也许还有一千名在包围区域。迄今为止为拯救人质所进行的外交努力都失败了。叛军之间有太多暗斗，局势随时在变化，所以得知准确的情况几乎是不可能的。那里混乱不明，奥哈尔。直到大概六个月之前，我都会说无论其本国人发生了什么事，但任何白人的安全都可以被保障。现在，我恐怕，他们会把目标对准殖民地移民了。已经发生了一些极为恐怖的事。那些事我们不能登报。”他停顿了一下，“强奸只是其中之一。”

“我怎么进入？”

“这就是我们的出发难题。我在跟尼古拉斯谈，最好的路线是经由罗得西亚[①]——或是赞比亚。我们在那里的人正在试图给你设计出一条陆路，可是许多路都被破坏了，所以要花些日子。”

当他和唐谈论着如何安排这趟非洲之旅的时候，安东尼任由自己从谈话中漂移出来，而且以某种感激看到，不仅是一整个小时在他没有想她的情况下过去了，新闻故事本身也将他吸引了进去。他可以感觉到心中升腾起一种紧张的期望，想要挑战通过敌对地带。他丝毫也不害怕。他怎么可以呢？还有什么更糟的事会发生？

他翻阅着德·圣的副手递过来的文档。政治背景：给叛军的共产主义援助已经激怒了美国人；对美国传教士保罗·卡尔森的死刑执行。他看了关于叛军行为的第一线报道，下巴收紧了。那些报道将他带回1960年，带回卢蒙巴的简明法规引发的骚乱。他似乎是以某种距离来看它们。他感到似乎那个以前到过那里的人——那个被自己的目击所击垮的人——现在让他再也认不出来了。

“那么，我们预订了明天去肯尼亚的航班，是吗？我们已经在萨贝那内部找了人，他会告诉我们是否有飞往刚果的国际航班。否则就会在索尔兹伯里机场降落，让你越过罗得西亚边境。好吗？”

“我们知道都有哪些记者去了那里吗？”

“不太清楚。我怀疑通信非常难。可是奥利弗今天会在《邮报》上发表一篇报道，我听说《快报》明天还会有重要新闻。”

门开了。谢莉尔的脸充满焦虑。

“我们正在讨论事情，谢莉尔。”唐听上去有些恼怒。

“对不起。”她说，“可是你儿子在这儿。”

安东尼花了几秒钟才意识到她是在看他，“我儿子？”

“我已经让他待在唐的办公室了。”

安东尼站起身，几乎不能消化他刚才听到的。“请原谅我一会儿。”他说，跟随谢莉尔出去了。那就是了：在为数不多的他要去见菲利普的场合下经受的动

---

① 即津巴布韦。

摇，一种发自内心的关于上次见他之后他变化有多么大的震撼，他的成长是对他作为父亲而缺失的不断的斥责。

不过六个月，他儿子的个头又长了好几英寸，几乎是个青少年了，可是身材还过于单薄。他驼着背，像一个问号。安东尼一进屋他就抬起头，脸色非常苍白，红着眼圈。安东尼愣愣地站着，试图搞清楚蚀刻在他儿子脸上的悲伤的来由，他心底里隐隐地好奇，难道又是我？他发现我对自己做什么了？在他眼中，我如此失败吗？

“是母亲。”菲利普说。他怒冲冲地眨了眨眼，用一只手擦了擦鼻子。

安东尼走近了一步。男孩伸开双臂，以没预期的力道一头扎进了父亲的怀抱。安东尼觉得自己被抓紧了，菲利普的手揪住他的衬衫，似乎他永远不会放开他。安东尼任由自己的手轻轻落在男孩的头上，而抽泣正在折磨男孩瘦弱的躯体。

唐的汽车顶盖上的雨声如此之大，搅得人心烦不安。二十分钟里，他们在肯辛顿商业街的交通中费力穿行着，两个男人沉默地坐着，唯一能听到的就是猛烈抽烟的声音。

“意外事件，”唐说，一边盯着前方蜿蜒的红色尾灯，“一定会更加严重。我们应该致电给新闻编辑室。”他很快就在电话亭旁停下了车。

安东尼什么也没说，唐倾身过去，不停地拨弄着收音机，直到静电让他不得不罢手。他看了看香烟的尾端，往上头吹了口气，让它再度燃起。“德·圣说我们得等到明天。如果再晚，要等下一班航班，就要花上四天时间了。”他这么说就仿佛要作一个决定似的，“你可以去。如果她恶化了，我们会让你回来。”

“她已经恶化了。”克莱丽莎的癌症病情发展得极为迅猛，“她估计再活不了两周了。”

“该死的公交车。瞧，几乎占了整条路。”唐摇下车窗，将烟蒂扔在湿漉漉的街面上。他摇上车窗的时候擦了擦袖子上的雨滴，“不管怎样，她现在的丈夫是干什么的？没用的？”

“我只见过他一次。”

我不能跟他待在一起。求你了，爸爸，别让我跟他在一起。菲利普曾经抓着他的腰带，就像紧紧抓住救生筏一样。当安东尼最终带菲利普回到绿线地铁站的那所房子，把他交给他继父之后很久，他依然能感觉到那些手指的力度。

“我非常抱歉。”他曾经对埃德加说。那位窗帘商比他预期的要老，怀疑地看着他，似乎他说的话里带着某种侮辱。

“我不能去。”这话终于说出来了。安东尼胸中舒了一口气。就像经过多年可能的缓刑后，终于被执行了死刑。唐叹息了。其中的意味可能是忧伤，又或许是欣慰，“他是你儿子。”

“他是我儿子。”他已经承诺过：是的，你当然可以跟我待在一起。你当然可以。没问题的。即使他说这些话的时候，他也没有完全弄明白他传达出了什么。

车流开始再次移动了，起初缓慢，随即加速。他们到了奇西克，唐再度开口，“你知道，奥哈尔，这可能行得通。这也许是一个礼物。天晓得你在外面会发生什么事。”

唐看了一眼人行道。

“谁知道呢？让这个孩子安定一些……你依然可以去战场。也许什么事可以让他留下。让薇芙照看他。他会喜欢在我们家的。天晓得，她怀念有孩子在身边的日子。”一个念头冒出来了，“你必须得给自己找一个住处。别再住酒店了。”

他任由唐继续漫谈，在他面前铺展开这神秘的新生活，就像报纸版面上的故事，励志、治愈，居家男人型的朋友站出来宽慰他，藏起他失去的，平息依然敲在他灵魂暗黑处的鼓点。

他已经得到了两个星期的事假，去找房子住，去引导他儿子从他母亲的死和阴郁的葬礼中走出来。菲利普再也没有在他面前流过泪。他已经对西南伦敦的小型排屋——接近他的学校，表示了礼貌的愉悦，对唐和薇芙，尤其后者将自己的角色定义为一个风趣的保护性的阿姨，也表现了适度的感激。他现在跟他可怜的旅行箱一起坐着，似乎在等待某些未来的指导。埃德加没有打电话来问他怎样了。

这就如同跟一个陌生人一起住。菲利普太焦虑，难以开心，似乎害怕他会被送走。安东尼努力告诉他，他有多高兴他们在一起，即使他私下里觉得他似乎欺骗了谁，他被给予了某种他不值得拥有的东西。他觉得极难应对这孩子巨大的悲伤，而且挣扎着去面对他自己的悲伤。

他参加了一个实际技能的速成班。他把他们的衣服拿去自助洗衣店，在理发店里，坐在菲利普身边。除了煮鸡蛋，他不会做别的菜，于是他们每晚都去街尾的一个咖啡馆里吃饭，大块、多汁的牛排餐，腰子派和煮过头了的蔬菜，蒸熟的布丁浸在苍白的蛋奶糊里。他们无精打采地把食物堆到盘子上，每晚菲利普都会宣称它们很美味，谢谢，似乎去那里是一项优厚的待遇。回到家，安东尼会站在他儿子的卧室门外，想知道是否该进去，或是得知了他的哀伤后会不会让局面更糟。

星期天他们会受邀去唐的家，薇芙会招待上烤肉大餐，配上所有的调料，然后坚持他们在她清扫完毕后得去玩板球。注视着这孩子因为她的逗弄而微笑，她执意要求他加入，她把他拥入这个奇怪的延伸开的家庭，让安东尼的心疼痛。

当他们钻入汽车，他看见即使菲利普朝薇芙挥手，从前窗对其飞吻，一颗孤单的泪珠还是从他的脸颊滑了下来。他抓紧方向盘，因这样的责任感而麻痹。他想不出该说什么。他始终不停地想知道，如果克莱丽莎是幸存下来的那一个，会不会更好些，而如果是那样，他又能给这个孩子什么。

那天晚上他坐在壁炉前，看着被释放的斯坦利威尔人质的电视画面。他们模糊的形体从军用飞机中涌现，成群结队惊恐地围坐在停机坪上。“比利时的突袭部队花了好几个小时来拯救那座城市。现在统计伤亡人数仍太早，可是早期的报道暗示起码有一百名欧洲公民死于骚乱。还有更多人数没有统计上。”

他关上电视，在屏幕上的白点消失良久之后，还沉浸在刚才的内容里。最终他走上楼，在儿子的房门外踌躇，听着确凿无疑是被蒙住的啜泣声。此时是十点过一刻了。安东尼闭上眼，然后睁开，推开了门。他儿子吓了一跳，把什么东西塞到了床罩下。安东尼打开灯，“孩子？”沉默。

“怎么了？”

“没什么。”男孩压抑着自己，擦了擦脸，“我很好。”

“那是什么？”他让自己的声音轻柔，坐在床的一侧。菲利普身上发烫，流了不少汗。他一定是哭了好几个小时。安东尼因他自己作为家长的无能而觉得羞愧。

“没什么。”

“来，让我看看。”他轻轻地抽去了封面。是一张小小的，银制相框的克莱丽莎的照片，她的手骄傲地放在儿子的肩上。她灿烂地笑着。

男孩战栗了。安东尼将一只手放在照片上，用大拇指拂去落在玻璃上的泪水。我希望埃德加会像你那样微笑，他无声地对她说。“是一张可爱的照片。你希望我们把它放到楼下去吗？也许，在壁炉台上？某个你想看，就随时可以看到的地方？”

他可以感觉到菲利普的目光在琢磨他的脸。也许他是在准备一些讥讽的评论，一些对于敌意的残余控制，可是安东尼的目光锁定在照片中的女人脸上，她愉快的微笑。他看不见她。他看见了珍妮弗。他处处都看得到她，他总是会在每一处都看见她。

控制好自己，奥哈尔。他把照片交回给儿子，“你知道……悲伤是没关系的。真的。你可以因为失去你爱的人而悲伤。”把这话说给儿子听非常重要。他的声音支离破碎，某些东西从他内心深处涌起，他努力不要任其压垮自己，可是这种控制却让他更加难受。“其实，我也很悲伤。”他说，“非常非常悲伤。失去你爱的人是……真的无法忍受。我明白。”

他把儿子拉到自己跟前，他的声音低成耳语：“可是我非常高兴你在这里，因为我认为……我认为你和我可以一起渡过这个难关。你认为呢？”菲利普的头靠在他胸前，一只瘦瘦的胳膊环住了他的腰。他感到儿子呼吸平静了，于是把他又抱紧了些。他们静静地坐着，在暗夜中，迷失在彼此的思绪里。

他没有注意到他要回去工作的这个星期正好处于期中假期间。薇芙毫不犹豫地说剩下的假期她来照顾菲利普，可是她原本安排好的是去她姐姐家，直到星期三，因此开始的两天安东尼不得不做替换的安排。

“他可以跟我们一起去办公室，”唐说，“他可以给大家倒点茶什么的。”知道唐对家庭生活是如何干扰《国民报》是什么样的感觉，让安东尼觉得感激。他极其渴望再次工作，去建立并维持正常生活的某些表象。菲利普非常期待能跟他一起。

安东尼坐在他的新办公桌旁，浏览着早上的报纸。国内新闻没有空缺的职位，他过去曾经当过机动记者，这是让他安心的一种堂皇的头衔，他怀疑他会再一次做上机动记者。他喝了一小口办公室的咖啡。因那种熟悉的劣质味道而皱起了眉头。菲利普在一张张办公桌之间走来走去，问别人要不要茶，这天早上安东尼为他熨烫的衬衫恰如其分地罩在他骨瘦如柴的身上。安东尼突然觉得——感激地觉得——安适自在。这就是他的新生活开始的地方。会好起来的。他们会好的。他拒绝去海外组看看。他此刻还不想知道他们派了谁去斯坦利维尔，代替他的职位。

“给。”唐向他扔过来一份《泰晤士报》，一篇报道被画上了红圈，“给我们写一篇关于美国太空发射的快速改写稿。现在这个时刻你从合众国得不到任何新鲜的引用资料，可是第八版需要一个短篇专栏文。”

“多少字？”

“二百五十。”唐的声音带有歉意，“稍后我会给你点更好的事。”

“很好了。”的确很好了。他的儿子在微笑，用几乎是过度的小心端着一个盛满了的托盘。他朝自己的父亲看去，安东尼赞同地点了点头。他为这个男孩而骄傲，为他的勇敢而骄傲。有可以去爱的人真是一种恩赐。

安东尼把打字机朝自己拉过来，在纸页间夹好复写纸。一份给编辑，一份给助理编辑，一份留底。这种程式有一种诱惑的愉悦。他在纸的顶端打下自己的名字，听着钢字敲击纸张时令人满意的嗒嗒声。他把《泰晤士报》的报道读了又读，在他的便笺簿上写下了一些笔记。他去楼下的报社图书馆，找出关于太空发射的资料，翻阅最新的剪报。他又做了一些笔记。然后他把手指放在了打字机的键盘上。

什么也没有。似乎他的手不愿意工作。他敲下一个句子，句子很平淡。他把纸抽出来，再把它们重新穿进滚筒。他又敲下了一个句子，还是平淡。他再敲下一个。他想改进它。可是字词就是不按他想要的方式表现。这是一个句子，没错，可是它没资格被放到一份国家级的报纸上。他提醒自己关于新闻报道的金字塔法则：最重要的信息放在第一句，越往下写，越是不太重要的信息。没多少人会看一个故事的结尾。

不管用。十二点过一刻时，唐出现在了他的桌旁，“你还没搞定？”

安东尼靠在椅背上，手托着下巴，地上有一座纸团堆积的小山。

“奥哈尔，你准备好了吗？”

“我做不来，唐。”他的声音嘶哑。

“什么？”

“我做不来。我不能写。我失去写作能力了。”

“别闹了。这是什么？作者的瓶颈？你以为你是谁？——F.斯科特·菲兹杰拉德？”他捡起一张揉皱了的纸，将它在桌上展平。他又捡起了一张，看了一遍，又看了一遍。“你经历了许多事。”他终于说，“你可能需要一个假期。”他说，并不坚定。安东尼刚刚度过了一个假期。“写作能力会回来的。”他说，“什么也别说了。放轻松。我会去找斯密斯来重写。今天就干脆放松吧。写作能力会回来的。”

安东尼凝视着他的儿子，后者正在为写讣告的记者削铅笔。对他而言有生以来第一次，他有了责任感。有生以来第一次，他可以帮助别人，这非常重要。他感到唐的手放在他肩上，有沉重的分量，“如果回不来，我究竟该干什么呢？”

爱尔兰男孩追求圣地亚哥女孩就像试图单手逐浪……不可能……有时仅仅是碰到了，对方又漂开，徒留自己纳闷。

男性致女性，经由短信

第二十五章　对他说

2003

艾丽直到早上四点依然醒着。这不是一场磨炼：一连几个月来，第一次，一切对她来说都是清晰的。她把晚间的早些时候全都用来打电话，把话筒夹在脖子和肩膀之间，一边盯着电脑屏幕。她发送消息，寻求帮助。她哄骗、劝诱，对任何回答都悉数采纳。当她得到了自己所需，她穿着随意地坐在书桌旁，把头发别起，开工了。她流利地敲着，字词从她手指下轻松地滑出。破天荒地，她确切地知道该说什么。她修订了每个句子，知道自己开心；她梳理信息，直到它们以最具冲击力的方式呈现。一度重读这篇文章的时候，她哭了，好几次她又大声笑了出来。她认出了自己身上的某种东西，也许是她遗失了一段时期的一部分自我。当她写完，她打印了两份，然后沉沉睡去。

两个小时后。她起床，七点半的时候就到了办公室。她想在其他人到来前就碰见玛丽萨。此前她冲过一个澡，洗去了疲惫，喝了两杯浓度加倍的意大利浓缩咖啡，确保她吹好了头发。她容光焕发，充满能量，目光炯炯。当玛丽萨肩上甩着昂贵的手袋打开办公室的门时，她已经就位了。艾丽看见了玛丽萨注意到还有别人时那不加掩饰的惊奇。

艾丽喝完了咖啡。她迅速走进女洗手间，检查牙齿上有没有东西。她穿着一件利落的白衬衫，还有她最好的长裤和高跟鞋，看起来仿佛她朋友会调侃称呼的所谓“成年人”。“玛丽萨？”艾丽主动招呼道。

“艾丽。”对方话语里的惊奇带着一种温柔的责备。

艾丽忽略掉它，“我能跟你谈谈吗？”

玛丽萨看了看表，“快点吧。我五分钟后跟中国事务局有个谈话。”

艾丽坐在她对面。玛丽萨的办公室现在除了她当天要用的工作文档外，空荡荡的，只放着她女儿的照片，“是跟这篇专题有关的。”

“你不是来告诉我你写不来的吧？”

“嗯，无法写。”

玛丽萨似乎……早有准备，已经在踌躇着是否要发脾气。“嗯，艾丽，那可真的不是我想听的。我们马上就要进入报社有史以来最忙碌的周末了，而你花了好几个星期来理顺这篇东西。你真的不该在这个阶段过来跟我为你自己的事说情——”

“玛丽萨，求求你。我发现了那个男人的身份。”

“而且？”玛丽萨的眉毛扬起得仿佛美眉师雕成的。

“而且他在这里上班。我们不能用这篇文章，因为他为我们工作。”清洁工推着胡佛牌吸尘器经过玛丽萨的办公室门前，沉闷的轰鸣声淹没了她们的谈话。

“我不明白。”玛丽萨等嗡嗡声过去之后说。

“写那些情书的人是安东尼·奥哈尔。”玛丽萨看起来一片茫然。艾丽羞愧地意识到，专题编辑也对他是谁毫无概念。

“图书馆馆长。他在楼下上班。当然，在以前是。”

“灰头发的那个？”

“是的。”

“哦。”她如此震惊，以至于迅速就忘记了刚才正对艾丽生气，“哇哦。”过了一分钟，她说，“谁想得到？”

“的确。”她们不约而同地沉默着，琢磨这件事。突然玛丽萨回过神来，翻阅着她桌上的文档，“听起来可能很迷人，可是，艾丽，它解决不了我们的一个大难题。我们现在要有一期纪念专刊，今天晚上就要开印，却还缺少一篇两千字的头条文章。”

“不。”艾丽说，“不少。”

“不是你的关于爱情语言的那篇东西。我不需要东拼西凑的……”

“不。”艾丽再次说，“我搞定了。两千字完全原创。给，你看看是不是要重写。你介意我要出去一小会儿吗？”她让她迟疑了。她交出去了那几张纸，注视着玛丽萨浏览第一页，当她读到某些吸引她的内容时，眼睛都放光了。“什么？好的，可以。不管怎样，确保你能及时回来开会。”

艾丽走出办公室的时候，忍不住想往天上挥上一拳。没有那么难：她发现在高跟鞋上保持平衡时，断然挥臂几乎是不可能的。

前一天晚上她已经给他发过邮件，他同意了，没有表示异议。这不是他会去的那种地方；他去的都是美食酒吧和漂亮而低调的餐厅。他们相约在跟《国民报》相隔一条马路的乔治家，那儿提供2.99英镑的套餐，有鸡蛋、薯条和培根。

她到达的时候，他已经坐在一张桌子旁边了，穿着他的保罗·史密斯外套和柔软、惨白的衬衫，夹在一群建筑工人之中，显得格格不入。“对不起，”他说，她甚至还没坐下来，“我非常抱歉，她有我的手机。我以为我把它丢了。她看了几封我没有删掉的邮件，发现了你的名字……剩下的……”

“她会成为一名不错的新闻记者。”

他看起来心不在焉，招呼女侍过来，又叫了一杯咖啡。他的思绪在别处。“是的，是的，我猜她会的。”

她坐下，让自己检阅对面的这个男人，这个萦绕在她梦里的男人。他晒黑的皮肤没能遮盖住紫红色的眼袋。她出神了，想知道前一天晚上发生了什么。

“艾丽，我觉得我们暂时不要来往是个不错的主意，只要几个月就好。”

“不。”

“什么？”

“就这样吧，约翰。”

他不像她以为的那么惊讶。他琢磨了一番她的话，然后开口道：“你想……你是说你想结束？”

"嗯，让我们敞开天窗说亮话吧，我们之间不是什么伟大的爱情故事，对吧？"除了对自己失望，她对他的不抗议也感到沮丧。

"我真的很在乎你，艾丽。"

"但在乎得不够。你对我不感兴趣，对我的生活也是，对我们的生活，也是。我不认为你了解我。"

"我了解任何我需要——"

"我的第一只宠物叫什么名字？"

"什么？"

"阿尔夫。阿尔夫是我的仓鼠。我在哪里长大？"

"我不知道你为什么问这个。"

"你从我这里需要过什么？除了性？"

他环顾四周，那些坐在他们后面桌旁的建筑工人可疑地安静了下来。

"我的初恋男友是谁？我最喜欢的食物呢？"

"你真荒谬。"他紧抿嘴唇，做出一副她以前从未见过的表情。

"不。你对我没兴趣，你只关注我脱下自己的衣服有多快。"

"你就是那么想的？"

"你在乎过我的感觉吗？我经历过什么？"

他的手气恼地扬起："基督耶稣啊，艾丽，别在这儿把你自己说得像个受害者，别表现得仿佛我是一个卑劣的引诱者。"他说，"你什么时候告诉过我你的感觉？你什么时候告诉过我这不是你想要的？你显得像是某种现代女性。有需求才做爱。工作第一。你……"他在搜寻恰当的字眼，"……真让人费解。"

这个词异常刺人，"我是在保护自己。"

"而我就该跟你心灵感应？那怎么会是真的？"他的确像是震惊了。

"我就是想跟你在一起。"

"可是你想要更……你想要一段恋情。"

"是的。"

他研究着她，似乎他是第一次看她，"你希望我离开我妻子。"

"我当然希望，最终。可我以为如果我告诉你我的真实感觉，你会——你会离开我。"在他们身后，建筑工人们又开始谈话了。她可以从那些鬼鬼祟祟的眼神中明白他们就是那些人此刻的话题。他用一只手挠着浅黄灰色的头发。"艾丽，"他说，"对不起。如果我过去会觉得你把握不住我们的关系，那么一开始我就不会陷进去。"那么这就是事实了。她对自己隐藏了一整年的事。

"就这样了，对吗？"她起身要离开。世界已经塌陷了，诡异的是，她正在走出废墟，始终昂首挺胸。没有伤痕。"你和我，"她说，"真讽刺，我们都有各自的工作和生活，可是我们都完全不跟对方说。"

她站在咖啡馆外，感到自己的皮肤被冷冽的空气收紧了，城市的味道悉数闻见，然后从包包里掏出了手机。她敲下了一个问题，发送掉，没有等待回信就开始过马路。她没有回头看。

玛丽萨在大厅里经过她，鞋跟整齐地敲在打磨过的大理石地面上。她正在跟执行编辑谈话，可是经过艾丽的时候中断了。她点点头，头发在肩上跃动，"我喜欢。"

艾丽长舒一口气。她不知道她其实在控制自己的情绪。

"是的。我非常喜欢。代替头版，用在星期天的报纸上。还要更多，拜托了。"然后她就在电梯里了，回到了谈话中。电梯门在她身后关上了。

图书馆空了。她推开双开式弹簧门，发现只有几排布满灰尘的架子立着。没有期刊，没有杂志，没有磨损的一卷卷议会议事录。她听着锅炉管道沿着天花板跑水的声音，然后翻过柜台，把包包留在了地板上。

第一个房间曾经堆满《国民报》近一个世纪的有价值的复本，现在完全空了，只剩角落里两个纸板箱。这里感觉像个洞穴。她朝中央走去，脚步响在瓷砖地板上。

剪报室A到M也空了，只剩书架组。从被设置成高于地板一两米处的窗户外，飘进来发光的尘埃颗粒，在她走路的时候，在她周身浮动。虽然现在这里没有报纸了，空气里仍然充满旧报纸的纸屑味儿。她奇怪地想，她差不多可以听见老故事的回音萦绕在空气里，一万个不再被听见的声音，被命运移动、丢失、扭曲的生活。它们掩藏在卷宗里，也许下一个百年依然不为人知。她想知道又有哪些安东尼和珍妮弗被埋藏在哪些纸堆里，其生活等待着被某个偶然事件或是巧合揭开。一把有垫子的转椅放在角落里，贴着“数字档案”的标签，她走过去，从一个方向转动它，然后又是一个方向。

她突然间疲惫得不可理喻，似乎前几个小时让她精力充沛的肾上腺素现在消失殆尽了。她重重地坐在一团温暖的沉默中，第一次，她可以记起，艾丽还在，她身体里的一切都还在。她长长地舒了一口气。

她不知道自己睡了有多久，突然间听见门哒的一声响。安东尼·奥哈尔正握着她的包包，“这是你的吗？”

她撑起身子，不知所措，还有一点头晕。有一阵她想不起来她在哪里，“天哪，对不起。”她擦了擦脸。

“你在这里找不到什么的。”他说着，把包包递给她。他注意到了她乱蓬蓬的头发和惺忪的睡眼，“现在东西都被搬到了新大楼里。我只是回来搜集一些泡茶的工具，还有那把椅子。”

“是啊……很舒服。太好了，都舍不得离开了……哦，天哪，几点了？”

“十一点差一刻。”

“会是十一点的。我很好。会是十一点的。”她一边喋喋不休，一边到处寻觅不存在的行李。然后她想起为什么自己会在这里了。她试图理清思绪，可是她不知道该怎样对这个男人说她必须做什么。她偷偷看了一眼他，看见的是灰色头发和忧郁的双眼之后的某个别人。她通过他此刻的言语看见了他。

她把包包拿到身前，“啊……洛里在这儿吗？”

洛里会知道。洛里会知道该怎么做。他的微笑是一种无声的道歉，一种关于他们都知道的事情的认知，“恐怕他今天不会来了。他很可能在家准备着呢。”

“准备？”

“为他的伟大旅行。你不知道他要走？”

“我有点希望他不要，起码现在不要。”她把手伸进包里，匆匆写下一张字条，“我不认为……你有他的地址吗？”

“如果你愿意踏入我办公室里遗留下的那些东西，我会把它挖出来给你。他可能是差不多一个星期之前留下的。”他转过身去的时候，她快要屏住呼吸了，“实际上，奥哈尔先生，我想见的不只是洛里。”

“哦？”她可以看见当她称呼他的名字时，他的惊讶。她把文件夹从她包包里抽出，端着它朝他递过去。“我找到了你的一些东西，几个星期之前。我本来想早点儿还回来的，可是……只是……直到昨天晚上我才知道它们是你的。”她注视着他打开信件的复本。当他认出了他自己的笔迹后，他的脸色变了。

“你从哪里得来这些的？”他问。

“在这里。”她小心地说，害怕他听到这个信息后的反应。

“这里？”

“被掩埋了。在你的图书馆。”他环顾四周，似乎这些空空的架子会提供她所言之事的某些线索。

“对不起，我知道它们是……私人的。”

“你怎么知道是我的？”

“说来话长。”她的心脏迅速跳动，“可是你需要知道一些事。珍妮弗·司特灵在1964年她见到你的那天之后就离开了她丈夫。她来了这里，去了报社的办公室，他们告诉她你去非洲了。”他如此安静。他全神贯注于她的话语。他几乎是在颤动，倾听的时候目光热切。

“她试图找你，她试图告诉你她……她自由了。”艾丽有点害怕这话给安东尼造成的效果。他脸上的血色退却了。他坐在椅子上，大口喘着气。可是她现在无法停止。

“这全部都是……”他开口了，他的表情是困扰的，迥异于艾丽那不加掩饰的欣喜，“……这全部都是很久以前的事了。”

“我还没说完，”她说，“求你让我继续。”

他等待着。

“这些是复本，那是因为我必须归还原件，我不得不把它们还回去。”她掏出邮箱的地址来，手颤抖着，既是出于紧张，也是出于兴奋。

早在她下到图书馆之前两分钟，她收到了一条短信。

不，他没有结婚。有什么问题吗？

“我不知道您的情况，我不知道我是不是太冒犯了。也许我是在犯一个可怕的错误。可是这是地址，奥哈尔先生。”她说——他从她手里接过它，“这是您可以寄去的地方。”

某个聪明人曾经告诉我，写东西是危险的，因为你不能总是确保别人解读你的语句会像你写它们时的意图一样。所以我会直截了当。我很抱歉，非常抱歉。原谅我。如果有什么方式能让我改变你对我的看法，请让我知道。

女性致男性，经由信件

第二十六章　“你好，是你吗？”

2003

亲爱的珍妮弗：

真的是你吗？原谅我。我尝试过十几次写这封信，可我不知道该说什么。

安东尼·奥哈尔

艾丽整理了她桌上的字条，关掉她的屏幕，扣上包包，走出了专题部，对鲁伯特无声地说了一句再见。他正在埋首写作一篇对一位作家的访谈，他可把人家抱怨了一整个下午，说对方跟沟槽水一样无聊。她已经特别交代别把刚才那些抱怨写进故事里。她已经搜集好了关于代孕母亲的故事的资料，明天她会去巴黎采访一名中国慈善工作者。她检查了一下地址，然后跑去追公交车。等她找到座位坐下后，她的脑海中已经全是她为这篇文章搜集来的背景资料，开始为其组织篇章段落了。

稍后她在一个她们谁也消费不起的饭馆里见了科林和尼基。道格拉斯也来了。头天晚上她给他打电话的时候他非常贴心——真荒谬，他们居然那么久没说过话。几秒钟内他就显得已经知晓约翰发生了什么事。她说，科林和尼基可以考虑在《国民报》谋职，如果她们必须放弃各自的日常工作的话。“别担心，我不会跟你谈那种小女孩的感觉。”她说，当他同意跟她见面后。

“感谢基督。”道格拉斯说。

“可是我要请你吃晚餐，为了说对不起。”

“没有顺带的性爱？”

“除非你带女朋友来。她比你好看。”

“我知道你会这么说。”

她把电话放下后咧嘴一笑。

亲爱的安东尼：

是的，是我。无论我变成了什么样，我还是你认识的那位姑娘。我猜你知道到现在为止，我们的记者朋友已经跟我说了。我还在努力理解她告诉我的。

可是今天早上的邮箱里，有你的信。一看见你的笔迹，四十年的时光就消失了。那样有意义吗？过去的时光委顿成虚无。我几乎不能相信我正拿着你两天前写的东西，几乎不能相信它意味着什么。

她跟我说了一些你的事。我听着，好奇着，不敢想我可能有机会坐下来跟你说话。

我祈祷你幸福快乐。

珍妮弗

这是报纸有利的一面：你的写作资历可以升至最上层，两倍迅速于其跌落的速度。只需两个好故事，你就可以成为新闻编辑室的谈资，聊天和仰慕的中心。你写的故事会在互联网上被转载，同时出现在纽约、澳大利亚、南非的其他出版物上。转载率告诉她，他们喜欢这文章。这种故事很有市场。在四十八小时内她就收到了读者们发来的许多电子邮件，纷纷吐露他们自己的故事。一位经纪人已经打过电话，问她是否有足够多的故事，写成一本书。

在引起玛丽萨的关注之前，艾丽什么也不能做错。她是在开会时玛丽萨第一个求助的人，如果她能带来一篇不错的千字文的话。这个星期有两次，她的短篇特写被登在了头版上。这相当于报社成员的乐透彩。她增多的见报率意味着她越发地被需要。她在任何地方都看见故事。她像有磁性般的：不断有人要联系她，一个个专题飞向她。她上午九点前就在办公桌前坐下，工作到傍晚的早些时候。这一次，她知道不要浪费它。

她在卵形大办公台的空间洁净而闪耀，上面放着一台十七英寸无损耗高清显示屏，还有一部清楚标记了她的名字和分机号的电话。鲁伯特再也没有主动给她沏过茶。

亲爱的珍妮弗：

我为这迟到的回复而道歉。请原谅这在你看来的缄默。我有好多年都没有动过笔了，除了付账单或是登记一些投诉。我不知道该说什么。几十年来，我都只能靠其他人的言辞而过活。我重新安排它们，将它们存档，复制，排列。我保护它们的安全。我怀疑我早就忘记了自己的言辞。那些信件的作者对我来说如同一个陌生人。

你跟我在丽晶酒店看见的姑娘如此不同。可是，在所有好的方面，你又明显跟她是相同的。我很高兴你过得很好。我很高兴我有机会告诉你这个。我想要请求见你，可是我害怕你会发现我跟你记忆中的男人已经迥异了。我不知道。

原谅我。

安东尼

两天前艾丽在最后一次走下旧大楼的台阶时，听见有人急促地喊着她的名字。她发现安东尼·奥哈尔站在台阶顶部。他正拿着一张纸，上面潦草写下了一个地址。她三步并作两步走上去，再去帮他一把。

"我在想，艾丽·霍华兹，"他说，声音里满含欢乐、震颤和遗憾。"不要写信。如果你干脆，你知道的，直接去见她，可能会更好。亲自去。"艾丽抢着说。

最亲爱，最亲爱的布特：

我激动得不能说话了！我觉得我都说不出话地活了半个世纪。一切都成了亡羊补牢，感觉到一种被破坏、被损毁的东西中雕刻出好东西来的尝试。

多年来，我对自己的所为沉默地忏悔着。可是现在……现在？我已经把可怜的艾丽·霍华兹的耳朵都说起茧子了，直到她以无声的惊愕盯着我，我能看出她在思考：这个老女人的尊严在哪里？她怎么可以听起来像是一个十四岁的女孩？我想要跟你谈谈，安东尼。我想要跟你谈，直到我们的声音嘶哑，直到我们几乎讲不了话。我有四十年的话要说给你听。

你怎么能说你不知道？没什么可怕的。我怎么可能对你失望？经过这么多事之后，我能再次见到你，除了狂喜，还能有其他的感觉吗？我的头发白了，不是金色的了。我脸上的皱纹深刻，拂之不去。我疼痛，我要吃各种保健品，我的孙辈们觉得我是个老古董。

我们老了，安东尼。是的。我们不会再有另一个四十年了。如果你还在那里，如果你准备好了允许我抹去你曾经认识的那姑娘的影迹，我会非常高兴你也这么对我。

珍妮弗，吻你

珍妮弗·司特灵站在房间的中央，穿着一件晨衣，头发在一侧翘起。“瞧瞧我，”她绝望地说，“一个怪物，绝对是一个怪物。昨晚我睡不着，最后过了五点，在某个时间就不知不觉睡着了，我睡过了闹钟，错过了做头发的预约。”

艾丽盯着她看。她从没见过她这样。她脸上写满焦虑。她不化妆的肌肤看起来孩子般，她的脸敏感脆弱，“你——你看起来挺好。”

“我昨天晚上打电话给我女儿了，你知道，我跟她说了一些。不是全部。我告诉她我要去见一位我在年轻时候爱过，却再也没见过的男人。那是不是一个可怕的谎言？”

“不是。”艾丽说。

“你知道她今天给我的电邮是怎么说的吗？给。”她推过来一张打印纸，是一份传真，内容来自一份纽约报纸，说的是一对情侣，在失去联络五十年之后终于结婚。“我该怎么处理它？你见过这么荒谬的事吗？”她的声音因为紧张不安而变得刺耳。

“你什么时候见他？”

“正午。我一直都没有准备好。我应该取消的。”

艾丽起身将水壶放到炉灶上，“去挑件衣服吧。你有四十分钟。我会开车载你去。”她说。

“你觉得我很荒唐吧，对不对？”这是第一次，她见到珍妮弗如此不镇定。“一个荒唐的老女人，就像一个第一次去约会的青少年。”

“不。”艾丽说。

“如果只靠信件来往就好了。”珍妮弗说，几乎听不到她，“我可以保持神志清醒。我可以是他记忆中的那个人。我曾经那么平静，令人安心。而现在……我现在拥有的欣慰就是知道这个男人在那里，他爱过我，他看得到我最好的地方。即使经过我们上次相会时的尴尬和可怕，我仍然知道在我身上，他看见了他最需要的一些东西。要是他见了我之后失望了呢？那要比我们再次见面更糟糕，更糟糕。”

“给我看那封信。”艾丽说。

“我不能这么做。你不认为有时听之任之反倒更好？”

“信，珍妮弗。”

珍妮弗从餐具柜上捡起它，握住了一会儿，然后把它交给了艾丽。

最亲爱的珍妮弗：

老男人都应该哭吗？我坐在这里，看了又看你寄来的信，我努力去相信我的生活有了一个如此不可预料的、欢乐的转变。像这样的事注定不会发生在我们身上。我已经学会对最世俗的礼物报以感激：我的儿子，他的孩子，一个好的生活，如果是静悄悄活着的话。幸存。哦，对，永远幸存。

而现在，你的言辞，你的情感催生了我的贪婪。我们可以要求这么多吗？我敢再度去见你吗？命运一直都如此不肯原谅人，我的某些部分相信我们不能相见。我会因为疾病倒下，被公交车撞上，被泰晤士河可怕的春潮整个吞没。（是的，我依然从新闻标题中看见生活。）

前两个晚上我在睡梦中听见你说话了。我听见了你的声音，让我想歌唱。我想起来我以为自己忘记了的事。我对那些不凑巧的时刻微笑，吓坏了我的家人，弄得他们要带我去看老年痴呆症。

我最后一次见到的那个姑娘已经完全不一样了；知道你为自己创造了一种全新的人生挑战了我的世界观。那一定是一个仁慈的地方，它照顾了你和你女儿。你无法想象那给予我的欢乐。沾光。我不能写更多了。那么我斗胆尝试：邮递员公园。星期四，正午？

你的布特，吻你

艾丽早就热泪盈眶了。“你知道吗？”她说，“我真的不认为你需要担心。”

安东尼·奥哈尔坐在公园里的一张长椅上。这个公园他有四十四年没来过了。他手里拿着一张不会读的报纸，惊讶地意识到，他依然记得这个地方每一块瓷砖的细节。

玛丽·罗格斯，史黛拉的女服务员，自我牺牲。她放弃了自己的救生带，自愿下到了正在下沉的船上。

威廉·德雷克牺牲了自己的生命。他避免了海德公园里的一场严重的事故——当时一位女士的马因马车柱的断裂变得无法驾驭，女士的生命危在旦夕。

约瑟芬·安德鲁·福特，在格雷客栈路的一场火灾中救了六个人，可是在他最后一次英勇行为中，却被烧死了。

他从十一点四十开始就坐在这里了。现在是十二点过七分。他把手表举到耳边，摇了摇它。在他内心深处，他不认为这会发生。怎么可能呢？如果你在一个报社的档案室里待了足够长的时间，你会看见同样的故事会不断地复制自己：战争，饥荒，财政危机，失恋，家人分离，死亡，心碎。没有多少欢乐结局。我拥有的一切都曾经是一种特殊奖赏，他坚定地告诉自己，而时间每分钟都在悄悄爬过。这是一个令他疼痛并熟悉着的警句。

雨越下越大了，小公园空了。只有他坐在遮雨棚下。在远处他能看见主路，汽车呼啸来往，将路上的积水溅向不设防的行人。

十二点过一刻了。安东尼·奥哈尔提醒自己所有他该觉得感激的理由。他的医生惊奇于他还活得好好的。安东尼怀疑他早就准备好把他当作给其他肝受损病人的警告例子。他生猛的健康是对医生权威和对医药科学的非难。他迅速地想了一下，也许他真的可以去旅行。他不想再去刚果，南非应该会很有意思。也许可以去肯尼亚。他要回家制定计划。他要给自己一些事去思考。

他听见一辆公交车刺耳的刹车声，一个骑自行车的快递员生气的喊叫。知道她曾经爱过他，她很幸福，就足够了。必须是足够的，难道不是吗？当然，天赐给老年人的礼物之一便是拥有乐观看事物的能力。他曾经爱过一个女人，到头来她爱他竟然比他爱她还要多。对他来说，应该足够了。

现在是十二点二十一分。正当他把报纸夹在手臂下，要站起来朝家走时，他看见一辆小车停在公园大门附近。他等待着，身形隐没在小小遮雨棚的暗影中。

稍稍有些延误。然后车门开了，一把伞倏地打开了。伞被举了起来，他可以看见下面有一双腿，一件黑色雨衣。当他注视着的时候，那个身形突然低头对司机说了什么，那双腿走入公园，沿着狭窄的小径，径直朝遮雨棚走来。

安东尼·奥哈尔发现他正在站起，整理自己的外套和头发。他无法把视线从那双脚上移开，它们迈着清晰明朗的脚步，即使被雨伞遮蔽，仍历历可见。他迈向前一步，不确定该说什么，该怎么做。他不知所措，耳中有歌声在吟唱。那双脚，包裹在黑色紧身裤中，在他面前停下了。伞缓缓地被举起。是她了，依然没变，难以置信地一如往昔，当她迎上他的视线时，一抹微笑荡漾在她嘴角。他无法说话，他目瞪口呆，而她的名字正响在他的耳际。

珍妮弗。

“你好，布特。”她说。

艾丽坐在车里，用袖子擦去了乘客窗上的水汽。她停在了一条不让停车的红色十道上，无疑招来了停车管理员的怒气，可是她不在乎。她不能移动。她注视着珍妮弗稳稳走在小径上的过程，看见了她脚步中的些微迟疑，那说明了她的害怕。在她们的车过来的时候，有两次，这位老妇人坚持要折回家，说她们太迟了，说已经没指望了，没有用了。艾丽装聋作哑。她唱着啦啦啦直到珍妮弗·司特灵无奈又生气地说她是一个没完没了、胡搅蛮缠的姑娘。

她注视着珍妮弗在伞下向前移动，害怕她会转身逃跑。这件事已经向她展示了，岁月面对爱的突袭是没有防护的。她听过珍妮弗的言谈，它们极端摇摆，要么以为这次见面会是大成功，要么以为就是大灾难，也听见了她自己无止境的对于约翰的言辞的分析，对于某些事的极度的需要，而哪些事显然是无法纠正的。她看见了她自己对于结局、情感的构想，从那些只有去猜测其意义的言辞里。

可是安东尼·奥哈尔是不同类型的人。

她再次擦了擦车窗，看见珍妮弗慢了下来，然后停住了。他正在从阴影里走出，似乎比他以前看起来显得更高了。他在遮雨棚的入口处稍稍弯下腰，坚定地向她伸出手。他们面对面，穿着雨衣的苗条女子和图书馆员。即使从远处，艾丽也能看见他们忘却了雨天，忘却了整洁的小公园，忘却了旁观者好奇的眼神。他们的目光长久相对，仿佛可以就这样在那里一站千年。珍妮弗任雨伞落下，朝一侧微微低头，如此小的一个动作，然后轻柔地把手移向他的脸。随着艾丽的注视，安东尼的手也举了起来，将她的手掌按在了他自己的脸上。

艾丽·霍华兹又看了一会儿，然后从车窗那里挪开，任由水汽模糊了视线。她爬到驾驶座上，擤了擤鼻子，发动了引擎。最好的新闻记者都知道应该何时退出一个故事。

这座房子处在一条维多利亚式斜坡街巷里，窗户和门道是白色的砖石结构，冷冰冰的，相互不搭的窗帘和幕布说明里面住过不同的主人。她关掉引擎，钻出汽车，走向前门，凝视着两个门铃上的姓名。一楼只有他的名字。她有点惊奇。她猜想过他不会独自拥有一套公寓。可是说起来，她在进入报社之前又知道他的哪些生活呢？什么也不知道。

那篇文章被装在一个大的褐色信封里，信封上写着他的名字。她把它从门下推进去，听凭信箱响亮地关上。她走回大门，走上台阶，坐在支撑房屋的砖墩上，裹着头巾。她已经非常善于静坐了。她发现让世界围着她转挺开心的。那样的话，总有不可预知的事情发生。

马路对面，一个高个子的女人正在对一个十几岁的男孩挥手。男孩拉上兜帽，把耳塞插入耳朵，并没有给女人一个回应。在街上，两个男人正倚靠在撑开来的汽车引擎盖上。他们在谈话，并没有怎么注意里面的引擎。

“你把拉里德哈拼错了。”她看了一眼身后，他靠在门框上，手里拿着报纸。

“我弄错了许多事。”他穿着他们第一次说话时他穿的那件长袖T恤，那衣服因为经年的穿着而柔软熨帖。她想起她喜欢他对穿衣的不挑剔。她知道那件T恤在自己指下摸起来是什么感觉。

“不错的文章。”他说，一边举起报纸。“《亲爱的约翰①，五十年爱的最后通信》。我看出来你又成了专题部的金牌女郎了。”

“目前是。”她说，“实际上，两个故事中有一个是我编的。一旦我有机会，就会借此表达自己的想法。”

他似乎没有听见她，“珍妮弗让你用第一个故事？”

“匿名地。是的。她很伟大。我把整件事都告诉了她，她真的很伟大。”他的脸非常平静，不为所动。

你听见我说的了吗？她无声地问着他，“我想她有一点震惊了，无可否认，可是既然这么多事都发生过了，我不认为她会因为我的所为而吓住。”

“安东尼昨天来了这儿。他像是完全不同的一个人了。我不知道他为什么来。我想他只是想跟什么人说说话。”他若有所思地点点头，一边回忆着，“他穿了一件新衬衫，领带也是新的。他还剪了头发。”她听见这个，笑了。

---

① Dear John，字面意义上是“亲爱的约翰”，实有“分手信”“最后一封情书”的意思。

沉默中，洛里大步跨上台阶，两只手握在一起举过头顶，“你做了一件好事。”

“我希望是。”她说，“想想有人得到了一个幸福结局，真好。”

一个老人牵着他的狗经过，他的鼻尖是红葡萄色的。他们三人相互致意。当她抬起头，拉里德哈正盯着自己的脚。她注视着他，想知道这会不会是她最后一次见他。对不起，她无声地对他说。

“我本想请你进去，”他说，“可是我在打包。还有好多事要做。”她举起一只手，试图不要显示自己的失望。她从墩子上爬下，她长裤的布料被墩子粗糙的表面弄出了压痕。她把包包搭在肩上。她的脚已经麻了。

“那么……你有什么想要的吗？除了，你知道的，扮演女报童？”天在变冷。她把手插入口袋。他期待地看着她。她害怕开口。如果他说不，她害怕自己会觉得多么挫败。所以她才会过了好多天才来这里。可是她必须失去的是什么呢？她再也不会见到他了。

她深吸一口气，“我想知道……你是否会给我写信？”

“给你写信？”

“当你不在的时候。拉里德哈，我搞砸了。我不能向你要求任何事，可是我想念你，我真的想念你。我——我以为不是这么回事。我们也许可以……”她心烦意乱，擦了擦鼻子，“……写信。”

“写信？”

“就是一些……琐事。你在做什么，怎么样了，你在哪里。”她觉得自己的话听上去那么的无力。

他把手插进口袋，盯着街面。他没有回答。长长的沉默，像街道那样长。“冷死了。”他终于说。她觉得心里一沉。**他们的故事结束了，他没有什么话要说给她听**。他带着歉意地朝身后看了一眼，“我要让屋子里的暖气跑光了。”她不能说话。她耸耸肩，似乎是表示同意，挤出一个笑容，她怀疑看着更像是假笑。当她转过身，她又听到了他的声音。

“我以为你会进来，在我整理袜子的时候给我煮杯咖啡。其实，你还欠我一杯咖啡，如果我没记错的话。”

她转回头，他的脸释然了。实际上，天气还冷，可是温暖已然降临了这里，“也许你在里头的时候可以看看我的秘鲁签证，看看我是不是把它全部拼对了。”她任由自己的目光此刻停留在他身上，在他穿着袜子的脚上，他太长而难以弄整齐的棕色头发上。“你不会想要把你的贝塔莱克塔（Patallacta）同你的费依宇帕特马卡（Phuyupatamarca）弄混的。”她说。

他高高地扬起眉毛，慢慢摇了摇头。艾丽试图藏起她喜气洋洋的微笑，跟在他身后进了屋。

致 谢

Acknowledgement

这本书里的每一个章节开篇都由一封真实生活中的最后信件起头，电邮或是其他形式的通信，除了从这本书的情节中摘取的一封。

在大多数情况下，这些都是我不停呼吁之下，信件持有者慷慨提供的。在先前所有未发表的通信中我已经隐藏掉了发信人和收信人的姓名，去保护无辜者（以及不那么无辜的人）。

然而，有一些人帮助过我搜集这些通信，而且乐于被致谢。谢谢你们，排名不分先后，布雷吉德·寇迪，苏珊娜·派瑞，凯特·罗德·布朗，丹塔·基恩，路易斯·麦基，苏珊娜·赫什，费欧娜·维克可，还有那些慷慨而精力充沛的人们，他们提供了自己的最后一封情书，但是要求匿名。

我还要致谢给珍妮特·温特森，F.斯科特·菲茨杰拉德的不动产委员会和新英格兰大学出版社，谢谢他们允许我复制这本书中使用的文学通信。

一如既往地感谢阿歇特的精彩团队：我的编辑，卡洛琳·梅斯，以及弗兰西斯卡·贝斯特，艾勒尼·佛斯蒂洛普罗斯，路西·海勒，发行团队和哈泽尔·奥米那令人敬畏的编校技能。

同样也感谢柯蒂斯·布朗的团队，尤其是我的经纪人，谢拉·克劳利。我把感激给予科林戴尔的大英报纸图书馆，一处奇妙的资源，作者们可以在其中沉浸于另一个世界。

其他的感谢归于我的父母，吉姆·莫伊斯和丽兹·桑德斯，以及布里安·桑德斯。他们在我写作陷入停滞的时候，不惜时间，不断地给予我支持、鼓励。

我最最感谢的是我的家人，查尔斯，萨斯卡娅，哈利和洛基。

附：全球媒体及作家热赞

一个关于失去的情书、破碎的心灵和充满希望的结局的戏剧性的爱情传说……这个故事毋庸置疑地动人，因为莫伊斯探索出一种方式：爱与失去，以及某些词句可以成就一种新生活或是彻底伤害一颗心。

——《玛丽·嘉人》

“我如饥似渴地读了它。乔乔·莫伊斯是一个了不起的作者。”

——尹迪亚·奈特（India Knight，著名媒体人、作家）

一本极好的，令人动情的，引人共鸣的书——也许适合那些喜爱《广告狂人》的朋友。

——索菲亚·金塞拉（Sophia Kinsella，知名女性小说作家）

今年夏天最好的书……一本绝对令人不忍释卷的读物，可是严重警告：它会让你在海滩上泣不成声。美极了。

——《造型师》（*Stylist*）

一本非常吸引人的、幸福的爱情读物。

——《每日电讯》（*Daily Telegraph*）

极有趣的爱情读物，光彩夺目……情节张弛完美，真正触动人心，充满《广告狂人》那个年代的元素。有关于爱情语言的本身。非常好读。

——《星期日独立报》（*Independent On Sunday*）

史诗一般，浪漫迷人，非常精彩闪耀。我的年度之书。

——丽萨·朱薇儿（Lisa Jewell，英国知名爱情小说作家）

一个非常棒的爱情故事，会启发你快速写下你自己的爱情短笺。

——《魅力》（*Glamour*）

我在《最后的情书》中完全忘我，我彻头彻尾地喜爱它。令人目眩神迷般的浪漫，堪称完美。

——珍妮·科尔甘（Jenny Colgan，英国女性小说作家）

美丽的写作……关于爱的失去、爱的寻回和手写之信的力量的一个精美的故事。

——《星期日电讯》（*Sunday Express*）

如果你在寻找一本彻底的爱情读物，会让你抓取纸巾去擦拭欢乐和忧伤的眼泪，那么这本书就是一本必读之书。它温暖融融，角色都妙不可言，会让你一口气读下去，不愿意它结束。纯粹的浪漫。

——lovereading.co.uk

激动、动人、发人深省；它的氛围是完美的，它的情节是熟练的，它的角色们都是伟大的。

——佩妮·文森兹（Penny Vincenzi，爱情小说作家）

两个故事光彩闪耀地相互交织，顶级爱情读物。你需要准备好纸巾。

——《女性与家庭》（*Woman&Home*）

如果你喜欢惊险刺激的浪漫，这本书不会让你失望。

——《她》（*SHE*）

保持了完美的平衡——一本真正好看的书，令人无法放下。

——《世界新闻》（*News of the World*）

莫伊斯给传统爱情带来了机智和慧黠，这本极棒的小说让我一直读到凌晨。

——《长篇故事》（*Saga*）

对于恰当的、令人心醉神迷的爱情来说，他们算是最好的了。

——《星期日先驱报》（*Sunday Herald*）

感人至深的大胆爱情……情绪饱满，它从一开始就会将你虏获。

——《妇女》（*Woman*）

这本心酸的小说会让你心跳不已。

——《心》（*Heart*）

鲜明、感人，结构巧妙。热情、爱与失去都是大的主题——准备好啜泣吧。

——《塞恩斯伯里杂志》（*Sainsbury ' s Magazine*）

在这本精心安排的、抓人的小说中，热情、心碎、爱、失去和第二次机会联系起了这两名女性。这是一本光彩夺目的读物，令人无法释卷。

——《选择》（*Choice*）

有格调，多愁善感——一本真正的催泪之书！

——《女人自己》（*Woman' s Own*）

这些故事都伴随着现实生活中的“最后信件”，会让你哭个不停。

——《轻松生活》（*Easy Living*）

不受时间阻隔的爱情既感人又令人心痛。

——《坎迪斯》（*Candis*）

一本妙不可言、多愁善感的读物。

——《我的周刊》（*My Weekly*）

让你自己沉陷在这个动情的故事里吧！

——《明星》（*Star*）

一本妙不可言的、情感丰富的书——只要确保你留下充足的时间，坐下来不被打扰地享受它。

——Thebookbag.co.uk

这篇文章并不总是同情那些披着粉红外套的女性小说。可是莫伊斯是那种让人愉悦的人：一名女性小说作者，更感兴趣于事情是怎样的，而不是贺卡风格的陈词滥调……你会胶着于此，通过……令人愉悦？当然。催人泪下？拭目以待吧。

——《上午城市报》（*City A.M.*）

一本极妙的小说，滑稽到让人大笑出声，也美丽到令人心跳停止。

——澳大利亚《形态杂志》（*Shape Magazine*）

其故事情节和写作让我彻底沉浸在另一个世界里……这本小说应该拥有广泛吸引力：精心的人物塑造，真实的对话，对于爱人们居住的世界的编织，对于20世纪60年代婚姻和恋爱关系的不动声色的描述……这本引人入胜的小说将读者们带入了一场充实的旅程。

——《信使》（*Courier Mail*）

很容易看出来为什么乔乔·莫伊斯如此受欢迎：她把一些独一无二的东西带入那些经年的传说中：关于长久失联的情侣终于复合，创作出真实且令人喜爱的角色，把秩序和幸福归还给她不带任何俗套扔进喧嚣的那些生命。《长恨书》会是夏日阅读完美的开始，那么就把它作为你的海滩一日的首选之一吧。

——《好读》（*Good Reading*）

迷人。一本A级催泪之书。

——*NW*

一个完美呈现的爱情故事……乔乔·莫伊斯的写作既有风格，又带抑制，以轻触法创作出了一个爱情故事，可这个故事还是搅起了各地读者对于爱情的渴望。

——《澳大利亚妇女周刊》（*Australia Women' s Weekly*）

这段情感有一种强烈的热情……两个时代之间的社会期望和社会变化的言下之意增添了特别的深度。对那些没有希望的浪漫派来说，精致而纯粹的爱会让你触动。

——《星期日堪培拉时报》（*Sunday Canberra Times*）

图书在版编目（CIP）数据

长恨书 /（英）莫伊斯著 ; 高源译. -- 成都 : 四川人民出版社，2016.7
书名原文：The Last Letter From Your Lover
ISBN 978-7-220-09523-8

Ⅰ. ①长… Ⅱ. ①莫… ②高… Ⅲ. ①长篇小说—英国—现代 Ⅳ. ①I561.45
中国版本图书馆 CIP 数据核字（2015）第 149522 号
著作权合同登记号：图进字 21-2015-82

CHANG HEN SHU

长恨书

[英] 乔乔·莫伊斯 著
高 源 译

出 版 人	黄立新 周 颖
策划编辑	孙淑慧
责任编辑	赵 静 章 涛
特约监制	李 玉
特约编辑	钟 楼 冯晓然
责任校对	袁晓红
责任印制	李 剑
封面设计	马顾本
内文设计	李诚勇
出版发行	四川人民出版社（成都槐树街 2 号）
网 址	http://www.scpph.com
Email	sichuanrmcbs@sina.com
新浪微博	@四川人民出版社
微信公众号	四川人民出版社
发行部业务电话	(028) 86259624 86259453
防盗版举报电话	(028) 86259624
印 刷	北京柯蓝博泰印务有限公司
成品尺寸	155mm×218mm
印 张	25.5
字 数	386 千字
版 次	2016 年 7 月第 1 版
印 次	2016 年 7 月第 1 次印刷
书 号	ISBN 978-7-220-09523-8
定 价	32.80 元